Goldrausch in Bozen

Burkhard Rüth, Jahrgang 1965, ist als Unternehmensberater und betriebswirtschaftlicher Fachautor tätig und kennt deshalb das Umfeld, in dem seine Südtirol Krimis spielen, aus eigener Erfahrung. Er lebt bei Bonn, seine Wahlheimat ist jedoch Südtirol, sodass die meisten Schauplätze absolut realitätsnah dargestellt werden.

BURKHARD RÜTH

Goldrausch in Bozen

KRIMINALROMAN

Der dritte Fall des
Commissario Vincenzo Bellini

emons:

Bibliografische Information der Deutschen Bibliothek
Die Deutsche Bibliothek verzeichnet diese Publikation
in der Deutschen Nationalbibliografie; detaillierte bibliografische
Daten sind im Internet über http://dnb.d-nb.de abrufbar.

FSC
www.fsc.org
MIX
Papier aus verantwortungsvollen Quellen
FSC® C083411

Umschlagmotiv: © mauritius images/Rainer Mirau
Umschlaggestaltung: Tobias Doetsch
Gestaltung Innenteil: César Satz & Grafik GmbH, Köln
Druck und Bindung: CPI – Clausen & Bosse, Leck
Printed in Germany 2013
ISBN 978-3-95451-187-7
Originalausgabe

Jesus sah um sich und sprach zu seinen Jüngern:
Wie schwer werden die Reichen in das Reich Gottes kommen!
Die Jünger aber entsetzten sich über seine Rede.
Aber Jesus antwortete wiederum und sprach zu ihnen:
Liebe Kinder, wie schwer ist's, daß diejenigen, die ihr Vertrauen
auf Reichtum setzen, ins Reich Gottes kommen!
Und weiter sage ich euch:
Es ist leichter, daß ein Kamel durch ein Nadelöhr gehe,
denn daß ein Reicher ins Reich Gottes komme.

Das Evangelium nach Markus 10, 23-25

Vorwort des Südtirolers Michael Wachtler

Die schönsten Kriminalromane sind jene, die das Leben schreibt. Nicht das Fiktive soll ausschlaggebend sein, sondern das Mögliche. Und genau damit ist Burkhard Rüth ein Meisterwerk gelungen. Schätze haben die Menschen immer schon fasziniert, ihr Auffinden war Quelle von Tod und Leidenschaft. Jeder möchte an ihrem Entdecken, dem Ruhm, dem Klingeln des Geldes teilhaben. Mit realistischer Geradlinigkeit zeichnet der Autor ein Bild des Lebens in den Bergen, welche schon immer reicher an Unerwartetem waren als die endlosen Weiten rundherum.

Dem Leser offenbaren sich so Geschichten, welche die Wirklichkeit jederzeit hätte schreiben können. Sie animieren zum Losgehen, um das geheimnisvolle Leben am Abgrund selbst zu erleben. Nicht der Gier der Menschen wegen, sondern wegen der grandiosen Natur, welche noch so viel Unerwartetes wie ein offenes Füllhorn darbietet.

Als Jüngling schon brach auch ich auf, um mich an den Schönheiten der rätselhaften Natur zu erfreuen. Ich entdeckte großartige Kristalle, neue Saurierarten und Pflanzen, dazu Gold und Schatzhöhlen. Niemals trieb mich der Zwang des Geldes dazu, immer war es die unendliche Vielfalt der Natur und eine Lebensphilosophie, mein Erdendasein sinnvoll wahrzunehmen. Genauso entdeckte ich die Abgründe menschlichen Verlangens und der Vernichtung. Aber auch Lawinen und Steinschlag sind Teil eines ewigen Ringens.

Subtil zeichnet Burkhard Rüth die einzelnen Charaktere, ihre Leidenschaften und Maßlosigkeiten, ohne je zu werten oder zu bewerten. Bis wir uns am Ende eingestehen müssen: Wenn dieser Fall des Commissario Vincenzo Bellini nicht schon geschah, dann könnte er sich jederzeit ereignen.

Michael Wachtler

Prolog

Der größte Goldfund der Alpen, eine unglaubliche, aber wahre Geschichte

Brusson, italienische Seite des Monte Rosa, Oktober 2003

Gemeinsam wendeten und drehten wir ein dünnes Büchlein eines unbekannten schweizerischen Mineralogen: »Die Goldpyritgänge von Brusson in Piemont« von Thomas Reinhold. Gedruckt wurde es in Basel im Jahr 1916. Vieles war für uns uninteressant. Von eingesprengtem Gold in Millimetergröße stand geschrieben, drei bis zehn Gramm pro Tonne, dazu wissenschaftliche Erklärungen. Das mochte für industriellen Abbau interessant sein, nicht aber für uns. Doch dann fielen unsere Augen auf einige Buchseiten und nahmen unseren Geist und unsere Gedanken gefangen. »Fenillaz-Speranza« stand dort geschrieben.

Und weiter hieß es: »Das Gold findet sich fast ausschließlich als Freigold. Auf den ersten Blick scheinen sich die Goldfundstellen im ganzen Gang unregelmäßig fleckenartig zu verbreiten.« Das fleckenartig auftretende Freigold machte uns nachdenklich. Und mehr noch: »Es lassen sich aber doch in gewissen Gangpartien an Freigold reichere Stellen herausfinden.« Dann wurde weitererklärt, als hätten wir den Wegweiser einer Schatzkarte vor uns. Nur war er von einem Wissenschaftler geschrieben worden, und schon deshalb mussten er und die Schatzkarte, so waren wir überzeugt, glaubwürdig sein.

»Die hier beschriebenen Goldanreicherungen können sehr beträchtlich sein und in seltenen Fällen eine lokale Ausdehnung von mehreren Kubikmetern besitzen. So fand man ungefähr in der Mitte der Grube, am oberen Stoß der Galerie Nummer 4, 185–187 Meter vom Mundloch entfernt, am 29. Mai 1908 in 462 kg Gangmasse 40 kg Gold. Ein benachbartes Erznest von 244 kg Gangmasse enthielt 28 kg Gold. Noch im Februar 1909 fand man im Liegenden zwischen Stollen 4 und 5 eine goldreiche Zone von 58 kg Quarz mit 3 kg Freigold.«

Vierzig und achtundzwanzig Kilogramm reines Gold waren an einer einzigen Stelle gefunden worden! Genauer hätte man den Schatz nicht einzeichnen können. Einhundertfünfundachtzig bis einhundertsiebenundachtzig Meter vom Eingang entfernt. Und als ob das noch nicht ausreichte, hatte der penible schweizerische Autor in der Karte jeden einzelnen der größeren Goldfunde der Vergangenheit eingezeichnet und sein mineralogisches Wissen eingebracht: »... dass die reichsten Goldvorkommen vorwiegend dort gefunden wurden, wo der Gang die Glimmerschiefer in der Nähe des Kalkes durchsetzt.«

Das Gold fand sich also dort, wo die Quarzdrusen sich mit dem Kalk verzahnen, nicht dort, wo die reinen Kalke die Adern durchsetzen. Wir brauchten nur zu beobachten.

»Die totale Ausbeute von Erz in den Jahren 1904–1909 beläuft sich auf ... 716,953 kg Gold.«

Allein schon die Schatzkarte an sich hätte ausgereicht, um unsere Neugierde zu wecken, doch zudem besaßen wir etwas, was vor hundert Jahren noch unbekannt war. Leistungsfähige Metalldetektoren, die punktgenau Gold anzeigen konnten. Diese neuen technischen Geräte waren unbestechlich. Sie verrieten das Gold, auch wenn man es nicht sah und es tief in der Quarzader steckte.

»Gold findest du dort, wo du es suchst«, meinte Georg Kandutsch, der Mineraloge. Eine alte Weisheit. Man muss von Anfang an wissen, wonach man sucht und wie man es zu suchen hat. Im Oktober 2003 brachen wir also auf und staunten, dass nicht andere vor uns die Schatzkarte zu deuten gewusst hatten. Wie ängstliche Erforscher eines Landes mit unbekannten drohenden Gefahren öffneten wir die verrosteten Tore der Fenillaz-Mine.

Im Jahr 1898 wurde in Genf die schweizerische Gesellschaft »Société des Mines d'Or de l'Evançon« gegründet. Diese versprach unter anderem gutgläubigen Aktionären, dass sich am östlich von Brusson gelegenen Berge Ciamousira, in der Nähe des Weilers La Croix, haufenweise Gold befände. Doch bisher hatte noch niemand hier Stollen angeschlagen, das Gebiet war jungfräulicher als viele der Berge, in denen man schon zu Zeiten der alten Römer und Kelten nach Gold gegraben hatte. Ein großes Wagnis. So waren denn auch die Schweizer sehr schnell am Ende gewesen.

Doch die englische »The Evançon Gold Mining Company Ltd« hatte mittlerweile das Vertrauen anderer Anleger geweckt, die 1902 die Arbeiten der früheren Gesellschaft fortsetzten. »Speranza«, übersetzt: die Hoffnung, so nannten sie einen neuen, vom Fenillaz-Gang in der Mitte des Berges abzweigenden Stollenteil. Der weltweite Goldpreis war in jenen Jahren in den Keller gefallen. 1910 schloss man die Minen, »nachdem der reiche Fenillaz-Gang zu ungefähr zwei Dritteln abgebaut worden war.«

Aber was bedeutete »zu zwei Dritteln«? Wenn es sich tatsächlich so verhielt, musste noch viel Gold in den Quarzgängen stecken. Ich rechnete: Es mussten mehr als vierhundert Kilogramm Gold sein. Mit diesen Gedanken und vielen anderen Träumen und Hirngespinsten tasteten wir uns durch die Gänge. Wir schritten Meter für Meter ab, dann standen wir an dem Punkt, wo einst, im fernen Jahr 1908, unglaubliche achtundsechzig Kilogramm reines Gold gefunden worden waren. Wir stellten uns die Menge vor, den Jubel der Bergarbeiter, die trotz des Fundes keinen Cent mehr Lohn bekamen. Und denen es schlussendlich auch egal war, wie dieses Gold hierhergekommen oder wie es entstanden war.

Die Erdkruste enthält pro Tonne Gestein durchschnittlich einige Milligramm Gold, doch hier gab es eine zehnmillionenfache Anreicherung. Mario und Lino Pallaoro, die beiden Zwillinge, suchten mit dem Detektor Meter um Meter ab.

»Mehr als vierhundert Kilo reines Gold müssen hier auf engstem Raum verborgen liegen.« Damit dürfte es sich nicht um die sprichwörtliche Suche nach der Stecknadel im Heuhaufen handeln. Hier standen die Chancen auf Gold so gut wie nirgendwo sonst in den Alpen. Dann summte das Gerät zum ersten Mal. Überraschend wies es auf das Geröll der Halde, neben der wir gerade standen. Wie konnte das möglich sein? Bergarbeiter mussten diesen Stollenteil einst heruntergesprengt, aber nicht ausgeräumt haben. Wie im Fieber warfen wir das Steinwerk die im Berginnern steil abfallende Halde hinunter. Die matt leuchtenden Stirnlampen waren wie Sterne im Dunkel. Es war zu wenig Licht, um sehen zu können, doch der Detektor wies unbeirrbar zum Gold.

Ich hielt ein erstes schweres, schon von der Natur auskristallisiertes Goldstück, das zur Gänze mit Bergkristallen verwachsen war, in der Hand. Wir starrten es an wie ein Weltwunder, auch wenn wir in der Fastdunkelheit die wahre Pracht nicht einmal erahnen konnten. Die Schatzkarte des Dr. Reinhold hatte also nicht gelogen. Selbst der stets schweigsame Federico Morelli begann, Gefühle zu zeigen, und wurde gesprächiger.

»Im Leben ist alles relativ«, presste Federico zugeknöpft hervor, und er hatte recht. Wäre Gold so häufig wie Kieselstein, würden wir es liegen lassen. Aber dem ist natürlich nicht so, und die Speranza übertraf all unsere Hoffnungen. Überall um uns herum lag plötzlich Gold, das wir nicht einmal mühsam aus dem Felsen herausarbeiten mussten. Stück über Stück türmten wir es auf. Kilos von wunderbar geformten Bergkristallen, die wir sonst selbst in kleiner Größe von den Gipfeln der Alpen herunterschleppten, warfen wir die Halde hinunter. Hier waren sie wertlos. Hier war Besseres, Größeres zu finden.

Fünfhundert Bergleute hatten hier für die englische Gesellschaft einst sieben Zugangsstollen gebohrt. »Livelli«, so nannten sie diese. Dazwischen hatten sie die Felsen ausgehöhlt und die bis zu zwei Meter dicke Quarzader abgebaut. Noch heute ziehen sich die Gänge zweitausendfünfhundert Meter in das Innere des Berges. Während des Faschismus und der damit ausgelösten Wirtschaftssanktionen flackerte der Bergbaubetrieb durch das Unternehmen Giuseppe Rivetti kurz wieder auf, bevor er bald wieder zum Stillstand kam.

Die Zwillinge Pallaoro trieben uns unermüdlich weiter. Die Batterien unserer Lampen neigten sich dem Ende zu, doch wir hatten Gold gefunden. Viel Gold sogar. Als wir an diesem Tag die Stollen verließen, herrschte draußen bereits Dunkelheit. Die Menschen der Val d'Ayas sind freundliche und herzliche Leute. Man berichtete uns von einem Herren Squindo, der in der Speranza auf dem »livello 4« fünfzehn Kilogramm reines Gold gefunden hätte. Doch nirgendwo liegen Lüge und Wahrheit so eng beieinander wie beim Gold.

Am nächsten Tag waren wir zurück im Bergwerk. Schon als wir hineinkrochen, waren wir vollkommen verdreckt, aber das berührte uns kaum. Draußen war es heiß, drinnen feuchtkühl. Ich konnte mich noch immer nicht in den Gängen orientieren.

Überall sahen wir Spuren. Wir waren ganz sicher nicht die Einzigen in den letzten Jahrzehnten gewesen, die hier an den großen Fund geglaubt hatten. Doch wer hatte hier was gefunden? Meistens halten die Glücklichen so lange ihr Wissen geheim, bis das Glück ein Ende hat. Der Zahn der Zeit ließ langsam die dicken Holzstämme verrotten, die noch den Berg abstützten. Mit wie viel menschlichem Schweiß waren sie hier festgekeilt worden! Aber es war nur mehr eine Frage der Zeit, wann die Galerien einstürzen würden.

Wir arbeiteten von Neuem weiter. Noch immer kam Gold zum Vorschein. Der Fels war wie ein nie enden wollendes Füllhorn. Immer wieder schnitten sich Bergkristalle und Quarze in unsere Knie, doch auch das Blut der zerschundenen Hände beachteten wir nicht. Erst langsam machte uns das Dunkel der Stollen unsicher, und wir ermatteten. Die Stimmen der anderen, so nahe sie auch waren, erreichten mich nur noch dumpf.

»Was ist, wenn der Berg plötzlich zusammenbricht?« Schon der Gedanke machte Angst. Niemand würde uns finden. Irgendwo tropfte Wasser herunter. Nicht viel. Zum Glück. Die Stollen waren viel trockener als andere dieser Gegend. Wie mochte es wohl den früheren Bergarbeitern hier drinnen ergangen sein? Täglich der Gestank von Schweiß, Krankheit und Exkrementen! Jahrelanges Kriechen in den engen Stollen und Gängen, die teilweise nicht einmal einen halben Meter hoch waren. Ein Leben ohne Licht. Uns verriet immerhin der Detektor das Gold. Der Mineraloge Reinhold hatte doch recht behalten. Wir sahen vor uns, was er beschrieben hatte. Im Quarz an den Randzonen zum Schiefer und den Kalken glänzte es hervor.

»Haben dieses Gold und diese Mineralien vielleicht ein Langzeitgedächtnis vom Beginn ihrer Entstehung bis zum Heute?« Der Gedanke war mir plötzlich in den Sinn gekommen. Der Mineraloge Georg Kandutsch erklärte, wie vor dreißig Millionen Jahren Afrika gegen Europa gestoßen war und große Gesteinsschollen in Dutzende Kilometer Tiefe gepresst hatte. Dabei handelte es sich um alten Meeresboden eines Urmeeres, um vulkanische Gesteine sowie frühere Ablagerungen von Sanden, Korallen und Meerestieren. Und überall darin gebunden große Mengen an Wasser, die aufgeheizt wurden, ihrerseits aus den magmatischen Gesteinen das vorhandene Gold herauslösten und es an bestimmten Stellen anreicherten. So lebendig können Geologie und Geschichte der Erde sein.

Die beiden unzertrennlichen Zwillinge Pallaoro gerieten sich wie so oft in die Haare. Nicht wegen des Goldes. Sie brüllten sich an und bewarfen sich gegenseitig mit Steinen. Im nächsten Augenblick war wieder Ruhe, als wäre nichts geschehen.

»Schau, es ist so, als wenn du dir mit dem Hammer auf den Finger schlägst. Dann ärgerst du dich, musst dich aber wieder mit dir selbst anfreunden.«

Allmählich lernte ich das eine Ich in zwei Personen verstehen. Nie waren mir Zwillinge begegnet, die sich so unfassbar ähnlich waren. Die bunte Truppe mit ihren unterschiedlichen Charakteren war längst zusammengewachsen.

Ein schweres Stück Quarz kam zum Vorschein. Wir schätzten, dass es sicher ein halbes Kilogramm reines Gold enthalten musste, und es blieb nicht das einzige. Wir hatten das Gold der Alpen gefunden, schätzten das Gesamtgewicht auf fünf bis sechs Kilogramm. Die Schatzkarte hatte unsere Erwartungen mehr als übertroffen.

»Gold findest du dort, wo du es suchst!«

»Gold is there where you look for it!«

»L'oro si trova dove lo cerchi!«

Michael Wachtler, Innichen, Südtirol

1

Zillertaler Alpen, an der Grenze zu Österreich, Samstag, 2. Juli

Der Österreicher Georg Kandutsch betrachtete das Türscharnier in seinen Händen.

»Zufällig liegt das hier jedenfalls nicht rum«, stellte Michael Wachtler fest, der das verrostete Ding als Erster in der Geröllhalde entdeckt hatte.

Die beiden Mineralogen waren zusammen mit Sara Gasser, der umtriebigen, aber zugleich introvertierten Archäologin, und Alexander Thaler unterwegs. Der schweigsame alte Mann war bis vor einigen Jahren einer der besten Bergführer Südtirols gewesen. Heute ging er nur noch allein oder mit den wenigen Freunden ins Gebirge, die ihm die Treue gehalten hatten, nachdem er sich in seine einsame Berghütte zurückgezogen hatte. Ein schwerer Schicksalsschlag hatte ihm schon vor langer Zeit seine Lebensfreude genommen, doch niemals hatte er mit jemandem darüber gesprochen. War er schon vorher eher verschlossen gewesen, hatte sich diese Eigenschaft in der Folgezeit so sehr verstärkt, dass ihn die meisten Menschen mieden. Heuer hatte ihn als einer der wenigen verbliebenen Kontakte Michael angesprochen und gefragt, ob er Lust habe, an einer kleinen Expedition teilzunehmen. Den Naturkundler zog es wieder in die Berge. Er besaß zwar ein bekanntes Museum in Innichen, das DoloMythos, und darüber hinaus diverse Ferienwohnungen und Geschäfte, um die er sich kümmern musste, aber die Berge waren seine Welt. Dort war er zu Hause. Diese Eigenschaft verband die vier Menschen, die ansonsten unterschiedlicher kaum sein konnten. Michael Wachtler und Dr. Georg Kandutsch pflegten allerdings trotz ihrer Unterschiede eine enge, über viele Jahre gewachsene Freundschaft.

»Nein«, stimmte Kandutsch seinem Freund zu, »das gehört zu einer Tür, und zwar zu einer sehr alten Tür. Ich denke, unser Ausflug steht ab jetzt unter anderen Vorzeichen.« Als er mit dem Fuß in das Geröll stieß, raschelte es plötzlich. Kandutsch hatte eine

Kreuzotter aufgeschreckt, die nur wenige Meter neben ihm unter den Steinen gelegen hatte. Kreuzottern gehören zu den hochgiftigen, aber wenig aggressiven Schlangen. Mit einer Ausnahme ist ihr Biss nicht giftig.

Kandutsch bekam eine Gänsehaut. Er dachte an den schlimmsten Moment in seinem Leben vor dreißig Jahren zurück. Dennoch war seine Erinnerung daran so lebendig, als wäre es erst gestern geschehen. Jutta, seine Frau, hatte ihn als Liebesbeweis auf einer Tour ins Kärntener Dösental in den Hohen Tauern begleitet. Das Tal schloss mit einem der größten Blockgletscher der Alpen. Während Kandutsch damals, angetrieben von den Bergen, ihrer Geschichte und ihren Geheimnissen, am Törlkopf nach Mineralien und Fossilien suchte, hatte sich Jutta auf einer Wiese ins Gras gelegt. »Ich habe keine Lust, wie ein Hündchen hinter dir herzurennen. Geh du ruhig nur allein weiter und such deine Steine. Ich bleibe hier und warte auf dich. Lass dir Zeit.«

Drei Stunden später kam er zurück. Da lag Jutta bereits im Koma. Sie war von einer Kreuzotter gebissen worden, die sich im Gras versteckt hatte. Sie hatte, als wäre Jutta ihre Beute, voll zugebissen und damit zu viel Gift in den Körper ihres Opfers gepumpt. Handys gab es damals noch nicht. Also trug der eher schmächtige Kandutsch panisch seine Frau mit nahezu übermenschlicher Kraft den Berg hinunter ins Tal, fast eintausend Höhenmeter. Im Krankenhaus bekam Jutta das Gegengift. Der behandelnde Arzt hatte Kandutsch damals gesagt, dass sie ohne die Injektion vielleicht noch eine Stunde gehabt hätte. Danach wäre es zu spät gewesen.

Michael Wachtler schien die Gedankengänge seines Freundes zu erraten. »Ist doch damals alles gut gegangen, Georg. Komm, lass uns unsere Zelte aufbauen und dann graben. Wer weiß, was uns unter dem Geröll erwartet.«

Mit bloßen Händen warfen sie das Verschuttmaterial in die Schlucht, Meter für Meter. Bis zum Abend waren sie ein schönes Stück vorangekommen. In der Dämmerung saßen sie erschöpft vor ihren Zelten, tranken Tee und aßen zu Abend.

Wachtler rieb seine aufgerauten Hände. »Ziemlich anstrengend. Ich bin gespannt, wann wir auf etwas Interessantes stoßen und vor allem, auf was.«

Georg Kandutsch stand neben dem großen Blechtopf und nahm sich noch einen Teller Erbsensuppe. »Ich bin mir sicher, dass wir viel für dein Museum finden werden, Michael. Und vielleicht sogar mehr als nur das. Schließlich wissen wir, dass in dieser Gegend vor langer Zeit Gold abgebaut wurde. Warum sollen sich die Reste davon nicht genau unter uns befinden?«

Sara Gasser schüttelte den Kopf. »Unmöglich. Wo soll denn mitten in diesem Geröll ein Stollen sein? Die Geologie des Geländes passt einfach nicht dazu.«

Der alte Bergführer hielt einen Stein in der Hand, den er nachdenklich betrachtete. »Du irrst dich, Sara. Wenn es hier einen Stollen gibt, ist er Hunderte von Jahren alt. Überleg nur mal, wie sich das Klima seitdem verändert hat. Ich glaube, dass hier damals Mineralien abgebaut wurden. Eventuell wurde der Stollen von einer Lawine verschüttet. Es ist keine zehn Jahre her, dass das gesamte Geröllfeld noch unter dickem Gletschereis lag. Es ist wie beim Ötzi. Erst der Klimawandel entreißt den Bergen ihre jahrtausendealten Geheimnisse.«

Zwei Tage lang trugen sie das Geröll ab. Es war Michael Wachtler, der schließlich auf den Stollen stieß, der senkrecht in die Tiefe führte. »Ja!« Vor Freude stieß er einen Schrei aus. »Wir haben ihn gefunden! Freunde, das ist ein historischer Moment!«

»So wie damals in Busson«, sinnierte Georg Kandutsch, »im Fenillaz-Gang, die Speranza. Mein Gott, wie aufregend.«

»Und wie kommen wir da jetzt runter?« Sara Gasser warf einen Blick in das schwarze Nichts. »Das ist doch alles verfault und verfallen. In dieses Loch abzusteigen wäre purer Wahnsinn.«

Wachtler kramte ein Seil hervor. »Abenteuer und Gefahr sind Zwillingsbrüder. Wir gehen jetzt in diesen Stollen. Aber was das Seil angeht, Georg, hättest du tatsächlich das Risiko minimieren können. Schau nur, wie rissig es ist. Hoffentlich hält es. Was hast du bloß damit gemacht?«

Kandutsch blickte verlegen zu Boden. »Ich habe es ein paarmal als Abschleppseil genutzt. Tut mir leid, ein anderes hatte ich nicht.«

»An dir ist wirklich ein perfekter Bergführer verloren gegangen, Georg«, brummte Thaler grimmig. »Was soll's. Ich geh voran.« Am

Rande des Eingangs baute er einen Stand und begann, sich abzuseilen. Langsam ließ er sich in eine unbekannte Welt hinunter, die seit Jahrhunderten kein Mensch mehr betreten hatte. Vermoderte Spreizbalken behinderten ihn in seinem Abstieg. Sie mussten den Bergleuten damals als Treppe gedient haben, über die sie ohne Seil in die Tiefe gelangt waren. Doch in diesem Moment stellten sie für Thaler nichts als eine Bedrohung dar, da sie sich jederzeit lösen konnten.

Meter für Meter kam er voran. Wachtler, Gasser und Kandutsch standen mit hellen Taschenlampen am Rand des Stollens und leuchteten ihn aus. Die Wände waren perfekt geschrämt. Das Gestein musste mit Bergeisen und Fäusteln professionell ausgeschlagen worden sein, um einen schmalen Schlitz, den Schram, zu schaffen. Es war offensichtlich, dass hier vor langer Zeit Bergbau betrieben worden war.

Nach einigen Metern gingen Querstollen wie Stockwerke von dem senkrechten Hauptstollen ab. »Dieser Stollen ist lebensgefährlich!«, rief Thaler seinen Bergkameraden zu. »Wenn die alten Planken brechen, stürze ich ins Nichts. Immerhin bestätigt der stockwerkartige Aufbau meine Vermutung, dass wir uns in einem Goldstollen befinden. Die Querstollen müssen früher dazu gedient haben, das gefundene Material zwischenzulagern, um es nicht jedes Mal mühselig nach oben schleppen zu müssen.« Als er sich ein Stück weiter abseilte, touchierte das ramponierte Seil einen der morschen Spreizbalken. Das Holz löste sich mit lautem Krach und stürzte in die Tiefe, wobei es mehrere andere Spreizbalken mit sich riss.

»Vorsicht!«, schrie Wachtler.

Doch der alte Bergführer hatte seine Reflexe nicht verloren. Ohne nach oben zu blicken, rettete er sich mit einem Hechtsprung in einen Quergang. Nur Bruchteile von Sekunden später donnerten die Balken an ihm vorbei. Auf den Gesichtern der anderen spiegelte sich blankes Entsetzen wider. Am Rand des Eingangs stehend, hatten sie nicht genau sehen können, was sich unter ihnen abspielte.

»Wenigstens sind die Dinger jetzt weg!«, rief Thaler, als er aus dem kleinen Stollen, der ihm das Leben gerettet hatte, hervortrat.

2

Gossensaß, Dienstag, 5. Juli

Christine Alber hatte ihr schönstes Kostüm angezogen. Sie wusste, dass sie darin umwerfend aussah. Normalerweise hatte sie es nicht nötig, sich schick zu machen. Männer drehten sich scharenweise nach ihr um, egal, was sie trug. Doch heute stand zu viel auf dem Spiel. Da konnten Kleinigkeiten entscheiden. Und falls das Kostüm nicht ausreichen würde, den Banker zu überzeugen, hätte sie auch kein Problem damit, es für ihn nach Feierabend auszuziehen. Mit dieser Taktik hatte sie noch jeden gefügig gemacht.

Als Alber die kleine Bankfiliale betrat, eilte ihr Martin Reichegger lächelnd entgegen. »Frau Alber, schön, Sie endlich kennenzulernen. Kommen Sie, gehen wir in mein Büro.«

Sie folgte Reichegger, der in seinem grauen Einreiher aalglatt wirkte. Er war zwar nach objektiven Maßstäben gut aussehend, smart, sehr gepflegt, groß und sportlich, hatte aber keinerlei Ausstrahlung. Er war einer von den Typen, denen man begegnete und die man anschließend sofort wieder vergaß. Für Christine Alber war das von Vorteil, denn ein eitler Banker fiel sicherlich leicht auf zur Schau gestellte weibliche Attribute herein.

Reichegger bot seiner Kundin Kaffee an und ging, nachdem seine Sekretärin zwei Tassen gebracht hatte, zu einem großen Aktenschrank hinüber, der einen hochwertigen Eindruck machte. »Ich habe hier sämtliche Unterlagen von Ihnen.« Er holte mehrere Ordner heraus. »Bilanzen, Steuererklärungen, betriebswirtschaftliche Auswertungen, Statistiken. Und natürlich Ihre Kontoauszüge.« Er grinste breit. Vermutlich hörte er sich gern selbst reden. »Was kann ich also für Sie tun, Frau Alber?«

Sie beugte sich ein wenig vor, sodass er ihr besser in ihr tiefes Dekolleté schauen und ihre vollen Brüste bewundern konnte. »Ich plane größere Investitionen.«

»Investitionen? Welcher Art?«

Alber strich mit der Zunge über ihre Oberlippe. Eine erotische

Geste, die ihre Wirkung hoffentlich nicht verfehlen würde. »Ich plane eine Erweiterung meines Hotels. Auf dem Grundstück ist noch genug Platz für einen Anbau mit zusätzlichen Zimmern und einem zeitgemäßen Fitness- und Wellnessbereich. Natürlich mit Saunalandschaft und allem Pipapo. Zusätzlich muss im Haupthaus die Küche modernisiert werden. Wenn man heutzutage erfolgreich sein will, muss man mit der Zeit gehen. Ich habe schon eine Skizze und eine grobe Kalkulation gemacht. Wenn ich Ihnen das mal zeigen dürfte?« Die Hotelierin legte die Blätter, die sie schon aus der Tasche genommen hatte, auf den Tisch. »Ich rechne mit einer Gesamtinvestition von ungefähr drei Millionen Euro. Die Kosten für das Grundstück entfallen, da es mir bereits gehört.«

Der Banker betrachtete die Entwürfe interessiert. »Haben Sie die selbst gemacht?«

Alber sah Reichegger gespielt ängstlich an. »Warum fragen Sie? Sind die nicht gut?« Ihre Erfahrung hatte sie gelehrt, dass man bei Männern weiterkam, wenn man sich hilflos gab und so ihren Beschützerinstinkt weckte. »Ich habe mir wirklich Mühe gegeben.«

Der Bankier hob abwehrend die Hände. »Nein, nein, die Skizzen sind sehr gut. Auch Ihre Kalkulation ist auf den ersten Blick absolut realistisch. Man merkt, dass Sie betriebswirtschaftlich geschult sind.«

Alber lächelte in sich hinein. Na also, es lief doch bestens. Ihrem Charme konnte niemand widerstehen. Vor ihrem geistigen Auge sah sie bereits den fertigen Anbau vor sich. Wie lange hatte sie schon davon geträumt.

»… leider die Hände gebunden.«

Sie war so in ihre Gedanken vertieft gewesen, dass sie Reichegger einen Moment lang nicht zugehört hatte. »Entschuldigung, ich war einen Augenblick abwesend. Was haben Sie gesagt?«

Er sah seine Kundin mitleidig an. »Durch die neuen Eigenkapitalverordnungen von Basel II sind uns in den meisten Fällen die Hände gebunden. Ich nehme an, Sie haben davon gehört?«

Alber hatte keine Ahnung, wovon der Mann sprach. Sollte der Termin doch mit einem Misserfolg enden? Sie schüttelte den Kopf.

Der Kundenberater schob die Skizzen zu ihr zurück. »Abgesehen von den Regelungen von Basel II sprechen leider auch Ihre Zahlen und Trends gegen einen zusätzlichen Kredit. Die Buchungszahlen in Ihrem Betrieb sind seit Jahren rückläufig, inzwischen machen Sie sogar Verluste. Und falls Sie es vergessen haben sollten: Ihr gesamtes Hotel ist dermaßen mit Hypotheken belastet, dass es im Grunde ohnehin schon der Bank gehört. Und andere Sicherheiten können Sie nicht beibringen, nicht wahr?« Er wartete ihre Antwort nicht einmal ab. »So bedauerlich ich das persönlich auch finde, ich bin machtlos und kann Ihrem Wunsch nach einer Bankenfinanzierung nicht entsprechen. Auch nicht mit einem geringeren Volumen.«

Christine Alber war entsetzt. Mit allem hatte sie gerechnet. Dass es schwierig werden würde, dass man sie beschränken und ihre geplanten Investitionen kürzen würde, aber eine komplette Absage? Sie war verunsichert, und das kam wahrlich selten vor. »Aber …« Sie konnte nur stammeln. Ohne die Erweiterung und Modernisierung würde sie bald am Ende sein. »Ich bin seit mehr als zwanzig Jahren Kundin bei Ihnen. Sie können mich jetzt doch nicht hängen lassen!«

Doch Reichegger zeigte kein Erbarmen. Im Gegenteil. Er wies sie darauf hin, dass sie in letzter Zeit immer häufiger mit ihren Ratenzahlungen in Verzug geraten war. »Wenn sich das nicht bald bessert, müssen wir Ihren Kredit leider kündigen. Wegen Basel II. Was rede ich, Basel II … wegen Basel III! Sie verstehen? Bitte entschuldigen Sie mich jetzt, ich habe gleich einen Anschlusstermin. Wenn Sie Fragen haben, können Sie natürlich jederzeit gern auf mich zukommen.«

Frustriert und mit hängenden Schultern verließ Alber die Bank. Weder harte Fakten noch weiblicher Charme hatten ihr geholfen. Jetzt konnte sie nur noch ein Wunder retten.

3

Sterzing, Freitag, 22. Juli

Andreas Kofer war stinksauer. Schon wieder hatte dieser widerliche Emporkömmling aus Innichen Glück gehabt und etliche wertvolle Stücke für sein Museum gefunden, das es ohne Fortuna, die ihm unbegreiflicherweise seit eh und je nachlief, gar nicht gäbe. Die Zeitungen hielten sich auffallend damit zurück, die neuen Funde detailliert zu beschreiben, und konzentrierten sich eher auf unbedeutende Nebenkriegsschauplätze. Sie berichteten von Kinderschuhen, die Wachtlers Gruppe gefunden hatte und bewiesen, dass einst auch Kinder zur Arbeit gezwungen worden waren. Da dieser Wachtler überall seine Hände drin hatte, konnte er zweifelsohne auch Einfluss auf die Berichterstattung der Medien nehmen. Dem war alles zuzutrauen, wenn es um seinen Ruhm und seinen Profit ging.

Dafür hatte sich vor allem »Die Dolomiten – Tagblatt der Südtiroler« förmlich daran geweidet, wie der Innicher mit seinem hechelnden Gefolge bei seinen Grabungen gleich noch eine Leiche mit Silbermünzen in den Taschen gefunden hatte. Das Geld stammte aus dem Jahr 1450. »Aus der Zeit vor der Entdeckung Amerikas«, hatte Wachtler in seinem eigenen Radiosender Radio Holiday in Bruneck getönt. Wären die alten Gebeine entsprechend gut erhalten, würde er sich zu allem Überfluss auch noch damit rühmen können, einen zweiten Ötzi gefunden zu haben. Doch wenigstens diese Schmach war Kofer erspart geblieben. Wenn einer es verdient hatte, einen Ötzi zu finden, dann er!

Ruhelos ging er in seinem Museum in Sterzing auf und ab. Wie so oft waren kaum Besucher da. Warum war der Innicher mit seinem allseits bekannten Dolomitenmuseum DoloMythos bloß so erfolgreich? Täglich strömten Hunderte in seine Ausstellung. Sicherlich, das Museum war nicht schlecht geplant, und der abgeschlossene Bereich, in dem die Kinder der Besucher im Sand nach winzigen Goldstückchen graben konnten, kam besonders gut an.

So mussten sich die Leute eine Weile nicht um ihren Nachwuchs kümmern, sondern konnten sich ganz der Ausstellung widmen. Aber was sonst hatte Wachtlers Museum, was seins nicht hatte? Kofer hatte keinen Zweifel daran, dass er selbst ein überragendes Genie war. Seine Studiengänge hatte er allesamt mit Auszeichnung absolviert, er hatte mehr veröffentlicht, als dieser Wachtler jemals zustande bringen würde, und die Fachpresse feierte ihn. Zumindest manchmal. Es musste etwas geschehen, sonst würde er sein Museum, sein Lebenswerk, bald dichtmachen können.

Seine Exfrau Laura hatte ihn vor langer Zeit nicht nur wegen seiner Besessenheit verlassen. Sie hatte ihm auch einen exorbitanten, großspurigen Lebensstil unterstellt. Ihre letzten Worte, als sie schon mit einem Koffer in der Tür gestanden hatte, hallten bis heute in seinen Ohren nach. »Du bist so unglaublich selbstverliebt, Andreas Kofer. Ist dir das eigentlich bewusst? Dir geht es doch gar nicht um die Natur und ihre Schätze, stattdessen geiferst du regelrecht nach Anerkennung. Ich könnte deine Leidenschaft ja irgendwie verstehen, wenn es dir um die Sache ginge. Aber dass du unser Haus belastest, um dein komisches Museum mit nutzlosem alten Schnickschnack aufzublähen und ein dickes Auto zu fahren, das geht wirklich zu weit.«

Wehmütig blickte Kofer vom Panoramafenster der Cafeteria seines leeren Museums auf den Vorplatz, wo sein alter BMW stand. Ein lächerlicher 3er, nicht einmal mit Sitzheizung. Er konnte sich nichts Besseres mehr leisten. Das wenige Geld, das seine Ausstellung und seine Veröffentlichungen noch einbrachten, deckte gerade einmal seine laufenden Kosten. Für die dringend notwendige Renovierung des älteren Teils seiner Ausstellung reichte es bei Weitem nicht. Warum musste ihn das Schicksal so strafen? Womit hatte er das verdient? Warum konnte er nicht so erfolgreich sein wie der Pustertaler? War es, weil der Typ bei der Planung von Messners Museum mitgewirkt hatte? War das ausreichend für den Erfolg?

Tief in düsteren Gedanken versunken, merkte der Museumsdirektor nicht, wie sich ihm jemand von hinten näherte. Langsam machte die Person einen Schritt nach dem anderen, bevor sie beide Hände hob, die den Bruchteil einer Sekunde später über Kofers Augen lagen. »Kuckuck, Überraschung!«

Er schnellte herum. Wer wagte es, ihn so zu erschrecken?

»Damit hast du nicht gerechnet, was?«

Kofer entspannte sich augenblicklich. »Schöne Frau, was führt dich denn zu mir? Mein ohne Frage legendärer Charme? Wie wäre es mit einem Espresso?« Kofer schaute auf die Uhr, gleich schloss das Museum. »Oder doch lieber ein perliger Prosecco?« Die Frau machte ihn von jeher an. Zigmal schon hatte er versucht, bei ihr zu landen, jedes Mal vergeblich. Hielt das Schicksal wenigstens eine kleine positive Überraschung für ihn bereit?

»Prosecco klingt gut.« Sie sah ihm direkt in die Augen und lächelte. »Die Champagnerzeiten scheinen ja vorbei zu sein. Immerhin besser als nichts …«

Kofer wollte ihren Blick erwidern, schaffte es aber nicht, seine Augen daran zu hindern, dass ihr Fokus sich direkt nach unten in ihren Ausschnitt verlagerte. Sensationell! »Tja, da sprichst du ein wahres Wort gelassen aus. Weshalb bist du eigentlich gekommen?«

»Eben deshalb!«

Der frustrierte BMW-Fahrer sah sie fragend an. »Weshalb?«

Sie lächelte kokett. »Champagner.«

»Champagner?«

»Ja, Champagner. Den wir in Zukunft schlürfen werden. Komm, mein lieber Andreas, jetzt trinken wir zum letzten Mal langweiligen Prosecco und reden dabei übers Geschäft.«

4

Sarnthein, Mittwoch, 27. Oktober

Schweißgebadet schreckte Commissario Vincenzo Bellini aus dem Alptraum hoch. Der Horror war in jeden Winkel seines Körpers und seiner Seele gekrochen. Er kam sich vor wie in einer dimensionslosen Unendlichkeit. Dort gab es weder Zeit noch Raum, keine Geräusche, kein Licht, einfach nichts.

Doch halt, da war ein Licht! Ein schwacher Lichtschein. Und ein Schatten! Vincenzo riss seinen Kopf reflexartig nach links. An seiner Schlafzimmertür stand jemand! Um Gottes willen, war *er* das? »Was willst du, du Schwein?«, schrie er in Richtung Tür.

Er schnellte aus dem Bett hoch, hechtete zu der kleinen Garderobe, an der seine Dienstwaffe hing, riss sie aus dem Halfter, entsicherte sie, wirbelte herum und zielte auf die Tür. Der Schatten war weg! Hatte sich die Ausgeburt der Hölle schon ins Zimmer geschlichen? Instinktiv duckte sich der Commissario hinter das Sideboard, auf dem seine Mini-Stereoanlage stand. Seine Augen suchten das Zimmer ab. Wo war er? War er bewaffnet? Aber wie konnte das möglich sein? Er war doch hinter Schloss und Riegel! Oder etwa nicht?

Vincenzo fühlte seinen Puls im Hals und in den Schläfen pochen. Wirr rasten die Gedanken durch seinen schlaftrunkenen Kopf. Was sollte er tun? Er konnte doch nicht wild in seinem Schlafzimmer um sich schießen. Er zwang sich zur Konzentration. Denk nach! Bleib ruhig! Er kann es nicht sein. Wahrscheinlich nur ein Einbrecher. Ein harmloser Einzeltäter, unbewaffnet, selbst voller Angst, fluchtbereit.

Vorsichtig schlich Vincenzo in geduckter Haltung zu seiner geschlossenen Schlafzimmertür. Aber warum sollte ein Einbrecher ein Zimmer betreten, in dem jemand schlief, und dann die Tür hinter sich schließen? Das war doch unlogisch. Ein Dieb, der nur auf Geld und alles, was sich zu Geld machen ließ, aus war, vermied doch jedes unnötige Geräusch. War *er* es vielleicht doch? Noch gut einen Meter bis zur Tür. Der Commissario sah sich hektisch um. Schweiß lief ihm die Stirn hinunter und in die Augen. Er konnte weder etwas sehen noch etwas hören, abgesehen von seinen eigenen Atemzügen, die er mit aller Gewalt zu kontrollieren versuchte. Ansonsten war es mucksmäuschenstill. Wer auch immer in seinem Schlafzimmer war, er tat dasselbe wie Vincenzo: nichts. Der Commissario wartete. Wartete auf den nächsten Zug seines Gegners. Welcher Gegner? Warum? Was hatte er vor?

Für einen Augenblick schloss Vincenzo die Augen, konzentrierte sich, holte einmal tief Luft und hielt dann den Atem an. Mit einem Satz sprang er auf, drückte den Lichtschalter und ließ sich seitwärts gegen die vorderseitige Wand seines Schlafzimmers fallen, die Waffe exakt in die Raummitte gerichtet. Seine Augen brauchten einen kurzen Moment, um sich an das plötzliche Licht zu gewöhnen, dann scannten sie das gesamte Zimmer ab. Und entdeckten nichts Außergewöhnliches. Nichts, was nicht genau dort stand, lag oder hing, wo es hingehörte. Das Tischchen mit dem einfachen Holzstuhl, die Bilder von Gianna auf dem Regalbrett an der Wand, das Bett, unter das er von seiner Position aus blicken konnte. Niemand außer ihm war hier. Das Sideboard, der alte Schrank, den er vor zwei Jahren zusammen mit Gianna auf einer Messe für antike Möbel erstanden hatte. Ein wunderschönes Einzelstück, ursprünglich ein Bauernschrank aus dem ausgehenden neunzehnten Jahrhundert. Er war grün lackiert mit Intarsien aus kunstvoll eingearbeitetem Perlmutt an den Rändern. Genau genommen handelte es sich um Inkrustationen, so zumindest hatte es ihnen der Verkäufer erklärt, der einen höheren Preis erzielen wollte. Gianna und ihm war es egal gewesen. Jeden Morgen, an dem sie zusammen hier aufgewacht waren, hatten sie sich an dem wunderschönen Anblick des Schranks erfreut.

Vincenzos Blick wanderte weiter, erfasste den Wecker auf seinem Nachttisch, und mit einem Mal begriff er: Niemand war in seinem Zimmer. Wie jede Nacht seit dem letzten Wochenende hatte sein Hirn im Schlaf versucht, seine traumatischen Erlebnisse zu verarbeiten. Das Licht, von dem er geglaubt hatte, es käme von einer Taschenlampe des Schattens an der Tür, hatte seinen Ursprung in nichts anderem als seinem Wecker.

Nachdem er am vergangenen Samstag in der Überzeugung, seinen zweiten Mordfall endlich abgeschlossen zu haben, dieses geistesgestörte Schreiben aus seinem Briefkasten genommen hatte, befand sich Vincenzo dauerhaft in einem tranceähnlichen Zustand zwischen Traum und Wirklichkeit. Dazu kamen die Erinnerungen an das Eis, an Gianna, deren Traumatisierung um einiges stärker war als seine, die sich in eine merkwürdige Welt zurückgezogen und einen Schutzraum um sich errichtet hatte, den niemand betreten durfte, vor allem nicht Vincenzo.

Gianna! Er ließ die Waffe zu Boden sinken. Tränenrinnsale liefen über seine Wangen und tropften auf den Dielenboden. Sie hatten eine wundervolle Zeit zusammen gehabt. Trotz ihrer unterschiedlichen Ziele wollten sie für immer zusammenbleiben, waren sich sicher, dass es für ihre unterschiedlichen Lebenssituationen eine passende Lösung geben würde. Doch seit weniger als einer Woche war der Traum ausgeträumt, der Traum von einer gemeinsamen Zukunft, von Freundschaft, Liebe, Kindern, der Vorstellung, zu zweit alt zu werden. Die einfachste Formel für das Glücklichsein. Anstelle des Traums vom gemeinsamen Glück waren nun die Alpträume getreten, die ihn selbst am helllichten Tag heimsuchten.

Vincenzo riss sich zusammen, kroch zum Fenster und zog die Rollläden hoch. Draußen war es längst hell geworden. Er schaute auf die Uhr, schon neun. Offensichtlich hatte er nach seinem täglichen Versuch, Angst und Frust mit Alkohol zu betäuben, wieder einmal vergessen, den Wecker zu stellen. Höchste Zeit, in die Questura zu kommen, auf das Frühstück musste er verzichten. Der Vice-Questore, Dottore Alessandro Baroncini, fasste ihn zwar im Moment mit Samthandschuhen an, doch irgendwann würde auch seine Geduld ein Ende haben.

Während Vincenzo in seine Hosen schlüpfte, klemmte er sich den Telefonhörer zwischen Schulter und Kinn und presste die Taste für Wahlwiederholung.

»Psychiatrie Bozen, Sie sprechen mit Dottore Crescente Albertazzi.«

»Guten Morgen, Dottore! Bitte entschuldigen Sie die erneute Störung, aber ich muss wissen, ob er in seiner Zelle ist.« Vincenzo lauschte Albertazzis Atemzügen.

»Commissario, Sie müssen sich dringend, ich wiederhole: dringend in therapeutische Behandlung begeben. Ich kann Sie zwar verstehen und als Fachmann alles nachvollziehen, aber als solcher sage ich Ihnen auch, dass Sie unter Verfolgungswahn leiden. Und zwar unter einem mit dem Potenzial, sich zu einer paranoiden Persönlichkeitsstörung auszuwachsen. Allein werden Sie das nicht wieder in den Griff kriegen. Dennoch will ich Ihre Frage beantworten: Selbstverständlich ist er in seiner Zelle. Ich habe mich persönlich seiner angenommen. Dieser Fall ist selbst für einen alten Hasen wie mich eine echte Herausforderung. Im Übrigen kommt aus unserem Hochsicherheitstrakt garantiert niemand raus. Unsere Anstalt verfügt über das modernste Sicherungssystem, das der Markt derzeit zu bieten hat. So, und jetzt muss ich zu genau diesem Patienten. Bitte entschuldigen Sie mich, Commissario, und rufen Sie bitte nicht mehr an. Befolgen Sie lieber meinen Rat, vertrauen Sie mir, das wäre das Beste für Sie. Ciao.«

Vincenzo schlich ins Bad. Er hatte Albertazzi im Rahmen seiner Ermittlungen kennengelernt. Zweifelsohne ein guter Psychiater. Aber Verfolgungswahn? Der Mann hatte doch keine Ahnung, wovon er sprach. Wer war denn im Eis gefangen gewesen? Albertazzi oder Gianna? Wer hatte denn all das durchgemacht? Er und Therapie? So ein Blödsinn. Wut keimte in ihm auf. Hoffentlich hielt die nähere Zukunft wenigstens einen anspruchsvollen Fall für ihn bereit, der ihn von seinen Gefühlen und Gedanken ablenken würde. Und von Gianna, die angekündigt hatte, den Kontakt zu ihm bis Weihnachten einzustellen. Zumindest bis zum Abschluss der Therapie, der sie sich, im Unterschied zu ihm, unterzog.

5

Zillertaler Alpen, an der Grenze zu Österreich, Freitag, 29. Oktober

Die Sonne schien ihnen direkt ins Gesicht. Vor ein paar Tagen hatte ein historischer Kälteeinbruch Südtirol lahmgelegt. Meterhoch hatte sich im Hochgebirge der Schnee aufgetürmt, und selbst in tieferen Lagen war der Straßenverkehr völlig zum Erliegen gekommen. Die Meteorologen waren sich sicher gewesen, dass der Wechsel der Jahreszeiten damit eingeläutet worden war, hatten sich aber wie so oft getäuscht. Seit dem Wochenende trübte keine Wolke den Himmel, und die Temperaturen stiegen von Tag zu Tag. In Bozen tummelten sich die Menschen längst wieder in den zahlreichen Straßencafés.

Heinrich Gamper war fest davon überzeugt gewesen, ihr Ziel in diesem Jahr auf keinen Fall mehr erreichen zu können. Er rechnete damit nicht vor dem nächsten Frühsommer, doch der jüngere der beiden Bergführer, Markus Pircher, hatte nur müde gelächelt. »Das ist völlig harmlos. In den nächsten Tagen taut es bis ganz oben an, und nachts nachfrieren tut's auch nicht. Es gib keinen Grund, unsere Expedition zu verschieben.«

Gamper hatte ihm geglaubt. Und wenn er ehrlich zu sich selbst war, wollte er ihm einfach auch glauben, trotz aller Strapazen. Schließlich war es die Chance seines Lebens.

Während er nun langsam, Schritt für Schritt, hinter dem Bergführer den steilen Pfad bergan stieg und sich mühselig durch teilweise dicke Schneereste arbeitete, dachte er an den Abend im Juli zurück. Unglaublich, was es bedeuten würde, wenn Sara Gasser recht behalten sollte. Ausgerechnet Sara, die Personifikation des wortkargen Außenseiters. Wochen-, manchmal monatelang sah man sie nicht, weil sie in den Bergen unterwegs war. Sie lebte nur für ihre Steine und Mineralien, sprach aber kaum über sich und ihre Arbeit als Archäologin. Doch an jenem Sommerabend in der Ladurnerhütte war sie aufgrund ihrer Entdeckung nachgerade euphorisiert gewesen und hatte entgegen ihrer sonstigen

Gepflogenheiten zu tief ins Glas geschaut. Es war reiner Zufall gewesen, dass auch er zu diesem Zeitpunkt auf der Hütte war. Sein Sohn sollte zu Hause mit zehn Freunden Kindergeburtstag feiern. Alle durften über Nacht bleiben, Schlafparty. Von wegen Schlaf, die ganze Zeit tobten die Jungs bei solchen Kinderfeten herum. Dieses Gekreische ging ihm regelmäßig auf die Nerven. »Herzchen«, hatte er zu seiner Frau Frieda gesagt, »das übernimmst besser du. Wird Zeit, dass ich mal wieder in die Berge komme. Morgen gegen Mittag bin ich zurück.« Und weg war er gewesen, lange bevor die ersten Kinder kamen.

Die Ladurnerhütte war ein attraktives Ziel, bot eine schöne Aussicht, leckeres Essen und Bier vom Fass. Zwei, drei Mal im Jahr kam er hoch und blieb über Nacht, weil er es selten bei ein paar Bier beließ. An diesem Abend hatte er Sara getroffen, die öffentliche Plätze jedweder Art normalerweise mied wie der Teufel das Weihwasser. Schon angeheitert hatte sie sich ungefragt zu ihm an den Tisch gesetzt. Bei der Erinnerung musste er schmunzeln. Sie war ein so herber Typ, dass sie glatt als Mann durchgegangen wäre, hätte sie sich nicht den letzten Rest ihrer Weiblichkeit in Form ihrer langen braunen Haare bewahrt. Sie war an die ein Meter achtzig groß und hatte Muskeln, von denen er nur träumen konnte. Doch als sie ihm angetrunken gegenübergesessen hatte, schon ein bisschen lallend, hatte sie plötzlich etwas viel Weicheres, fast schon Verletzliches ausgestrahlt. Das hatte ihm gefallen. Wären in diesem Augenblick nicht Christine und Luigi an ihren Tisch gekommen, hätte er vielleicht versucht, die Situation auszunutzen. Die Vorstellung, eine alte Jungfer zu erobern, hatte ihn angemacht. Damals hatte er Pech gehabt, aber wenn sie fündig würden, gäbe es bald wieder einen Grund zum Feiern. Vielleicht ja dann.

Luigi Ferrari war der Koch von Christine Alber. Er arbeitete in ihrem Drei-Sterne-Hotel im Pflerschtal und war seit Jahren ihr heimlicher Geliebter. Ihre persönliche Verbindung behielten die beiden tunlichst für sich, immerhin war Luigi, ein Schönling vor dem Herrn, Familienvater. Er hatte eine gewisse Ähnlichkeit mit Antonio di Natale, war jedoch gut einen Kopf größer. Heinrich Gamper war ihnen schon vor Jahren auf die Schliche gekommen und hatte seither einen Deal mit Christine. Er hielt die Klappe und durfte dafür, wenn das Hotel geschlossen oder nichts los war, die große Suite mit eigener Sauna nutzen, um sich dort mit einer seiner zahlreichen Affären zu amüsieren. Sein Herzchen war eine gute Hausfrau und Mutter mit tollem Körper, immerhin war sie fast zwanzig Jahre jünger als er, aber im Bett trotzdem eine Null. Er hatte gar keine andere Wahl, und schließlich waren mit dieser Lösung alle zufrieden.

Christine besaß ein gewisses Gespür für Geld, was aber nicht hatte verhindern können, dass ihr Hotel unter schwindenden Gästezahlen litt. Vielleicht war es Intuition gewesen, als sie sich auf der Ladurnerhütte zu ihm und Sara, mit der sie nicht das Geringste verband, gesellt hatte. Wäre sie nicht dazugekommen, würde er sich jetzt nicht durch das Hochgebirge kämpfen.

Sara hatte zunächst nur Andeutungen gemacht. »Es gibt Dinge in den Bergen, auf die würdet ihr nicht einmal im Traum kommen. Habt ihr überhaupt eine Vorstellung, was für faszinierende Dinge über euren behaglichen Häusern im Tal auf ihre Entdeckung warten?«

Christine hatte sofort begriffen, dass Sara etwas auf der Spur sein musste, das sich in bare Münze umwandeln ließ. Ihr verschlagener Gesichtsausdruck war ihm keineswegs verborgen geblieben. Im Unterschied zu Luigi. Der einfältige Geliebte der Hotelierin himmelte das Objekt seiner Begierde von der Seite an und hatte sein Gehirn währenddessen anscheinend ausgeschaltet. Obwohl schon über fünfzig, sah Christine noch immer blendend aus. Sie konnte es sich leisten, ihre verführerische Weiblichkeit zur Schau zu stellen. Sie hatte pralle Brüste, die jedes männliche Augenpaar zum Hingucken verführten. Der arme Luigi. Er hatte nicht die geringste Ahnung, dass seine Christine, die es ihm fast täglich besorgte, eine Femme fatale war. Die ihn nach Belieben benutzte und ihn für einen Hungerlohn malochen ließ. Das war auch der Grund, warum Heinrich Gamper selbst tunlichst die Finger von ihr ließ. Dass sie ihn geil machte, ließ sich nicht vermeiden, aber wenn sie ihm in seinen Phantasien begegnete, sorgte er lieber selbst unter der Dusche für Abhilfe.

Die Femme fatale bestellte Sara einen Willi nach dem anderen, und aus dem schweigsamen Waldkauz wurde bald eine

Alleinunterhalterin, aus der die Worte nur so heraussprudelten. Faszinierend, wie zielstrebig Christine unbedarfte Menschen manipulieren konnte. Nach zwei Stunden wusste sie, was zu tun war, wen sie dafür brauchte und warum. Wenn Christine Euro witterte, funktionierte sie wie ein Hochleistungsrechner, kühl, methodisch, konsequent und gefühllos.

Gamper wusste, warum sie ihn brauchte. Mit seinen Kontakten und Einflussmöglichkeiten war er der Schlüssel zum Erfolg des Projektes. Wie gut, dass er den Charakter des gefährlichen Frauenzimmers bereits messerscharf analysiert und durchschaut hatte. Ihr aufgesetztes verführerisches Lächeln, das ihm zu sagen schien: »Du bist der eigentliche Held für mich. Wäre Luigi nicht hier, würde ich es dir beweisen. Und wie!« Er spürte, wie sich gleichzeitig eine Erektion und eine gewisse Form von Ekel in ihm regten. Ob vor Christine, sich selbst oder seinen Phantasien, er hätte es nicht sagen können.

Während Gamper sich in erotischen Träumen schwelgend gewünscht hatte, so schnell wie möglich auf sein Zimmer zu kommen, war Sara aufgesprungen und zur Toilette getorkelt. In der folgenden Nacht hatte sie sich mehrmals übergeben.

Am nächsten Morgen hatte Gamper Christine beim Frühstück beobachtet. Seine Fähigkeit, sich in andere hineinzuversetzen, hatte ihm schon damals gesagt, dass außer ihm zu diesem Zeitpunkt nur Christine wusste, dass sie alle jetzt zusammen unterwegs sein würden, auf dem Weg zu Reichtum und Ruhm.

Er sah auf seine Uhr, gleich fünf. »Es wird bald dunkel, Markus. Sollen wir uns nicht lieber ein lauschiges Plätzchen zum Übernachten suchen?«

Der Bergführer schützte seine Augen gegen das gleißende Licht der tief stehenden Sonne. Das markante Massiv des Hochfeiler türmte sich vor ihnen auf. Majestätisch ragte der dreitausendfünfhundertneun Meter hohe Gipfel gen Himmel. »Sieh ihn dir an! Ist er nicht wundervoll? Der höchste Berg der Zillertaler Alpen. Alle Routen außer der Normalroute von der Hochfeilerhütte sind echt anspruchsvoll. Interessanter finde ich persönlich nur noch den Pflerscher Tribulaun drüben in den Stubaiern. Das imposante Massiv ist sagenumwoben. Östlich seines Gipfels gibt es eine riesige Felsspalte. Einer alten Legende nach wurde sie von einem mächtigen Bergkönig in den Fels geschlagen, der einen Bergmann schützen wollte. Der Bergmann wurde vom König des Tals verfolgt, der zur Strafe von dem Bergkönig versteinert wurde. Der Tribulaun liegt genau auf der Ländergrenze, im Süden haben wir unser schönes Pflerschtal, unsere Heimat. Im Norden liegt auf österreichischer Seite das Gschnitztal. Aber auch der Hochfeiler ist ein erhebender Anblick. Du solltest ihn lieber genießen, Heinrich.«

Gamper schaute erneut demonstrativ auf seine Uhr. »Ich habe wirklich nichts gegen deine netten Geschichten, aber alles zu seiner Zeit. Dunkelheit, Nachtlager, alles klar?«

Der Bergführer schaute Gamper verständnislos an. »Du hast überhaupt keinen Sinn für die Berge, aber was soll's. Wenn Sara sich nicht geirrt hat, sollte der Eingang in den Stollen gleich da vorn hinter dem Felsvorsprung sein. Wenn dem so ist, können wir noch heute mit dem Graben anfangen. Die Nacht können wir zur Not im Stollen verbringen, und morgen sind wir vielleicht schon wieder auf dem Rückweg.«

Der Bergführer hatte recht. Als sie den Vorsprung umrundeten, lag der Einstieg, der senkrecht in die Tiefe führte, vor ihnen.

Christine Alber stieß einen Laut der Verzückung aus. »Endlich! Gut gemacht, Sara! Los, holt das Werkzeug raus, damit wir gleich anfangen können.«

Gamper zündete sich eine Zigarette an. Durch den Rauch, den er ausblies, beobachtete er aufmerksam die anderen Teilnehmer der Expedition, die ihre Rucksäcke absetzten. Pircher und Andreas Kofer, der Museumsdirektor mit seinem fundierten und für ihre Pläne unverzichtbaren Spezialwissen, trugen das Werkzeug und die gesamte Ausrüstung, die anderen Rucksäcke enthielten nur ein paar Vorräte und waren vor allem dafür gedacht, das Gold abzutransportieren. Wenn Sara recht behielt – und davon war Gamper noch immer überzeugt –, würde ihnen dieser unbedeutende Schacht den Weg zu mehreren Dutzend Kilogramm Gold öffnen. Und damit zu einem besseren Leben. Wobei Gamper wusste, wie unterschiedlich die Motive der Anwesenden waren.

Mit seiner Lebenserfahrung und Menschenkenntnis durchschaute er jeden von ihnen.

Kofer war eitel und selbstverliebt. Jahrelang war er in den Bergen herumgekraxelt, ohne etwas von Bedeutung zu finden. Sein Kollege aus Innichen, Michael Wachtler, war da schon wesentlich erfolgreicher. Vor einigen Jahren hatte er nicht nur eine beträchtliche Menge Gold in den Bergen gefunden, sondern auch Nachweise für bis dato unbekannte Saurier- und Pflanzenarten, von denen einige sogar nach ihm benannt worden waren. Im Jahr 1999 war Wachtler dann in den Dolomiten auf das Skelett eines kleinen Sauriers gestoßen. Der »Megachirella wachtleri« war in seinem eigenen Museum in Innichen ausgestellt. Unter diesen Vorzeichen war Kofer dazu bereit, alles zu tun, um diesem Emporkömmling endlich zu zeigen, wer die wahre Nummer eins in Südtirol war. Sara hingegen war in keinster Weise materialistisch, lebte aber ungewollt stets am Existenzminimum. Ihre Veröffentlichungen begeisterten zwar die Fachkreise, erreichten aber bei Weitem nicht die Auflage wie etwa ein Roman. Ein unverhoffter Geldsegen würde es ihr ermöglichen, den Rest ihres Lebens ihrer Leidenschaft, der Geologie, ohne jeglichen finanziellen Druck nachzugehen. Pircher wiederum liebte es, mit dem Geld um sich zu schmeißen, um die Touristinnen zu beeindrucken. Alber war schlichtweg gierig, und Ferrari folgte ihr wie ein Hündchen.

Gamper selbst war seinen elenden Job in der Verwaltung leid. Tagaus, tagein dieselbe öde Leier. Er war Ende fünfzig und hatte keine Lust mehr zu arbeiten, sich für dieses beschissene Land den Arsch aufzureißen. Dank seiner Beziehungen würden sie ihren Fund problemlos außer Landes schmuggeln können. Und dann würde sein Anteil mit ein bisschen Glück vielleicht um einiges größer ausfallen als vereinbart, aber davon würden die anderen nichts erfahren. Für ihn waren sie nichts als Handlanger. Lediglich auf Christine musste er achtgeben, die war mit allen Wassern gewaschen.

Nur aus einem wollte Gamper nicht so recht schlau werden, aus Alexander Thaler, dem älteren der beiden Bergführer. Von ihm wusste er nur, dass er schon über siebzig war und Pircher ausgebildet hatte. Dieser war der Auffassung gewesen, dass Thaler an der Expedition teilnehmen solle, da niemand so erfahren im Hochfeilergebiet sei wie er. Und Pircher hatte recht gehabt. Es schien, als würde Thaler jede Kletterpassage im Schlaf beherrschen, als könnte er sie quasi blind gehen. Und da sie sich fernab offizieller Wege bewegten, war es tatsächlich ein gutes Gefühl, sich auf jemanden verlassen zu können, der jeden Stein kannte und der seine Mitstreiter mit der Präzision eines Schweizer Uhrwerkes sicherte.

Gamper selbst war alles andere als bergerfahren. Seine Kondition stieß an der leicht zu erreichenden Ladurnerhütte an ihre Grenzen. Doch obwohl er nicht schwindelfrei war, bewältigte Gamper selbst die ausgesetzten Passagen problemlos, weil er sich in Thalers Seilschaft vollkommen sicher fühlte. Im Vergleich zu ihm war Pircher noch ein kleiner Junge, noch grün hinter den Ohren. Aber der alte Mann wirkte auch unnahbar. Er redete kein Wort, schaute auffallend grimmig drein. Seine Augen hatten das tiefste Blau, das Gamper je bei einem Menschen gesehen hatte. Er war klein, keine eins fünfundsiebzig, und von hagerer, fast ausgemergelter Statur. Mit seinen grauen Haaren und einem ebenso grauen Vollbart wirkte er irgendwie ungepflegt. Gamper wusste nicht, woher genau der Bergführer stammte, aber Pircher hatte gemeint, dass er irgendwo im hintersten Ahrntal auf einer Hütte lebte, weit oben, fernab von jeglicher Zivilisation. Angeblich gab es dort weder Sanitäranlagen noch Strom oder fließendes Wasser, lediglich einen Brunnen. Das konnte vieles erklären. Für Gamper unvorstellbar, so zu leben. Was mochte diesen Kauz nur dazu bewogen haben, sich der Expedition anzuschließen? Gamper konnte sich nicht vorstellen, dass sich ein solcher Eremit etwas aus Geld machte. Aber warum dann? Doch im Grunde konnten ihm Thalers Motive auch gleichgültig sein. Entscheidend war nur, dass der alte Mann wie alle anderen die wichtigste Eigenschaft besaß, die für ein solches Projekt, das unweigerlich unzählige Neider auf den Plan rufen würde, entscheidend war: Er konnte schweigen.

Heinrich Gamper atmete tief durch und trat seine Zigarette aus, als Pircher Stirnlampen und Steinschlaghelme verteilte.

»Auf geht's!«, befahl Christine Alber. »Wir sollten keine Zeit verlieren. *Time is money.*«

Pircher prüfte sein Klettersteigset und setzte den Steinschlaghelm auf. »Ihr folgt bitte meinem Beispiel. Es geht dreißig Meter in die Tiefe. Alexander, du bist der Erfahrenere, gehst du voran?«

Thaler stand vor dem Schacht, starrte geistesabwesend in die Dunkelheit und schüttelte dann den Kopf. »Mir ist grad eingefallen, dass ich noch etwas zu erledigen habe. Ich versuche später nachzukommen. Sollte ich es nicht schaffen, übernimmst du die Führung, Markus. Der Rückweg ist derselbe wie der Hinweg, und die größte Gefahr in diesem Stollen, die vermoderten Spreizbalken, sind bereits im Juli eingestürzt. Ihr solltet gut ohne mich klarkommen.«

Ohne eine Antwort abzuwarten, drehte sich Thaler um und stieg begleitet von den ungläubigen Blicken der anderen und ohne jedwede Sicherung in eine nahezu senkrechte Felswand ein, die sich rund zwanzig Meter unterhalb des Stolleneingangs befand. Schnell wie eine Gämse kletterte der alte Bergführer die Wand hinab. Gamper wurde allein vom Zusehen schwindelig. Als Thaler Augenblicke später verschwunden war, schüttelte er verständnislos den Kopf. Was trieb einen Menschen dazu, kurz vor Einbruch der Nacht in eine endlos erscheinende Schlucht zu klettern?

Alber zog den Gurt ihrer Kletterausrüstung stramm. »Kümmert euch nicht um ihn. Wir haben Wichtigeres zu tun.«

Pircher leuchtete mit der Stirnlampe in den Schacht, dann begann er, sich abzuseilen, und die Übrigen folgten ihm. Der Letzte in der Seilschaft war Kofer. Der Museumsdirektor sah Sara Gasser vor sich und ärgerte sich maßlos. Den anderen ging es nur um Geld, aber Sara wollte mehr. Sie hoffte wie er, dass sie nicht nur Berggold finden würden. Jahrhundertelang war der Stollen verschüttet gewesen, und abgesehen von dem Team um Michael Wachtler, das ihn vor ein paar Monaten freigelegt hatte, war seit jener Zeit niemand mehr in der Bergbauanlage gewesen. Es lag also nahe, dass sie auch auf Funde stoßen würden, die Ruhm bedeuteten. Ausrüstungsgegenstände, Objekte kultischer Handlungen wie etwa goldene Masken … Der Traum eines jeden Museumsdirektors. Je nachdem, was sie entdeckten, würde er vielleicht ein für alle Mal in der Bedeutung für diese Region an diesem Wachtler und seinem Museum vorbeiziehen. Ganz zu schweigen von den Veröffentlichungen, die auf solche Funde automatisch folgten. Er würde in den Geschichtsbüchern verewigt werden! Sicherlich, er hatte mit Sara bereits vereinbart, dass er vor ihr über die Funde schreiben durfte, wenn es sich um etwas anderes als um Gold handelte. Aber würde Sara ihm nicht doch in die Quere kommen? Schließlich war sie die Initiatorin der Expedition und hatte den Stollen zusammen mit Wachtler entdeckt, für den die Mission damit beendet gewesen war. Gott sei Dank wäre der niemals mitgekommen, nicht einmal dann, wenn jemand ihn darum gebeten hätte. Sein Motto hieß: »Der Weg und die Natur sind das Ziel, nicht der Fund«. Er kehrte nie an den Ort eines Fundes zurück. Was für ein Schwachkopf der Wachtler doch war! Kofer schüttelte bei dem Gedanken den Kopf. Naturliebhaber und trotzdem erfolgreich. Eigentlich unfassbar. Aber was, wenn sich Sara nicht an die Abmachung hielt und sich an einschlägige Fachverlage wandte? Über Kontakte verfügte sie schließlich, sie hatte bereits genug veröffentlicht. Sein Blick fiel auf den Karabinerhaken an ihrem Klettersteigset. Ein einziger schneller Griff, dann ein minimaler Stoß, und Sara würde nie mehr etwas veröffentlichen.

6

Sarnthein, Heiligabend

Schweigend saßen sie sich in Vincenzos moderner Polstergarnitur vor dem großen Panoramafenster gegenüber. Vor ihnen zwei Espressi und Grappa, die sie noch nicht angerührt hatten. Ihr Blick schweifte über eine verschneite Landschaft, die von der allmählich untergehenden Wintersonne mit einem Hauch von Rosa überzogen wurde. Der Rauch der Kamine aus den Nachbarhäusern stieg langsam und gleichmäßig auf. Es war eisig kalt, das Thermometer zeigte unter minus zehn Grad. Ein romantischer Wintertag wie aus dem Bilderbuch, und auch in seiner Wohnung hatte Vincenzo alle Register der Romantik gezogen. Der dezent geschmückte Tannenbaum stand neben der Stereoanlage, aus deren Lautsprechern die sanfte Stimme von Dean Martin ertönte. Beide hegten eine Vorliebe für typisch amerikanische Weihnachtslieder. Neben dem CD-Player lagen schon Bing Crosby, Nat King Cole, Doris Day und, ganz oben auf dem Stapel, Frank Sinatra bereit. Unter dem Baum waren die Geschenke für die Bescherung ausgebreitet. Während Vincenzo für Gianna tief in die Tasche gegriffen und eine regelrechte Burg aus Präsenten aufgebaut hatte, konnte er für sich lediglich zwei kleine Päckchen entdecken.

Seit ihrer Rettung aus den Tiefen des Gletschers war Gianna nicht mehr dieselbe. Sie gab Vincenzo und der Polizei die Schuld, dass sie so lange in dem eisigen Verlies hatte ausharren müssen und dort aufgrund des Jahrhundertsturms fast elendig verreckt wäre. Sie war davon überzeugt, dass ihr Freund, Commissario Vincenzo Bellini, die Lösegeldübergabe bewusst verhindert hatte, um den Entführer zu fassen und damit seiner Karriere den lang ersehnten Push zu geben. Selbst ihre Eltern, immerhin Inhaber einer angesehenen Mailänder Anwaltskanzlei, konnten Gianna nicht von ihrer Fehleinschätzung abbringen. Zu lange war sie im Eis gefangen und dem perfiden Entführer auf Gedeih und Verderb ausgeliefert gewesen. Und es schien, als hätte dieser die

Zeit genutzt, um sie umzupolen, sodass sie ihm schließlich seine Lügen glaubte.

Von Giannas Therapeuten wusste Vincenzo, dass seine Freundin an einer posttraumatischen Belastungsstörung infolge der Entführung, des Ausgeliefertseins und der Angst litt. Er sprach vom Stockholm-Syndrom, jenem Phänomen, das dazu führt, dass sich das Entführungsopfer im Laufe der Zeit mit seinem Entführer solidarisiert. Im Endeffekt ähnelte es einer Überlebensstrategie: Stell dich gut mit ihm, sorg dafür, dass er dich mag, dann wird er dir auch nichts tun. Bedauerlicherweise gab es für diese Störung keine spezielle Therapie, da Entführungen sehr selten und die Folgen des Syndroms bisher kaum Thema von Forschungen gewesen waren. Zudem spielte stets eine Vielzahl von Faktoren eine Rolle. Die eine Reaktion, die bei allen Opfern gleich war, gab es nicht. In Giannas Fall war es weniger das erlebte Gefühl von Furcht vor dem Entführer oder gar Todesangst gewesen, das zu ihrer jetzigen Situation geführt hatte, sondern die psychische Beeinflussung durch den Täter, ihr bizarres, lebensfeindliches Gefängnis und das lange Alleinsein. Insofern mussten sich Gianna, Angehörige und nahestehende Personen auf eine längere Behandlungszeit einstellen.

Vincenzo, der über keine geringe Empathie verfügte, konnte das alles gut nachvollziehen. Ihm war auch bewusst, dass Gianna zudem Schuldgefühle haben musste und ihre Verschlossenheit gegenüber der Außenwelt mithin eine unbewusste Ablehnung ihrer selbst war. Aber dass sich ihr Verhalten auch nach so langer Zeit nicht im Geringsten verbesserte, sie im Gegenteil immer distanzierter wurde, das machte ihn schlichtweg fertig. Sie war nur noch kühl und abweisend. War ihre Beziehung vor der Entführung von Leidenschaft und Hingabe geprägt gewesen, hatten sie seitdem kein einziges Mal mehr Sex gehabt. Selbst Küsse beschränkten sich auf flüchtige Berührungen der Wangen bei Begrüßung und Abschied. Er bemühte sich nach Kräften, machte ihr Komplimente, versuchte, zärtlich zu sein, und überhäufte sie mit Geschenken und Aufmerksamkeiten, aber vergeblich. Alles prallte an der Wand ab, die sie um sich herum errichtet hatte. Vincenzo hatte das Gefühl, als bräche seine gesamte Zukunft vor ihm zusammen.

Er liebte Gianna, wie er nie zuvor einen Menschen geliebt hatte. Lange Zeit hatte er gedacht, dass seine große Jugendliebe Teresa auf ewig das Maß aller Dinge bleiben würde, aber dann hatte er Gianna kennengelernt. Er wollte sein Leben mit ihr verbringen, Kinder haben, mindestens drei, einen Hof und mit ihr zusammen alt werden. Es hatte sogar Momente gegeben, in denen der naturverbundene Vincenzo sich gedacht hatte: Für Gianna würde ich sogar nach Mailand gehen.

Anfangs hatte er gehofft, dass die Therapie bald Wirkung zeigen und Gianna Stück für Stück wieder die Alte werden würde. Doch er war einem Irrtum aufgesessen. Selbst die Therapeuten waren überrascht ob der kaum wahrnehmbaren Fortschritte. Der Entführer musste Gianna einer Hirnwäsche unterzogen haben, anders war nicht zu erklären, dass eine zuvor so selbstbewusste und toughe Rechtsanwältin dermaßen aus der Spur geraten war.

Doch nicht nur Giannas Veränderungen waren für Vincenzo eine ständige Belastung. Auch ihr Entführer. Obschon sie den Fall abgeschlossen hatten, war letztlich nicht klar, ob sie auch nichts übersehen, ob sie die Wahrheit herausgefunden hatten. Wer hatte dahintergesteckt? Der desillusionierte Junkie oder das skrupellose Monster? Seit Giannas Entführung schlief Vincenzo schlecht, schreckte regelmäßig aus fürchterlichen Alpträumen hoch, fühlte sich oft tagelang wie gerädert. Als er an jene Nacht im Oktober zurückdachte, überzog seine Arme noch immer eine Gänsehaut.

Er vernachlässigte sich, trieb mangels inneren Antriebs kaum noch Sport, trank stattdessen viel, nahezu täglich. Schon jetzt hatte er zehn Kilogramm zugenommen. Wenn Gianna doch nur endlich aus ihrer verkehrten Welt zu ihm zurückkehren würde.

Er beugte sich zu ihr hinüber. »Was meinst du, Süße, sollen wir jetzt die Bescherung machen, oder willst du zuerst essen?«

Sie blickte ihn eine Weile aus ausdruckslosen Augen an. »Hör mit den Sülzereien auf«, blaffte sie dann. »Ich kann das nicht ertragen. Wahrscheinlich sollten wir bescheren, wenn wir angesichts dieser Geschenkeorgie heute noch fertig werden wollen.«

Fertig werden wollen. Was für eine Kaltschnäuzigkeit. Vincenzo kämpfte gegen aufsteigende Tränen an. Wut, Hass und Aggression bei seinem Gegenüber machten ihm nichts aus. Aber Distanz und menschliche Kälte, das waren Eigenschaften, mit denen er kaum zurechtkam. »Wann wirst du endlich damit aufhören, Gianna? Wie lange kennen wir uns jetzt schon? Kannst oder willst du nicht begreifen, dass dir dieses miese Drecksschwein Fürchterliches angetan hat? Glaubst du wirklich, dass alle Menschen in deiner Umgebung dich anlügen? Sogar deine Eltern? Glaubst du, ich würde auch nur daran denken, dein Leben für meine Karriere aufs Spiel zu setzen? Es war andersrum: Ich war bereit, mich für dich zu opfern! Verstehst du das?« Seine Stimme war weder laut noch fordernd, doch flehte er Gianna unverkennbar an.

Ohne erkennbare Regung stand sie auf, ging zum Baum und griff lustlos nach dem ersten Geschenk. »Soll ich damit anfangen?«

Vincenzo wischte sich eine Träne weg. Das war nicht seine geliebte Gianna, das war nur ihre lebende Hülle. Die Seele war irgendwo in diesem verfluchten Gletscher geblieben. Oder hatte sie sich im Laufe der letzten Wochen und Monaten selbst so tief in den Sog aus Abwehr und Feindseligkeit hineinziehen lassen, dass sie nun befürchtete, nicht mehr hinauszukommen, ohne dabei das Gesicht zu verlieren? »Weißt du was? Wie wäre es, wenn wir ganz von vorn anfangen würden? Wir gehen rüber in den ›Braunwirt‹, du stellst dich an die Bar, ich flirte mit dir, und dann essen wir zusammen. Vielleicht kommen wir ja so gemeinsam aus diesem Strudel raus. Denn wenn du nicht mit mir zusammen sein wolltest, wärest du kaum hier.«

Gianna legte das Geschenk beiseite und baute sich vor Vincenzo auf. »Denkst du wirklich, du könntest mich mit so einem Pseudopsychogeschwafel beeindrucken? Was mir der Mann im Eis erzählt hat, hatte Hand und Fuß. Natürlich möchte ich irgendwann den Glauben an dich wieder zurückgewinnen, ich habe ja nicht vergessen, wie es vorher zwischen uns war. Nur dafür mache ich die Therapie, und du weißt ja, was ich normalerweise von Psychologen halte. Wenn dir also etwas an mir liegt, dann lass mich mit so einem Blödsinn in Ruhe. Damit machst du alles nur noch schlimmer. Also, mit welchem Geschenk soll ich anfangen?«

Vincenzo sackte in sich zusammen. Niemals hätte er es für möglich gehalten, dass sich die Persönlichkeit eines Menschen dermaßen verändern konnte. Wie ferngesteuert griff er zum Grappa. Erst zu seinem, dann zu Giannas, dann stand er auf, nahm das erstbeste Geschenk und reichte es ihr. Wortlos, weil ihm die Worte fehlten. Er füllte beide Gläser und leerte sie erneut in einem Zug. Als Gianna das Geschenk, einen Umschlag, geöffnet hatte, waren die Gläser schon wieder voll. Sie hielt zwei Karten für das Neujahrskonzert der Wiener Philharmoniker in Händen. »Was ist das?«

Vincenzo setzte das Glas ab, das er in der Hand hielt, stand auf und nahm Gianna, ermutigt durch den Alkohol, in den Arm. »Karten für das Konzert am zweiten Januar in Wien. Ich habe uns ein traumhaftes Zimmer im ›Kaiserhof‹ reserviert. Ich dachte, wir könnten am dreißigsten Dezember hinfahren, in dem Hotel Silvester feiern, zum krönenden Abschluss in das Konzert gehen und uns am dritten wieder auf den Rückweg machen. Nur wir beide. Vielleicht ist das ja eine Chance für uns.«

Ein Lächeln huschte über Giannas Lippen. Flüchtig drückte sie Vincenzo an sich, bevor sie ihn sanft, aber nachdrücklich wieder von sich schob. »Das ist wirklich süß von dir, aber es geht nicht. Ich wollte Silvester mit Claudia feiern, sie hat sich gerade erst von ihrem Freund getrennt und braucht Ablenkung. Entschuldigung, ich weiß, ich hätte es dir vorher sagen sollen. Außerdem ist am zweiten Januar der traditionelle Neujahrsempfang unserer Kanzlei, zu dem viele hochrangige Klienten aus Wirtschaft und Politik kommen.«

Vincenzo hatte das Gefühl, mit Lichtgeschwindigkeit in einen endlosen Abgrund zu stürzen. Nichts konnte seinen Fall stoppen. Er registrierte, dass er laut wurde, verstand seine Worte aber nicht. »Letztes Jahr war dir der Empfang doch auch egal! Und Claudia ist dir wichtiger als ich, versteh ich das richtig? Weißt du, was mich das gekostet hat?« Er trank den nächsten Grappa, ohne ihn zu schmecken.

Gianna lächelte verächtlich. »Typisch. Immer geht es nur um dich. Du setzt mich andauernd unter Druck und fühlst dich vernachlässigt, nur weil ich mich mal um eine Freundin kümmern will, der es schlecht geht. Du bist wirklich ein Egomane, der Mann im Eis hatte völlig recht. Und die Bescherung lassen wir wohl auch besser. Das wäre doch die reinste Heuchelei. Ich fahre jetzt nach Hause und denke, es ist besser, wenn wir uns zukünftig ganz aus dem Weg gehen. Sieh zu, dass du zur Besinnung kommst.« Sie schüttelte den Kopf. »Und betrunken bist du auch schon wieder. Was Besseres fällt dir wohl nicht ein, um deine Probleme zu lösen? Und komm ja nicht auf die Idee, mich anzurufen. Ich melde mich. Irgendwann.«

Unfähig, sich zu bewegen, sah Vincenzo zu, wie eine wütende Gianna durch alle Zimmer rannte, um ihre Sachen zusammenzuraffen. Seine Beine waren wie Wackelpudding. Er wollte sie aufhalten, sie anflehen, sie schütteln, sie aus sich selbst befreien, war aber dazu nicht in der Lage. Minuten später verließ sie schweigend und ohne ihn eines letzten Blickes zu würdigen die Wohnung. Er verharrte auf seiner Couch und leerte die gesamte Flasche Grappa.

Zwischen den Feiertagen hatte er sich freigenommen, weil er gedacht hatte, Gianna würde bei ihm bleiben. So viel Hoffnung hatte er für diese Zeit gehabt, und nun war er allein. Gianna meldete sich nicht, und auch er konnte sich nicht zu einem Anruf überwinden. Ihm wäre kein Wort über die Lippen gekommen. Tagelang hing er rum, zappte durchs Fernsehprogramm, verlor sich in stupiden Computerspielen und trank Bier. Außer an Silvester. Dem besonderen Anlass entsprechend kippte er an diesem Tag eine Flasche Grappa und zwei Pullen Sekt in sich rein. Nach der ersten der beiden prostete er bei jedem Schluck Giannas Konterfei in dem großen Wechselrahmen zu und überhäufte ihr Bild mit Küssen.

Wenn an diesem Abend das Telefon läutete, blickte er zuerst auf das Display. Keine Gianna. Nur seine Eltern. Und sein Freund Hans, der sich lange nicht gemeldet hatte. Doch Vincenzo nahm kein Gespräch an. Lediglich seinen Eltern schickte er eine SMS, um sie zu beruhigen. »Alles okay, Gianna ist hier, wir haben eine tolle Zeit, melde mich später. Ciao.«

7

Pflerschtal, ein abgelegener Hof, Sonntag, 1. Januar, 4.00 Uhr

Um zwei lagen sie im Bett, aber Frieda konnte nicht einschlafen. Wirre Gedanken kreisten in ihren betäubten Hirnwindungen, sie hatte das Gefühl, als würde sich die ganze Welt um sie herumdrehen. Zudem war da noch etwas Merkwürdiges, Surreales. Wie eine imaginäre Bedrohung. Aber wovor? Und warum? Das Gegenteil war der Fall. Dieses Silvester bedeutete doch den Aufbruch in eine neue, eine bessere Zeit. Und dennoch …

Wahrscheinlich lag es nur am Alkohol, den sie nicht gewohnt war. Es war nicht ihre Art, so viel zu trinken, und schon gar nicht in Gegenwart ihres Sohnes Hannes. Als Eltern hatte man schließlich eine Vorbildfunktion. Aber die Stimmung war ausgelassen gewesen, sie hatten gar nicht aufhören können zu lachen. Kein Wunder, lag doch ein wunderbares Jahr vor ihnen. Ein Jahr, das einen Wendepunkt markieren würde. Aber würde sich der Reichtum nur positiv auswirken? Hieß es nicht, Geld verderbe den Charakter? Sie glaubte sich an Studien zu erinnern, die das belegten. Demnach waren Menschen mit weniger Geld grundsätzlich einfühlsamer. Ach was, für sie stand außer Frage, dass Geld niemals einen Charakter verändern konnte. Es vermochte höchstens, etwas hervorzulocken, was vorher schon im Verborgenen geschlummert hatte. Manche Menschen trugen dunkle Seiten in sich, die sie, sobald sie sich entfalteten, scheinbar völlig veränderten. Ein rechtschaffener Mensch blieb hingegen immer so, wie er war, egal wie viel Geld oder Macht er hatte. Das Bett begann, sich zu drehen. Wie früher auf der Kirmes, wenn sie mit Hannes Karussell gefahren war. Als sie die Augen schloss, beschleunigte es sich zusehends. Frieda stöhnte auf. Nie wieder würde sie sich dermaßen zum Trinken verführen lassen!

Als sie endlich in einen unruhigen Schlaf fiel, gingen ihre wirren Gedanken nahtlos in einen nicht minder wirren Traum über. Sie sah sich selbst, wie sie aus dem Haus trat. Sie trug eine merkwürdige bunte Daunenjacke, die ihr viel zu groß war. Sie reichte ihr bis über die Knie, ihre Hände waren in den Ärmeln nicht sichtbar.

Hannes baute im Vorgarten einen riesigen Schneemann. Sie gesellte sich zu ihm, klatschte in die Daunenjackenhände und feuerte ihn an. »Super, Hannes, komm, mach ihn größer. Es soll der größte Schneemann werden, den die Welt je gesehen hat. Bis zu den Sternen soll er reichen!« Tatsächlich rollte Hannes wie ein Berserker die Schneekugel zu einem monströsen Kopf. »Warte«, sagte Frieda, »ich hole rasch die Klappleiter aus dem Schuppen, damit du ihm den Kopf auch aufsetzen kannst.« Sie verschwand irre umhertanzend und singend im Schuppen. Es war ihr, als ob sie schwebte. Meine Güte, war das heiß! Sie zog ihre Jacke aus und warf sie achtlos in die Ecke, bevor sie mit der Leiter wieder nach draußen schwebte. »Hier, Hannes, steig hoch, ich werde dir seinen Kopf hinaufreichen!« Ihr Sohn erklomm die Leiter bis zur obersten Sprosse. Obwohl sie ihn von unten betrachtete, hatte sie plötzlich das Gefühl, als würde sie wie ein Engel fliegen und die Szenerie aus schwindelerregender Höhe beobachten.

Wenn nur diese Hitze nicht wäre! Konnten Engel schwitzen? Sie umflog Hannes und den inzwischen nicht mehr kopflosen Schneemann, der mehr als zehn Meter groß sein musste. Neben ihm sah Hannes aus wie eine Ameise. Doch was war das? Vom Himmel rieselten Funken zu Boden, die wie Gold glitzerten. Doch der Schnee schmolz nicht. Jetzt begann auch der gewaltige Schneemann zu tanzen. »Vorsicht, Hannes, nicht, dass er dich niedertrampelt!« Unglaublich, wie leichtfüßig der Riese um Hannes herumtänzelte. Und währenddessen fielen immer mehr Funken wie Schneeflocken vom Himmel herab. Leise, sanft, filigran, anmutig. Freude schöner Götterfunken …

Plötzlich hatte sie wieder Boden unter ihren Füßen. Auch der Schneemann bewegte sich nicht mehr, er war erschöpft. Hannes starrte voller Ehrfurcht an ihm hoch. Die Funken hatten aufgehört zu fallen, dafür schien der Schneemann zu glühen. Ob ihm vom Tanzen auch so heiß geworden war? Wirklich merkwürdig, dass der Schnee bei dieser Hitze um sie herum nicht taute. Sie spürte den Schweiß auf ihrer Haut. »Weißt du was, Hannes? Ein Schneemann sollte niemals nackt sein, komm, lass uns ihm meine Sachen anziehen. Es ist egal, wenn sie ihm nicht passen.« Sie lachte ausgelassen wie ein Kind, riss sich ihre Kleider bis auf den Slip vom Leib und gab sie ihrem Sohn. Fast nackt stand sie im Schnee, doch ihr wurde immer heißer. Hannes stöhnte laut auf, auch ihm lief jetzt der Schweiß über sein Gesicht. Plötzlich schrie der Schneemann entsetzt auf. Er rannte los, bevor Hannes ihn anziehen konnte, schneller als ein Gepard, einfach nur weg. Frieda blickte ihm konsterniert nach. Dafür all die Mühe? »Was soll's«, sagte sie laut. »Komm, Hannes, wir gehen wieder rein.« Den Blick auf den flüchtenden Schneemann gerichtet, griff sie nach Hannes' Hand, griff aber ins Leere. Überrascht riss sie den Kopf herum. Ihr Sohn lag auf dem Boden, zusammengekauert wie ein Embryo, röchelnd. Erst jetzt bemerkte sie, dass sich der Schnee in Lava verwandelt hatte. Kein Wunder, dass es so heiß war! »Hannes, was ist mit dir? Sag doch was!« Sie beugte sich zu ihm hinunter, nahm seine Hand. Doch es war nicht Hannes' Hand.

Wo war sie? Frieda blinzelte in die Nacht hinein. Sie hielt Heinrichs Hand fest umschlossen, der schnarchend neben ihr lag. Irgendetwas stimmte nicht. Was waren das für pochende Kopfschmerzen direkt hinter ihrer Stirn? Dazu noch die Atemprobleme, sie bekam kaum Luft. Das konnte doch nicht vom Alkohol kommen. Dann bemerkte sie den Geruch. Rauch. »Hannes!«, schrie sie und sprang aus dem Bett. Heinrich hatte aufgehört zu schnarchen und lag friedlich stumm auf dem Rücken. Sie fühlte sich benommen, alles schien sich zu drehen. Nicht wie im alkoholischen Rausch, eher wie bei hohem Fieber. Frieda torkelte zur Tür, riss sie auf. Der Rauch zog bereits durch die Galerie. Von unten vernahm sie wie durch einen Schleier ein Knistern. Der Kamin? Mit einem Mal wurde ihr schlecht, und sie übergab sich. So heiß, es war so verdammt heiß! Von Magenkrämpfen geschüttelt blickte Frieda den Flur entlang. Was war das? Lief dort allen Ernstes der Schneemann? »Hannes!« Ihr Ruf wurde erstickt, sie bekam keine Luft mehr. Sie schleppte sich zu dem Zimmer ihres Sohnes. Der Schneemann, oder was auch immer das gewesen sein mochte, war fort. Frieda sah noch, wie ihre Hand nach der Klinke greifen wollte, dann fiel sie wie ein gefällter Baum zu Boden.

8

Mailand, Kanzlei dal Monte, Montag, 2. Januar

Gianna nippte an ihrem Champagner. Sie war abwesend, in Gedanken. Seit sie den Kontakt zu Vincenzo abgebrochen hatte, fühlte sie sich von einem ungeheuren Druck befreit. Ihre Intelligenz sagte ihr, dass sie ihrem Freund unrecht tat, dafür brauchte sie keinen Psychologen, aber das Problem war, dass sie es nicht *fühlen* konnte. Verstand und Emotionen arbeiteten bei ihr strikt diametral, was zu einer inneren Zerrissenheit führte, die sie nur ertragen konnte, indem sie Vincenzo aus dem Weg ging. Zumindest für eine Weile, bis die Therapie die erhoffte Wirkung zeigte. Wie gern hätte sie ihm das alles erklärt, doch sobald er vor ihr stand, empfand sie nur noch Wut. Alles an ihm nervte sie. Seine Weichlichkeit, die ewige Sülzerei, sein mal schmachtender, mal flehender Blick. Wahrscheinlich wäre es für beide besser, wenn er sie endlich nicht mehr in Watte packen, sondern ihr knallhart den Spiegel vorhalten würde. Das Verrückte war, dass es vor ihrer Zeit im Eis genau die Eigenschaften, die sie jetzt an ihm hasste, gewesen waren, die sie magisch anzogen hatten, vor allem in der Kombination mit seinem männlichen Erscheinungsbild und seinem Mut. Feigheit zählte wahrlich nicht zu Vincenzos Untugenden.

Anders als sein mittlerweise übermäßiger Alkoholkonsum. Wie er sich gehen ließ, richtig dick war er geworden. Davor war er drahtig, durchtrainiert gewesen. Und jetzt? Sixpack im Speckmantel. Sie war so fürchterlich ungerecht, konnte aber nichts dagegen tun. Nur abwarten. Sie wusste, dass der Mann im Eis aus der Not heraus gehandelt hatte. Es war ihm um Geld gegangen, ganz banal. Sie war ein Zufallsopfer gewesen, das er nicht wie ein Opfer behandelt hatte. Er hatte sich ihr gegenüber voller Respekt verhalten, war interessiert an ihr gewesen. Es passte einfach nicht zu ihm, dass er mit Vincenzo ein dermaßen perfides Katz-und-Maus-Spiel getrieben haben sollte. Sie hatte die Briefe gelesen, gut, aber wer sagte denn, dass er sie überhaupt geschrieben hatte? Schon der Stil passte nicht zu ihm. Sie war verwirrt, nicht Herr ihrer Gefühle, sondern nur deren Spielball. Das Beste für sie würden Geduld und Ablenkung sein.

Gianna spürte, wie sich ein Arm um ihre Schulter legte. Sie sah das Lächeln ihres Vaters, versuchte, sich aus ihrer Gedankenwelt zu befreien.

»Gianna, darf ich dir einen Kollegen vorstellen? Das ist Dottore Lorenzo di Angelo, er hat gerade seine Kanzlei in Mailand eröffnet. Lorenzo hat die *corsi di laurea specialistica* in Gesellschaftsrecht absolviert. Lorenzo – meine Tochter.«

Als Gianna nicht reagierte, streckte Lorenzo di Angelo ihr seine Hand entgegen. »Angenehm. Ich freue mich sehr, Sie kennenzulernen, Signora dal Monte. Ihr Vater hat mir viel von Ihnen erzählt und, das weiß ich nun, dabei nicht übertrieben.« Der Anwalt lächelte.

Gianna sah auf und blickte in ein schmales, markantes Gesicht, dessen Nase ebenso auffällig groß war wie seine Ohren, die von den grau melierten Haaren nicht bedeckt wurden. Nur noch die Seiten seines Kopfes zierte ein Haarkranz, das Gesicht war von tiefen Stirn- und Nasenfalten durchzogen. Seine Stimme war tief und männlich, doch das Auffallendste an ihm war seine starke, durch und durch maskuline Ausstrahlung.

»*Scusi*, Signor di Angelo, ich war in Gedanken«, entschuldigte sich Gianna. »Ebenfalls angenehm. Wie kommt es, dass mir mein Vater noch nichts von Ihnen erzählt hat?«

Alfredo dal Monte übernahm es, die Frage für seinen Kollegen zu beantworten. »Gianna, mein Kind, wir wissen beide, wie belastet du durch diese ganze Geschichte bist. Wir wollten dich zur Ruhe kommen lassen. Aber um dich auf den neuesten Stand zu bringen: Ich überlege, eine strategische Allianz mit Lorenzo einzugehen. Du weißt ja selbst, dass wir im Bereich Gesellschaftsrecht etwas dünn besetzt sind. Ich lasse euch jetzt allein, damit ihr euch kennenlernen könnt.«

Gianna wollte protestieren, sie hatte keine Lust auf Small Talk, doch ihr Vater war bereits verschwunden.

»Signora, wenn Sie im Moment lieber allein sein wollen, verstehe ich das voll und ganz.« Di Angelo zeigte Einfühlungsvermögen. »Ihr Vater hat mir gegenüber angedeutet, was geschehen ist. Und der Abend ist noch lang.«

Gianna entspannte sich. Die zurückhaltende Art hatte zur Folge, dass sie plötzlich großes Interesse verspürte, ihr charismatisches Gegenüber kennenzulernen. Di Angelo besaß vollendete Umgangsformen, zeigte Interesse und Respekt gegenüber seiner Gesprächspartnerin und erwies sich zugleich als eloquenter Entertainer, ohne dabei geltungsbedürftig zu wirken. Gianna hatte den Eindruck, als würde sie seinen Charakter sehen, als seien ihm die Wesenszüge in die Wiege gelegt worden. Er musste voller Selbstbewusstsein sein, wusste sicherlich um seine Ausstrahlung und Fähigkeiten, verbarg das alles aber hinter seiner sympathischen unprätentiösen Art. Er wirkte souverän.

So erfuhr Gianna, dass Lorenzo di Angelo sein Jurastudium mit Bestnoten abgeschlossen und bis vor drei Jahren in einer großen Kanzlei in Turin gearbeitet hatte, zunächst als Arbeitnehmer, später als Partner. Die Partnerschaft hatte er dann für eine eigene Kanzlei aufgegeben, da er in seine Heimatstadt Mailand zurückkehren wollte. Er hatte eine Menge Erfahrung, doch noch fehlten ihm die Kontakte vor Ort. Alfredo hatte er vor ein paar Wochen zufällig auf dem Tennisplatz kennengelernt. Sie hatten sich auf Anhieb sympathisch gefunden, sich häufiger getroffen und sich schließlich dafür entschieden, zunächst eine Allianz auf Probe einzugehen.

Doch Lorenzo di Angelos Interessen umfassten mehr als nur Jura. Zeit seines Lebens trieb er Sport. Er fuhr Ski, spielte Tennis, joggte regelmäßig. Er liebte fremde Kulturen, sprach fließend Deutsch, Englisch und Französisch. Er mochte die Berge, bevorzugte angesichts seiner knappen Freizeit jedoch Städtetrips und in größeren Zeitabständen Fernreisen. Er war geschieden, hatte aus der Ehe aber einen Sohn und eine Tochter. Die Familie lebte in Turin. Der Grund der Trennung war sein Beruf gewesen. Seine Frau war nicht damit zurechtgekommen, dass ihr Mann nur selten zu Hause war und dann auch noch Zeit für seine Freizeitaktivitäten einforderte.

Gianna merkte kaum, wie die Zeit verging. Als ihr neuer Kollege sich erhob, um Champagner nachzuschenken, sah sie schnell auf ihre Uhr. Sie hatte sich bereits über zwei Stunden mit di Angelo unterhalten, und die Zeit war wie im Flug vergangen. Dabei sprach sie außerhalb ihrer Fälle eigentlich nur ungern mit Berufskollegen. Doch bei ihrem jetzigen Gesprächspartner galt ihr Interesse auch mehr seinem Auftreten und seiner Präsenz.

Mit einem breiten Grinsen und zwei vollen Gläsern Champagner kehrte di Angelo zurück. »Wir haben noch einmal Glück gehabt. Das waren die letzten beiden. Die neuen Flaschen wurden erst vor zehn Minuten in den Kühlschrank gelegt. Darf ich Sie etwas Persönliches fragen, Gianna?«

Der Anwalt wollte wissen, wie es ihr im Gletscher ergangen sei, ob der Mann sie bedrängt habe und wie es ihr jetzt ginge. Außer mit ihrem Therapeuten hatte Gianna bisher noch mit niemandem im Detail darüber gesprochen. Am liebsten vermied sie das Thema, das ihr bisheriges Leben auf den Kopf gestellt hatte. Aber di Angelo hatte auf Gianna eine Wirkung wie ein Katalysator. Auf einmal sprudelte es aus ihr heraus, und sie erzählte alles. Über die Zeit im Eis, den Entführer, wie sich ihre Angst vor ihm in Vertrauen gewandelt hatte und dass sie nicht mehr dieselbe sei wie zuvor und sie keinerlei Zugang mehr zu ihrem Freund habe.

Mit besorgter Miene hörte er ihr zu, nahm dann ihre Hand und drückte sie sanft, ohne jedoch näher zu kommen. »Gianna, was Sie durchgemacht haben, entzieht sich jeglichem menschlichen Vorstellungsvermögen. Grauenvoll. Doch eines müssen Sie mir glauben: Dieser Mensch, der Sie in menschenverachtender Weise für seine abartigen Pläne benutzt hat, hat Ihr Vertrauen nicht verdient. Ihr Freund hat hingegen alles getan, um Sie zu retten. Ich bete für Sie, dass Sie irgendwann zur Besinnung kommen.«

Gianna war irritiert. Einerseits hätte sie erwartet, dass sie sofort explodieren würde, wenn sie jemand so direkt auf die Folgen ihrer Entführung ansprach, doch di Angelos Interesse empfand sie als ehrliche Anteilnahme. Andererseits hatte sie den Eindruck, dass der Anwalt sie anziehend fand, doch dazu wollte es nicht passen, dass er jetzt Partei für Vincenzo ergriff.

Vincenzo! Sie hatte fast ein schlechtes Gewissen. So als würde sie ihn betrügen. Nicht weil sie Small Talk mit einem Berufskollegen betrieb, sondern weil sie diesen Mann auf eine seltsame Art anziehend fand. Er war das krasse Gegenteil zu Vincenzo.

Beide waren unbestreitbar auffällige Männer, jedoch auf höchst unterschiedliche Weise. Der eine war maskulin, durch Arbeit, Lebenskrisen, Erfahrung, fremde Kulturen gezeichnet und sechzehn Jahre älter als sie. Der andere war ebenfalls männlich, eher attraktiv im Sinne von gut aussehend, zwar geprägt durch ein paar dramatische Fälle, aber ansonsten wohlbehütet aufgewachsen. Die Urlaube, die sie gemeinsam in Südfrankreich verbracht hatten, waren seine spektakulärsten Reisen gewesen. Ansonsten war er bisher noch nie aus Südtirol herausgekommen und wollte es auch gar nicht. Bodenständig, weltoffen. Durch das Leben gezeichnet, durch ein heimeliges Nest unverbraucht. Selbstbewusst und souverän, angreifbar und emotional. Gianna fielen auf Anhieb ein Dutzend Begriffspaare ein, mit denen sie die Gegensätzlichkeit der Männer hätte beschreiben können. Sie wusste genau, dass ihr di Angelo vor ihrer Entführung nur als sympathischer, durchaus interessanter Kollege erschienen wäre, mit dem ihr Vater eine strategische Allianz plante. Vincenzo war ihr Traummann gewesen, das hatte festgestanden. Doch jetzt waren es gerade diese Gegensätze, die sie anzogen und noch weiter als bisher schon von Vincenzo entfernten. Sie konnte den Zustand, die Situation problemlos analysieren, aber es war Gianna unmöglich, sich gegen die aufkommenden Gefühle zu wehren. Sie musste Lorenzo di Angelo einfach näher kennenlernen.

9

Pflerschtal, Hotel Christine, Mittwoch, 4. Januar

Christine Alber schlenderte durch die Flure ihres Hotels. Die meisten Gäste hatten am Wochenende ausgecheckt, nur noch wenige Zimmer waren belegt. Die Nebensaison hatte begonnen. Bedauerlicherweise war sie seit einigen Jahren selbst in der Hochsaison kaum noch ausgebucht. Es gab inzwischen einfach zu viele Hotels im Tal, und die meisten von ihnen waren moderner als ihres und besser ausgestattet. Ihr fehlten leider die Mittel für die dringend notwendigen Modernisierungsmaßnahmen, da sie von den arroganten, selbstherrlichen Banken kein frisches Geld mehr bekommen hatte. Das Hotel war mit Hypotheken überbelastet, doch dank Sara würde das bald ein Ende haben. Ihr standen goldene Zeiten bevor. Sara. Wie lange würden sie das für sich behalten können? Gut, dass dieses Mannweib immer so viel unterwegs war. Sara hatte kaum soziale Kontakte, war ein Eigenbrötler, wie er im Buche steht. Allzu schnell würde niemand nach ihr fragen. Immerhin war die Hauptarbeit verrichtet, allzu viel konnte nicht mehr passieren.

Sie betrat die verlassene Suite im Obergeschoss, die sie der Zecke Gamper regelmäßig für seine Schäferstündchen zur Verfügung gestellt hatte. Ein widerwärtiger Mensch. Sie wusste genau, dass er auf sie scharf gewesen war. So etwas spürte eine Frau. Normalerweise hatte sie nichts dagegen, sie war selbst eher triebhaft. Zumal Sex noch immer die beste Waffe war, um einen Mann gefügig zu machen. Das Gefühl, jemanden durch Sex zu beherrschen, erregte sie nur noch zusätzlich. Als sie sich umschaute, fiel ihr Blick auf das frisch gemachte Bett, wo es das selbstverliebte Ekel mit den jungen Dingern getrieben hatte. Ob er sie bezahlt hatte? Hatte er überhaupt noch einen hochbekommen? Wenn dieser Langweiler gewusst hätte, was sie in diesem Bett schon alles mit Luigi angestellt hatte. Sie schloss die Augen, sah sich auf dem Bett liegen. Luigi zog ihr den Slip runter und verschwand mit dem Kopf zwischen ihren Beinen. Der heißblütige Italiener war zwar entzückend naiv, aber ein phantastischer Liebhaber. Ausdauernd, gut gebaut und machte alles, was sie von ihm verlangte, weil er ihr verfallen war. So ein attraktiver Kerl, dachte sie lächelnd. Obwohl ich viel älter bin als er, kreisen all seine Gedanken und Phantasien doch nur um mich. Er merkt gar nicht, wie ihn die Mädchen aus dem Tal anhimmeln. Er ist mein ganz persönliches Spielzeug. Wirklich schade, dass er heute freihat. Sie atmete tief durch, schloss die Tür und legte sich auf das Bett. Wäre Luigi hier, würde er sich jetzt über sie beugen und sie mit Küssen überhäufen, seine Hände wären überall. Getragen von ihren Phantasien, ließ Christine ihre Hand zwischen ihre Beine gleiten und begann, sich selbst zu streicheln. Sie war ihrem Höhepunkt nahe, als es an der Tür klopfte. Luigis Geliebte schreckte hoch, sprang aus dem Bett. So ein Mist, wer wagte es …! Eilig zog sie ihren Rock zurecht, als das Klopfen zum zweiten Mal ertönte. Mit einem Satz war sie an der Tür.

»Entschuldigen Sie die Störung, Frau Alber, aber wir haben Sie eben hier reingehen sehen und hätten noch eine Frage. Wir wissen noch nicht, was wir heute unternehmen sollen. Ski fahren wollen wir nicht. Könnten Sie uns einen Tipp geben? Oder sollen wir später noch mal …?«

Die Eheleute Schneider aus Würzburg, wie schön. Hätten die nicht noch ein paar Minuten warten können? Christine Alber räusperte sich. »Aber nein, ich habe nur nach dem Rechten gesehen. Kommen Sie, gehen wir runter, am Empfang gibt es allerlei Infomaterial. Wonach steht Ihnen denn der Sinn? Nach Action oder doch eher nach Entspannung?« Auf dem Weg ins Erdgeschoss zog sie schnell ihr Handy hervor und schrieb lächelnd eine SMS.

Der Empfang des Hotels war ebenso klein wie die gesamte Anlage. Das Haus verfügte gerade mal über achtzehn Zimmer und Suiten, im Untergeschoss befanden sich die Tiefgarage und ein kleiner Wellness- und Fitnessbereich. Einzig das Restaurant mit dem unermüdlich malochenden Luigi Ferrari als Küchenchef war über das Tal hinaus bekannt und wurde auch von Einheimischen geschätzt. Die Gastronomie warf inzwischen sogar mehr ab als das zunehmend defizitäre Hotel. Ein Grund mehr, den Koch in regelmäßigen Abständen in seiner Männlichkeit zu bestätigen.

Alber ging hinter den kleinen Tresen und nahm diverse Prospekte aus der Schublade. »Waren Sie schon in Sterzing?« Frau Schneider schüttelte den Kopf. »Ich kann Ihnen den Ort nur wärmstens empfehlen. Sterzing ist wunderschön, es gibt viele mittelalterliche Plätze, herrliche alte Bürgerhäuser und tolle Gastronomie. Man kann dort durchaus einen ganzen Tag verbringen.«

Nachdem Alber den Ort in aller Ausführlichkeit angepriesen hatte, entschieden sich die Eheleute tatsächlich für Sterzing als Tagesprogramm. Alber reichte ihren Gästen ein paar Broschüren. »Ich begleite Sie nach draußen. Ich muss nach Gossensaß zu einem Termin. Übrigens ist für die nächsten Tage Traumwetter vorhergesagt.« Sie verstand es einfach, ihre Gäste typgerecht zu unterhalten.

Alber verabschiedete sich vor dem Hotel und überquerte die Straße, um zu ihrem Wagen zu gehen, als es ungefähr auf der Straßenmitte passierte. Aus Richtung Innerpflersch schoss talabwärts ein Auto mit hoher Geschwindigkeit heran und hielt direkt auf Alber zu. Wie angewurzelt blieb sie stehen, den Blick starr auf den Wagen gerichtet. Der Motor heulte laut auf. Bruchteile von Sekunden, bevor der Raser auf ihrer Höhe war, stieß Alber einen Schrei aus und machte einen Hechtsprung zurück Richtung Hotel und Ehepaar Schneider, welches das Geschehen mit offenen Mündern verfolgt hatte. Einen Augenblick später war der Wagen aus ihren Blickfeldern verschwunden.

»Frau Alber, oh mein Gott …«, stammelte Frau Schneider, »ist Ihnen … ist Ihnen etwas passiert?«

Auch die Putzhilfe, Simone Baumgartner, die den Beinaheunfall von drinnen beobachtet hatte, kam nun nach draußen.

Alber schnappte nach Luft. »Nein, ich glaube nicht.« Sie sah an sich herunter. »Es ist alles okay.«

Doch Frau Schneider schüttelte den Kopf. »Nichts ist in Ordnung. Das war doch Absicht. Der wollte Sie überfahren!«

Christine Alber sah sie ungläubig an. »Absicht? Aber warum? Ich habe niemandem etwas getan. Sie müssen sich irren.«

»Nein«, beharrte nun auch Herr Schneider, »das war Absicht, Ich habe es genau gesehen.«

Inzwischen hatte Alber den kurzzeitigen Schock überwunden

und lächelte die Schneiders schon wieder an. »Die kerzengerade Straße verleitet die Leute leider immer wieder zum Rasen, Geschwindigkeitsbegrenzung hin oder her. Das ist schon lange ein Ärgernis. Aber Absicht? Niemals. Konnten Sie denn den Wagen erkennen?«

Offensichtlich kannte sich Schneider bestens mit Autos aus. Seine Antwort kam postwendend. »Ein Porsche 911 Carrera S, neues Modell.«

Alber machte eine wegwerfende Handbewegung. »Dieser Idiot. Klar, das passt zu dem Großkotz.«

»Sie wissen, wer der Fahrer des Wagens ist?«

»Ja, einer aus dem Tal. Den Sportwagen hat er sich erst vor Kurzem gekauft. Ein Aufschneider. Wahrscheinlich war er so berauscht von seiner Protzkutsche, dass er mich übersehen hat. Außerdem hat ihn die Sonne geblendet. Vergessen Sie's, da steckte keine Absicht dahinter.« Sie wandte sich an die Putzhilfe. »Wie sieht es aus, Simone, sind die Zimmer fertig? Nicht? Dann nichts wie rein mit dir!«

Simone Baumgartner ging wortlos zurück ins Hotel, sie war die schroffe Art ihrer Vorgesetzten gewohnt, während Alber überraschend gefasst wieder die Straße überquerte und in ihr Auto stieg. Zurück blieb ein skeptisches Ehepaar Schneider aus Würzburg.

***

Bozen

Vincenzo stand vor seinem Bürofenster und starrte gedankenverloren auf die Largo Giovanni Palatucci, die angesichts des herrlichen Winterwetters recht belebt war. Seit Giannas denkwürdigem Auftritt an Heiligabend war sie wie von der Bildfläche verschwunden. Nicht einmal ein frohes neues Jahr hatte sie ihm gewünscht. Kein Anruf, keine SMS, *niente*. Ihm war bewusst, dass das nicht unbedingt etwas mit ihm direkt zu tun haben musste. Der Schock, unter dem sie noch immer litt, war so stark, dass sie ihn als eine Art Ventil brauchte, um damit klarzukommen. Doch was nützte ihm die Erkenntnis? Genau: nichts. Immerhin hatte er sich wieder halbwegs gefangen. Nachdem er sich Silvester dabei erwischt hatte, dass er inbrünstig ein Bild in einem Rahmen abknutschte, hatte sich sein Stolz zurückgemeldet. Wer war er denn, dass jemand so mit ihm umspringen durfte? Es gab Grenzen, und die hatte Gianna überschritten, egal ob vorsätzlich oder aufgrund ihres Traumas. Mit dem Neujahrstag hatte er das Trinken eingestellt und wieder angefangen, Sport zu treiben. Seitdem ging es ihm eindeutig besser. Ein Kilogramm war bereits wieder runter, und die restlichen neun würde er auch noch schaffen. Doch die Ahnungslosigkeit darüber, wie er sich verhalten sollte, blieb. Was hatte er für Möglichkeiten, wenn Gianna sich wochenlang nicht meldete? Sollte er ihr nachtelefonieren? Ohne Ankündigung nach Mailand fahren? Vielleicht wäre es das Beste, ihr einen Brief zu schreiben?

Das Telefon riss ihn aus seinen Überlegungen. Es war Anton Reiterer, der Leiter der Spurensicherung. Die Ergebnisse der Analyse des Brandes im Pflerschtal lagen vor. Das passte bestens, zumal auch Claudia Paci, die Rechtsmedizinerin, ihre Untersuchungen schon abgeschlossen hatte. Es sah so aus, als würde er den nächsten unbedeutenden Fall zu den Akten legen können. Unbedeutend natürlich nur für die Polizia di Stato, denn eine Familie war dabei ums Leben gekommen. Drei Menschen waren im Schlaf vom Feuer überrascht worden, eine grausame Vorstellung. Vincenzo entschied sich, zunächst zu Reiterer zu gehen.

Der Leiter der Spurensicherung saß Espresso trinkend an seinem Schreibtisch. »Nehmen Sie Platz, Commissario, und statten Sie auf dem Weg zum Schreibtisch meiner Kaffeemaschine einen Besuch ab. Bedienen Sie sich ruhig großzügig. Geht auf meine Kosten, ich dürfte ein paar Gehaltsklassen über Ihnen liegen.«

Bissige Kommentare und Wortgefechte waren Reiterers Lieblingsbeschäftigung. Vincenzo fragte sich, ob er in der richtigen Stimmung dafür war, andererseits war er für jede Ablenkung dankbar. Mit einem Café doppio in der Hand setzte er sich dem Spurensicherer gegenüber. »Lieber Signor Reiterer, nicht Geld ist es, was glücklich macht, sondern der Sinn in allem, was man tut. Im Grunde sind Sie doch auch nur ein Zuarbeiter. Gut, Sie besitzen allerlei technischen Schnickschnack, können sich manchmal ein bisschen wie James Bond fühlen, aber gelöst werden Fälle noch immer von Typen wie mir.« Vincenzo war zufrieden. Die Retourkutsche musste einfach gesessen haben.

Reiterer spitzte die Lippen. »An Ihnen ist ein richtiger Philosoph verloren gegangen, Bellini. Respekt, Sie können nicht nur rumballern, sondern auch denken. Aber bitte vergessen Sie bei alldem nicht, dass Sie ohne mich keinen einzigen Fall lösen würden. Und wie oft musste ich Ihrer Kombinationsgabe schon auf die Sprünge helfen, womit ich bereits meinen Kompetenzbereich überschritten habe. Aber wenn Sie nicht von selbst draufkommen …« Er leerte seinen Espresso so schnell, dass Vincenzo zu keinem weiteren Gegenschlag ausholen konnte. »In diesem Fall werde ich mich jedoch auf die Fakten der Spurensicherung beschränken. Also, was haben wir hier?« Reiterer schob Vincenzo einige Fotos über den Schreibtisch zu. »Auf den Bildern sehen Sie Reste einer Stereoanlage, eines Fernsehers und noch einiger anderer Elektrogeräte. Blättern Sie weiter … Das da sind Brandschuttproben. Verzeihung, für Sie natürlich: Asche. Ich komme also zu folgendem Ergebnis: Das Feuer ist durch keinen technischen Defekt verursacht worden, es gab keine Selbstentzündung, und alle Proben weisen ausschließlich Brandschutt auf. Sprich, wir haben keinen Brandbeschleuniger gefunden. Es sieht also ganz so aus, als habe Funkenschlag aus dem Kamin zu dem Brand geführt. Das irritiert mich zwar ein wenig, weil der Kamin vorschriftsmäßig gesichert war, aber heutzutage passieren ja die verrücktesten Sachen. Gewundert hat uns allerdings auch, dass die Terrassentür nicht geschlossen war. Vielleicht waren die Hausbewohner aber auch nur betrunken und haben es schlichtweg vergessen, schließlich war Silvester. Alles in allem finde ich keinerlei Hinweise auf Brandstiftung.«

Vincenzo blickte nachdenklich auf die Bilder der Brandschuttproben. »Wenn ich mir vorstelle, dass ich in meinem Bett liege und plötzlich ein Feuer ausbricht, würde ich versuchen zu fliehen. Warum haben die Bewohner das nicht getan? Könnte vielleicht jemand durch die Terrassentür gekommen sein, der den Brand vorsätzlich gelegt hat, zum Beispiel mit einem noch glühenden Kaminholz?«

Reiterer schmunzelte. »Sie bringen da so einiges durcheinander, mein Lieber. Die Frage, warum die Hausbewohner nicht geflohen sind, müssen Sie Paci stellen, das ist nicht Aufgabe der Spurensicherung. Und um Ihre zweite Frage zu beantworten: Ja, natürlich ist das denkbar. Mit einem glühend heißen Kaminholz wäre das kein Problem gewesen.«

Als Vincenzo sich freundlich von Reiterer verabschieden wollte, konterte dieser noch ein letztes Mal bissig: »Hat Ihnen eigentlich schon jemand gesagt, dass Sie in letzter Zeit ganz schön – wie soll ich es ausdrücken, ohne Ihre Gefühle zu verletzen? – pummelig geworden sind? Auch im Gesicht?«

Ohne eine Erwiderung verließ Vincenzo das Büro. Er war dem Leiter der Spurensicherung nicht böse, schließlich hatte dieser es geschafft, ihn eine Zeit lang von seiner persönlichen Trübsal abzulenken. Auch hätte er nichts dagegen gehabt, hätte er ihm eine perfekte Brandstiftung präsentiert. Ein anspruchsvoller Fall, der all seine Konzentration erfordert hätte, hätte noch mehr Ablenkung versprochen. Vielleicht hatte Paci ja Neuigkeiten, die in diese Richtung gingen.

Die Gerichtsmedizinerin hatte ihre rote Löwenmähne in einer Hochsteckfrisur gebändigt, die ihren schlanken Hals vorteilhaft betonte. Im Unterschied zu Reiterer bestach sie durch eine eher sachliche Art. Scherze zählten nur in bescheidenem Umfang zu ihrem Repertoire. »Sieht nach einem eindeutigen Fall aus, Commissario. Alle drei sind an einer Kohlenmonoxidvergiftung gestorben. Die Mutter wollte ihr Kind offensichtlich noch retten, hat es aber nicht mehr geschafft. Sie ist auf der Galerie zusammengebrochen. Alle sind im Schlaf überrascht worden, sie hatten kaum eine Chance.«

Vincenzo schüttelte den Kopf. »Aber als die Feuerwehr eintraf, war das Feuer nur im Erdgeschoss ausgebrochen. Es war kein Problem, den Brand zu löschen. Sorry, Schlaf hin oder her, aber ich werde doch wach, wenn ich Rauch einatme. Und dann wäre der normalste Impuls doch gewesen, das Haus zu verlassen. Waren die Bewohner vielleicht betäubt? Hat denen jemand irgendwas verabreicht?«

Paci winkte ab. »Nein, mitnichten. Aber Kohlenmonoxid ist ein geruch-, geschmack- und farbloses Gas. Überaus heimtückisch, da es sogar Wände und Böden durchdringt. Es ist durchaus schon vorgekommen, dass in einer Wohnung ein Feuer ausbricht, aber in der Nachbarwohnung die Bewohner sterben, weil das Kohlenmonoxid durch die Wand gedrungen ist. Die brechen zusammen, ohne allzu viel zu merken. Kopfschmerzen, Übelkeit, Halluzinationen. Wenn Sie, Commissario, merken würden, dass Sie gerade Kohlenmonoxid einatmen, dann wäre das eine echte Sensation. Bei unseren zwei erwachsenen Opfern im Pflerschtal habe ich zusätzlich große Mengen Alkohol im Blut nachweisen können. Wie ich das sehe, haben die es Silvester so richtig krachen lassen, sind im Vollrausch ins Bett gegangen und haben dann vergessen, den Kamin auszumachen. Das ist ganz sicher eine Familientragödie, aber kein Fall für die Polizia di Stato.«

Vermutlich hatte Paci recht. Das klang alles sehr logisch. Dennoch nahm sich Vincenzo vor, am nächsten Tag ins Pflerschtal zu fahren, um sich routinemäßig bei dem einzigen Zeugen und in der Nachbarschaft umzuhören.

10

Pflerschtal, Donnerstag, 5. Januar

»Grüß Gott, Herr Theiner, Polizia di Stato. Dürfen wir hereinkommen?« Der Commissario und Ispettore Giuseppe Marzoli hatten sich den niedergebrannten Hof im Pflerschtal angesehen. Vincenzo kannte nahezu jeden Winkel seiner Heimat, aber das Pflerschtal zählte zu den wenigen Regionen, die ihm noch unbekannt waren. Wahrscheinlich, weil ihm jenes Tal an der Grenze zu Österreich, unmittelbar am Brenner gelegen, auf irrationale Weise weit entfernt erschien. Dabei lag Gossensaß am Taleingang nicht nur direkt an der Brennerautobahn, sondern war Bozen damit sogar näher als das Ahrntal, eines von Vincenzos Lieblingszielen und zudem Heimat seines Freundes Hans Valentin, dem bekannten Alpinisten.

Als die Beamten von Gossensaß aus fast bis nach Innerpflersch, dem letzten Ort im Tal auf eintausenddreihundert Meter Höhe, gefahren waren, war Vincenzos Faszination mit jedem zurückgelegten Kilometer gewachsen. Das Tal war trotz seiner Nähe zur Autobahn still, tief verschneit und nur dünn besiedelt. Beherrscht wurde es vom Massiv des Tribulaun. Er nahm sich vor, eines der nächsten Wochenenden zu nutzen, um hier Ski zu fahren. Das würde ihn vielleicht auch wieder etwas näher an seine Wurzeln heran- und ein wenig von seinem Frust wegführen.

Ispettore Marzoli hatte die Fahrt über geschwiegen. Er spürte, dass sein Vorgesetzter mit seinen Gedanken woanders war. Seit Giannas Entführung war der Commissario ohnehin nicht mehr derselbe. Er war viel ernster, manchmal fast depressiv, und hatte zugenommen. Nur noch selten dachte er daran, Marzoli seine geliebten Cantuccini mitzubringen. Der Ispettore hatte in seinem ganzen Leben noch niemals Hass empfunden, dafür war er viel zu sanftmütig, doch der Mensch, der der Freundin des Commissario das angetan hatte, weckte in ihm Phantasien, die er sich selbst bis dato nicht zugetraut hätte. In seinen Augen war der Mann eine

Ausgeburt des Bösen, als käme er direkt aus der Hölle. Wie war es möglich, dass Menschen so etwas taten? Nicht etwa im Affekt, so etwas war nachvollziehbar, sondern planvoll und analytisch wie ein Roboter, frei von Gefühlen? Normalerweise verbreitete der Commissario mit seiner lockeren, zugewandten Art eine positive, gelöste Stimmung in der Questura. Jeder mochte ihn. Doch seit ein paar Monaten war von seinem heiteren Charakter nicht mehr viel zu spüren. Nur manchmal flackerte der alte Vincenzo Bellini noch in ihm auf, vor allem Reiterer verstand es, ihn mit seinen Provokationen daran zu erinnern, wer er sein bisheriges Leben lang gewesen war. Marzoli hoffte inständig, dass Gianna ihr Trauma überwinden und zu Bellini zurückkehren würde. Seit der Geschichte kam selbst er morgens nicht mehr mit so viel Freude und Optimismus in die Questura wie zuvor. Die Stimmung dort war merkwürdig gedämpft, man hatte das Gefühl, als bekäme man keine Luft.

Als Marzoli den Wagen direkt vor dem Hof geparkt hatte, war Vincenzo noch immer so in Gedanken, dass er es nicht bemerkte. Der Ispettore räusperte sich vernehmlich. »Auf den ersten Blick halten sich die Schäden in der Tat in Grenzen, die Feuerwehr muss frühzeitig hier gewesen sein. Ich bin gespannt, was uns dieser Josef Theiner erzählen wird.«

Doch Theiner war wenig begeistert, als die Beamten vor seiner Tür standen. »Ich habe doch schon mit Ihren Kollegen gesprochen.«

»Stimmt, aber wir haben noch ein paar weitere Fragen an Sie.«

Theiner lebte allein in einem kleinen Haus älteren Baujahrs, in dem es muffig roch. Er führte Marzoli und Vincenzo durch eine kleine holzvertäfelte Diele in eine ebenso kleine und holzvertäfelte Stube, in dem ein Specksteinofen bullerte. Theiner war nicht direkt abweisend, aber es war ihm anzumerken, dass er nur über wenig soziale Kontakte verfügte. Er war klein und hager, seine leicht gebeugte Haltung ließ stumm erduldete Schicksalsschläge vermuten. Vincenzo schätzte ihn auf Mitte sechzig.

»Herr Theiner«, ergriff der Commissario das Wort. »Ihr Anruf bei der Feuerwehr ging gegen vier Uhr nachts ein. Warum haben Sie nicht geschlafen?«

Theiner lachte bitter auf. »Schlafen? Seit dem Tod von Anna, meiner Frau, ist das für mich ein Fremdwort. Wissen Sie, wie lange wir zusammen hier gelebt haben?«

Das erklärte natürlich einiges, doch darum ging es nicht. »Das tut mir sehr leid, Herr Theiner. Können Sie uns trotzdem noch einmal sagen, wie Sie das Feuer bemerkt haben? Unseres Wissens ist es im Hausinneren ausgebrochen.«

Theiner schnaubte verächtlich. »Hausinneren, dass ich nicht lache! Bei denen war innen ja schon fast außen. Sie haben ja selbst die großen Fensterfronten gesehen. Deshalb konnte ich das Feuer im Wohnzimmer sofort sehen. Frieda war eine nette Frau, mit der konnte man sich gut unterhalten, aber Heinrich war ein eingebildeter Schnösel. Hielt sich für was Besseres, nur weil er in der Verwaltung arbeitete. Und ehe Sie fragen: Ich stehe oft am Fenster und gucke raus, gerade nachts. Es beruhigt mich ein wenig, wenn ich nicht schlafen kann. In der Nacht bin ich um kurz vor vier aufgestanden und zum Fenster gegangen. Ich habe das Feuer drüben sofort lodern sehen. Zuerst dachte ich, die feiern wieder und haben den Kamin an, aber dann habe ich gemerkt, dass die Flammen dafür viel zu hoch schlagen. Ich habe sofort die Feuerwehr gerufen, und trotzdem war es zu spät. Es tut mir leid.«

Die Geschichte hatte Theiner schon den ermittelnden Kollegen erzählt, doch Vincenzo ging es vornehmlich um etwas anderes. Abwehrend hob er die Hände. »Machen Sie sich keine Vorwürfe. Sie haben getan, was Sie tun konnten, mehr war nicht möglich. In der Akte habe ich nachgelesen, dass Sie niemanden in der Nähe des Hauses bemerkt haben. Aber haben Sie vielleicht im Laufe des Abends mitbekommen, dass Gampers Besuch hatten, vielleicht sogar, wen?«

Theiner schüttelte den Kopf. »Nein, ich habe den ganzen Abend ferngesehen und niemanden bemerkt. Gegen eins bin ich ins Bett gegangen und habe wie immer wach gelegen. Aber halt, als ich die Tür abgeschlossen habe, ist mir aufgefallen, dass vor dem Haus der Gampers ein auffälliger Sportwagen stand. Ein Porsche, glaube ich. Wissen Sie, so ein Auto passt eigentlich nicht in unser Tal, und Gampers hatten nur einen Volvo. Also dachte ich mir, typisch für den Angeber, dass der solche Leute kennt.«

Ein Porsche mochte vielleicht nicht in das Tal passen, war aber immerhin ein recht eindeutiges Indiz dafür, dass die Familie Besuch gehabt hatte. Das erklärte auch den Alkoholpegel der Erwachsenen. Sie mussten also herausfinden, wer Gampers Gäste gewesen waren. Blieb noch eine letzte Frage. »Ist Ihnen bekannt, ob Gamper Feinde hatte? Ich kann mir vorstellen, dass er in seiner Position manchmal unpopuläre Entscheidungen treffen musste.«

Theiner dachte nach. »Feinde? Schwer zu sagen. Wie gesagt, er war ein eingebildeter Hund. Aber deswegen bringt man doch keinen um, wenn Sie auf Brandstiftung anspielen wollen, oder? Mir ist übrigens noch etwas aufgefallen. Ist allerdings schon eine Weile her. Wie war das noch gleich?«

Seit der ersten Meldung des Brandes hatte Vincenzo ein merkwürdiges Gefühl beschlichen. Seine kriminalistische Ausbildung sagte ihm, dass er es mit einem tragischen Unfall zu tun hatte, doch sein Instinkt behauptete steif und fest das Gegenteil. Vielleicht war ja dieser Zeuge der Schlüssel. »Denken Sie nach, Herr Theiner. Lassen Sie sich ruhig Zeit.«

Und Theiner erinnerte sich. Irgendwann im Herbst hatte er mit Frieda einen Plausch gehalten. Sie kam ihm seltsam verändert vor, so als stünde sie unter Drogen, obwohl sie im Gegensatz zu ihrem Mann ein eher biederer, konservativer Typ war. Ihre Konversationen am Zaun beschränkten sich zumeist auf Theiners Trauer, Friedas Sohn Hannes, wie wohl sie sich im Pflerschtal fühlte und das Wetter, aber im Herbst hatte sie Andeutungen gemacht. »Bald wird es uns viel besser gehen als jetzt. Dann wird mein Hannes auf die beste Universität gehen können und in keiner runtergekommenen Studentenbude hausen müssen. Bald, Josef, bald.« Als Theiner nachgefragt hatte, war sie jedoch ausgewichen. Er hatte die Unterhaltung bis heute vergessen gehabt. Was gingen ihn auch die Nachbarn an?

Die Polizisten verabschiedeten sich und stiegen wieder in ihren Wagen. »Was meinen Sie, Commissario? Steckt mehr dahinter als ein funkenschlagender Kamin?«

Vincenzo rieb sich sein Kinn. »Ich bin mir nicht sicher. Immerhin wissen wir jetzt, dass die Gampers Besuch hatten und offensichtlich ausgelassen gefeiert haben. Noch immer ist beides möglich: Sie haben im Rausch den Kamin vergessen, oder jemand hat sie abgefüllt, um unbeobachtet den Brand zu legen. Da wir Letzteres im Moment aber noch nicht nachweisen können, sind uns erst einmal die Hände gebunden.«

Marzoli stöhnte auf. Das war nicht Commissario Vincenzo Bellini, wie er ihn kannte. Natürlich hatte er recht, alles deutete auf einen Unfall hin, aber normalerweise würde ihn schon der Hauch eines Zweifels anstacheln. »Was ist mit dem Porsche? Mit Frau Gampers merkwürdiger Andeutung?«

Vincenzo nickte. »Geld. Das perfekte Motiv für einen Mord. Trotzdem gibt es keinerlei Anhaltspunkte. Fahren wir nach Hause.«

Das war Marzoli zu wenig. »Ich mache Ihnen einen besseren Vorschlag. Was halten Sie davon, dass wir einen Kaffee im Dorfgasthof trinken und die Leute dort befragen. Vielleicht wissen die ja, wem der Porsche gehört. Dann könnten wir zumindest dem Halter ein paar Fragen stellen.«

Vincenzo nickte. »Meinetwegen. Außerdem kann ich einen Kaffee jetzt gut gebrauchen«

Angesichts der Uhrzeit, es war noch nicht fünf Uhr, war die Gaststube schon gut frequentiert. Die Polizisten bestellten an der Bar Espressi und zückten ihre Dienstmarken. »Wir haben ein paar Fragen an Sie und hoffen, dass Sie uns weiterhelfen können.« Vincenzo nickte freundlich in die Runde.

»Sieh mal einer an. Die Polizei bei uns im Pflerschtal. Was ist passiert, Commissario? Hat jemand einen Ski gestohlen?« Der Wirt bedachte die unerwünschten Gäste mit spöttischem Blick. Aus dem Gastraum ertönte allenthalben Kichern.

Vincenzo ärgerte sich. »Sparen Sie sich Ihre Witze und antworten Sie besser auf unsere Fragen, ansonsten müssen wir Sie in die Questura bestellen. Fangen wir einfach an: Ist Ihnen bekannt, wer hier im Tal einen Porsche fährt?« Wieder blickte er in die Runde. »Die Frage ist an Sie alle gerichtet.«

Der Wirt beugte sich über seinen Tresen. »Hören Sie, Commissario, wir haben nichts gegen die Polizei, aber wir schätzen es nicht, wenn jemand hierherkommt, unsere Ruhe stört und uns als Nächstes wahrscheinlich irgendwelcher Straftaten bezichtigen will.

Und Ihren Auftritt können Sie sich auch sparen, der beeindruckt uns nicht im Geringsten.«

Vincenzo wog seine Optionen ab. Es war unmöglich, auf Basis einer Intuition, und mehr war es im Moment nicht, eine komplette Gaststätte in die Questura zu beordern. Niemand der Anwesenden war verdächtig, also war jede Aussage ohnehin freiwillig. Er entschied sich für die Rolle des guten Bullen. »Wir haben nicht vor, jemanden von Ihnen zu bezichtigen. Es geht uns ausschließlich um den Brand auf dem Gamperhof, vor dem in der Brandnacht ein Porsche gesehen wurde. Deshalb unsere Frage.«

Von einem der hinteren Tische ertönte eine Stimme. »Aber das war doch ein Unfall! Was hat die Polizei damit zu tun?«

»Wahrscheinlich war es tatsächlich ein Unfall. Aber wenn Menschen zu Schaden gekommen sind, müssen wir routinemäßig solche Untersuchungen anstellen. Bitte denken Sie nach. Wer besitzt einen Porsche?«

Marzoli und Vincenzo blickten in ratlose Gesichter. Gemurmel erhob sich, von dem sie nur Wortfetzen verstanden. »Kennst du … einen Porsche hat?«, »Bestimmt jemand von außerhalb …«, »Unfall …«, »… Hansi fragen«.

Vincenzo wurde hellhörig. »Wie war das? Wer ist Hansi?«

Der Wirt reichte ihnen ihre Espressi über den Tresen. »Hansi hat eine Bar, oben, direkt an der Skiabfahrt. ›Hansis Stodl‹. Hansi kennt hier jeden, und jeder kennt Hansi. Wenn einer was weiß, dann er.«

Das war immerhin ein Anfang, auch wenn Vincenzo überzeugt davon war, dass die Leute mehr wussten, als sie zugaben. »Wir werden Hansi fragen. Trotzdem möchte ich noch etwas zu den Gampers wissen. Die Familie hat es Silvester anscheinend ordentlich krachen lassen. War jemand von Ihnen dabei, oder wissen Sie, wer bei ihnen zu Gast war? Und ist jemandem bekannt, ob Heinrich Gamper mit jemandem Streit hatte? Zum Beispiel aufgrund seiner Funktion?«

Doch an dieser Stelle stieß die Auskunftsbereitschaft der Pflerschtaler an ihre Grenzen. Niemand war bereit, über einen der ihren mit der Polizei zu sprechen, auch wenn dieser schon tot war. Um an Informationen zu gelangen, hätte Vincenzo jeden einzeln befragen müssen, in der Gruppensituation wollte niemand den Mund aufmachen. Doch für einen so hohen Aufwand erschienen Vincenzo die Verdachtsmomente als zu vage.

Enttäuscht fuhren die beiden Polizisten zurück nach Bozen. Letztlich gab es keine definitiven Anzeichen für ein Verbrechen. Ein Silvestergast, der einen Porsche fuhr, musste nicht automatisch ein Mordverdächtiger sein, und die nebulösen Andeutungen eines der Opfer einem Nachbarn gegenüber konnten ebenfalls nicht als eindeutiger Hinweis gewertet werden. Da weder Reiterers noch Pacis Analysen Hinweise auf ein Fremdverschulden ergeben hatten, beschlossen sie, den Fall zu den Akten zu legen. Ein tragisches Unglück, das eine ganze Familie ausgelöscht hatte.

Doch Vincenzo konnte sein intuitives Gefühl einfach nicht abschütteln. »Wissen Sie was?«, weihte er Marzoli kurz vor Bozen in seinen spontanen Plan ein. »Ich hatte ohnehin vor, an einem der kommenden Wochenenden im Pflerschtal Ski zu fahren. Ich werde Mauracher fragen, ob sie Lust hat, mitzukommen, dann könnten wir uns als Paar ausgeben und sozusagen undercover bei Hansi ermitteln. Was halten Sie davon? Meinen Sie, dass Mauracher mitmacht? Und wird man uns das mit dem Paar angesichts des Altersunterschiedes abnehmen?«

Marzoli musste lachen. »Es dürfte außer Frage stehen, dass sie mitmacht. Und der Altersunterschied, nun ja, warum sollten Sie mit knapp vierzig nicht auf eine fünfzehn Jahre jüngere Frau stehen? Das gibt es doch häufiger. Ich finde die Idee gut, auch wenn ich nicht denke, dass Sie etwas Neues in Erfahrung bringen werden.«

Vincenzo war irritiert. »Wieso zweifeln Sie nicht daran, dass Mauracher mitmacht? Es wäre immerhin halb privat, und sie müsste ein ganzes Wochenende opfern.«

Marzoli sah seinen Kollegen von der Seite an. »Sie haben tatsächlich nichts bemerkt, oder?«

»Was soll ich bemerkt haben?«, fragte Vincenzo unsicher.

Der Ispettore lachte laut auf. »Dass das Mädchen auf Sie abfährt! Die himmelt Sie doch schon die ganze Zeit an. Und Sie haben wirklich nichts bemerkt?«

Vincenzo war konsterniert. Er war selbstbewusst genug, um zu wissen, dass er nach objektiven Maßstäben überdurchschnittlich attraktiv war. Er hatte durchaus Chancen, spürte die Blicke der Frauen in den Cafés an den Nachbartischen, im Zug nach Mailand, beim Bummel durch Bozen. Aber das waren Frauen, keine halben Kinder. »Marzoli, ich bitte Sie! Das Mädchen ist dreiundzwanzig und leidet wahrscheinlich nur unter einem Vaterkomplex.«

Der Kollege erstaunte Marzoli immer wieder. Der Ispettore war das Gegenteil von einem Draufgänger und mit seiner Barbara restlos glücklich. Sie war alles, was er sich in dieser Hinsicht vom Leben wünschte. Aber wenn selbst er Mauracher Interesse am Commissario erkannte, musste der es doch erst recht sehen. »Kaum zu glauben, dass Sie das nicht gemerkt haben wollen. Dabei sind Maurachers Blicke doch mehr als eindeutig. Und deshalb würde ich Ihnen auch raten, an diesem Wochenende vorsichtig zu sein. Sie sollten alles vermeiden, was ihr unnötige Hoffnungen machen könnte.«

11

Mailand, Freitag, 3. Februar

Gianna saß mit Dottore Lorenzo di Angelo bei »Cracco«, einem angesagten Spitzenrestaurant im Herzen Mailands. Seit einigen Wochen arbeiteten sie an ihrem ersten gemeinsamen Fall, einer komplizierten Fusion von drei Firmen, die sogar das Kartellamt auf den Plan gerufen hatte. Schnell hatte sich herausgestellt, dass di Angelo genauso fähig war, wie Giannas Vater ihn eingeschätzt hatte. Und mit allen Wassern gewaschen. Schon sein souveränes Auftreten hatte dem Gegner den Wind aus den Segeln genommen. Es gab keinen Zweifel, dass die Fusion genehmigt werden würde.

Noch immer war Gianna fasziniert von di Angelo, konnte aber nicht einschätzen, ob sie sich als Frau von ihm angezogen fühlte oder in ihm eher einen väterlichen Freund sah. Möglicherweise war es eine Kombination aus beidem. Immer wieder ertappte sie sich dabei, wie sie ihn mit Vincenzo verglich, und jedes Mal hatte sie dabei ein schlechtes Gewissen, konnte aber nichts dagegen tun. Sie fühlte sich noch immer zu Vincenzo hingezogen, und doch herrschte eine merkwürdige Form von Distanz zwischen ihnen, die sie sich nicht erklären konnte. Seit Heiligabend hatte sie ihn genau zwei Mal angerufen. Er war bemüht, versuchte, einfühlsam zu sein, kam aber nicht an sie heran. Er hatte ihr vorgeschlagen, ein Wochenende nach Sarnthein zu kommen. »Einfach so, damit wir uns mal wieder sehen, ohne jeden Zwang.« Als er sie dann aber doch wieder auf ihre Therapie angesprochen hatte, machte sie innerlich sofort dicht. Es war, als fiele ein Vorhang, und sofort lenkte sie das Gespräch wieder auf Belanglosigkeiten. »Liegt viel Schnee bei euch?«, »Warst du oft Skifahren?«, »Wie geht es deinen Eltern?«. Sie spürte den unerklärlichen Zwang, jedwede Intimität zwischen ihnen im Keim zu ersticken, wofür sie sofort wieder ein schlechtes Gewissen überkam. Es war dieser unglückselige Gefühlsmix, der sie auf Kontakt zu Vincenzo so weit wie möglich verzichten ließ.

Ihr traumatischer Zustand hatte sich indes gebessert. Und das lag weniger an ihrem Therapeuten, der sich noch immer nach Kräften bemühte, sondern eindeutig an di Angelo. Der charismatische Anwalt sprach sie immer wieder auf ihre Erlebnisse an. Und wie schon beim Neujahrsempfang fiel es Gianna überraschend leicht, sich diesem im Grunde Fremden gegenüber zu öffnen. Di Angelo war direkt, ohne mit der Tür ins Haus zu fallen, und nach jedem Gespräch mit ihm hatte Gianna das Gefühl, dass er ihr ein kleines Stück ihrer Last abgenommen hatte. Manchmal lag sie abends im Bett, schloss die Augen und konnte förmlich sehen, wie die Mauer, die ihre Seele umgab, Stück für Stück in sich zusammenfiel.

Doch eines hatten Vincenzo und di Angelo auch gemeinsam: ihre Vorliebe für edle Weine. Wobei ihr Kollege sich mit deutlich geringeren Mengen begnügte als Vincenzo in letzter Zeit. Er füllte Giannas Glas mit einem Allegrini La Poja IGT 2007. »Ein Spitzentröpfchen. Ein hundertprozentiger Corvina aus dem Veneto, der erst im November von Hand gelesen wird. Meiner Meinung nach hat er noch mehr Charakter als der Amarone.« Er prostete Gianna zu. »Was macht eigentlich Ihr Freund, der Commissario? Sind Sie sich wieder nähergekommen?«

Eine direkte, persönliche Frage, die Gianna niemand anderem gestattet hätte. Sie antwortete wahrheitsgemäß.

Di Angelo nickte verständnisvoll. »Das kann ich gut nachvollziehen. Sie haben einen starken inneren Konflikt auszutragen. Allerdings kann Vincenzo nichts dafür. Wenn ich ehrlich zu Ihnen sein darf, würde ich Ihnen dringend raten, eine Entscheidung zu treffen und ihm, metaphorisch gesprochen, reinen Wein einzuschenken. An Ihrer Stelle würde ich mich ein Wochenende in Klausur begeben und in mich hineinhorchen. Entweder wollen Sie es wieder mit ihm versuchen, dann sollten Sie auch dazu stehen und gegen Ihren inneren Schweinehund ankämpfen. Oder Sie entscheiden sich gegen ihn, dann sollten Sie ihn ziehen lassen, ihm das aber auch offen sagen. Wenn ich daran denke, wie er sich in dieser Situation fühlen muss, wird mir ganz schlecht.«

Wird mir ganz schlecht. Und auch Gianna fühlte sich nach dem Gesagten nicht gerade besser. Di Angelo erzählte ihr das, was sie bisher in ihr Unterbewusstsein gedrängt hatte, und er hatte recht. Sie musste für Vincenzo Klarheit schaffen. Aber wie sollte sie das anstellen, wenn sie sich doch selbst unklar war? Liebte sie Vincenzo noch? Waren ihre Zweifel und die Distanziertheit Folge ihrer Erlebnisse, oder waren sie schon vorher da gewesen, und sie hatte sich die ganze Zeit nur etwas vorgemacht? Was war mit di Angelo? War er ihr väterlicher Freund? War sie in ihn verliebt? Er in sie? Die Unsicherheit war einfach fürchterlich.

Es war nach Mitternacht, als di Angelo Gianna vor ihrer Wohnung absetzte. Obwohl sie nicht allein sein und Opfer ihrer Gedanken werden wollte, widerstand sie dem Impuls, ihn auf einen Schlummertrunk einzuladen. Die Folgen könnten verheerend sein. Allein dieser Abend in trauter Zweisamkeit hatte ihr Gewissen wieder auf den Plan gerufen. Sie ging in ihre Wohnung und griff zum Hörer, ohne den Mantel abzulegen.

»Gianna! Das ist aber ein Überraschung, ich freue mich!«

Sie hätte es nicht begründen können, warum sie Vincenzo mitten in der Nacht anrief. Es war so etwas wie ein Reflex. »Ich wollte nur mal hören, wie es dir geht. Ein bisschen spät, ich weiß …«

»Für dich ist es nie zu spät. Du kannst mich immer und überall anrufen, das weißt du doch. Mir geht es gut. Ich bin gerade im Pflerschtal beim Skifahren. Herrliches Wetter, und der Schnee ist sagenhaft.«

Immer und überall anrufen. Verdammt noch mal, warum machte er das? Warum war er so nett, freundlich, so lieb? Jede Frau wollte einen Mann, der so auf sie einging, doch in diesem Moment hätte Gianna sich mehr Härte gewünscht. Sollte er ihr ruhig Rücksichtslosigkeit vorwerfen, sie abwürgen und auf morgen vertrösten. Das wäre allemal besser gewesen als dieses bedingungslose Einfühlungsvermögen, das ihr den Hals zuschnürte.

Sie redeten eine Weile, wie immer in der letzten Zeit vor allem über belanglose Dinge, das schöne Pflerschtal, das auch ihr gefallen würde, der tragische Brand auf einem abgelegenen Hof. Immerhin unterließ es Vincenzo, sie auf ein mögliches Treffen anzusprechen, und erzählte ihr stattdessen, dass er dem Alkohol vorläufig entsagt habe. Scheinbar war er auf dem besten Weg, aus seinem Tal der Depressionen hinauszufinden. Das zu hören, ließ sie erleichtert durchatmen. Erst jetzt merkte sie, dass sie sich die ganze Zeit für Vincenzos Verfassung verantwortlich gefühlt hatte.

Nach weniger als zehn Minuten beendete sie das Gespräch. Eine bleierne Müdigkeit hatte sie übermannt. Ohne sich auszuziehen, ließ sie sich auf ihr Bett fallen und schlief augenblicklich ein. Ihr letzter Gedanke war, dass sie Ruhe brauchte. Sie würde sich die nächsten Wochen nicht bei Vincenzo melden.

12

Pflerschtal, Samstag, 4. Februar

»Sind Sie so weit?« Vincenzo schaute auf seinen Höhenmesser. Achtzehn Uhr, die perfekte Zeit für »Hansis Stodl«. Er hatte sich mit Mauracher in der Suite des Hotels »Tribulaun« einquartiert. Es hatte eine Weile gedauert, bis er eine passende Unterkunft ausfindig gemacht hatte, die über zwei Schlaf- und Badezimmer verfügte, aber die Suite war perfekt. Er hatte die Unterkunft für das erste Wochenende gebucht, an dem sie frei war. Er stand nicht unter Zeitdruck.

Nach Marzolis Andeutungen war Vincenzo verunsichert. Auf der Fahrt hatte er Sabine Mauracher beobachtet, jedes ihrer Worte analysiert. Schwer zu sagen, ob da bei ihr mehr war als nur kollegiale Sympathie. Auffallend war zumindest, wie selbstverständlich sie bereit gewesen war, ihr Wochenende zu opfern. »Natürlich bin ich dabei, Commissario! Ich liebe Skifahren. Gibt es da auch schwarze Pisten?«

Vincenzo hatte sich vorgenommen, sich Mauracher gegenüber so offiziell wie möglich zu verhalten. Das gemeinsame Zimmer ließ sich nicht vermeiden, wollten sie nach außen als Paar auftreten, aber durch die Aufteilung der Suite hatte jeder noch seine Privatsphäre.

Am Freitag waren sie spätnachmittags angekommen und zu einem Italiener in der Nähe essen gegangen, um ihr Vorgehen zu besprechen. Heute waren sie zunächst Ski gefahren, natürlich in trauter Eintracht. Jeder sollte sie so sehen. Gianna hatte er bei ihrem gestrigen nächtlichen Telefonat sicherheitshalber gar nichts von Mauracher Anwesenheit erzählt. Seine Freundin stand noch immer so sehr unter Schock, dass ihr eine solche Information womöglich den Rest gegeben hätte. Er musste sie noch mit Samthandschuhen anfassen. Das war der einzige Weg, sie wieder an sich zu binden, ihre Liebe neu zu entfachen.

»Ich bin fertig. Frauen müssen sich ja schließlich hübsch machen«, ertönte Mauracher Stimme aus den Tiefen ihres Bades, bevor sie Sekunden später vor ihm stand.

Vincenzo erkannte sie kaum wieder. Ihren ansonsten topfartig fallenden längeren Pagenschnitt hatte sie mittels einer kompliziert wirkenden Hochsteckfrisur in eine Kunstform verwandelt. Das erste Mal, seit er sie kannte, hatte sie Lippenstift und Rouge aufgetragen, sodass das Make-up ihren Typ in Perfektion betonte: der Lippenstift dezent rosa, das Rouge passend zu ihren Sommersprossen, die Augenlider dunkel nachgezogen. Statt schlabbriger Jeans und Pullover trug sie ein auffallendes rotes Kleid, dabei wäre Vincenzo zuvor jede Wette eingegangen, dass die burschikose Sabine so etwas gar nicht besaß. Das Kleid reichte ihr bis kurz über ihre Knie, unter denen schwarze Lederstiefel endeten. Wäre sie ihm so auf der Straße begegnet, hätte Vincenzo zwei Mal hinschauen müssen, um seine Kollegin zu erkennen. Sie wirkte mindestens fünf Jahre älter. Von wegen Altersunterschied. Und dazu war sie mit einem Mal auch ausgesprochen hübsch und reizend.

Mauracher bemerkte den ungläubigen Blick ihres Vorgesetzten und lachte. »Was ist, Commissario? Sind Sie über mein Aussehen erstaunt? Nennen wir das Kleid einfach Dienstkleidung, denn wir wollen doch schließlich wie ein Paar auftreten. Ich denke, meine Aufmachung ist realistisch. Wäre ich mit Ihnen zusammen, würde ich mich so anziehen.«

Vincenzo hatte Mauracher, die erst im vergangenen Jahr in die Questura gekommen war, auf Anhieb gemocht. Und da er einen Blick für das nicht Offensichtliche besaß, hatte er bereits gewusst, dass dieses zierliche Mädchen hübscher war, als es sich selbst durch sein Outfit machte. Doch dieser Anblick war schlichtweg atemberaubend. Er musste schlucken. »Vielleicht sollten Sie so etwas häufiger tragen. Sie sehen phantastisch aus. Ich denke, wir geben wirklich ein glaubwürdiges Paar ab.«

Mauracher senkte den Blick, räusperte sich verlegen. »An eines haben wir aber noch nicht gedacht, Commissario.«

»Was meinen Sie?«

»Nun ja«, druckste sie herum, »Paare siezen sich normalerweise nicht. Und viele halten in der Öffentlichkeit Händchen. Wie glaubwürdig soll unser Auftritt denn sein?«

Vincenzo fühlte sich unbehaglich. Das hatte er tatsächlich vergessen. Es verstand sich von selbst, dass er Mauracher duzen musste, aber Händchen halten? Nun, auch das sollte kein Problem für ihn sein, eher schon die Tatsache, dass Vincenzo Sabine Mauracher das erste Mal als Frau wahrnahm, und dazu als ziemlich attraktive. Er konnte es nicht benennen, aber etwas an ihr zog ihn an. Und das gefiel ihm ganz und gar nicht. »Dass wir uns an diesem Abend duzen, ist selbstverständlich.« Damit war also geklärt, dass das Du nur temporärer Natur sein würde.

Mauracher bedachte seinen hölzernen Klarstellungsversuch mit einem koketten Augenaufschlag. Hatte diese für sie typische Geste ansonsten etwas eher Niedliches, fast Kindliches an sich, so wirkte sie nun beinahe verführerisch.

Vincenzo zwang seine Gedanken in die einzig richtige Richtung: hin zu der bevorstehenden Ermittlungsarbeit bei Hansi. »Ein bisschen Händchen halten dürfte auch kein Drama sein, wir müssen ja nicht öffentlich rumknutschen. Kommen Sie, wir brechen auf.«

Auf der Fahrt über die steile, schmale Straße sprachen sie nur wenig. »Hansis Stodl« lag malerisch oberhalb des Tals, sodass man am Tag von hier sicherlich bis nach Gossensaß sehen konnte. In der anderen Richtung wurde der Blick vom Tribulaun-Massiv beherrscht. Als die beiden Beamten den kleinen Gasthof betraten, waren nur zwei andere Tische besetzt. Sie würden in Ruhe etwas essen und sich, sobald die letzten Gäste, vermutlich Touristen, gegangen waren, Hansi vornehmen. Da noch keine offiziellen Ermittlungen eingeleitet worden waren und Vincenzo im Grunde vor allem seiner Intuition nachging, hatte er sich nach einigem Hin und Her dafür entschieden, mit Hansi vorerst sozusagen in inoffizieller Mission zu sprechen. Zudem waren Menschen meist gesprächiger, wenn sie sich nicht in der unangenehmen Situation eines Verhörs befanden.

Der Besitzer machte den Eindruck eines sympathischen Naturburschen. Er hatte braune Haare, einen leichten Bauchansatz und eine ausgesprochen gesellige Art. Vincenzo schätzte ihn auf Mitte vierzig. Nachdem Vincenzo für sich und Mauracher Spaghetti Carbonara bestellt hatte, brachte ihnen Hansi eine große, gut gefüllte Pfanne, die er vor sie auf den Tisch stellte. Als er Vincenzos skeptischen Blick bemerkte, lachte er. »Als Paar esst ihr doch sicherlich aus einer Pfanne. Aber wenn ihr wollt, kann ich euch natürlich auch extra Teller bringen.«

Vincenzo warf Mauracher einen verlegenen Blick zu. Sie lächelte und nickte leicht. »Nein, schon gut. Ich nehme noch ein Helles, gern ein großes. Und du, *Sabine*?«

Sie schaute in die Karte. »Was meinst du, Schatz, soll ich noch einen Roten oder doch lieber einen Weißen nehmen?«

Schatz? Vincenzo schluckte bei der Bezeichnung, konnte aber in diesem Moment wenig dagegen machen. Er freute sich jetzt schon darauf, wenn diese Farce wieder vorbei war. »Nimm Rotwein, der passt besser zur Carbonara.«

»Wie du meinst, Schatz.« Sie gab Hansi die Karte zurück. »Bitte einen halben Liter vom Hauswein.«

Als Hansi verschwunden war, schaute Vincenzo Mauracher ernst an. »Hören Sie, Sabine, halten Sie sich bitte etwas zurück. *Schatz* geht wirklich ein bisschen zu weit.«

Mauracher wirkte schuldbewusst. »Ich versuche nur, meine Rolle so gut wie möglich zu spielen, Commissario. Pärchen sagen nun eben Schatz, Liebste, Süße und was weiß ich nicht noch alles zueinander. Jetzt seien Sie halt nicht so. Ist doch höchstens für ein paar Stunden.«

Insgeheim musste Vincenzo ihr recht geben. Seine Kritik resultierte eigentlich auch nur aus Marzolis Einschätzung und seiner dadurch veränderten Sicht auf Mauracher. Doch das konnte und sollte sie nicht wissen. »Okay, aber keinen Schritt weiter. Und sobald die anderen Gäste gegangen sind, verwickeln wir Hansi in ein Gespräch.«

Der freundliche Wirt kam zurück an ihren Tisch und brachte den Wein und ein Helles – in einem Maßkrug. Ungläubig starrte Vincenzo auf den riesigen Humpen. »Das ist ja ein Liter!«

Hansi zuckte mit den Schultern. »Stimmt. Das haben diese Krüge so an sich. Und?«

»Ich habe doch nur ein normal großes Helles bestellt!«

»Stimmt auch. Und? Ist das etwa kein normal großes Helles?«

»Nein! Ja, schon, aber …«

Hansi klopfte mit zwei Fingern sanft auf den Tisch. »Kein Aber. Bei mir sieht ein normal großes Helles so aus. Und jetzt iss brav deine Nudeln, dann gibt's hinterher noch ein leckeres Tiramisu. Selbst gemacht natürlich. Du wirst schon sehen, so eine Maß ist schneller leer, als du denkst.«

Mauracher hatte die Szene mit offensichtlicher Erheiterung verfolgt. »Hansi ist echt ein genialer Typ. Der hat vielleicht einen schrägen Humor. Wissen Sie, was ich glaube? Ich glaube, der ist auch sehr auskunftsfreudig. Prost!«

Vincenzo nahm einen großen Schluck. Das Bier schmeckte köstlich – umso mehr, weil es seit Neujahr der erste Alkohol für ihn war. »Weißt *du*!«

»Wie bitte?«

Diesmal lachte Vincenzo. »Wir duzen uns. Schon vergessen?«

Auf eine unerklärliche, kaum beeinflussbare Weise war die Stimmung gekippt. Nichts mehr erinnerte an eine geplante polizeiliche Befragung. Vincenzo kam der Gedanke in den Sinn, dass Mauracher und er in diesem Moment der Inbegriff der perfekten Undercoveragenten waren. Bevor die zweite Maß gebracht wurde, auch Mauracher hatte den ersten halben Liter Wein bereits geleert, kassierte Hansi den letzten Tisch ab. Jetzt konnten sie sich auch endlich dem eigentlichen Zweck des Abends zuwenden.

»Komm, Hansi, setz dich zu uns an den Tisch. Hast du Lust, etwas mit uns zu trinken?«

Hansi grinste über das ganze Gesicht. »Mit euch zwei Netten? Natürlich. Ihr seid ein hübsches Paar, so verliebt. Seid's erst frisch zusammen, stimmt's?« Hansi verschwand hinter dem Tresen, um sich ebenfalls eine Maß zu zapfen.

Trotz des bereits erreichten Alkoholpegels war Vincenzo peinlich berührt. Frisch verliebt?

Als ob Mauracher seine Gedanken gelesen hätte, beruhigte sie ihn. »Läuft doch alles prächtig, Commissario, ich meine: *Schatz*. Der hält uns einfach nur für verknallte Touristen.«

Hansi kam mit der Maß, einer großen Flasche und drei Schnapsgläsern zurück. »Das ist mein berühmt-berüchtigter Hansi Libre. Ein Aufgesetzter, den ich selbst mache. Die eine Hälfte ist Willi, der Rest bleibt mein Geheimnis.« Im Stehen füllte er die Gläser bis zum Rand. »Die und die nächsten gehen auf meine Kosten. Ich mag verliebte Pärchen. Auf die Liebe! Prost!« Er setzte sich zu seinen Gästen. »Normalerweise würde ich jetzt, kurz vor Mitternacht, ja schon schließen, aber wir drei werden bestimmt noch viel Spaß miteinander haben. Erzählt doch mal: Wie heißt ihr, wo kommt ihr her?«

Vincenzo, der die zweite Maß fast schon zur Hälfte geleert hatte, fand die Situation erheiternd, aber skurril zugleich. Da saß er, der Commissario aus Bozen, mit seiner jungen Kollegin, einer Polizeianwärterin, in einer Jausenstation im Pflerschtal, betrank sich mit dem Wirt namens Hansi und mimte den männlichen Teil eines frisch verliebten Touristenpärchens. Aber zum Nachdenken war keine Zeit. Er erzählte Hansi, dass seine Familie aus der Region stamme, Sabine jedoch aus Stuttgart käme, und nannte Hansi ihre echten Namen. Stuttgart? Wie war er bloß ausgerechnet auf Stuttgart gekommen?

Hansi schenkte ihnen bereits den dritten Hansi Libre ein. »Vincenzo? Der Name klingt ziemlich bieder, wenn ich das so offen sagen darf. Ist es okay, wenn ich dich Vince nenne?«

Vincenzo glaubte, seinen Ohren nicht zu trauen. Hansi nannte ihn Vince, weil Vincenzo bieder klang? In seinem Leben gab es nur einen Menschen, der ihn so nannte: seine Mutter. Und er hasste es. Der Undercoveragent Vince sah, dass Agentin Sabine all ihre verbliebene Beherrschung aufbringen musste, um nicht schallend loszulachen. Er wollte protestieren, doch Hansi war schon auf dem Weg zum Zapfhahn mit dem Hinweis, sie bräuchten dringend eine neue Maß, die alte sei schließlich schon fast verdunstet.

Der Abend gestaltete sich immer unterhaltsamer. Sie lachten, tranken, und Vincenzo dachte das erste Mal seit Heiligabend nicht mehr ununterbrochen an Gianna, sondern genoss die außergewöhnliche Situation in vollen Zügen. Als der Uhrzeiger sich der Zwei näherte, zog Hansi erneut los, um die Maßkrüge aufzufüllen. Vincenzo beugte sich über den Tisch und lallte: »Sabine, wir … wir müssen allmählich dienstlich werden. Ich weiß nicht, wie lange ich noch Herr meiner Sinne bin. Unfassbar, was Hansi verträgt.«

Mauracher kicherte. »Okay, aber ich bin wirklich gespannt, wie du es schaffen willst, Hansi in diesem Zustand zu profanen

Zeugenaussagen zu bewegen. Und das nicht etwa als Commissario, sondern als mein Freund.«

Als Hansi zurückkam, hatte er Mauracher eine weitere Karaffe Wein mitgebracht, ihre dritte. Vincenzo zwang sich zur Konzentration, prostete Hansi zu und nahm einen großen Schluck Helles, um Lockerheit zu demonstrieren. »Du, Hansi, kann ich dir ein paar Fragen stellen?«

Mauracher verdrehte die Augen. »Wie unauffällig«, schien sie sagen zu wollen.

Hansi grinste schelmisch, von den Wirkungen des Alkohols war bei ihm noch keine Spur. »Klar, jederzeit, das gehört schließlich zu meinem Berufsbild. Aber zuerst müsst ihr euch küssen. Mir zuliebe.«

Vincenzo und Mauracher sahen sich entgeistert an, während Hansi in schallendes Gelächter ausbrach. »Nun habt euch nicht so. Wer kostenlos mit Informationen und Hansi Libre versorgt werden will, kann sich auch küssen. Vorher gibt es von mir keine Antworten!«

In Vincenzos benebeltem Hirn fuhren die Gedanken Achterbahn. Auch Maurachers Lockerheit war nicht mehr ganz so authentisch. Was tun? Hansi schien es ernst zu meinen. »Komm Schatz, dann tun wir ihm eben den Gefallen.« Vincenzo versuchte, seiner Stimme einen gewissen Schmalz zu verleihen, was gründlich misslang.

Mauracher beugte sich über den Tisch zu ihrem Vorgesetzten und spitzte ihre Lippen. Vincenzo schloss die Augen und gab der Polizeianwärterin unter Hansis Beifall ein kurzes, eher angedeutetes Küsschen auf die Lippen, nach dem sich Mauracher rasch zurückzog.

Hansi liefen vor Lachen die Tränen hinunter. »So einen Spaß hatte ich seit Ewigkeiten nicht mehr. Mensch, Vince, ich hoffe für euch beide wirklich, dass du nachher im Hotel nicht so schüchtern bist. Ihr seid so ein hübsches Paar, da würde man wirklich etwas mehr Leidenschaft erwarten.« Lachend schlug er sich auf die Schenkel.

Die Vertreter der Polizia di Stato kamen sich vor wie Statisten in einer Komödie.

Plötzlich wurde Hansi ernst. »Okay, ich werde euch jetzt erlösen. Es war eine beeindruckende Show, die ihr da abgezogen habt. Und wenn ihr noch ein bisschen übt, könnt ihr sie demnächst öffentlich aufführen.« Noch einmal lachte er kurz auf. »Aber kommen wir jetzt endlich zur Sache. Ihr seid wegen des Brandes auf dem Gamperhof hier, oder?«

Vincenzo blickte Hansi ungläubig an. »Wie kommst du darauf?«

»Für wie bescheuert haltet ihr mich eigentlich? Glaubt ihr vielleicht allen Ernstes, ich hätte nicht sofort gemerkt, was hier gespielt wird? Auf eurer Stirn steht ein riesiges P.«

Vincenzo und Mauracher sahen Hansi mit offenem Mund an. P?

»Natürlich. P wie Polizei. Ihr dünstet den Beamtengeruch regelrecht aus. Und meint ihr, ich hätte nicht mitgekriegt, wie Sabine ›Commissario‹ zu dir gesagt hat? Da war mir dann klar, dass ihr das zum ersten Mal macht. Köstlich. James Bond ist nichts gegen euch. Und davon abgesehen warst du, Vince, mit deinem ›Monster von Bozen‹ lange genug in der Zeitung präsent. Ja, stell dir vor, wir lesen hier sogar Zeitung. Aber was dein Konterfei in der ›Dolomiten‹ angeht, war ich mir nicht ganz sicher. Wie auch immer, macht euch nichts draus. Ich hatte meinen Spaß und finde euch wirklich klasse. Ihr könnt jederzeit wiederkommen und müsst euch dann auch nicht mehr küssen.« Er prustete los. »Jetzt aber genug gescherzt. Ihr habt einen Fall zu lösen. Was wollt ihr von mir wissen?«

Es schien, als konnte Hansi auf Knopfdruck vom Spaß- in den Ernstmodus schalten. Dann erzählte er. Er hatte Familie Gamper gekannt, so wie er eigentlich jeden im Tal kannte, hatte sie jedoch monatelang nicht gesehen, konnte also folglich auch nichts zu dem tödlichen Brand auf dem Hof sagen. »Allerdings sind mir in der letzten Zeit ein paar merkwürdige Dinge aufgefallen. Natürlich habe ich keine Ahnung, ob die mit eurem Fall zusammenhängen oder nicht, aber fangen wir mit Markus Pircher an.«

»Markus Pircher?« Der Name sagte Vincenzo nichts.

»Er ist Bergführer und Skilehrer.« Hansi erzählte, dass Pircher ein Draufgänger war, der sich jedes Jahr mit der Zahl der von ihm verführten Touristinnen brüstete, ansonsten aber ein ganz netter, wenn auch oberflächlicher Kerl sei. Pircher kam eigentlich regelmäßig zu Hansi, nicht selten mit einer seiner Skischülerinnen, doch seit Herbst letzten Jahres war der Bergführer nicht mehr aufgetaucht. Es hielten sich Gerüchte, dass Pircher in dieser Zeit zu einer mehrmonatigen Expedition in den Himalaja aufgebrochen sei, doch Hansi kam das komisch vor. Normalerweise sprach der Draufgänger schon Wochen vor seinem Aufbruch über nichts anderes als seine Reise. Was Hansi allerdings besonders stutzig machte, war Sara Gasser, eine Archäologin aus dem Tal, wortkarg, menschenscheu und asketisch, die ebenfalls wie vom Erdboden verschwunden war. Hin und wieder war auch sie zu Hansi gekommen, weil sie ein gewisses Vertrauen zu ihm entwickelt hatte. Als sie zuletzt im Herbst bei ihm gewesen war, hatte sie ihm in der für sie typisch verschleierten Form von einem ominösen Fund erzählt. Nachfragen von Hansis Seite blieben wirkungslos, er konnte nicht in Erfahrung bringen, worum es sich bei diesem angeblichen Fund gehandelt hatte. Seitdem hatte er Sara nicht mehr gesehen. »Sie ist oft wochenlang unterwegs. Ihre Menschenscheu resultiert nicht zuletzt aus ihren Erfahrungen. Man hat ihr ihre Funde nicht immer gegönnt. Sie haben viele Neider auf den Plan gerufen, die Saras Erfolge für sich nutzen oder sie sogar um ihre Funde bringen wollten. Außerdem war sie jedes Mal frustriert, wie langsam und zäh ihre Anträge von den Ämtern bearbeitet wurden. Sie hat das Vertrauen in den Staat und die Menschen verloren und sich immer mehr in sich zurückgezogen. Markus ist auch des Öfteren wochenlang unterwegs, aber normalerweise, weil er den Kick des Kletterns sucht. Und jetzt sind plötzlich beide zur selben Zeit verschwunden. Das ist doch wirklich seltsam. Und wie gesagt, Markus hat mir schon vorher immer stundenlang erzählt, wohin ihn seine nächste Expedition führen wird. Der kann gar nicht anders, als sich mitzuteilen. Der würde nie und nimmer still und heimlich einfach abreisen. An eurer Stelle würde ich nachhaken. Natürlich muss das alles nichts mit dem Brand zu tun haben, aber komisch ist es trotzdem.«

Unter dem Einfluss von mittlerweile vier Maß und diversen Hansi Libre hatte Vincenzo Probleme, Hansis Ausführungen zu folgen, und ein Blick in Maurachers Gesicht reichte, um zu ahnen, dass es ihr nicht besser ging. Er zwang sich, auf Bierdeckeln Notizen zu machen, was ihm allein deshalb schon schwerfiel, weil er jeden Deckel doppelt sah. Die lange Alkoholabstinenz hatte seine Trinkfestigkeit erschüttert, und er schwor sich, dass dieser Abend ein seltener Ausrutscher bleiben würde. »Ist allemal interessant, was du erzählst, Hansi. Wir werden uns mal umhören. Noch was anderes: Die Gampers hatten zu Silvester Besuch. Einer der Gäste fuhr einen Porsche. Sagt dir das was?«

Hansi nickte. »Allerdings. Auch schon wieder eine komische Sache. Der Wagen gehört Andreas Kofer, dem Besitzer des Museums für Naturkunde in Sterzing. Wie Markus ist er ein Draufgänger, aber im Unterschied zu ihm leidet er auch noch an chronischer Selbstüberschätzung. Sieht nicht schlecht aus, hält sich für was Besseres und träumt seit Ewigkeiten davon, endlich mal was richtig Wertvolles zu finden. Mehr als ein paar Bergkristalle hat er bis jetzt noch nie erbeutet, dementsprechend dürfte er sich eigentlich keinen besonderen Luxus leisten können. Vor allem, wenn man weiß, dass sein Museum nicht gut läuft. Aber plötzlich kauft er sich einen Porsche. Ich frage euch also: Woher hat der das Geld?«

Die Beamten nickten, und das Gespräch plätscherte noch etwas dahin. Als Hansi ihnen schließlich ein Taxi rief, war es fast drei Uhr. Die Rückfahrt überstanden sie schweigend, da beiden schlecht war. Erst im Hotel sprach Vincenzo aus, was ihm auf dem Herzen lag. »Sabine, was heute Abend passiert ist, müssen wir schnell wieder vergessen. Und damit meine ich nicht Hansis Hinweise, denen gehen wir natürlich nächste Woche nach. Bitte behalten Sie alles für sich.«

Mauracher lächelte gequält. »Machen Sie sich keine Sorgen, Commissario, Dienst ist Dienst, und Schnaps ist Schnaps. Diesmal sogar ganz wörtlich. Sie können sich auf mich verlassen.«

Mit diesen beruhigenden Worten als Versicherung schlief Vincenzo Minuten später ein, als sein Kopf das Kissen berührte. Doch schon bald kramte sein benebeltes Hirn all jene Erinnerungen wieder hervor, die ihn schon seit Monaten marterten. Im Traum begegnete ihm ein entstellter Massenmörder, der lachend eine Waffe auf Vincenzo richtete. Neben ihm lag Gianna. Tot. Blutüberströmt. Plötzlich schien er orientierungslos inmitten einer bizarren Eiswelt gefangen zu sein. Dann Schreie, die unheimlich von den Eiswänden widerhallten und von überall zu kommen schienen. Nein … nein … nicht …

Wie so oft in letzter Zeit schreckte Vincenzo mitten in der Nacht hoch. Und wieder meinte er, jemanden an seiner Schlafzimmertür stehen zu sehen. Er hörte ihn sogar lachen, ein widerwärtiges, gehässiges Lachen. Es dauerte Sekunden, bis Vincenzo realisierte, dass er erneut von seinem Alptraum heimgesucht worden war. Seit Monaten verging keine Nacht, in der er durchschlafen konnte. Das Mensch gewordene Grauen in Gestalt seiner ersten eigenverantwortlichen Mordfälle hatte ihn fest im Griff. Weder die Selbstmorde in den Tälern noch die Totschläge im Affekt hatten seine noch kurze Laufbahn geprägt, sondern menschlicher Abschaum. Abschaum, den er in der Südtiroler Idylle niemals erwartet hätte. Abschaum, auf den er in seiner Karriere gern verzichtet hätte.

Doch der Alkohol war so gnädig, Vincenzo rasch wieder einschlafen zu lassen, und für den Rest der Nacht blieben die Alpträume aus. Zum Glück.

13

Pflerschtal, Sonntag, 5. Februar

Vincenzo schien die Sonne ins Gesicht. Im Rausch hatte er vergessen, die Rollläden herunterzulassen. Als er sich im Bett aufrichtete, um auf die Uhr zu schauen, trafen ihn die Kopfschmerzen wie Hammerschläge. Ihr Schwerpunkt lag direkt hinter seinen Augen. Zudem hatte er einen widerwärtigen Geschmack von Birne im Mund. Hansi Libre. Die Nachwirkungen eines denkwürdigen Abends.

Vincenzos Uhr mit Höhenmesser zeigte elf Uhr an, fast Mittag. Eigentlich hätte er schon längst wieder in Sarnthein sein wollen, doch stattdessen schleppte er sich stöhnend ins Bad. Kopfschmerztabletten hatte er natürlich zu Hause vergessen. Er stellte sich unter die Dusche und ließ sich minutenlang mit geschlossenen Augen heißes Wasser über Kopf und Körper rieseln. Langsam ließen die Kopfschmerzen etwas nach. Er atmete tief ein, hielt die Luft an. Jetzt kam der Augenblick, der Überwindung erforderte. Abrupt stellte er die Mischbatterie der Dusche auf die kälteste Stufe, erstarrte und atmete dann langsam ein und aus. Als er den Wasserhahn zudrehte, seufzte er kurz auf. Diese Radikalkur musste für die nächsten Stunden reichen.

Mauracher hatte offensichtlich weniger Probleme mit dem Verdauen des Abends gehabt. Als er den kleinen gemeinsamen Wohnbereich betrat, saß sie in einem Sessel und blätterte in einer Illustrierten. Nichts an ihr erinnerte an den vorabendlichen Auftritt. Sie war wieder die unscheinbare Sabine, die Vincenzo aus der Questura kannte. Ungeschminkt, in Jeans und einem Pullover, der mindestens eine Nummer zu groß war. Falls der Abend als seine Geliebte etwas in ihr ausgelöst haben sollte, ließ sie es sich nicht anmerken. »Guten Morgen, Commissario. Ausgeschlafen? Ich weiß nicht, wie es Ihnen geht, aber mir steht der Sinn nicht wirklich nach Frühstück.«

Das beruhigte Vincenzo. »Mir würde ein Kaffee auch völlig

reichen. Und anschließend packen wir zusammen, stellen dem Hotelier noch ein paar Fragen und fahren dann nach Hause.«

Der Hoteldirektor konnte seinen Gästen auch nicht mehr erzählen als Hansi. Er kannte sowohl Sara Gasser als auch Markus Pircher, doch mit keinem von beiden verband ihn besonders viel. Insofern war es ihm nicht aufgefallen, dass sie wie vom Erdboden verschwunden waren. Andreas Kofer kannte er hingegen etwas besser. Das Geld für den Porsche stamme seines Wissens aus einer Erbschaft, doch leider könnten sie ihn nicht persönlich fragen, da er für ein paar Tage verreist sei.

***

Die folgenden Wochen verliefen ergebnislos. Vincenzo versuchte, den Vice-Questore davon zu überzeugen, dass es sinnvoll sei, intensiver im Umfeld der bei dem Brand umgekommenen Familie zu ermitteln, doch Dottore Alessandro Baroncini hielt weitergehende Nachforschungen für überflüssig. Für ihn waren die Ergebnisse von Spurensicherung und Gerichtsmedizin eindeutig. Die Befragungen im Tal und bei Hansi mochten vieles bedeuten, lieferten jedoch keinen zwingenden Hinweis auf ein Kapitalverbrechen, das in die Zuständigkeit der Polizia di Stato fiel. »Tut mir leid, aber wir müssen auch an das Geld der Steuerzahler denken. Ich schätze Ihre Intuition, Commissario Bellini. Sie hat uns schon manches Mal weitergeholfen, aber in diesem Fall ist die Sachlage eindeutig. Ich kann keine Fahndung nach Personen ausschreiben, die sich regelmäßig wochenlang in der Weltgeschichte rumtreiben, egal ob sie sich bei irgendwem abmelden oder nicht. Wären sie als vermisst gemeldet, wäre das etwas anderes. Aber so …«, hatte Baroncini versucht, seine Entscheidung zu erklären. Er verfolgte das Prinzip von Offenheit und Transparenz. Natürlich war er es, der seiner Position entsprechend alle wichtigen Entscheidungen traf, aber er begründete sie stets, um die Motivation seiner Mitarbeiter nicht zu untergraben.

Der stärkste Grund, warum Vincenzo sich gern in den Fall verbissen hätte, war jedoch folgender: Er brauchte Ablenkung.

Ablenkung von Gianna, die sich nur in größeren Zeitabständen meldete, um sich nach seinem Wohlbefinden zu erkundigen, und dabei nicht wie seine Freundin klang, sondern wie die automatische Zeitansage. Seit Weihnachten hatten sie sich nicht ein einziges Mal getroffen. Insgeheim wünschte sich Vincenzo, dass seine Gefühle im Laufe der Zeit nachlassen würden, damit er sich endgültig von Gianna trennen konnte. Aus den Augen, aus dem Sinn. Doch es funktionierte nicht. Seine Gefühle für sie waren und blieben dieselben wie vor jenem folgenschweren Sonntag im Oktober. Wenn sich Vincenzo einmal mit Leib und Seele auf eine Beziehung eingelassen hatte, waren seine Gefühle beständig. Keine Krise, keine Missstimmung oder Streiterei konnte ihn dann beeinflussen. Er war noch nicht einmal nachtragend. Was für ihn normalerweise eine tiefe innerliche Sicherheit bedeutete, war in der jetzigen Situation jedoch zu einer unvorstellbaren Qual geworden. Er wusste, dass er der Partnerschaft eine zu große Bedeutung in seinem Leben beimaß, und hatte längst akzeptiert, dass dies ein Bestandteil seiner Persönlichkeit war. Bei seiner ersten großen Liebe Teresa war es ihm nicht anders ergangen. Doch diesmal war es noch schlimmer, denn er hatte sich längst für Gianna als die Frau fürs Leben entschieden.

Die Ermittlungen zum Brand auf dem Gamperhof hätten ihn wenigstens tagsüber von seiner depressiven Verstimmung ablenken können, und abends wäre Alkohol ein probates Mittel gewesen, derlei Gefühle zu betäuben. Doch er hatte sich ja gerade angesichts seiner Sinnkrise entschlossen, dem Alkohol vollständig zu entsagen. Trotz des schlechten Schlafs und seiner regelmäßig wiederkehrenden Alpträume zwang er sich, wenigstens zwei Mal in der Woche zu joggen, und trat im März sogar in ein Fitnessstudio ein. Eigentlich verabscheute er Muckibuden und ihre Atmosphäre, aber auf diese Weise kam er unter Leute und tat gleichzeitig etwas für seinen Körper.

Was Gianna anging, so blieb ihm nur eines: Hoffnung.

14

Sterzing, Burg Reifenstein, Montag, 16. April

Irma Patscheider war gut gelaunt. Nach der langen Winterpause durfte sie endlich wieder die Pforten des alten Gemäuers öffnen. Seit einigen Jahren hatte sie sich ganz der Burg auf dem markanten Felsenhügel im oberen Eisacktal bei Sterzing und ihrer Historie verschrieben. Inzwischen lebte sie sogar mit ihrer Familie hier in einer eigens vom Eigentümer, derer von Thurn und Taxis, für sie eingerichteten Wohnung. Die alte Anlage, Castel Tasso, war nur zwischen Mitte April und Ende Oktober für Gäste zugänglich. Täglich bot Patscheider drei bis vier Führungen an. Obwohl es heute wohl noch ruhig bleiben würde, freute sie sich doch auf die erste Führung des Jahres. Immerhin hatten die Eigentümer in letzter Zeit viel in die Erhaltung der Burg investiert. Die Dächer waren erneuert, eine Trinkwasserleitung verlegt, diverse Sanierungs- und Sicherungsmaßnahmen durchgeführt worden. Auch über ein ausgeklügeltes Alarmsystem verfügte das Gemäuer mittlerweile. Ohne die passenden Schlüssel kam niemand in die Burg, wollte er nicht den Alarm auslösen. Sie schauderte, wenn sie an den einunddreißigsten Oktober des letzten Jahres zurückdachte.

Sie hatte die letzte Führung gerade beendet, wollte das Haupttor noch hinter den Besuchern schließen, als sie bemerkte, dass der Zentralschlüssel verschwunden war. Panik erfasste sie. Genau das, so hatte es ihr der Eigentümer eingeschärft, durfte niemals passieren! Für Irma Patscheider war es ein wahr gewordener Traum, in einem Gemäuer zu leben, das so viel Geschichte atmete, und den wollte sie unter keinen Umständen aufs Spiel setzen. Den gesamten Rundgang war sie abgeschritten, wieder und wieder, hatte gesucht, aber nichts gefunden. An diesem Abend war sie frustriert ins Bett gegangen, um am nächsten Tag aufs Neue zu suchen, doch vergeblich. Erst Mitte der folgenden Woche hatte sie den Schlüssel im Brunnenhof wiedergefunden. Er lag einfach da, schon von der Treppe aus konnte man ihn sehen. Er musste ihr unbemerkt aus der Tasche gefallen sein. Aber wie hatte sie ihn dort zehn Tage lang nicht bemerken können? War sie so blind gewesen? Sie schüttelte die Fragen ab. Hauptsache, der Schlüssel war wieder aufgetaucht.

Als Patscheider an diesem Morgen die Pforte öffnete, hatten sich auf der historischen Zugbrücke gerade einmal acht Besucher versammelt. »Grüß Gott, ich freue mich sehr, Sie zu einer ganz besonderen Reise einladen zu dürfen, einer Reise in die Vergangenheit.«

Sie führte ihre Gäste auf einer großen Runde durch das Gemäuer, erklärte ihnen die lange Besitzgeschichte der Burg, beginnend im elften Jahrhundert mit den vermuteten Erbauern, den Bischöfen von Brixen, über Graf Albert III. von Tirol, der Deutschordensballei »an der Etsch und im Gebirge«, jene mittelalterliche Provinz des Deutschen Ordens, bis hin zu Alexander Graf von Thurn und Taxis und seinen Nachkommen. Der Rundgang führte durch den mächtigen vierzehn Meter langen, dreigeschossigen Wohnturm mit den noch vollständig erhaltenen Bohlenbalkendecken in den beiden unteren Geschossen, den später errichteten, ebenfalls dreigeschossigen Osttrakt, den Brunnenhof, den spätgotischen Palas, dessen »Grüner Saal« durch die den gesamten Raum überziehenden Malereien bestach, bis hin zum Bergfried. Mit seinen vierundzwanzig Metern stand er an der höchsten Stelle des Burgfelsens und hatte früher ausschließlich der Verteidigung gedient. Zu den Highlights auf Patscheiders Führungen zählte auch das Verlies, ein fünf Meter hoher ebenerdiger Raum ohne jeglichen Lichteinfall. Die Gefangenen waren durch ein darüberliegendes Einstiegsloch in die vollkommene Dunkelheit hinabgelassen worden, bevor der Zugang mit einer schweren Steinplatte verschlossen wurde. Es bedurfte keiner physischen Torturen, um die Opfer in kürzester Zeit in den Wahnsinn zu treiben. Nur denjenigen blieben die Qualen erspart, die ein gnädiges Schicksal vorher erfrieren ließ.

Patscheider hatte sich vor die schlichte Holzplatte gestellt, die den Kerker heute abdeckte. »Meine Damen und Herren, ich öffne nun das Verlies. Versuchen Sie sich vorzustellen, was es damals hieß, dort gefangen zu sein.« Es folgten Details des menschenverachtenden Kerkers. »Sobald ich die Abdeckung entfernt habe, werde ich mit der Taschenlampe hineinleuchten, damit Sie einen Blick in diesen Ort der totalen Dunkelheit werfen können. Außer diesem Einlass gab es auch damals keinerlei Zugänge. Wer im Kerker saß, war verloren und hatte keine andere Wahl, als regelrecht zu verrecken. Es ist müßig, darüber zu philosophieren, wem es besser erging: dem, der allein in der Finsternis ausharrte, oder demjenigen, der in Gesellschaft von Mitgefangenen war. Allein erfror man binnen kürzester Zeit. Mehr als fünf Grad sind in dem Kerker selten. Zu mehreren konnte man sich zwar gegenseitig wärmen, doch auch diese Gefangenen waren unwiderruflich verloren. Die Mauern sind zwei Meter dick, niemand überlebt dort unten, nicht einmal Insekten.« Wie immer an dieser Stelle hielt Patscheider bedeutungsvoll inne. Niemand sagte etwas, die Besucher waren nur allzu gespannt, was sie zu sehen bekommen würden. »Sesam, öffne dich!«

Während Patscheider in den Kerker hineinleuchtete, beobachtete sie die Besucher, deren Augen sich an die Dunkelheit unter ihnen zu gewöhnen versuchten. Wie oft hatte sie deren Reaktionen schon erlebt, und doch war es ihr jedes Mal aufs Neue ein Erlebnis. Normalerweise ging das gespannte Schweigen in fasziniertes Gemurmel über, bevor sie schließlich mit Fragen überhäuft wurde.

Doch statt des erwarteten Gemurmels gab es heute nur vor Entsetzen aufgerissene Augen. Die Gruppe war offensichtlich besonders betroffen. Für Patscheider als Touristenführerin war es der höchste Lohn, wenn es ihr gelang, die Besucher mitzureißen, sie mit der Dramatik der Burggeschichte zu fesseln. Heute schien das ausnehmend gut funktioniert zu haben. Welch ein gelungener Auftakt der Saison!

Plötzlich durchbrach der gellende Schrei einer jungen Frau das Schweigen. Irritiert und fragend sah Patscheider sie an. Die Frau hielt eine Hand vor ihren Mund, während sie mit der anderen auf das Einstiegsloch wies. »Da unten …«, stammelte sie. »Um Gottes willen, da … da liegt einer!«

Irma Patscheiders Gesichtszüge erstarrten, dann folgte ihr Blick dem Schein ihrer Taschenlampe. Sie erkannte den Steinboden, dann ein Etwas. Offensichtlich ein Mensch. Seine Beine waren nur etwa bis zur Hüfte zu sehen. Er lag auf der Seite in annähernd embryonaler Haltung.

»Werte Frau Patscheider«, meldete sich ein älterer Herr mit ernster Stimme zu Wort. »Ich habe nichts gegen einen gelungenen Touristenscherz, aber das hier geht zu weit, entschieden zu weit. Was haben Sie sich dabei gedacht? Wenn nun Kinder dabei gewesen wären?«

***

Polizia di Stato, ein Notarzt und die Spurensicherung trafen eine halben Stunde nach Eingang des Anrufs auf Burg Reifenstein ein. Wie angeordnet hatte Patscheider alles so belassen, wie sie und die Besucher es vorgefunden hatten. Die Touristen hatten sich mit ihr im Brunnenhof versammelt, um auf die Polizei zu warten. Da sie allesamt Zeugen waren, war schon bei dem Telefonat angewiesen worden, dass niemand die Burganlage verlassen durfte.

Jetzt standen Reiterer und Vincenzo gemeinsam an dem offenen Einstiegsloch zum Verlies, durch das sich der Arzt abseilte. Marzoli und Mauracher nahmen währenddessen die Daten der Zeugen auf.

Reiterer ließ seinen Blick über die gekrümmten Beine des Gefundenen gleiten. »Eine Burgleiche also! Alle Achtung, Bellini, Ihnen fällt doch immer wieder etwas Neues ein. Mit Ihnen als leitendem Commissario macht mein Beruf erst richtig Spaß.« Mit einem Nicken wies er in die Dunkelheit. »Dass dieser Mensch friedlich schläft, ist jedenfalls unwahrscheinlich.«

Vincenzo bedachte den Leiter der Spurensicherung mit einem abschätzigen Blick. »Sie haben wirklich vor nichts Respekt, oder?«

Ein angedeutetes Lächeln umspielte Reiterers Mundwinkel. »Ich glaube, mein Respekt ist dem da unten ziemlich egal. Was halten Sie davon, wenn Sie zu Marzoli gehen und dort Ihre Arbeit verrichten und Zeugen befragen? Derweil kümmere ich mich mit meinem Team um das, was wirklich wichtig ist: Spuren sichern.«

Kopfschüttelnd ging der Commissario in den Brunnenhof. Was für ein Sarkast. Marzoli und Mauracher hatten bereits die Adress- und Aufenthaltsdaten der Touristen aufgenommen. Allen stand der Schock noch ins Gesicht geschrieben, sie konnten lediglich aussagen, dass sie sich auf das Burgverlies als Highlight gefreut, aber stattdessen die vermeintliche Leiche erblickt hatten. Patscheider, so ihre Aussage, hatte bei den Kontrollgängen während der Winterpause ebenfalls nichts Auffälliges bemerkt.

Der Notarzt, Dottore Robert Niederwolfsgruber, gesellte sich zu ihnen. »Auf ein Wort, Commissario. Ich würde gern jetzt wieder zurück nach Bozen fahren. Mein Sohn hat heute Geburtstag.«

Vincenzo nickte. »Natürlich, Dottore. Was können Sie mir zur Todesursache sagen? Wie lange hat er schon dort gelegen?«

Der Arzt zuckte mit den Schultern. »Eine männliche Leiche, schätzungsweise um die vierzig. Wir haben keine Papiere bei ihm gefunden. Seine Körperhaltung spricht dafür, dass er erfroren ist. Er hat sich wie ein Baby zusammengekrümmt, um so viel Körperwärme wie möglich zu halten. Irgendwann dürfte er eingeschlafen und erfroren sein. Zumindest kein allzu grausamer Tod. Wie lange er schon in dieser Dunkelkammer gelegen hat, lässt sich nur schwer sagen. Das hängt von Temperatur und Luftfeuchtigkeit ab, aktuell und im Wechsel der Jahreszeiten. Je kälter und trockener es ist, desto länger bleibt eine Leiche erhalten. Verwesungsprozesse setzen dann erst spät oder gar nicht ein. Denken Sie nur an Tote, die im Gletscher gefunden werden. Die sehen aus wie neugeboren.«

Der Commissario war beeindruckt ob der nüchternen Analyse. Der Arzt hatte seinen ersten Befund wie ein Nachrichtensprecher runtergerattert. »So schnell können Sie das feststellen?«

»Natürlich nicht mit letzter Sicherheit. Die wird erst die Obduktion liefern, aber der Tote hat bläulich violette Verfärbungen an Knien und Ellenbogen. Das sind typische Erfrierungserscheinungen, und in dem Verlies ist es eisig kalt. Ich kann mir nicht vorstellen, dass jemand dort lange überlebt. Zumal ist der Mann nur dünn bekleidet. Aber wie gesagt, die Obduktion wird Gewissheit bringen. Auf Wiedersehen, Commissario!«

Vincenzo ordnete an, den Leichnam in die Gerichtsmedizin nach Bozen zu bringen, dann bat er einer Eingebung folgend die

Burgführerin zu sich. »Frau Patscheider, Sie kennen sicherlich viele Leute aus der Gegend. Trauen Sie sich zu, den Mann einmal anzusehen?«

Als Frau Patscheider mit starrem Gesichtsausdruck nickte, zog Vincenzo vorsichtig das Leichentuch, mit dem der Mann bedeckt war, bis zur Brust zurück.

Die Fremdenführerin sah ihm kurz ins Gesicht und wurde noch eine Nuance blasser. »Ja, den kenne ich. Das ist Markus Pircher, ein Bergführer aus dem Pflerschtal.«

Pflerschtal? Markus Pircher? Das war ja mal interessant. Sofort erinnerte sich Vincenzo an Hansis Schilderungen. Das konnte doch kein Zufall sein. »Sind Sie sich ganz sicher?«

»Absolut, das war ein Hansdampf in allen Gassen, ein Draufgänger. Aber komisch, ich dachte, der wäre gerade im Himalaja.«

Ein umtriebiger Bergführer, der spurlos verschwand, um Monate später tot in einem Burgverlies gefunden zu werden. Und mit Hansi gleich zwei Zeugen, die ihn auf Expedition vermutet hatten. »Warum dachten Sie, dass Pircher im Himalaja sei?«

Frau Patscheider rieb sich nachdenklich das Kinn. »Wenn ich das nur wüsste. Ich glaube, Heinrich Gamper hat es mir erzählt, kurz bevor er bei dem Brand ums Leben gekommen ist. Ich war wegen einer Genehmigung bei ihm im Amt. Der wusste das mit Pircher wohl von jemand anderem.« Sie schüttelte den Kopf. »Tut mir leid, ich komme einfach nicht drauf. Aber das war für mich auch nicht von besonders großer Bedeutung. Ich konnte doch nicht ahnen, dass der arme Kerl Monate später tot in meinem Verlies liegt!«

Vincenzo grübelte. Eine verworrene Angelegenheit. Heinrich Gamper hatte der Touristenführerin also erzählt, dass der Bergführer Markus Pircher auf einer Expedition sei, obwohl der zu dieser Zeit vielleicht schon längst tot in einem Burgverlies gelegen hatte. »Ich will Sie nicht länger mit Fragen bombardieren als nötig, Frau Patscheider, aber eins ist noch wichtig. Was können Sie mir zu der Burg und dem Kerker sagen? Wie lange war die Winterpause, was ist mit Bauweise, Temperatur, Luftfeuchtigkeit?«

Der Burgherrin war deutlich anzumerken, dass sie ob des Themenwechsels hin zu ihrer Profession erleichtert war. Bereitwillig gab sie Auskunft. »Das heute war die erste Führung seit Ende

Oktober. Das Verlies ist von zwei Meter dicken Mauern umschlossen, sodass sich Temperatur und Luftfeuchtigkeit im Laufe eines Jahres nur wenig ändern. Sie können das gern nachprüfen, im Innern herrscht immer eine Temperatur so um die fünf Grad plus. Die Luft ist überraschend trocken, weil sich das Verlies im höchstgelegenen Teil der Burg befindet. Jedwedes Wasser in dem gesamten Bereich fließt sofort ab. Insgesamt ist der Kerker an die achtzig Quadratmeter groß, doch außer dem Einstiegsloch gibt es keinerlei Ein- oder Ausgänge. In diese Finsternis verirrt sich freiwillig kein Lebewesen, da können Sie sich sicher sein.«

Vincenzo dankte ihr und verabschiedete sich mit dem Hinweis, dass keine Führungen stattfinden konnten, bis die Spurensicherung das Gelände nicht wieder freigegeben hatte. »Schließen Sie alles ab, außer meinen Kollegen darf im Moment hier niemand rein.«

Abschließen. Sie hatte doch gewusst, dass sie vergessen hatte, dem Commissario etwas zu erzählen. Sie hielt Vincenzo am Ärmel fest. »Ich weiß nicht, ob das für Ihre Ermittlungen wichtig ist, aber nach der letzten Führung im Herbst war plötzlich der Hauptschlüssel verschwunden.« Patscheider erzählte Vincenzo die Geschichte des abhandengekommenen und nach mehr als einer Woche wie von Geisterhand wiederaufgetauchten Schlüssels und erklärte ihm das ausgeklügelte Alarmsystem, das sofort anschlug, sollte jemand versuchen, ohne Schlüssel ins Burginnere zu gelangen.

Vier Tote aus dem Pflerschtal binnen so kurzer Zeit, dazu gleich mehrere Vermisste und ein verschwundener Schlüssel. Das konnten einfach keine Zufälle sein. »Frau Patscheider, ist bei einer der letzten Führungen vor der Winterpause etwas Ungewöhnliches vorgefallen? Vielleicht ein Streit zwischen Besuchern, hat sich ein Gast auffallend lange von der Gruppe abgesondert? Denken Sie nach, alles kann wichtig sein.«

Sie schüttelte den Kopf.

Doch Vincenzo Bellini spürte, dass der Tag vor der Winterpause, der einunddreißigste Oktober des letzten Jahres, von besonderer Bedeutung sein musste. Allerdings war es bisher nur ein vages und nicht zu begründendes Gefühl. »War bei der letzten Führung vielleicht jemand dabei, den Sie kannten? Oder jemand, den Sie nicht auf der Burg erwartet hätten?«

»Nun, nicht direkt. Es ist nicht ungewöhnlich, dass an den Führungen auch Einheimische teilnehmen. Immerhin ist Burg Reifenstein für unsere Gegend von großer Bedeutung. Ich kann mich daran erinnern, dass bei der letzten Führung gleich mehrere bekannte Gesichter dabei waren.«

Der Commissario bat Irma Patscheider, sämtliche Namen zu notieren, und schaute ihr dabei über die Schulter. So langsam erkannte er wenigstens die Puzzlesteine als solche. »Nur noch eine allerletzte Frage. Könnte jemand den Schlüssel unbemerkt entwendet haben, um einen Nachschlüssel anfertigen zu lassen?«

Die Burgherrin wiegte nachdenklich den Kopf hin und her. »Auch wenn der Schlüssel antik aussieht, gehört er doch zu unserem modernen Schließsystem. Wenn überhaupt, dann könnte den nur ein Schmied nachmachen.«

»Aber das dürfte er nicht, oder?«

Patscheider nickte. »Das stimmt. Ohne Schlüsselpass wäre das illegal, aber der Pass war nicht verschwunden.«

»Aber wäre es einem Schmied denn technisch möglich, den Schlüssel nachzumachen, wenn er ihn vor sich liegen hat?«

»Ich denke schon, aber ich habe bisher noch nie darüber nachgedacht, wenn ich ehrlich bin. Und eine Expertin bin ich auch nicht.«

Vincenzo fragte sich, wie viele Schmiede es wohl in Südtirol gab. Seine Kollegen würden zur Sicherheit alle abtelefonieren. »Könnten Sie mir noch die Schlüsselnummer aufschreiben, und falls wir einen Schmied finden, der so einen Schlüssel nachgemacht hat, kann es sein, dass ich später noch das Original von Ihnen brauche. Ich verspreche allerdings, dass ich es mir nur so kurz wie nötig ausleihe.«

Vincenzo atmete tief durch. Jetzt hatte er seinen Fall. Daran dürfte selbst der Vice-Questore nicht länger zweifeln. Endlich ein wenig Ablenkung von seiner Beziehungskrise. Er nahm sich vor, Gianna am Wochenende entgegen seiner ursprünglichen Pläne einen Überraschungsbesuch abzustatten, bevor die Ermittlungen Fahrt aufnehmen würden.

15

Bozen, Dienstag, 17. April

Vincenzo stand an seinem Bürofenster und blickte mal wieder auf die Largo Giovanni Palatucci. Obwohl er schon so viele Wechsel der Jahreszeiten in seiner Heimat erlebt hatte, faszinierte es ihn jedes Mal aufs Neue, wie gravierend die Klimaunterschiede zwischen nahe gelegenen Regionen waren. Lagen rund um Sterzing noch gut dreißig Zentimeter Schnee, konnte man in Bozen schon im Biergarten sitzen. Doch diesmal drangen die Wunder der Natur nicht in sein Innerstes vor, sondern wurden von einem unsichtbaren Panzer abgewehrt, der sich um seine Seele gelegt hatte. Alkoholverzicht und der regelmäßige moderate Sport hatten ihn zwar wieder physisch fit gemacht, aber um seine Psyche war es noch immer schlecht bestellt. Er kam einfach nicht von Gianna los. Stattdessen fieberte er dem Wochenende entgegen, wenn er sie endlich wiedersehen würde. Dabei wusste er doch eigentlich schon genau, wie ihr Treffen enden würde. Sie würde sein Auftauchen als Druck, Nachspionieren und mangelndes Einfühlungsvermögen interpretieren, ihren eigenen Anteil an der vertrackten Situation aber weiterhin leugnen. Natürlich alles unbewusst, denn auch sie umgab ein Panzer. Was Vincenzo bei psychischem Druck bislang stets geholfen hatte, sich zu entspannen, nahm er jetzt nicht einmal mehr wahr: die meditative Wirkung der Natur.

Er hörte ein lautes Räuspern hinter sich. Marzoli und Mauracher standen an seinem Schreibtisch. Er hatte sie zu sich bestellt, immerhin hatte es in dem neuen Fall ein weiteres Todesopfer gegeben. »Wie wäre es demnächst mit Anklopfen?«

Seine Kollegen sahen sich an. »Aber wir haben angeklopft, Commissario, und zwar mehr als nur ein Mal. Sie waren vollkommen in Gedanken versunken. Ich habe Ihnen übrigens etwas mitgebracht.« Marzoli wedelte mit einer großen Einkaufstüte. »Für Ihre Schublade. Die fühlt sich bestimmt ganz elend, so leer, wie sie neuerdings ständig ist.«

Vincenzo schaute in die Tüte und musste trotz seiner düsteren Gedanken laut lachen. Marzoli hatte ihm sage und schreibe zehn Packungen Cantuccini mitgebracht. Ein wenig dezenter Hinweis darauf, dass sein Vorgesetzter, der Commissario, schon seit Monaten beharrlich vergaß, seine unterste, eigens dafür reservierte Schublade mit Cantuccini zu füllen, für deren Verschwinden allerdings überwiegend Marzoli zuständig war.

»Ich habe mich übrigens beteiligt, Commissario.« Auch seine Freundin auf Zeit, Sabine Mauracher, liebte Cantuccini, sehr zu Marzolis Leidwesen. Vincenzo verstaute neun Packungen in der Schublade, in der anschließend kein Blatt Papier mehr Platz gefunden hätte. Den Inhalt der zehnten verteilte er auf die drei Ebenen seiner Etagere und stellte den Rest in der Tüte auf den Besprechungstisch. »Setzt euch, dann machen wir es wie immer. Ich rede, konstatiere, schlussfolgere, plane, während ihr binnen Minuten die gesamte Etagere abräumt und ich selbstverständlich nichts abbekomme. Und vielleicht hört ihr mir ja sogar nebenher mal mit einem Ohr zu?«

Mit Marzoli und Mauracher hatte Vincenzo zwei Kollegen, die unkompliziert, zugänglich, menschlich und immer in der Lage waren, einen angeschlagenen Commissario aufzuheitern. Hätte er in seiner seelischen Schieflage auch noch ein miserables Betriebsklima ertragen müssen, wäre er wahrscheinlich tatsächlich bald bei einem Psychiater gelandet.

»Aber Scherz beiseite. Tragen wir die Fakten zusammen.« Wenngleich es ein Gag gewesen war, machten sich die Liebhaber der süßen Cantuccini bereits unbarmherzig über sie her. Von wegen Geschenk! Unbeirrt ging Vincenzo zu seiner Pinnwand. »Was haben wir bisher?« Er heftete eine ganze Reihe Pappkarten an die Korkplatte. »Familie Gamper kommt bei einem Feuer ums Leben. Wochen vorher deutet Frieda Gamper im Gespräch mit ihrem Nachbarn an, dass die Familie zu Geld gekommen ist oder kommen wird. Stichwort Geld: Museumsdirektor Kofer, der unter chronischem Geldmangel leidet, fährt plötzlich einen Porsche, und der Hotelier vom Tribulaun gibt den Hinweis auf eine angebliche Erbschaft. Markus Pircher, Bergführer, wird erfroren in einem Burgverlies aufgefunden. Die Obduktion steht noch aus. Es stellt sich heraus, dass der verstorbene Heinrich Gamper zuvor das Gerücht verbreitet hatte, Pircher befände sich auf einer Expedition im Himalaja, aber nicht der Urheber dieses Geredes war. Bei der letzten Führung auf Burg Reifenstein im letzten Herbst waren Familie Gamper und der Porsche fahrende Andreas Kofer dabei, und dazu die Pflerschtaler Hotelierin Christine Alber mit ihrem Koch, Luigi Ferrari. Irma Patscheider kann sich erinnern, dass genau nach dieser Führung der Hauptschlüssel verschwunden war. Wir müssen abwarten, was in diesem Zusammenhang eure Telefonaktion bei den Südtiroler Schmieden ergibt. Unklar ist noch immer der Verbleib der Archäologin Sara Gasser. Sie hat bei Hansi merkwürdige Andeutungen gemacht, von einem ominösen Fund gesprochen. Was könnte sie gemeint haben? Und was haben diese Menschen gemeinsam, außer dass sie alle aus dem Pflerschtal kommen? Ich denke, dass es sich hier um Zufälle handelt, können wir getrost ausschließen.«

Marzoli, der unter Maurachers missbilligenden Blicken bereits eine halbe Tüte Cantuccini in sich hineingestopft hatte, schaute auf die Pinnwand. »Sechs Namen, acht Menschen, die auf den ersten Blick nur der Ort miteinander verbindet. Vier davon sind tot, beim Brand der Familie Gamper gab es keine Hinweise auf ein Verbrechen. Gasser wird vermisst. Bleiben drei, die wir befragen können: Alber, Ferrari und Kofer.«

»Ich würde sagen, dass wir zuvor noch die Ergebnisse von Spurensicherung und Rechtsmedizin abwarten. Normalerweise sollten sie morgen vorliegen. Dann fahren wir ins Pflerschtal.« Vincenzo hielt kurz inne. »Ich frage mich schon die ganze Zeit, was man bloß in den Bergen finden könnte, was sich zu richtig viel Geld machen lässt? Da oben gibt es zwar noch ein paar alte Silberminen, aber viel kann da nicht mehr drin sein, sonst würden nicht jeden Tag Hunderte von Touristen da reingelassen werden. Aber hören wir erst einmal, was uns die drei Pflerschtaler erzählen. Und vorerst kein Wort zur Presse. Ich will sehen, wie die Leute im Tal auf Pirchers Tod und Patscheiders Aussage reagieren. Baroncini hat schon sein Okay gegeben, die Medien rauszuhalten.«

***

Sarnthein

Vincenzo war direkt von der Questura aus ins Fitnessstudio gegangen und hatte auf Hantelbänken, an der Zugmaschine, dem Rückenstrecker und diversen anderen Folterinstrumenten die nächste Einheit gegen sein frustbedingtes Übergewicht absolviert. Nichtsdestotrotz blieb es ihm unbegreiflich, dass es Menschen geben sollte, denen so etwas Spaß machte. Immerhin spürte er mit jedem weiteren Training, wie sich sein Körper straffte. Das verbesserte Körpergefühl leistete denn auch einen kleinen Beitrag gegen seinen allgegenwärtigen Katzenjammer. Nach einer kleinen Pause stieg er auf den Crosstrainer um. Wie würde Gianna auf seinen unangemeldeten Besuch reagieren? Machte er damit alles nur noch schlimmer? Das Rumgestrampel war wirklich eine elende Selbstgeißelung. Es passte zu Reiterer, dass er sich so ein Ding ins eigene Wohnzimmer gestellt hatte und fast täglich darauf trainierte. Freiwillig! Wie öde und langweilig im Vergleich zu Vincenzos normaler, herrlicher Laufrunde hinauf zum Auener Joch. Doch für die tausend Meter Anstieg fehlte ihm in seinem jetzigen Zustand noch schlichtweg die Puste.

Unfassbar, was eine Frau aus einem Mann machen konnte. Ein Leben ohne eine liebevolle, ernsthafte Beziehung konnte sich Vincenzo nicht vorstellen, ganz abgesehen von seinem innigen Kinderwunsch, der dann unerfüllt bliebe. Aber die Widrigkeiten, die damit verbunden waren, waren ein hoher Preis, der zu zahlen war. Überhaupt gab es zurzeit niemanden in seinem Freundes- und Bekanntenkreis, der keine Probleme in seiner Partnerschaft hatte. Ungefähr bei Minute dreißig auf dem Crosstrainer, der Pulsmesser zählte gleichbleibend einhundertdreißig Schläge pro Minute, erinnerte er sich daran, dass er vor nicht einmal langer Zeit in diesen Situationen immer damit geprahlt hatte, wie unkompliziert und stressfrei seine Beziehung mit Gianna war. Aber das war die Vergangenheit, jetzt trösteten ihn all jene, denen es im Verhältnis zu ihm vorher schlechter, nun aber viel besser ging. Was war schon der permanente Streit um das abendliche Fernsehprogramm im Vergleich zu einer Freundin, die entführt, in einem Gletscher gefangen gehalten, einer Gehirnwäsche unterzogen worden und danach nicht mehr sie selbst war?

Wie gut, dass er sich heute Abend mit seinem Freund Hans treffen wollte. Hans Valentin hatte bereits eine Scheidung und kürzlich erst eine Expedition nach Südamerika hinter sich, von der er sicherlich wieder etliche spannende Anekdoten erzählen würde. Ganz zu schweigen von den leckeren Tröpfchen, die sie sich als passende Begleitung dazu genehmigen würden. Die seltenen Unterbrechungen seiner Abstinenz gönnte sich Vincenzo ohne schlechtes Gewissen, schließlich machte das Leben ansonsten keinen Spaß. Voller Vorfreude erhöhte er auf dem Display des Crosstrainers den Widerstand. Noch zwanzig Minuten auf Stufe fünfzehn.

Um acht saßen er und sein Bergführerfreund beim »Braunwirt« und genehmigten sich zum einheimischen Entrecôte einen ausgezeichneten Ripasso. Der Alkoholverzicht hatte einen unwiderlegbaren Vorteil. Bei den wenigen Anlässen, zu denen man etwas trank, war das Geschmackserlebnis um ein Vielfaches intensiver als bei regelmäßigem Alkoholkonsum. Vincenzos Geschmackspastillen verzehrten sich förmlich nach den mannigfaltigen Aromen. Der Ripasso schien ihm das Beste zu sein, was er je getrunken hatte. Und hatte er die Wirkung des Alkohols zuvor frühestens beim dritten Glas gespürt, setzte sie nun schon beim ersten ein. Vincenzo lächelte müde. »Siehst du, Hans, so kann ich diesem Mist wenigstens etwas Positives abgewinnen.«

Hans schenkte nach. »Was Gianna durchgemacht hat, entzieht sich dem menschlichen Vorstellungsvermögen, Vincenzo. Auf meinen zahlreichen Touren habe ich ja so einiges erlebt, aber als ich damals mitten im Gletscher nach ihr gesucht und mir vorgestellt habe, ich wäre dort unten gefangen, ist es selbst mir passenderweise eiskalt den Rücken runtergelaufen. Dich trifft keine Schuld. Du kannst im Moment nur machtlos zusehen und dich in Geduld üben. Ich habe nicht den Ansatz eines Zweifels, dass Gianna zu dir zurückkommen wird. Sie hat Charakterstärke und weiß, was sie an dir hat. Sie liebt dich.«

»Deinen Optimismus möchte ich haben. Aber du hast sie in der letzten Zeit auch nicht erlebt. Sie ist jetzt ein anderer Mensch, der nichts mehr mit meiner Gianna gemein hat. Sei mir nicht bös, aber ich würde das Thema gern beenden und lieber über meinen aktuellen Fall reden. Vielleicht kannst du mir ja als Bergexperte einen Tipp geben, was dahinterstecken könnte.« Vincenzo spürte, wie ihm bei Hans' Versuchen, ihn aufzuheitern, die Tränen in die Augen stiegen, wollte aber keine derartige Schwäche zeigen. Da sie sich schon zu Beginn ihres Treffens ausführlich über Hans' Expedition unterhalten hatten, erzählte er nun eigentlich nur der Ablenkung halber von seinem neuen Fall. Doch Hans war ein noch besserer Tippgeber, als Vincenzo geahnt hatte.

»Die Alpen stecken noch immer voller Edelsteine und Gold. Erfahrene Alpinisten und Hobby-Schatzsucher gehen nicht selten in die Berge in der Hoffnung, dort ihr großes Glück in Form von Gold zu finden. Was du erzählst, klingt verdächtig nach so einer Goldgräberexpedition.«

Vincenzo starrte Hans an. »Ist das dein Ernst? Aber wenn dem so ist, warum weiß ich dann nichts davon? Ich meine, die Medien müssten doch voll davon sein? Und wenn es in unseren Bergen noch so viele Reichtümer gibt, warum sind wir dann nicht alle Millionäre?«

Hans schmunzelte. »Berechtigte Fragen. Aber ich habe ja auch nicht gesagt, dass es einfach ist, die Schätze zu heben. Es reicht nicht, dir deinen Rucksack zu schnappen und loszumarschieren. Du musst genau wissen, wo du suchen musst. Darin liegt das Problem, und dieses Geheimnis geben die Berge nur ausgesprochen ungern preis. Daran ändert auch die moderne Technik nicht viel. Außerdem hast du es mit einer ziemlich komplizierten Rechtslage zu tun. Solltest du tatsächlich Gold finden, gehört dir nicht automatisch alles. Soviel ich weiß, bekommt ein Teil davon immer der Staat. Wenn du Genaueres darüber wissen willst, müsstest du allerdings einen Fachmann zurate ziehen.«

Vincenzo schwenkte nachdenklich den Ripasso in seinem Glas. Er kam sich vor wie in einem uralten Schwarz-Weiß-Film. Goldrausch in Südtirol. Verrückt. Ein Anachronismus und ganz sicher ein Motiv für ein Kapitalverbrechen. Was als Ablenkung von einem leidigen Thema gedacht gewesen war, würde die geplanten Verhöre im Pflerschtal nun in eine gänzlich andere Richtung lenken. »Und wo finde ich so einen Fachmann?«

Hans rieb sich nachdenklich das Kinn. »Ich wüsste da jemanden aus Innichen. Der Mann heißt Michael Wachtler. Wir kennen uns über unsere gemeinsame Leidenschaft: Berge und Natur. Michael ist Naturdenker, Schriftsteller und Filmemacher und gilt als einer der besten Kenner der Dolomiten. Vor einigen Jahren hat er selbst sogar Gold gefunden. Es war der größte neuzeitliche Goldfund in den Alpen. Aber frag mich nicht, wie er das angestellt hat, das muss er dir schon selbst erzählen. Sagt dir das DoloMythos etwas? Es gehört Michael.«

»Ich werde mich an ihn wenden. Der tote Bergführer im Verlies von Burg Reifenstein hieß übrigens Markus Pircher. Sagt dir der Name was?«

Hans verdrehte die Augen. »Natürlich, den Pircher kennt doch jeder. Ein guter, verantwortungsvoller Bergführer, aber ein Aufschneider. Der ist den zehnten Schwierigkeitsgrad nicht geklettert, um eins mit der Natur zu sein, sondern um abends bei den Mädels damit anzugeben. Wir sind uns nie grün geworden. Trotzdem tut es mir leid um ihn.«

»Kannst du dir vorstellen, dass der sich in einen Kerker abseilt und dabei verunglückt?«

»Du stellst vielleicht Fragen. Aber sagen wir es mal so: Wenn ich einem Kollegen zutrauen würde, sich in ein Verlies abzuseilen, dann ihm. Dass er dabei verunglückt, kann ich mir allerdings weniger vorstellen. Es sei denn, er war nicht mehr nüchtern. Apropos: Nehmen wir noch ein Fläschchen?«

Vincenzo lachte. »Selbstverständlich. Und im Anschluss gehen wir noch auf einen Absacker zu mir. Mal sehen, wie gut der Ripasso gegen meinen Amarone ankommt.«

16

Bozen, Mittwoch, 18. April

»Sie sehen angeschlagen aus, Bellini. War es gestern Abend mal wieder spät?«

Vincenzo sah sich mit Reiterers breitem provokanten Grinsen konfrontiert. Offensichtlich suchte der Leiter der Spurensicherung wieder einmal Zerstreuung in Form eines anregenden Wortgefechtes mit seinem Lieblingsgegner, bevor er seine Fachexpertise in Sachen Burgleiche zum Besten geben würde. »Sie dürfen sich ruhig einen fünffachen Espresso nehmen. Vielleicht macht der Sie ja wieder fit. Wobei, so wie Sie aussehen …«

Vincenzo zwang sich zu einem gequälten Lächeln. »Nicht der Abend war das Problem, mein lieber Reiterer, sondern der Crosstrainer davor.«

Mit einem so vorzüglichen Gegenstoß hatte Reiterer nicht gerechnet. Ihm musste sofort eine Erwiderung folgen. »Was kann denn ein Crosstrainer, zweifelsohne der Inbegriff des perfekten Allround-Trainingsgerätes für Fortgeschrittene, mit Ihrem desolaten Zustand zu tun haben?«

»Nun, mein Lieber, wie Sie vielleicht wissen, begebe ich mich hin und wieder in eine Muckibude, um meine Gesundheit zu fördern. Da gibt es Folterinstrumente, von deren Existenz ich vorher noch nichts wusste. Unter anderem diese komischen Crosstrainer. Gestern habe ich an Sie gedacht. Schließlich weiß jeder in der Questura, dass Sie freiwillig jeden Tag zu Hause Stunden auf so einem Ding verbringen. Mal abgesehen von der Frage, ob das nicht ein Fall für den Psychologen wäre, dachte ich mir, dass ich das mal selbst ausprobiere. Eine Stunde habe ich durchgehalten. Was für eine unvorstellbare Qual! Da beneidet man den Hamster direkt um sein Rad. Seither bin ich ein Schatten meiner selbst. Es sagt so einiges über Sie aus, dass Sie sich einer Tortur wie dieser täglich ohne jeglichen Zwang aussetzen.«

Reiterer kratzte sich am Kopf. »Erstaunlich, zu welchen gedanklichen Winkelzügen Sie fähig sind, wenn Sie argumentativ nicht mehr weiterwissen. Wirklich, Commissario, das ist eine ganz außergewöhnliche Fähigkeit von Ihnen. Insofern einmal mehr meinen Respekt. Aber was halten Sie denn jetzt von wissenschaftlich fundierten Analysen, so unter Sportsfreunden?«

Vincenzo konnte sich das Lachen nicht länger verkneifen. »Jedenfalls mehr als von seelischer Nötigung durch ein Sportgerät.«

Auch der Spurensicherer ließ sich zu einem seltenen Lächeln hinreißen. Ein sicheres Indiz dafür, dass ihm der verbale Schlagabtausch gefallen hatte. »Leider geben meine Analysen noch nicht viel her. Paci kann Ihnen wahrscheinlich ausnahmsweise mal mehr erzählen als ich. Neben dem Toten lag noch ein Bergseil. Eines, das Sie allerdings bei jedem x-beliebigen Ausstatter kaufen können. Wir haben Abriebspuren des Seiles an der Einstiegsluke gefunden. Logisch, irgendwie muss der Mann ja in das Verlies gekommen sein. Meines Wissens hatte er keine äußerlichen Verletzungen. Es gibt keinerlei Stand am Einstiegsloch, nichts, woran das Seil etwa mittels Karabinern hätte befestigt werden können. Mit anderen Worten: Irgendjemand muss Markus Pircher abgeseilt und dann seinem Schicksal überlassen haben. Grässliche Vorstellung, da dreht sich mir ja glatt der Magen um. Wenn es denn weitere Spuren gab, wurden die durch die Touristen zunichtegemacht. Wir haben jedenfalls nichts gefunden.«

Vincenzo nickte. »Das dachte ich mir schon. Und zu diesem einen Toten kommen noch die Toten vom Gamperhof. Glauben Sie mir, auch das war kein Unfall. Was ist bloß los in Südtirol? Woher tauchen plötzlich diese vielen Mörder auf? Meinen Sie, die sind alle durch Stunden auf dem Crosstrainer wahnsinnig geworden?«

Reiterer schnaubte verächtlich durch die Nase. »Im Gegenteil, Bellini, im Gegenteil. Würden sich mehr Menschen dieser intelligenten, weil alle Regionen des Hirns ansprechenden Form der Körperertüchtigung widmen, hätten wir weniger Straftaten zu beklagen.«

Vincenzo verabschiedete sich mit dem Hinweis, dass ein einziger, nicht straffällig gewordener Spurensicherer nicht als Beweis dieser These herhalten könne, und entschied sich dann für ein frühes Mittagessen bei seinen Eltern, da Paci ihn auf den Nachmittag vertröstet hatte.

***

Mama Antonia hatte Ribollita gekocht, einen Eintopf ähnlich einer dickflüssigen Suppe aus verschiedenen Gemüsesorten. Die Woche stand in der Trattoria ganz unter dem kulinarischen Motto »Toskanische Küche«. Vincenzo freute sich. Einerseits liebte er seit jeher jede Art von Gemüse, andererseits war mit einem vegetarischen Gericht auch seinem bewussteren Ernährungsplan gedient.

Der Angriff auf seine guten Vorsätze erfolgte indes von Vater Piero. Während er seine linke Hand auf Vincenzos Schulter parkte, hielt er seinem Sohn mit der rechten eine Flasche vor die Nase. »Zur toskanischen Küche gehört selbstverständlich auch ein toskanischer Wein. Auch wenn ein Gemüseeintopf ein eher einfaches Gericht ist, das durchaus einen Landwein verträgt, möchte ich dir heute das hier vorstellen.« Piero drehte die Flasche vor Vincenzos Gesicht hin und her. »Ein Tenuta dell'Ornellaia aus Bolgheri, Jahrgang 2007, ein Wein mit Kultstatus. So etwas hast du noch nicht erlebt. Der ist normalerweise unseren wichtigsten Stammkunden vorbehalten, die so ein Tröpfchen zu schätzen wissen und es sich leisten können, aber ich will ja heute nicht so sein.« Der Weinkenner schenkte seinem Sohn ein.

Vincenzo druckste herum. »Papa, eigentlich trinke ich derzeit keinen Alkohol. Ich –«

Sein Vater Piero fiel ihm ins Wort. »Papperlapapp, erzähl keinen Blödsinn. Hast du eine Vorstellung, was der kostet? Ich sage nur: dreistellig! So, und jetzt trink, aber bitte mit der angemessenen Ehrfurcht.« Er drückte Vincenzo das Glas in die Hand.

Vorsichtig schnupperte der Commissario an dem großen Rotweinkelch. Er konnte reife Beeren, Gewürze und sogar eine balsamische Note riechen. Mit geschlossenen Augen nahm er einen kleinen Schluck: purer Samt, gigantisch, absolut einmalig. »Meine Güte, Papa, woher hast du den?«

Piero lächelte zufrieden. »Ich habe die Tenuta besucht. Sie gehört seit einigen Jahren zur Frescobaldi-Familie. Vier Rebsorten, die je ein Jahr separat in ihrem Barrique reifen, bevor sie für ein weiteres halbes Jahr gemeinsam gelagert werden. Der Wein wird erst ein Jahr nach der Abfüllung verkauft. Ich freue mich schon auf den nächsten Besuch vom Conte Vespucci. Keiner hat so ein Gespür für Wein wie er – und besitzt zudem noch das nötige Kleingeld für ein solches Wunder. Wie sieht es mit dir aus, *carissima*, möchtest du nicht ausnahmsweise auch probieren?«

Antonia hatte die schwärmerischen Erklärungen ihres Mannes mit grimmigem Blick verfolgt. Für sie war das Geschwafel von Aromen, Abgängen, Lagen und Auszeichnungen nichts weiter als gut getarnter Alkoholismus. »Mittags um zwölf? Bist du noch ganz bei Sinnen? Nur weil dieses Zeug mehr als hundert Euro gekostet hat, ist sein Alkohol nicht weniger schädlich. Wäre deine ungesunde Leidenschaft nicht so zuträglich für unser Geschäft, würde ich sie dir verbieten.« Dann setzte sie ein mildes Lächeln auf und wandte sich ihrem Sohn zu. »Wie schön, dass du dich entschlossen hast, dem Wahnsinn zu entsagen. Dabei war das früher ganz anders, da habe ich mir große Sorgen um dich gemacht. Hat dein plötzlicher Sinneswandel einen bestimmten Grund, wenn ich fragen darf?«

Doch Vincenzo hatte seinen guten Vorsatz bereits gebrochen, das Glas geleert und signalisierte seinem Vater nun mit dem Zeigefinger nachzuschenken. »Ich muss zugeben, dass ich meinen Frust wegen Gianna anfangs im Alkohol ertränkt habe. Sport habe ich auch nicht mehr gemacht. Ihr habt ja selbst gesehen, wie ich zugelegt habe. Aber es gibt nicht nur Gianna, das ist mir dann klar geworden. Ich muss auch in der Arbeit Leistung bringen, und das funktioniert in so einem desolaten Zustand nicht. Deshalb lebe ich wenigstens vorübergehend abstinent. Abgesehen von solchen Gelegenheiten wie dieser hier, natürlich. Sich so einen Tropfen entgehen zu lassen, wäre ein Verbrechen. Und nenn mich nicht dauernd Vince, Mama, das klingt ja fürchterlich.«

Antonias Augen wurden zu Schlitzen. »Wegen Gianna? Hat sie dir nicht schon genug angetan? Warum quälst du dich ihretwegen so? Erst rettest du ihr das Leben, dann lässt sie dich fallen wie eine heiße Kartoffel. Ist das vielleicht ihre ganz besondere Art, danke zu sagen? Ich sag dir, sie hat dich nicht verdient.«

In Antonia war die Glucke erwacht, und es gab kaum etwas, das

Vincenzo mehr auf die Nerven ging. Er fühlte sich gezwungen, seine Noch-Freundin zu verteidigen. »Was Gianna erlebt hat, kannst du dir nicht einmal ansatzweise vorstellen, Mutter.« *Mutter*, Antonia wusste, was das zu bedeuten hatte. Sodann erhob ihr Sohn die Stimme. »Also hör auf, so einen Blödsinn zu erzählen.«

»Ich erzähle Blödsinn?« Niemand fügte ihrem Sohn ungestraft Schmerzen zu, der das zu allem Überfluss offensichtlich nicht einmal begriff. »Du bist es doch, der Blödsinn erzählt, Vince. Schon vorher hast du nichts als Scherereien mit Gianna gehabt, mach doch mal die Augen auf! Die und ihre Karriere. Wo sind sie denn, die Kinderchen, von denen du träumst? Und wir im Übrigen auch? An dir liegt das sicher nicht.«

Vincenzo wusste, dass es keinen Sinn machte, weiter mit seiner Mutter zu diskutieren. Doch sein Temperament war erwacht. Er fühlte sich persönlich angegriffen.

Pieros feines Gespür für Stimmungen erkannte den Wandel in seinem Sohn, sodass er sich genötigt sah einzugreifen. »Schluss mit dieser Diskussion. Das führt zu nichts. Antonia, akzeptier gefälligst, dass dein Sohn erwachsen geworden ist. Er kann allein entscheiden, wen er warum lieben will, das geht uns nichts an. Freu dich lieber, dass der Junge so viel Vertrauen zu seinen Eltern hat, dass er ihnen seine Sorgen erzählt. So, und jetzt wird gegessen.«

Vertrauen hatte Vincenzo, das stimmte, aber seine Mutter war in vielen Dingen keine geeignete Gesprächspartnerin mehr für ihn. Er nahm sich vor, ihr gegenüber nichts mehr zu erzählen, was Gianna betraf. Den Rest des Mittagessens verbrachten sie schweigend.

***

Als Vincenzo am Nachmittag die Rechtsmedizin betrat, fiel ihm vor Staunen die Kinnlade herunter. »Dottoressa Paci, was haben Sie mit Ihren Haaren gemacht?«

Claudia Paci hatte sich die Haare schneiden lassen, und zwar ab. Nur noch ein Pagenkopf umrahmte ihr schmales, eher kantiges Gesicht. Würde er sie nicht fast täglich sehen, hätte Vincenzo die Rechtsmedizinerin nicht wiedererkannt. Pacis Löwenmähne war ihr Markenzeichen gewesen, was ihr, dem ansonsten eher herben

Frauentyp, eine interessante, weibliche Note verliehen hatte. Mit dem Kurzhaarschnitt wirkte sie nur noch spröder.

Paci erhob sich schwerfällig aus ihrem Stuhl. »Gehen wir in den Kühlraum zu diesem Pircher. Und sprechen Sie mich in nächster Zeit nicht mehr auf meine Frisur an. Mich haben die Locken so dermaßen genervt. Dauernd hatte ich sie im Gesicht. Also dachte ich mir, ich mache einfach Tabula rasa. Mit dem Ergebnis hatte ich allerdings nicht gerechnet. Mein Mann hat mich angesehen, als stünde eine Außerirdische vor ihm. Und Sie sind heute auch nicht der Erste, der mir mit bloßen Blicken zu verstehen gibt, was er davon hält. Keine Sorge, ich lasse sie wieder wachsen, aber bitte keine Kommentare mehr. So, und nun zum toten Bergführer.«

Auf dem Weg in die Kühlkammer konnte sich Vincenzo ein Grinsen kaum verkneifen, als er sich den Gesichtsausdruck von Pacis Mann vorstellte. Wen hatte die Verwandlung wohl härter getroffen? Ihn oder seine Frau?

Mit einem Räuspern zog die Rechtsmedizinerin das Leichentuch von Pircher zurück. »Der Kollege hat Sie ja wahrscheinlich schon auf die sichtbaren Erfrierungszeichen hingewiesen. Meine Obduktion ist zu demselben Ergebnis gekommen. Die vielen kleinen Einblutungen der Magenschleimhaut sprechen ganz klar für einen Erfrierungstod. Ein weiteres Indiz ist der gute Zustand des Leichnams. Es gibt keine Verwesungsspuren. Routinemäßig habe ich zudem den Blaseninhalt untersucht, in dem ich Alkohol nachweisen konnte. Schätzungsweise eins Komma acht Promille. Der Mann war zum Zeitpunkt seines Todes erheblich angetrunken.«

Vincenzo betrachtete den leblosen Körper. Ein attraktiver, südländischer Typ. Pircher hatte nicht ausgesehen wie der typische Bergführer. Was hatte einen Profi dazu bewogen, sich volltrunken in ein Burgverlies abseilen zu lassen? Warum und mit wem war er dort gewesen? »Haben Sie Anzeichen von Gewalt feststellen können? Könnte ihn jemand in den Kerker gezwungen haben?«

Paci schüttelte den Kopf. Wehmütig dachte Vincenzo an die Zeit, als ihre nur selten in einem Zopf gebändigten Locken dabei noch ihr ganzes Gesicht verdeckt hatten. Es war jedes Mal ein sehenswertes Schauspiel gewesen. Nun konnte er nur hoffen, dass es bis zur nächsten Aufführung nicht allzu lang dauern würde.

»Nein, keine Anzeichen. Genauso wenig wie Spuren etwaiger Betäubungsmittel. Nur der Alkohol, sonst nichts. Doch die Promillezahl reicht meines Erachtens nicht aus für eine weitreichende Bewusstseinstrübung. Ich vermute, dass er alles um sich herum noch mitbekommen hat.«

Was für ein verrückter Fall. So viele Beteiligte. Da kam eine Menge Arbeit auf die Polizia di Stato zu. »Ist Ihnen sonst noch etwas aufgefallen?«

Paci zog die Augenbrauen in die Höhe. »Hat Ihnen Reiterer das nicht erzählt?«

»Was?«

»Na, die Sache mit dem Gold.«

»Gold?«

Paci nahm die Kleidung des Toten von dem Stuhl neben der Bahre, griff in seine Jackentaschen und förderte eine Handvoll Steine zutage. »Wir haben in seinen Taschen Quarzsteine mit Spuren von Gold gefunden. Und zwar nicht nur mit mikroskopischen Spuren, das war schon ein anderes Kaliber.«

Vincenzo war baff. »Gold? Heißt das, er hat einen Juwelier überfallen?«

Paci lachte. »Natürlich nicht. Ich vermute viel eher, dass er das Gold gefunden hatte. Reiterer hat alles analysiert, wirklich nett von ihm, dass er es mir überlassen hat, Sie darüber zu informieren. Das soll wohl ein Trostpflaster für meine Frisurenkatastrophe sein.«

»Goldgräberstimmung im Südtirol des einundzwanzigsten Jahrhunderts. Das höre ich nun schon zum zweiten Mal. Wissen Sie, ob Reiterer feststellen konnte, woher das Gold stammt?«

Die Rechtsmedizinerin winkte ab. »Keine Ahnung. So viel hat er mir nun auch wieder nicht erzählt.«

Vincenzo verabschiedete sich, indem er seine Hand Richtung Kopf führte. »Viel Glück damit!«

Dann machte er noch einen Abstecher zu Reiterer, der ihm versicherte, dass die Herkunftsanalyse am nächsten Tag abgeschlossen sein würde, bevor er sich wieder seinem abendlichen Sportprogramm widmete.

17

Bozen, Donnerstag, 19. April

Vincenzo fühlte sich das erste Mal seit Monaten gut, er war innerlich gelöst, entspannt. Er freute sich darauf, dass es morgen nach Mailand ging. Gianna hatte viel Zeit und etliche therapeutische Sitzungen hinter sich, sie musste einfach einen großen Schritt nach vorn gemacht haben. Er war guter Dinge, dass das verlängerte Osterwochenende für sie beide ein Neuanfang werden würde.

Vielleicht machte er sich nur etwas vor, doch Vincenzo hatte den Eindruck, dass Gianna bei ihren letzten Telefonaten nicht mehr ganz so reserviert gewesen war. Über ihre Zeit im Eis, ihre Beziehung, die Frage, wie es weitergehen sollte, hatten sie dennoch nicht gesprochen. Wunden brauchten Zeit, um zu heilen.

Mehr als ein halbes Jahr war seit Giannas Horrortrip vergangen. Genau die richtige Zeit, um einen Vorstoß zu wagen, wenn es nach Vincenzo ging. Er wusste schon genau, wie er seine Freundin überraschen würde. Er hatte Champagner und einen stabilen Flaschenkühler besorgt, damit der edle Tropfen auf der Fahrt nach Mailand nicht zu warm wurde. Über Google hatte er in Giannas Nähe einen Blumenhändler ausfindig gemacht, der ihm versprochen hatte, fünfzig langstielige Rosen vorzubereiten und seinen Kunden auch nach Feierabend noch zu empfangen. *»Amore«*, hatte der Blumenhändler sehnsüchtig ins Telefon gehaucht, als ihm Vincenzo den Grund für sein ungewöhnliches Anliegen in der Kurzfassung geschildert hatte. »Selbstverständlich können Sie die Rosen nach Feierabend abholen.«

Noch am Vorabend war Vincenzo wieder ins Fitnessstudio gegangen. Eine halbe Stunde hatte er an den Geräten geackert, danach anderthalb Stunden auf dem Crosstrainer verbracht. Zu Hause hatte er Nudeln gegessen und sich zur Feier des Tages drei Bier gegönnt, während er den Rest des Wochenendes geplant hatte. Allein der Empfang mit Champagner und Rosen würde Gianna verzaubern, er kannte doch seine Liebste. Aber das erschien ihm bei Weitem nicht genug für ihren lang ersehnten Neuanfang. Bei »Trussardi alla Scala« hatte Vincenzo einen Tisch in einem Separee reservieren lassen. Der romantische Abend würde ihn einige hundert Euro kosten, aber das war ihm egal. Der Neustart ihrer Beziehung war mehr wert als alles Geld der Welt. Ein Abend voller Romantik stand ihm bevor: keine Problemgespräche, keine Beschuldigungen, einfach nur gelöst und heiter sein, und dann zusammen mit einem Schwips ins Bett gehen. Vielleicht würden sie übereinander herfallen oder sich nur aneinanderschmiegen und einschlafen. Alles war Vincenzo egal, wenn sie nur wieder zusammen waren.

Getragen von diesem rosaroten Ausblick ging Vincenzo morgens in Reiterers Büro, um von ihm zu erfahren, was es mit dem Gold in den Taschen des Toten auf sich hatte.

Bevor Vincenzo zur Sache kam, genehmigte er sich einen doppelten Espresso aus der hochwertigen Maschine des Leiters der Spurensicherung. Dann erst fühlte er sich gewappnet. »Warum haben Sie es Paci überlassen, mir Ihr wichtigstes Ergebnis mitzuteilen? Sie sind doch sonst so eitel.«

Reiterers Miene verriet ernsthafte Anteilnahme. »Sie haben sie doch selbst gesehen.« Er deutete auf seinen Kopf. »Eine Heimsuchung. Die Ärmste, hoffentlich zieht ihre Frisur keine Scheidung nach sich. Ich dachte mir, wenn ich ihr den Vortritt überlasse, lenkt sie das vielleicht ein wenig von ihrer Depression ab, die allerdings – unter uns gesagt – unvermeidlich sein wird.«

Vincenzo schüttelte den Kopf. »Sie sind der boshafteste Sarkast unter der Sonne Bozens, Reiterer. Das ist Ihnen hoffentlich bewusst?«

»Sarkast? Ich? Ich bitte Sie! Die traurige Paci wird in ein paar Monaten wieder glücklich sein. Aber was soll ich sagen? Meine Glupschaugen werden immer Glupschaugen bleiben. Mich müssen Sie bemitleiden, Bellini, mich! Ich und ein Sarkast? So eine Frechheit.«

Vincenzo blickte Reiterer prüfend ins Gesicht. »Jetzt, wo Sie es sagen, ist Ihnen mein Mitleid natürlich gewiss. Apropos sagen, was können Sie mir über das Gold sagen?«

Reiterer richtete sich kerzengerade auf und räusperte sich. »Nun, mein lieber Bellini, wie Sie wissen, verfügen wir von der

Spurensicherung über Möglichkeiten und Techniken, die sich Ihrem Vorstellungsvermögen vollends entziehen. Ich könnte Ihrer demütigen Bewunderung noch zusätzliche Nahrung geben, indem ich Ihnen einen wissenschaftlich fundierten Ad-hoc-Vortrag halte. Zum Beispiel zur Röntgenfluoreszenzanalyse, zur Analyse von Begleiterzen wie Kupfer, Silber, seltenen Erden oder Platinmetalleinschlüssen. Da ich jedoch gleich noch einen wichtigen Termin habe, denn wie Sie sich sicherlich denken können, ist unsereins allseits gefragt«, der Leiter der Spurensicherung setzte sein breitestes Grinsen auf, »begnüge ich mich ausnahmsweise mit den Ergebnissen dieser und im Übrigen noch einiger weiterer unglaublichen Methoden meines privilegierten Berufsstandes. Bei dem gefundenen Gold handelt es sich eindeutig um Berggold von erstaunlich hoher Reinheit. Vermutlich stammt es aus den Hohen Tauern oder den Stubaier Alpen. Wirklich hübsch anzuschauen. Wenn Sie Ihr Auge vielleicht auf dieses Okular richten wollen?«

Vincenzo betrachtete die Probe unter dem Mikroskop, das auf Reiterers Schreibtisch stand. »Faszinierend. Bei dem Anblick kann man sich schon vorstellen, wie ein Goldfieber entstehen kann. Ich wäre von allein allerdings nie auf die Idee gekommen, dass es direkt vor meiner Haustür echtes Gold gibt. Haben Sie das gewusst?«

Reiterer ging zu seinem Kaffeevollautomaten von Jura hinüber. Er pflegte Espressi zu konsumieren wie ein Kettenraucher Zigaretten. »Nein. Ich hatte keine Ahnung und habe vorher auch noch nie eine solche Analyse gemacht. Wirklich spannend. Hätte ich davon eine Ahnung gehabt, wäre es mir allerdings leichter gefallen, mich von den fünftausend Euro für diese Kaffeemaschine zu trennen.«

***

»Fünftausend Euro?« Eine Stunde später sah Sabine Mauracher Vincenzo entgeistert an. »Das ist ja das Doppelte von dem, was mein Auto gekostet hat!«

Der Commissario lächelte milde. »Wem sagen Sie das. Auch ich habe meinen Ohren nicht getraut. Wie kann er sich das bloß leisten? Er gehört zwar schon zu den Besserverdienenden, aber so viel Geld für eine Kaffeemaschine …«

Vincenzo hatte sich mit Marzoli und Mauracher verabredet, um ihren erneuten Ausflug ins Pflerschtal vorzubereiten, diesmal zu dritt. Vor dem Hintergrund von Reiterers und Pacis Informationen gab es dort viel für sie zu tun. Der Ispettore würde die Zeugen im Pflerschtal anrufen, um sich zu vergewissern, dass sie zu der angegebenen Zeit auch verfügbar waren, immerhin war die Fahrt in das abgelegene Tal im Norden keine Sache von zehn Minuten. Er selbst wollte die Zeit, in der Marzoli telefonierte, nutzen, um sich zu vergewissern, dass Mauracher ihren Auftritt als Liebespaar genauso abgehakt hatte wie er. Marzolis Einschätzung, dass die junge Kollegin für ihn schwärme, verunsicherte Vincenzo nach wie vor, auch wenn ihre Rolle als Liebespaar bei Hansi schon ein paar Monate zurücklag. »Da gebe ich mein Geld doch lieber für Hansi Libre aus«, sagte er, um zum Thema überzuleiten.

Mauracher lachte. »Der Abend war wirklich lustig, Sie als mein Freund und ich bei einem Pflerschtaler Original. Das werde ich so schnell nicht vergessen.«

Vincenzo räusperte sich und schob Mauracher die Etagere hinüber. »Stimmt, es war lustig, auch wenn wir nicht allzu überzeugend waren. Na ja, ein verliebtes Paar zu spielen, wenn man es gar nicht ist, stellt ja auch hohe Ansprüche an das schauspielerische Talent.« Er wartete. Hoffentlich verstand sie seinen dezenten Hinweis.

»Keine Sorge, Commissario, wie ich schon auf der Rückfahrt gesagt habe: Dienst ist Dienst, und Schnaps ist Schnaps. Machen Sie sich darüber mal keine Gedanken mehr.«

Ganz so dezent schien sein Hinweis also nicht gewesen zu sein, aber immerhin hatte er seine Wirkung nicht verfehlt. Um eine Antwort verlegen, war Vincenzo erleichtert, als die Tür aufging und Marzoli das Büro betrat. »Alle drei zu Hause, Alber, ihr Koch und Kofer. Ich habe sie angewiesen, auf uns zu warten.«

»Gut, dann machen wir uns gleich auf den Weg. Aber vorher stärken Sie sich noch mit ein paar Cantuccini, Ispettore, Sie sehen ein bisschen blass um die Nase aus. Hält Barbara Sie immer noch auf Diät?«

Marzoli brummte vernehmlich. »Diät ist untertrieben. Ich kriege nur noch am Wochenende Fleisch. Abends gibt es Gemüseeintöpfe, Salat, hin und wieder Pasta und, ob Sie es glauben oder nicht, Tofu!«

»Sie tun mir leid, Ispettore, wirklich.« Vincenzos Bedauern war echt. »Tofu ist der reinste Psychoterror. Kennt Ihre Frau denn gar kein Erbarmen?«

»Aber wieso?«, meldete sich Mauracher zu Wort. »Tofu kann auch lecker sein. Ich verwende es oft zum Kochen. Curry-Gemüse mit Tofu, Kürbis-Tofu-Pfanne, ein schöner Auflauf mit Pasta, Brokkoli und Tofu oder ein köstlicher Tofu-Döner, man kann alles damit machen. Kaum ein Lebensmittel ist so vielfältig. Vielleicht kennt Ihre Frau ja nur nicht die richtigen Rezepte, Ispettore Marzoli. Soll ich mal eine Auswahl für Sie zusammenstellen?«

Einem Reflex folgend griff Marzoli bei Maurachers Worten in die Etagere und schob sich zwei Cantuccini gleichzeitig in den Mund. Kauend nuschelte er: »Kein Wunder, dass Sie so klein und zierlich sind, wenn Sie sich so ernähren. Essen Sie mal lieber Fleisch, Lasagne und Nachspeisen, die es in sich haben. Sie können sich das doch erlauben.« Er kicherte. »Was mir allerdings guttut, ist Barbaras Verwirrung, dass ich trotzdem nicht abnehme. Sie hat ja keine Ahnung, dass ich auf der Arbeit pfundweise Mandelgebäck vertilge. Und solange sie mich mit dieser Bohnenpampe quält, werde ich damit auch nicht aufhören.«

Der Commissario musste laut lachen. Er mochte seinen Kollegen von Tag zu Tag lieber. Ein liebender Ehemann und Vater, selten schlecht gelaunt, und wenn doch, dann ließ er es nicht an anderen aus, und materiell mit wenig zufrieden. Ein Mensch, der – wenn man ihn nicht gerade auf die ihm aufgezwungene Diät ansprach – in sich ruhte. Sicherlich hatte seine Barbara ihren Anteil daran. Vincenzo beneidete Marzoli darum, um sein Leben, seine glückliche Familie, seine einfache und bescheidene Lebensphilosophie. Beim Gedanken an Gianna und das bevorstehende Wochenende spürte er einen Stich im Magen. Hoffentlich verspekulierte er sich nicht mit seinen Romantikplänen. »Okay, dann wenden wir uns mal wieder unserem Fall zu. Bevor wir aufbrechen, erzähle ich euch noch kurz, was Reiterer und Paci herausgefunden haben. In ihren Ergebnissen gibt es ein Detail, das euch sicherlich genauso überraschen wird wie mich. Habt ihr in der Zwischenzeit denn schon etwas über den verschwundenen Schlüssel der Burg Reifenstein herausgefunden?«

Marzoli schüttelte den Kopf. »Bis jetzt Fehlanzeige. Fünf Schmiede haben wir noch nicht erreicht, und von den anderen hat niemand in der fraglichen Zeit so einen Auftrag angenommen. Ich glaube kaum, dass es uns bei den übrigen anders ergehen wird. Vielleicht hatte Frau Patscheider den Schlüssel ja wirklich nur verloren.«

Vincenzo blickte nachdenklich durch den Ispettore hindurch. »Vielleicht.«

***

Pflerschtal

Das Hotel Christine lag im hinteren Pflerschtal, idyllisch nahe des Pflerscherbachs, der die umliegenden Gletscher entwässerte. Christine Alber empfing die Polizisten in der Gaststube, in der bereits Getränke und Snacks für sie bereitstanden. Die Besitzerin des Hotels war elegant gekleidet, Vincenzo schätzte sie auf Mitte vierzig, vielleicht auch ein paar Jährchen älter. Jedenfalls war sie sehr attraktiv und weiblich mit einer starken Aura. Und trotzdem war sie ihm nicht sympathisch. Ihre Freundlichkeit wirkte aufgesetzt, in ihrem Blick lag etwas Lauerndes.

»Ich nehme an, Sie kommen wegen des Unglücks auf dem Gamperhof?«

Vincenzo beobachtete Alber genau, versuchte, etwas aus ihrer Miene abzulesen. »Wie kommen Sie darauf?«

Alber zog die Augenbrauen hoch. »Nun, Sie sind im Pflerschtal, und das Feuer auf dem Gamperhof ist das Schlimmste, was in unserem Tal seit Ewigkeiten passiert ist. Worum sollte es sonst gehen?«

Vincenzo nickte. »Sie haben recht. Was können Sie uns dazu sagen?«

Alber zuckte mit den Schultern. »Eigentlich nichts. Natürlich kannte ich die Familie, aber wir hatten kaum Kontakt. Ich habe gehört, dass es ein tragisches Unglück war, weil sie den Kamin haben brennen lassen. Aber warum interessiert sich die Polizei für so etwas? Oh, stört es Sie, wenn meine Putzfrau hier während unserer Unterhaltung ihrer Arbeit nachgeht?«

Eine typische, nichtssagende Antwort. Vincenzo spürte, dass sie mehr wusste. »Nein, das stört uns nicht. Wo ist Ihr Koch, Luigi Ferrari? Wir möchten gern mit Ihnen beiden sprechen.«

»Simone«, wandte Alber sich ihrer Putzfrau zu, »gehst du bitte in die Küche und holst Luigi?«

Augenblicke später stand Ferrari neben Alber. Ein attraktiver, maskuliner Typ, dessen Einfalt unübersehbar war. Und wenn ihn seine Menschenkenntnis nicht gänzlich täuschte, dann lief auch etwas zwischen den beiden. Das Knistern war förmlich zu spüren. Auf Nachfrage konnte auch der Koch keinen bedeutenden Beitrag zu dem Brand auf dem Gamperhof leisten, doch das war ohnehin nur als Ouvertüre gedacht gewesen. Jetzt ging es zur Sache. »Warum waren Sie beide im Herbst bei der letzten Führung auf Burg Reifenstein?«

Nur ein leichtes Zucken um Albers Augenwinkel, doch Ferrari schrak sichtbar zusammen. »Burg Reifenstein? Wer? Wir? Ich kann mich nicht erinnern.«

Vincenzo kramte sein Notizheft aus seiner Jackentasche und blätterte darin. »Laut Aussage von Irma Patscheider haben Sie beide am vergangenen einunddreißigsten Oktober an der letzten Führung vor der Winterpause teilgenommen, zusammen mit einem gewissen Andreas Kofer und … mit Familie Gamper, mit der Sie doch eigentlich kaum Kontakt hatten. Sie sollen sich gut unterhalten haben, als Gruppe aufgetreten sein.«

Ferrari wollte etwas sagen, doch Alber war schneller. »Jetzt, wo Sie es sagen, fällt es mir auch wieder ein. Natürlich waren wir dort. Die Idee war uns bei einem lockeren Gespräch gekommen. Ich meine, wir leben hier und kennen unsere eigenen Kulturdenkmäler nicht, das ist doch eine Schande. Ich muss schließlich auch meinen Gästen Ausflugs-Tipps geben, also haben wir gedacht, wir schauen uns das mal an. Die Gampers waren wegen ihres Sohnes dabei. Für ein Kind ist so eine Burg ja was Tolles. Und der Kofer, der hat sich uns angeschlossen, weil er nichts Besseres vorhatte. Das ist alles.«

Vincenzo konnte bei Ferrari eine wachsende Nervosität ausmachen. Er musste ihn in die Enge treiben, also sprach er ihn direkt an. »Sie werden jetzt meine Frage beantworten, Signor Ferrari. Sie, werte Frau Alber, schweigen bitte. Signore, bei der ersten Führung in diesem Jahr am letzten Montag wurde im Verlies von Burg Reifenstein die Leiche von Markus Pircher gefunden. Er ist erfroren, nachdem er keineswegs freiwillig in den Kerker abgeseilt wurde. In seinen Jackentaschen haben wir genügend Gold gefunden, um sich damit eine lange Auszeit zu finanzieren. Was haben Sie dazu zu sagen?« Vincenzo war bei jedem Satz etwas lauter geworden.

Ferrari wich seinem Blick aus, sah überallhin, nur nicht ihm in die Augen. Alber setzte an, die Frage zu beantworten, doch Vincenzo ließ sie nicht zu Wort kommen. »Ich war doch deutlich genug, oder nicht? Ihr Koch wird antworten, nicht Sie. Sabine, sind Sie so gut und führen Frau Alber einen Moment hinaus? Ich möchte allein mit Signor Ferrari sprechen.«

Alber ließ sich schweigend hinausbegleiten, bedachte Luigi aber noch mit einem durchdringenden Blick, der zu sagen schien: Halt die Klappe!

Vincenzo hoffte dennoch, dass er von dem Mann die Wahrheit erfahren würde. »Schießen Sie los, Signor!«

Ferrari zögerte einen Augenblick, doch Vincenzos stechender Blick löste seine Zunge, und das Eis war gebrochen. Er redete wie ein Wasserfall und gab zu, dass seine Chefin und er Teilnehmer einer Expedition gewesen waren. Im vergangenen Herbst waren sie in die Zillertaler Alpen aufgestiegen, um nach Gold zu suchen. Eine gewisse Sara hätte zusammen mit ein paar anderen Bergsteigern die Lagerstätte des Goldes gefunden. Grundlage dafür sei ein altes Schriftstück gewesen, Aufzeichnungen eines Geologen, der die Goldader schon vor über einem Jahrhundert entdeckt hatte. Dieser hätte eine Karte angefertigt, die erahnen ließ, wo sich das Gold befand. Sara habe den Stollen gefunden, aber ihre Mitstreiter hätten sich damit begnügt, ausschließlich den oberen Bereich zu durchsuchen, weil es im unteren zu gefährlich sei. Doch Sara sei davon überzeugt gewesen, dass sich genau dort ein riesiges Goldvorkommen befand. Allerdings habe auch sie den unteren Stollenteil nicht als besonders sicher eingeschätzt und deshalb nicht persönlich an der Expedition teilnehmen wollen. Also hätten sie ein Team aus geeigneten Fachleuten zusammengestellt, um das Gold zu bergen. Auf Pirchers Anraten hin hätten sie einen älteren, aber umso erfahreneren Bergführer ins Boot geholt, Alexander Thaler. Der Weg zum Stollen sei extrem anspruchsvoll und gefährlich gewesen, etliche ausgesetzte und Kletterpassagen hätten sie überwinden müssen, überall habe Steinschlaggefahr geherrscht. Doch keiner habe sich in dem Gebiet besser ausgekannt als Thaler, der auch einer von Saras Begleitern bei der ersten Expedition im Juli gewesen sei. Schweigend habe er sie zum Einstieg des Stollens geführt, sei dann aber, statt mit hineinzugehen, in eine Schlucht abgestiegen. Danach hätten sie ihn nicht mehr wiedergesehen, er war wie vom Erdboden verschluckt.

Der dritte Vermisste also? So allmählich fanden sich die ersten Puzzlestücke zusammen, doch mit jedem neuen Stück tauchten auch weitere Fragen auf. »Und wer war alles bei der Expedition dabei? Ich will jeden Namen.«

Außer sich selbst nannte der Koch seine Chefin Christine Alber, Heinrich Gamper, Andreas Kofer, Markus Pircher und Alexander Thaler. Marzoli notierte alle Namen in seinem Notizblock.

Ungeduldig klopfte Vincenzo mit den Fingern auf die Tischplatte. Keiner der Beamten hatte die Snacks und Getränke bisher angerührt. »Sonst niemand?«

Ferrari schüttelte den Kopf.

»Auch nicht Sara Gasser? Immerhin war sie die Pionierin. Das war sie doch, oder?«

Schweigen.

»Signore, Sara Gasser! Was ist mit ihr?«

»Nein, die … die«, stotterte Ferrari herum, »die war nicht dabei. Sie hatte furchtbare Angst … wegen des Stollens. Hohe Einsturzgefahr, hat sie gesagt.«

»Ganz sicher?«

Ferrari nickte.

»Und warum, verehrter Signor Ferrari, hat sie dann herumerzählt, dass sie etwas Wertvolles gefunden habe, das sie nun zu bergen gedenke, wenn sie aber doch nach Ihrer Aussage gar nicht mitgehen wollte? Hören Sie auf, mich für dumm zu verkaufen, verdammt!«

Schweißperlen traten auf die Stirn des Zeugen. Es schien, als könnte er dem Druck nicht mehr lange standhalten. »Sara hat bei früheren Recherchen das Schriftstück gefunden. Deshalb ist sie mit Thaler und ein paar anderen damals im Juli aufgebrochen. Sie hat auch unsere Expedition organisiert, aber dann haben wir uns entschlossen, sie nicht mitzunehmen. Christine, also Frau Alber, sie meinte, dann müssten wir ihr auch nicht so viel abgeben. Und Sara bedeutet Geld sowieso nichts.«

Vincenzo glaubte Ferrari kein Wort. Trotz seiner unverkennbaren Angst log er ihn an. Vermutlich war die Angst vor seiner Chefin noch um ein Vielfaches größer. Trotzdem musste er so viel wie möglich aus dem Koch herausbekommen, denn Alber, so schätzte er sie ein, würde sich durch nichts und niemanden verunsichern lassen. »Wissen Sie, wer im Juli mit Sara Gasser unterwegs war, als sie den Stollen entdeckte?«

Der Koch zuckte mit den Schultern. »Nur dass der Thaler dabei war, der schließlich auch uns geführt hat. Mehr hat Sara nicht gesagt.«

Eine weitere Lüge. »Und wie viel Gold haben Sie gefunden? Was haben Sie damit gemacht? Verkauft? Eingeschmolzen? Raus mit der Sprache!«

Ferrari wirkte wie ein Häufchen Elend. In sich zusammengefallen saß er auf seinem Stuhl, die Hände zwischen seinen zusammengepressten Knien gefaltet, den Blick zu Boden gesenkt, während er vor- und zurückwippte. »Ich habe keine Ahnung. Ich weiß es wirklich nicht. Meine Aufgabe war nur, einen Rucksack zu tragen. Alles Weitere haben die anderen gemacht.«

»Welche anderen?«

»Ich weiß es nicht, verdammt! Nach unserer Rückkehr sollte ich nur warten. Nach einer Weile besuchte mich Gamper und gab mir zwanzigtausend Euro. ›Dein Anteil, Luigi‹, hat er gesagt. So, jetzt wissen Sie es.«

Vincenzo hielt Luigi Ferrari für einen naiven Menschen von

geringer Intelligenz, deren Entwicklung irgendwann stagniert haben musste. Der Koch mochte aus Angst vor Alber ein paar Details verschwiegen haben, doch letztlich schien es, als hätte er das meiste gesagt, was er wusste. Mehr war nicht aus ihm herauszuholen.

Der Commissario bat die Hotelierin wieder ins Zimmer und setzte die Befragung fort. Sie gab tatsächlich zu, Gold gefunden zu haben. Angeblich aber kaum mehr als fünf Kilogramm. Ihre Erwartungen seien schwer enttäuscht worden. Normalerweise müsse man einen solchen Fund dem Staat mitteilen, aber weil es sich in ihren Augen um so wenig Gold handelte, habe Gamper es kurz danach heimlich nach Deutschland gebracht und dort an einen Unterhändler verkauft. Gerade weil er sich mit solchen Dingen ausgekannt habe, sei er wichtig für das Team gewesen. Alber bestätigte auch Ferraris Aussage, dass Sara Gasser nicht zur Gruppe gehört habe.

»Wenn dem so ist, Frau Alber, dann können Sie uns wahrscheinlich auch erklären, warum Gasser erstens von einem großen Fund gesprochen hat und zweitens seitdem verschollen ist.«

Die Hotelinhaberin wirkte fast gelangweilt. »Commissario, woher soll ich denn darüber etwas wissen? Luigi hat Ihnen doch bestimmt schon erzählt, dass Sara das Dokument gefunden hatte. Was können wir also dafür, dass sie sich nicht mehr blicken lässt? Wissen Sie, was ich glaube? Sie ist sauer, weil wir nicht mehr gefunden haben. Wahrscheinlich denkt sie, wir hätten sie über den Tisch gezogen.«

Und Vincenzo war sich sicher, dass Sara Gasser mit dieser Vermutung sogar richtiggelegen hätte. »Und, haben Sie? Sie über den Tisch gezogen?«

Alber bedachte den Commissario mit einem spöttischen Lächeln. »Gehört das zu Ihrem Berufsbild, grundsätzlich alles anzuzweifeln? Leider liegen Sie diesmal mit Ihrer Vermutung daneben.«

Auf Pirchers Tod angesprochen, sagte Alber aus, dass sie keine Ahnung habe, was der in der Burg verloren hatte. Er sei als Aufschneider bekannt gewesen. Vielleicht hatte er ja ein paar wesentlich jüngere Touristinnen beeindrucken wollen, die in Panik davongerannt waren, als er in das Verlies gestürzt war. Und wenn sie schon mal dabei war, die Wahrheit zu sagen: Natürlich kannte sie Gamper besser, als sie zuerst zugegeben hatte. Sie war mit Ferrari sogar auf seiner Silvesterparty gewesen. Ebenso wie Andreas Kofer. Sie hatte nur zunächst gelogen, da sie befürchtete, fälschlicherweise mit seinem Tod in Verbindung gebracht zu werden. »Das ist doch verständlich, oder, Commissario?« Über den Bergführer Thaler wisse sie aber tatsächlich nichts. Vor der Expedition sei sie ihm niemals begegnet und seit seiner Abseilaktion auch nicht mehr.

Während Alber redete, schwieg Ferrari, starrte aber dabei unentwegt seine Chefin an. Vincenzo ahnte, dass die beiden ihm reihenweise Märchen aufgetischt hatten, doch die Erkenntnis war nutzlos, da sie nichts in der Hand hatten, um sie zur Wahrheit zu zwingen. Keine Beweise, keine weiteren Indizien, *niente*. Er würde am nächsten Tag, bevor er zu Gianna fuhr, Michael Wachtler in Innichen aufsuchen und sich von ihm erklären lassen, wie sich die Rechtslage bei einem Goldfund verhielt und ob die Angabe von fünf Kilogramm realistisch war.

»Noch eine Frage, Frau Alber. Andreas Kofer fährt neuerdings einen Porsche. Haben Sie eine Ahnung, wie er das finanziert haben soll? Das Geld aus Ihrem doch sehr übersichtlichen Fund dürfte ja kaum dafür gereicht haben.«

Alber winkte die Putzfrau zu sich. »Simone, schau hier, die Flecken auf dem Tisch. Die hast du wohl übersehen? Wisch noch einmal drüber.« Nach dieser Schelte wandte sich Alber wieder Vincenzo zu. »Nein, ich weiß nicht, woher er das Geld haben soll. Das müssen Sie ihn selbst fragen. Oder weißt du mehr darüber, Luigi?«

Ferrari schüttelte den Kopf.

»Und du, Simone? Du kriegst doch immer viel mit.«

Simone Baumgartner sah ihre Chefin mit großen Augen an. »Aber der hätte Sie doch letztens beinah totgefahren, Frau Alber.«

Vincenzo wurde sofort hellhörig. »Was sagen Sie da? Was genau ist passiert?«

Alber verdrehte die Augen. »Ach, Simone, du redest wirklich zu viel, wenn der Tag lang ist. Außerdem war das gar nicht die Frage.« Sie schilderte den Polizisten den inzwischen mehr als ein Vierteljahr zurückliegenden Vorfall. »Er wollte mich nicht umbringen, Commissario. Hätte er das gewollt, hätte er es auch geschafft. Nein, er wollte nur seinen neuen Wagen ausfahren, und dabei hat ihn die Sonne geblendet. Ich hatte den Vorfall schon längst vergessen.«

Vincenzo nickte. »Vergessen, schon klar. Dann kommen wir zu den naheliegenden Fragen. Wie haben Sie das Gold zu Geld gemacht, und wie viel war es in Summe?«

Alber sah Vincenzo einen Moment lang stumm in die Augen, dann lächelte sie und sagte mit einer Sicherheit in der Stimme, die ihn provozierte: »Wir haben das bisschen Gold eingeschmolzen, es hat nur eine Stunde gedauert. Und ehe Sie fragen, wie wir das angestellt haben: Es war kinderleicht, man braucht nichts weiter als ein paar Bunsenbrenner. Alles Weitere hat Gamper organisiert. Er hat dafür gesorgt, dass die Behörden nichts von dem Fund erfahren, ist mit dem Gold nach Deutschland gefahren und ein paar Tage später mit dem Geld zurückgekommen. Insgesamt hat der Klumpen etwas über zweihunderttausend Euro eingebracht. Klingt viel, aber bei sechs Leuten ist das nicht mehr als ein Taschengeld. Tja, Pech gehabt.«

Vincenzo ging in Gedanken die Liste der Expeditionsteilnehmer durch. »Wieso sechs? Sie waren doch sieben. Sechs bei der Expedition plus Sara Gasser.«

Die Hotelierin nickte. »Stimmt, aber Thaler wollte kein Geld. Das habe ich zwar nicht verstanden, aber warum sollte ich nachfragen, wenn er sich doch freiwillig rausgehalten hat. Stimmt's nicht, Luigi?« Sie lächelte dem Koch aufmunternd zu, der artig nickte.

»Warum haben Sie dann nur zwanzigtausend bekommen, Signor Ferrari? Zweihunderttausend durch sechs ist nach Adam Riese noch immer mehr als dreißig.«

Wiederum antwortete die Chefin für ihren Angestellten. »Selbstverständlich haben wir nach Aufwand und Bedeutung geteilt. Am meisten haben Sara und Heinrich Gamper bekommen, jeweils sechzig. Ohne ihn hätten wir das Gold nicht zu Geld machen können, ohne Sara hätten wir es nie entdeckt. Der Rest ist reine Mathematik, Commissario. Sie können es selbst nachrechnen.«

Vincenzo lächelte in sich hinein. Wie praktisch, dass man, wenn man den Verbleib von zweihunderttausend Euro erklären musste, hundertzwanzig zwei Menschen zurechnen konnte, die entweder tot oder spurlos verschwunden waren. Er sah Alber nachdenklich an. »Zum Abschluss zeigen Sie mir bitte auf der Wanderkarte, wo der Stollen liegt und welche Route Sie genommen haben. Ich will ehrlich zu Ihnen sein: Ich glaube Ihnen kein Wort von dem, was Sie mir erzählt haben, und bin mir sicher, dass wir uns sehr bald wiedersehen werden.«

Alber lächelte Vincenzo auf eine Weise an, die ihm nicht gefiel. »Gern, Commissario, jederzeit, ich freue mich jetzt schon darauf.«

Als die Polizisten das Hotel verließen, blickte Alber ihnen nach. Sicherlich war Kofer als Nächster an der Reihe. In der Angelegenheit war das letzte Wort noch nicht gesprochen, aber sie sah der Zukunft gelassen entgegen. Der Commissario hatte vielleicht eine Ausstrahlung und ein aufbrausendes Temperament. Ein gut aussehender, markanter Typ, ziemlich sexy. Nicht hübscher als Luigi, aber männlicher, härter, durchsetzungsfähiger. Sie hätte ihn gern mit in ihre Suite genommen. Alber hatte sich auf die Tischkante gesetzt. »Simone, das reicht für heute. Mach Feierabend.«

Nachdem die Putzfrau gegangen war, musterte die Hotelierin Luigi Ferrari von oben bis unten. Wenn schon kein Commissario, dann wenigstens ein feuriger Koch. »Luigi, lass uns nach oben gehen. Ich will, dass du es mir besorgst, sofort.«

Luigi Ferrari bekam bei Christines Worten sofort eine Erektion. Es machte ihn an, wenn sie so mit ihm redete. Sie machte ihn an. Doch zu Hause wartete seine Frau mit den Kindern und dem Essen auf ihn. »Christine, nichts täte ich lieber als das, aber Silvia–«

Alber fasste ihm mit hartem Griff in den Schritt und unterbrach ihn. »Nicht schlecht. Und du willst wirklich nicht, dass ich mich darum kümmere?« Sie zog ihn zu sich, küsste ihn, begann, ihn zu massieren. »Das gefällt dir doch, oder?«, flüsterte sie ihm ins Ohr. »Komm, wir gehen hoch und probieren was Neues aus, ich habe da ein paar nette Ideen. Silvia kann warten, die strickt doch so gern. Komm schon, mein Hengst.«

Blind vor Erregung lief Ferrari ihr hinterher. Auch Christine Alber war erregt, aber vor allem wegen des Machtgefühls, das sie genoss. Mit der Hand zwischen Ferraris Beinen dachte sie an Bellini: Der ist ein anderes Kaliber. Was für eine Herausforderung, ihn rumzukriegen. Aber normalerweise kann ich jeden haben, jeden! Kein Mann kann mir widerstehen!

***

Hinteres Ahrntal, unweit der Krimmler-Tauern-Hütte

Alexander Thaler saß vor seiner kleinen Holzhütte, zu deren Errichtung er sich vor genau einunddreißig Jahren, sechs Monaten und zwölf Tagen entschlossen hatte. Schon mit Mitte zwanzig war er in Südtirol ein gefragter Bergführer gewesen, was weder an seinem Charme noch an seinen Qualitäten als Entertainer gelegen hatte. Beides besaß er nicht. Als jüngstes von fünf Kindern war er der Einzige, der den elterlichen Hof im Ahrntal nicht vorzeitig verlassen hatte. Die anderen Geschwister hatte es in die Städte gezogen, sie wollten auf die Uni, es zu etwas bringen. Wozu eigentlich?, hatte er sich immer gefragt. Für ihn lag die Erfüllung des menschlichen Daseins in der Schöpfung. Geld, Macht, Ansehen, Karriere, das waren doch nur Ersatzziele für diejenigen, die den Sinn der Schöpfung nicht verstanden hatten. Die Tatsache, dass viele Menschen so waren, hatte frühzeitig dazu geführt, dass er sich zurückgezogen hatte. Es gab nur wenige, mit denen er sich austauschen konnte, die auf seiner Wellenlänge lagen.

Thaler stand auf, um sich noch eine Flasche Sankt Magdalener zu holen. Alkohol hatte er sein Leben lang nur in höchst bescheidenen Maßen genossen. In seinen zweiundsiebzig Jahren war der heutige Tag der erste und letzte, an dem er betrunken sein würde. Er füllte seinen Krug bis zum Rand. Voller Wehmut schaute er nach Osten zur Dreiherrenspitze. Wie oft hatte er diesen wunderschönen dreitausendfünfhundert Meter hohen Berg mit seinem markanten Gipfelaufbau und den großen Gletschern schon bestiegen?

Nur ein einziges Mal hatte er in seinem bisherigen Leben geweint, aber in diesem Augenblick schossen ihm zum zweiten Mal die Tränen in die Augen. Er würde nie mehr auf der Dreiherrenspitze stehen. Genauso wie auf der Rötspitze, die nicht minder schön war. Unzählige Touristen hatte er auf diese und andere Gipfel geführt. Seine absolute Ruhe und Sicherheit waren es gewesen, warum er einst zu den gefragtesten Bergführen Südtirols gezählt hatte.

Abgesehen von seinem Vater, der ihm schon als Kleinkind die Natur nähergebracht hatte, gab es nur einige wenige Bergführerkollegen, mit denen er sich durch eine Seelenverwandtschaft verbunden fühlte. Am ehesten war das sicherlich bei Hans Valentin der Fall. Er war ein großartiger Alpinist, der schon als Kind die Natur begriffen hatte. Er verstand den Baum, die Blume, den Fluss, die Steine. Wenn sich zwei Menschen begegneten, die so waren, spürten sie es vom ersten Moment an. Es bedurfte keiner Worte mehr. Es war ihr gemeinsamer Sinn für das Erhabene, der für sie sprach. So wie am dreiundzwanzigsten August 1975. Er erinnerte sich noch, als wäre es gestern gewesen. Sein Telefon hatte um halb zehn morgens geklingelt. Christel Abendstein aus Kitzbühel war dran, fragte, ob er sie am nächsten Tag auf die Dreiherrenspitze führen könne. Eigentlich hatte er da schon eine andere Führung angenommen, aber in Christels Stimme hatte etwas mitgeschwungen, das ihm zu sagen schien: Du musst einfach zusagen! Dem gläubigen Thaler war es so vorgekommen, als träfe nicht er, sondern eine höhere Macht die Entscheidung, und er hatte der anderen Bergsteigergruppe abgesagt. Es war die einzige Absage in seiner Zeit als Bergführer.

Weil Christel Abendstein aus Kitzbühel ihre Kondition und Bergerfahrung als sehr gut bezeichnet hatte, beschlossen sie, die Tour an nur einem Tag zu gehen. Am vierundzwanzigsten August 1975 trafen sich Christel Abendstein und Alexander Thaler um drei Uhr in der Nacht auf dem Parkplatz am Ende der Fahrstraße. Als sie sich zum ersten Mal sahen, geschah etwas zwischen ihnen. Äußerlichkeiten spielten auf beiden Seiten keine Rolle. Christel war klein, zierlich, hatte kurze blonde Haare, blaue Augen. Sie war vom Typ her unscheinbar, doch Thaler hatte im ersten Augenblick der Begegnung ihre innere Schönheit erkannt. Es war, als hätte eine gütige Macht ein Bergseil zwischen ihnen gespannt. Ein ewiges Seil, das flexibel genug war, um ihnen beiden in der

Seilschaft Raum zu lassen, doch zugleich so fest und unzerreißbar, dass es selbst dann hielt, wenn einer von ihnen in den Abgrund stürzen würde.

Immer mehr Tränen rannen dem Bergführer bei der Erinnerung an die alten Zeiten über die Wangen. Er füllte den Krug erneut. Schweigend war er mit Christel den Weg nach Osten gegangen. Für den Auf- und Abstieg hatte Thaler den Normalweg von der Birnlückenhütte über das Prettau- und Lahnerkees gewählt, die beste Route für eine Tagestour. Nach kurzem Marsch über die kleine asphaltierte Straße, die an der Prastmann Alm endete, standen sie vor der kleinen Kapelle am Ende des Ahrntals. Die Kirche stammte aus dem fünfzehnten Jahrhundert, einer uralten Legende zufolge sollten die Talbewohner genau an dieser Stelle einst ein läutendes Glöcklein in der Erde gehört haben. Doch als man nach diesem grub, fand man statt des Glöckchens ein Bildnis des Heiligen Geistes. Obwohl das Bildnis entfernt wurde, tauchte es immer wieder hinter demselben großen Stein auf. Und so beschloss man, direkt an dem Stein und verbunden mit ihm eine Kapelle zu errichten, die dem Heiligen Geist geweiht wurde.

Als Christel Abendstein aus Kitzbühel an jenem schicksalhaften Tag im August 1975 die Kirche sah, wurde sie zum ersten Mal, seit sie Thaler begrüßt hatte, etwas gesprächiger. »Ich glaube, hier werde ich einmal heiraten. Und der Bund, der hier geschlossen wird, wird ein Leben lang halten. Nichts wird ihn jemals lösen können.« Daraufhin hatte sie sich von der Kirche abgewandt und war weitergegangen.

Zwei Monate und drei Tage später hatten Alexander Thaler aus Südtirol und Christel Abendstein aus Kitzbühel in ebenjener kleinen Kapelle geheiratet. Nur seine Eltern, ein paar Bergführerfreunde und Christels Schwester waren dabei. Ihre Eltern waren schon lange tot, ihr Vater im Zweiten Weltkrieg gefallen, die Mutter kurz danach vor Kummer gestorben.

Thaler blickte nach Süden. Wenn man genau hinsah, konnte man sogar von hier aus das Kirchlein erkennen. Der Wind schien ein wenig aufzufrischen, er kam jetzt aus Süden. Noch war es so warm, dass der Schnee selbst in dieser Höhe schmolz, doch er ahnte, dass der Winter sich noch nicht geschlagen gegeben hatte.

In zwei, drei Tagen würde es wieder schneien. Ihm konnte es egal sein. Wie viele Schneestürme er schon erlebt hatte, hier oben am Alpenhauptkamm, wo sich alle Wetterextreme entluden, egal aus welcher Richtung sie kamen? Er wusste es nicht.

Vorsichtig drehte er den unscheinbaren Ring vor seinen Augen, und seine Erinnerungen stiegen aus dem Unterbewusstsein auf, jedes Detail. Schneesturm. Der Wind war zu einem infernalischen Gebrüll geworden. Stundenlang, wie aus dem Nichts. Nur dieses eine Mal in all den Jahren hatte ihn sein Instinkt für die Urgewalten getäuscht. Der Schnee war wie ein Vorhang gefallen. Allerdings nicht wie zu erwarten vertikal, sondern horizontal. Meter für Meter mussten sie sie sich durchkämpfen in der Hoffnung, das sichere Tal zu erreichen. Selbst ihre Stimmen kamen gegen das Heulen des Windes nicht mehr an. Stundenlang waren sie marschiert, er voran. Der Schnee reichte ihm bald bis zu den Knien. Als er sich umdrehte, peitschten die Schneeflocken in sein Gesicht, ein Heulen und Fauchen, das aus allen Richtungen zu kommen schien. Er war allein.

Thaler riss sich aus seinen zunehmend alkoholschweren Erinnerungen. Zweiundsiebzig Jahre, er hatte ein stattliches Alter erreicht und über einunddreißig Jahre auf diesen einen Moment gewartet. Er stand auf, schaute sich in seiner kargen Hütte um. Immerhin hatte er auf seinem Dach ein paar Solarzellen angebracht, die für warmes Wasser sorgten. Luxus war für ihn und Christel nie von Bedeutung gewesen, aber hin und wieder eine warme Dusche, das tat gut. Schließlich hatten sie die meiste Zeit in der Natur verbracht, in eisigen Biwakschachteln oder im Zelt auf einem Gipfel. Sie hatten nie viel geredet, aber das mussten sie auch nicht. Das Bündnis der Schöpfung sprach für sie. Wenn sie zusammen waren, ging es nicht vorrangig um Sex. Sie schliefen miteinander, aber auf eine Weise, bei der nicht der Akt als solcher im Mittelpunkt stand. Sie verschmolzen vielmehr zu einer Einheit.

Thaler wurde von Weinkrämpfen geschüttelt. Sein Schicksal hatte sich erfüllt, doch die Erinnerungen waren in diesem Moment übermächtig. Sie hatten Kinder haben wollen, aber es hatte nicht sein sollen. Doch obwohl Christel keine Kinder bekommen konnte, hatte das nichts an dem starken Bergseil geändert, das ihre Seelen verband.

Thaler ging in die Hütte und kehrte mit einer weiteren Flasche zurück. Er füllte den Krug nach. Wenn ihn doch nur sein Instinkt nicht im Stich gelassen hätte!

Nach der Hochzeit hatten sie nur von seinem Lohn als Bergführer gelebt. Später verdiente er sich etwas dazu, indem er junge Nachwuchsführer ausbildete. Einer von ihnen war Markus Pircher gewesen. Thaler hatte ihn zunächst für oberflächlich gehalten, seiner Profession nicht würdig, aber an einem Abend im Berghotel am Talschluss hatte Pircher sein Herz geöffnet und seinem Lehrer erzählt, was sein Leben geprägt hatte. Der Vater war schwerster Alkoholiker, die Mutter starb früh an Krebs, sein Bruder, der für ihn das einzige Vorbild seiner Kindheit gewesen war, verunglückte am Berg. Als ihm Pircher erzählt hatte, dass sein Onkel ihn mit elf Jahren missbraucht hatte, aber nie dafür bestraft worden war, war er in Tränen ausgebrochen. Seitdem hatte Thaler der junge Bursche nur noch leidgetan. Es war nur natürlich, dass er allenthalben nach Anerkennung und Bestätigung lechzte. Thaler nahm sich seiner an, da er an diesem Abend erkannt hatte, dass Markus Pircher in seinem tiefsten Innern doch Respekt vor dem Leben hatte. Deshalb war auch er ein guter, verantwortungsvoller Bergführer geworden.

Jahre nach der Ausbildung hatte Thaler den jungen Mann fast vergessen, als der sich bei seinem Lehrer meldete, um ihn für eine Expedition zu gewinnen. »Glaub mir, Alexander, das ist ein Riesending. Danach sind wir alle reich! Dann kannst du dieser verdammten Hütte endlich den Rücken kehren und ein neues Leben anfangen.«

Ein neues Leben anfangen. Der Junge wusste doch gar nicht, wovon er sprach. Thaler wollte schon auflegen, als Pircher sagte, wohin er die Gruppe geldgieriger Goldsucher führen sollte. In diesem Augenblick hatte Thaler gewusst, dass er nach unzähligen Jahren vergeblichen Suchens nun doch zum Ziel finden würde. Es war noch gar nicht lange her, dass er mit den wenigen Freunden, die ihm noch geblieben waren, dort oben gewesen war. Doch er hatte keine Gelegenheit für seine Mission gehabt, die niemand außer ihm kannte. Nicht einmal seine engsten Freunde. Also hatte er Pircher zugesagt. Die zwei Tage bis zum Erreichen des Stollens waren für ihn die Hölle gewesen. All die Eitelkeiten, Oberflächlichkeiten, Wichtigtuereien, sie waren ihm zuwider gewesen. Als er endlich allein mit sich und der Natur die Wand hinuntergestiegen war, hatte Thaler sich regelrecht befreit gefühlt. Und gefunden, wonach er jahrzehntelang vergeblich gesucht hatte.

Noch einmal füllte er seinen Weinkrug. Drei Flaschen hatte er bereits geleert. Es war so weit. Er konnte nach Hause gehen. Schwankend stand er auf. Die Welt um ihn herum drehte sich. Er ging in seine Hütte, legte den unadressierten Umschlag auf den Holztisch, dann nahm er das Glas, das er sorgfältig vorbereitet hatte, bevor er zur ersten Flasche griff, und ging wieder hinaus. Er fühlte, wie sein Bewusstsein sich mit seiner Hütte, den Bergen ringsum, den Felsen und dem Himmel zu verschmelzen begann. Er wusste, dass er nicht allein war. Thaler nahm den Ring und steckte ihn sich an den kleinen Finger der rechten Hand. Er betrachtete ihn lange, führte die Hand zum Mund, küsste ihn. Die Gedanken flossen aus ihm heraus: Christel, die Zeit des Wartens ist vorbei. Selbst der Tod kann uns nicht scheiden.

Er blickte zur Dreiherrenspitze, deren Gipfel umwölkt war. Der Winter würde auf jeden Fall noch einmal zurückkehren. Doch da, wo er hinging, gab es keine Jahreszeiten, dort gab es noch nicht einmal Zeit. Thaler leerte das Glas in einem Zug, blickte sich zum letzten Mal um. Seine Hütte, seine Berge …

Er ging nach drinnen, schloss die Tür hinter sich, verriegelte sie aber nicht. Er nahm das Foto von Christel und ihm, das über dem Gasherd stand, stieg schwerfällig die Stufen in seine winzige Schlafkammer empor, stellte das Bild neben das Bett und legte sich hin. Die Decke, die ihm in unzähligen Wintern Wärme gespendet hatte, zog er sich bis zum Hals. Seine Lippen umschlossen den schmalen Ring. Müdigkeit überkam ihn, eine schwache Übelkeit. Im Magen verspürte er einen leichten Druck, dann nichts mehr. Endlich schloss Alexander Thaler die Augen.

18

Bozen, Freitag, 20. April

Die drei Polizisten hatten sich schon früh am Morgen in Vincenzos Büro getroffen, um die Ergebnisse des Vortages auszuwerten. Die Befragung von Andreas Kofer hatte nichts Neues ergeben. Er hatte Albers Angaben hinsichtlich der Goldmenge bestätigt, wusste aber nichts über den Verbleib von Sara Gasser und hatte keine Vorstellung, wie der bedauernswerte Markus Pircher in das Burgverlies gekommen sein könnte. Die Frage nach dem Geld für seinen Porsche konnte er allerdings nachvollziehbar beantworten. »Ich habe den Wagen geleast. Ein Porsche war schon immer mein Traum. Die zwanzigtausend von unserem Goldfund habe ich als Anzahlung verwendet, das können Sie gern nachprüfen.« Auch bei der Frage, wie er sich denn erkläre, dass ein Zeuge ausgesagt hatte, das Geld für den Sportwagen stamme aus einer Erbschaft, blieb er cool. »Das müssen Sie diesen Zeugen fragen, nicht mich.« Lediglich, als ihn Vincenzo auf das vermeintliche Attentat auf Christine Alber ansprach, hatte Kofer Verunsicherung gezeigt. Er könne sich an keinen solchen Vorfall erinnern. Sicherlich habe er den Wagen häufiger ausgefahren, natürlich schneller als erlaubt, aber er konnte sich nicht daran erinnern, dabei fast jemanden über den Haufen gefahren zu haben. Sollte es so gewesen sein, tue es ihm schrecklich leid.

Vincenzo nahm eine Tüte Cantuccini aus seiner Schublade und ging zu seinem Besprechungstisch, auf dem die leere Etagere bereits auf Nachschub wartete. »Da ich nicht an Zufälle glaube, steht für mich fest, dass der Brand auf dem Gamperhof und Pirchers Tod zusammenhängen. Ebenso wie das Verschwinden von Sara Gasser. Allerdings haben wir noch immer nichts in der Hand. Ich könnte nicht einmal sagen, wem der weder toten noch verschollenen Personen in diesem Puzzle ich am ehesten ein Kapitalverbrechen zutraue. Habt Ihr einen Favoriten?«

Marzoli griff gedankenverloren nach einem Keks. »Am wenigsten wäre wohl dieser Koch dazu in der Lage. Viel zu unreif, zu weich. Und die Alber? Schwer zu sagen. Wie soll eine Frau einen ausgewachsenen Bergführer in ein Verlies abseilen? Am ehesten kommt wohl Kofer in Frage.«

Mauracher nickte zustimmend. »Schon, aber diese Alber ist auch nicht ohne. Ein fieser Typ Mensch. Und was ist mit dem Thaler? Oder mit Sara Gasser? Sie könnten doch untergetaucht sein, gerade weil sie die Morde begangen haben.«

Der Fall wurde immer verzwickter. Genauso, wie es sich Vincenzo gewünscht hatte. Trotzdem musste er immer wieder an den Abend denken, wenn er in Mailand sein würde. Er hatte keine Vorstellung, wie Gianna auf ihn reagieren würde. Mit jeder Stunde, die verging, wurde er zusehends nervöser. Er zwang sich zur Konzentration und verteilte die anstehenden Aufgaben. »Wir müssen Thaler und Gasser finden. Sabine, trauen Sie sich zu, mit mir die Route der Goldsucher bis in den Stollen nachzugehen? Das ist nicht ganz ungefährlich.«

Mauracher grinste über ihr ganzes zartes Gesicht. »Wie Sie wissen, habe ich bereits weitaus Gefährlicheres er- und überlebt. So ein Stollen kann mich nicht abschrecken. Wann soll's losgehen?«

Vincenzos Respekt vor seiner Kollegin wuchs immer mehr. Eine solche Courage, das war selten, noch dazu bei einem so jungen Menschen. Sie beschlossen, am Dienstag direkt nach den Osterfeiertagen aufzusteigen. Am Ostersonntag, wenn er wieder zurück aus Mailand war, wollte Vincenzo nach Thaler suchen. Vielleicht hatte Hans ja einen Tipp, wo genau dessen Hütte lag. »Und wir zwei, Ispettore, fahren jetzt nach Innichen und besuchen Michael Wachtler. Ich habe ihn heute Morgen angerufen. Er weiß Bescheid und wartet auf uns.«

***

Innichen

Michael Wachtler empfing die beiden Bozner Polizisten in der Wohnküche seiner Villa im Zentrum von Innichen, neben der sich auch sein imposantes Museum, das DoloMythos, befand. Die Villa war 1911 erbaut worden und zählte mit ihrem Schlosscharakter zu den beeindruckendsten Häusern der Gegend. Das Auffälligste am Villabesitzer war die Ruhe, die er ausstrahlte. Vincenzo schätzte ihn auf Anfang fünfzig. Er und Wachtler hatten beide ungefähr dieselbe Größe und Statur. Von Hans wusste er, dass Wachtler kaum weniger berg- und klettererfahren war als sein Freund. Er war schon in vielen Regionen der Welt unterwegs gewesen, von den Dschungeln in Venezuela mit ihren hoch aufragenden Tepuis bis hin zur berüchtigten Danakil-Senke in Äthiopien hatte er alles gesehen. Und wenn er nicht gerade im Ausland weilte, war er meistens in den einheimischen Bergen unterwegs. Sie hatten Glück, dass er sofort Zeit gehabt hatte.

Sie nahmen an Wachtlers rundem Tisch in der Küche Platz. In dem behaglichen Raum fühlte sich Vincenzo auf Anhieb wohl. Insgesamt stellte die Villa eine interessante Mischung dar. Aufgrund ihres Schlosscharakters waren die Räume groß und teilweise weitläufig. Möbel und Einrichtung waren hochwertig, Armaturen und Geräte modern. Dennoch spürte man, dass hier Menschen lebten, eine Familie. Das Haus war weder chaotisch noch penibel sauber oder aufgeräumt, sondern wirkte vor allem belebt. Besonders die Fundstücke von Wachtlers Expeditionen, die sich überall verteilt fanden, beeindruckten Vincenzo. Man konnte die Geschichten, die sich dahinter verbargen, förmlich spüren. Es war offensichtlich, dass ihr Finder im wahrsten Sinne des Wortes mit seinen Entdeckungen lebte, sie in sein Leben integriert hatte.

Vincenzo nippte an dem Kaffee, den ihnen der Hausherr angeboten hatte. »Herr Wachtler, wir sind hier, weil wir einige Fragen an Sie bezüglich verschiedener Personen haben und Ihre Fachexpertise benötigen.«

Michael Wachtler lächelte. »Ich helfe gern, wo ich kann. Was wollt ihr denn wissen?«

Der Commissario bat Marzoli, ihm den Notizblock zu geben. »Ah, hier haben wir es. Fangen wir mit ein paar Namen an. Kennen Sie eine Sara Gasser?«

Wachtlers Antwort kam prompt. »Sicherlich. Wir sind Kollegen und Freunde. Ich kann die gemeinsamen Touren und Expeditionen gar nicht mehr zählen. Was ist mit Sara?«

Eine solche Reaktion hatte Vincenzo nicht erwartet. »So gut kennen Sie sich? Unseres Wissens ist sie seit einiger Zeit spurlos verschwunden. Ist Ihnen das nicht aufgefallen?«

Wachtler schüttelte den Kopf. »Sara ist eine Einzelgängerin, die am liebsten allein in den Bergen unterwegs ist. Genauso wie ich. Manchmal haben wir länger als ein halbes Jahr keinen Kontakt.«

»Und wann haben Sie Frau Gasser zuletzt gesehen?«

Wachtler musste nicht lange überlegen. »Letztes Jahr am vierten Juli, das war ein Montag.«

Das war vor allem lange her. »Warum können Sie sich so genau daran erinnern?«

»Wir waren am Hochfeiler und haben eine alte Goldgrube entdeckt. Sie muss vor mehr als siebenhundert Jahren verschüttet worden sein, vermutlich durch einen gewaltigen Erdrutsch. Der Klimawandel hat sie freigegeben. Eine ziemlich gefährliche Aktion, weil der Stollen bereits verfallen war, aber es hat sich gelohnt. Wir haben erstaunlicherweise sogar Gold gefunden. Und nicht mal wenig. Aber was noch viel interessanter war: Spätabends haben wir in einem Seitenstollen einen goldenen Ring mit einem aufgesetzten, unverarbeiteten Goldklumpen gefunden. Er muss aus der Römerzeit stammen. Danach habe ich nur noch ein Mal von Sara gehört. Sie hatte vor, nochmals zum Stollen zu gehen, um zu erforschen, welche Bewandtnis es mit dem goldenen Ring hat. Ich wollte nicht mit. Meiner Meinung nach sollte man der Natur ihre Ruhe lassen. Deshalb habe ich abgesagt.«

Vincenzo nickte. Also hatte ursprünglich auch Wachtler an der Tour teilnehmen sollen. Der Commissario ahnte bereits, dass der Mann mehr erzählen konnte als alle Pflerscher Zeugen zusammen. Und er würde vermutlich die Wahrheit sagen, ein großer Vorteil. Wachtler beschrieb den Polizisten genau, wie und wo sie das Gold gefunden hatten. Außer Sara und ihm waren Alexander Thaler, ein älterer Bergführer aus dem Ahrntal, und der Österreicher Dr. Georg Kandutsch dabei gewesen. Schon wieder Thaler. Im Gegenzug verriet Vincenzo Wachtler, wer an der zweiten Expedition zu dem alten Stollen teilgenommen hatte und vor allem, wer nicht.

Wachtler war irritiert. »Also hat jemand unser Geheimnis ausgeplaudert. Und Sara soll nicht dabei gewesen sein?«

»Nein, die Zeugen haben ausgesagt, dass ihr der Stollen zu gefährlich gewesen sei. Wegen der hohen Einsturzgefahr.«

Wachtler lachte. »Sara und Angst vor Gefahr? Das wäre so, als hätte ein Hai Angst vor kleinen Fischen. Da hat man euch Quatsch erzählt. Sara ist die beste Bergsteigerin, die ich kenne. Die klettert jeden Schwierigkeitsgrad und kann Angst nicht mal buchstabieren. Sara wollte nicht wegen des Goldes ein zweites Mal in den Stollen, sondern um das zu finden, was sie wirklich interessiert. Relikte und Zeugnisse der Menschen aus früheren Jahrhunderten. Sie und ich, wir haben dieselbe Leidenschaft. Und glaubt mir: Sara wäre niemals freiwillig zu Hause geblieben.«

Vincenzo hatte bereits die Vermutung, dass Sara Gasser nie mehr nach Hause kommen würde. Ob man sie auch in einem eisigen Burgverlies ihrem Schicksal überlassen hatte? Jedenfalls nahm der Fall durch diese Befragung Konturen an. Auch würde er Hans nicht mehr wegen Thaler anrufen müssen, denn Wachtler konnte genau beschreiben, wo sich dessen Berghütte befand. »Es wundert mich allerdings, dass Alexander mitgegangen sein soll. Er ist menschenscheu, und Geld bedeutet ihm nichts. Er lebt mit der Natur, braucht niemanden und durchschaut die meisten Leute sofort. Diese Gruppe in der Zusammenstellung, wie ihr sie mir beschrieben habt, hätte ihn eigentlich abschrecken müssen. In Thalers Leben gibt es einen fürchterlichen Schicksalsschlag. Er hat nie mit jemandem darüber gesprochen, auch nicht mit mir, aber es hält sich das Gerücht, dass er früher offener war. Er lebte in Sand in Taufers, ging gelegentlich auch unter Menschen und ein Bier trinken. Doch dann passierte etwas, was ihn sich vollkommen in sich selbst zurückziehen ließ. Seitdem lebt er im Ahrntal, weit oben, in der Nähe der Birnlücke. Komische Sache, dass er mit diesen geldgeilen Goldjägern unterwegs gewesen sein soll.«

Vincenzo überfiel ein ungutes Gefühl. Am liebsten hätte er Thaler sofort im Ahrntal aufgesucht, aber er wollte den Besuch bei Gianna auf keinen Fall verschieben. Einen Moment lang überlegte er, Sabine Mauracher zu bitten, mit dem Bergführer zu sprechen, verwarf dann aber die Idee. Er hatte nicht das Recht, ihr wieder eine Wochenendgefälligkeit aufs Auge zu drücken. Andererseits … Er war hin- und hergerissen.

»… fünf Kilo Gold?«, hörte er Marzoli fragen und verfluchte sich. Er hasste es, wenn er bei Befragungen unkonzentriert war. Dieser enervierende Beziehungsstress.

Er wollte seinen Fauxpas gerade eingestehen, als Wachtler schon antwortete. »Fünf Kilo? So wie ich den Stollen in Erinnerung habe, haben wir uns nur an dessen Anfang aufgehalten und haben in kurzer Zeit eine ziemlich beträchtliche Menge an Gold entdeckt, von daher müsste dort noch viel mehr liegen. Und dazu wahrscheinlich auch etliche Kultgegenstände. Schon der Goldring, den wir beim ersten Mal entdeckt haben, roch gewaltig nach Tutanchamun.«

Vincenzo fragte Wachtler, wie eine große Goldader im Fels aussehen mochte. Der Mann schien ein wandelndes Lexikon zu sein. Er beschrieb seinen Besuchern genau, wie das Gold sich wie Tupfer an Bergkristalle schmiegte, wie es sich in die Adern der Felsen drängte. Im Stein verschwand es und tauchte vielfach massiver wieder auf, wenn man es zu Hause herausarbeitete. Berggold war Gold von höchster Qualität, da es im Vergleich zu anderen Goldarten kaum Verunreinigungen aufwies. Schon beim Fund glänzte es in herrlichen Farben. Seine Struktur, sein Anblick, die Art, wie es mit dem Stein verbunden war, machte es bei Liebhabern zu einem besonderen Objekt der Begierde.

Die Polizisten hatten Wachtlers Ausführungen mit offenem Mund gelauscht. Ihnen erschloss sich eine bis dato vollkommen unbekannte Welt. »Und was ist dieses Gold wert?«, wollte Marzoli wissen.

»Das hängt vom aktuellen Goldpreis ab«, erläuterte der Museumsbesitzer. »Momentan würde ich das Kilo auf rund vierzigtausend Euro schätzen.«

Das wiederum passte zu Albers Angaben. Fünf Kilogramm Gold hatten ihr zufolge zweihunderttausend Euro gebracht.

»Allerdings«, fuhr Wachtler fort, »hat Berggold,wie schon erwähnt, einen enorm hohen Sammlerwert. Da kann man meine Zahl auch mal verdreifachen. Und das ist noch nicht alles. Wenn ihr in einen Stollen vordringt, der Hunderte von Jahren alt ist, könnt ihr davon ausgehen, dass ihr nicht nur Berggold findet, sondern auch andere Dinge, wie zum Beispiel Heiligenstatuen.

Die Menschen waren damals sehr abergläubisch. Sie haben aus dem Gold Statuen von der Mutter Gottes gefertigt und sie in eigens dafür in den Fels gehauene Nischen gestellt, damit sie über die Bergleute wachen sollten. Solche Fundstücke sind mit Geld gar nicht zu bezahlen. Ihr Wert ist unschätzbar.« Er sah auf seine Uhr. »Ich könnte euch noch viel dazu erzählen, wenn es für eure Ermittlungen von Bedeutung ist, aber leider habe ich meinen Kindern gerade heute versprochen, mit ihnen noch in die Berge zu gehen. Wir wollen zum Pragser Wildsee.«

Vincenzo sah zur Uhr. Schon fast zwei. Bis sie zurück in Bozen waren, würde es drei sein. Zum Glück hatte er die Sachen für das Wochenende schon morgens in seinen Alfa gepackt, er würde also direkt losfahren können. Bis Mailand waren es knapp dreihundert Kilometer. Wenn er gut durchkam, würde er zwischen sechs und sieben bei Gianna sein. Den Tisch bei »Trussardi« hatte er für halb acht reserviert. Die Gedanken an Gianna, die Mischung aus Vorfreude, Unsicherheit und Angst, ließen ihn seinen Fall für einen Moment fast vergessen. »Gut, Herr Wachtler. Ich habe heute selbst noch eine lange Fahrt vor mir. Darf ich Sie in der nächsten Woche anrufen, wenn ich noch ein paar Fragen habe?«

»Natürlich, jederzeit. Und wenn ihr in der Nähe seid, könnt ihr mich auch gern wieder besuchen. Dann zeige ich euch, wie das Gold aussieht, wenn man es findet.« Wachtler hatte die beiden Polizisten konsequent geduzt. Es schien, als würde er in seiner Art zu denken die Menschen nicht in Du und Sie unterteilen.

Vincenzo war die Duzerei einerseits unangenehm, andererseits empfand er große Sympathien für Wachtler. Er spürte zwischen sich und ihm die Art von Chemie, die nur Menschen kennen, welche eine Leidenschaft, in ihrem Fall die Liebe zur Natur, verbindet. Vincenzo hatte gut verstanden, dass Wachtler gern allein in den Bergen unterwegs war. »Ich bin das nächste Mal wahrscheinlich schon am Sonntag in der Nähe. Ich möchte ins Ahrntal, um mit Alexander Thaler zu sprechen.«

Michael Wachtler schien auch keinen Unterschied zwischen Werktag und Wochenende zu kennen. »Kein Problem. Komm einfach danach vorbei, dann kannst du mit uns essen. Vorher zeige ich dir noch mein Museum, und vor allem das Gold, und wenn du dann nach Hause fährst, bist du sozusagen Experte. Und grüß Alexander von mir!«

***

A 22 Richtung Verona

Vincenzo war auf der Höhe von Bardolino und hatte ungefähr die Hälfte der Strecke nach Mailand hinter sich. Sein Pulsschlag glich eher Hammerschlägen. Er war aufgeregt, hatte keine Ahnung, was ihn erwartete. All seine Versuche, Gianna mit Verständnis, Romantik und Liebe wieder näherzukommen, waren fehlgeschlagen. Er sah auf den Beifahrersitz. Die Flasche Champagner stand in ihrem stabilen Kühler auf der Fußmatte, die Rosen würde er gleich bei dem Floristen abholen. Der heutige Tag konnte zu einem Wendepunkt werden. Nein, er musste einfach zu einem Wendepunkt werden. Rosen, Champagner, »Trussardi« …

***

Mailand

»Was meinst du Gianna, sollen wir noch eine aufmachen?« Lorenzo di Angelo drehte die leere Flasche bedächtig in seinen Händen. »Der Firriato Ribeca ist vorzüglich. Ich wusste gar nicht, dass du dich so gut mit Wein auskennst.«

Gianna lachte. Seit sie täglich mit Dottore Lorenzo di Angelo zusammenarbeitete, der sich mit seinem Spezialwissen in nahezu symbiotischer Weise in die Kanzlei ihres Vaters einbrachte, ging es ihr mit jedem Tag ein kleines bisschen besser. Der neue Kollege hatte eine beruhigende Wirkung auf sie. Er verstand sie besser als ihr Therapeut, der für seine Hilfsversuche im Gegensatz zu di Angelo auch noch eine Menge Geld kassierte. Zwischen ihnen hatte sich eine Beziehung entwickelt, wobei diese nicht durch erotische Gefühle geprägt war, was Gianna anfangs auf seiner Seite vermutet hatte. Sie empfand so etwas wie eine Seelenverwandtschaft zu diesem sechzehn Jahre älteren Mann. Immer häufiger verbrachten die beiden Anwaltskollegen auch ihre freie Zeit miteinander. Sie spielten zusammen Tennis, gingen spazieren, aßen, tranken Rotwein, doch entscheidend für ihre Freundschaft war etwas anderes. Sie konnten stundenlang diskutieren, über Gott und die Welt, vor allem aber konnten sie auch über sich sprechen. Gianna merkte manchmal gar nicht, wie die Zeit verging. So wie heute. Den ganzen Tag über hatten sie mit gegnerischen Anwälten, Gewerkschaftsvertretern und dem Kartellamt zähe Verhandlungen führen müssen. Wieder ging es um eine größere Firmenfusion. Als sie die Termine endlich hinter sich gebracht hatten, hatten sie sich nur ansehen müssen, um loszulachen. »Gianna«, hatte di Angelo gesagt, »was wir jetzt brauchen, ist positiver Input. Was meinst du: Sollen wir uns was Leckeres zu essen kaufen und bei dir kochen?«

Seit halb fünf waren sie nun schon in ihrer Wohnung, der Tisch war gedeckt, und es ging auf sieben Uhr zu. Über zwei Stunden waren vergangen. Ihr kamen sie vor wie Minuten.

»Vincenzos Vater ist der beste Weinkenner, der mir je begegnet ist. Du kannst dir nicht vorstellen, was der mir in seiner Trattoria schon alles vorgesetzt hat. Der Sizilianer, den du in Händen hältst, ist einer seiner Dauerbrenner. Insofern kann ich nur raten: Mach auf jeden Fall noch eine Flasche auf.«

Der Anwalt schmunzelte. »Der Mann ist mir sympathisch. Wenn ihr eure Differenzen beigelegt habt und du wieder ganz die Alte bist, lade ich dich und Vincenzo zu seinen Eltern ein. Das wird ein Spaß. Je mehr du mir von deinem Freund erzählst, umso mehr glaube ich, dass wir uns verstehen würden.«

Da war sich Gianna nicht so sicher. Sie kannte ihren Vincenzo. Eifersüchtig war er, und wie. Wenn der wüsste, dass sie gerade mit einem überaus charismatischen Vertreter seines Geschlechts die zweite Flasche Wein öffnete, noch dazu allein mit ihm in ihrer Wohnung, würde er wahrscheinlich schier durchdrehen. Sie musste innerlich schmunzeln, als sie sich vorstellte, Vincenzo wäre in diesem Moment hier. Es schien so, als hätte er in letzter Zeit verstanden, dass es keinen Sinn machte, sie zu bedrängen. Er ließ sie in Ruhe, rief selten von sich aus an, und wenn doch, löcherte er sie nicht mit Fragen. Mittlerweile hatte sie, was ihn anging, ein halbwegs gutes Gefühl. Dank der Therapie und vor allem dank Lorenzo spürte sie, wie ihre traumabedingte Abneigung ihm gegenüber nachließ. Es würde wahrscheinlich noch eine Weile dauern, bis die Leidenschaft zwischen ihnen wieder entflammte, aber wenn man sich im Grunde liebte, war Zeit doch relativ. »Witzig, dass du das sagst, Lorenzo. Das habe ich mir auch schon gedacht. Du und Vincenzo. Ihr könntet verschiedener nicht sein. Und doch glaube ich, dass ihr euch bestens verstehen würdet. Mit deinem Faible für kulinarische Genüsse würdest du bei ihm und seiner Familie offene Türen einrennen. Aber bis es dazu kommt, braucht es wahrscheinlich noch Zeit. Ich bin noch nicht so weit. Und er sicherlich auch nicht.«

Ermutigt durch die lockere Atmosphäre und beschwingt durch den Wein, ließ sich Gianna zu einer Frage hinreißen, die ihr schon länger ein Anliegen war, die sie sich aber nicht getraut hatte zu stellen. »Sag mal, Lorenzo, du weißt, wie sehr ich unsere Freundschaft schätze. Aber ich bin auch eine Frau, deshalb interessiert mich das. Hast du dich zu keinem Zeitpunkt zu mir hingezogen gefühlt? Ich meine, als Mann?«

Di Angelo hatte die zweite Flasche entkorkt und die Gläser gefüllt. Er ging zu Gianna, reichte ihr ein Glas und sah ihr in die Augen. »Ganz ehrlich? Ja und nein. Ja, weil du eine hinreißende, phantastische und vor allem hocherotische Frau bist. Und nein, weil ich fast dein Vater sein könnte und weil ich fest daran glaube, dass du irgendwann Vincenzo heiraten und mit ihm Kinder haben wirst. Und zwar nicht, weil es so wunderbar kitschig klingt, sondern weil ich dich inzwischen kenne. Du liebst ihn, vermutlich mehr, als dir bewusst ist. Also, auf euch!«

Sie prosteten sich zu. Gianna wollte gerade etwas auf Lorenzos Rede erwidern, die so typisch für ihn war, als es klingelte. Überrascht sahen sie einander an. »Erwartest du noch jemanden?«

***

Pflerschtal

Luigi Ferrari hatte alle Hände voll zu tun. Auch wenn die Gästezahlen seit Jahren rückläufig waren, wurde es über die Osterfeiertage meistens voll, vor allem, wenn, wie in diesem Jahr, noch reichlich Schnee lag. An solchen Tagen wurde es überdeutlich, wie veraltet die Küche inzwischen war. Für den reibungslosen Ablauf bei einer Vollauslastung taugte sie längst nicht mehr. Gott sei Dank war damit bald Schluss. Christine wollte noch einen zeitlichen Sicherheitsabstand wahren, wie sie sich auszudrücken pflegte, aber danach würde sie die notwendigen Investitionen tätigen.

»In einem Jahr ist hier alles anders, Luigi. Du wirst unser Hotel nicht wiedererkennen. Dieser arrogante Lackaffe von der Bank wird noch Bauklötze staunen, und auch für dich brechen dann goldene Zeiten an.« Sie hatte laut über ihren eigenen Wortwitz gelacht. »Du weißt schon, was ich meine. Jedenfalls dürfte dann auch gehaltsmäßig mehr drin sein. Wobei du ja eine andere Währung bevorzugst, nicht wahr?«

Trotz der überdurchschnittlichen Arbeitsbelastung musste Luigi kurz innehalten. Die Art, wie ihn diese Frau anmachte, war fast schon animalisch. Christine hatte recht, die Währung mit den drei Buchstaben war ihm in der Tat noch immer die allerliebste. Silvia war zwar nicht prüde, aber Christine war … war … Ihm fiel kein passendes Wort für sie ein. Er liebte Silvia, keine Frage. Sie zog seine Kinder groß, kümmerte sich um den Haushalt, meckerte nicht wegen seiner unregelmäßigen Arbeitszeiten und Überstunden, gab ihm immer wieder zu verstehen, wie sehr sie ihn liebte. Doch diese Liebe hatte wenig mit Leidenschaft zu tun, denn diesbezüglich war ihre Beziehung von Anfang an eher langweilig gewesen, ohne Pep und Phantasie.

Anfangs schliefen sie zwei, drei Mal im Monat miteinander. Meistens abends im Bett, das Licht war aus, sie küssten sich, dann ergriff fast immer er die Initiative. Silvia ließ sich gern küssen, ein ausgedehntes Vorspiel war jedoch nicht ihre Sache. Nicht selten hatte er beim Geschlechtsverkehr mit Silvia an eine seiner früheren Freundinnen gedacht, um sich in Stimmung zu bringen. Nicht weil Silvia ihm nicht gefiel, sondern weil sie kein so leidenschaftlicher Mensch war, wie er. Einen Grund, sich von ihr zu trennen, hatte er trotzdem nie darin gesehen. Wurde er gefragt, ob er Silvia liebe, antwortete er stets mit der Inbrunst der Überzeugung mit Ja. Wahrscheinlich wäre er den Rest seines Lebens mit dem zufrieden gewesen, was er hatte, selbst, als ihre Leidenschaft mit den wachsenden Anforderungen von Alltag und Familie weiter nachließ, hätte er nicht den Job in Christines Hotel angenommen. Zwei Jahre war das nun her. An das Vorstellungsgespräch konnte sich Luigi noch erinnern, als hätte es erst gestern stattgefunden. Zuvor hatte er in einem öden kleinen Ristorante in Sterzing gekocht. Der Job war weit unter seinem Niveau gewesen, doch dann hatte er die Stellenanzeige gelesen: »Chef de Cuisine im Pflerschtal gesucht«. Pflerschtal, direkt vor seiner Haustür, Chef de Cuisine, eigentlich das geplante Ende seiner Karriereleiter. Silvia und er hatten sich zusammengesetzt und beschlossen, dass er sich bewerben sollte.

Kurz danach saß er seiner zukünftigen Chefin gegenüber, Christine Alber, fast zehn Jahre älter als er. Und von der ersten Sekunde an strahlte sie vor allem eines aus: Dominanz. Sie hatte seine Zeugnisse und eher spärlichen Empfehlungen vorliegen, begrüßte ihn unterkühlt und musterte ihn dann schweigend von oben bis unten. Luigi hatte sich unbehaglich gefühlt, war sich regelrecht nackt vorgekommen, und doch ging von ihr, von ihrem Verhalten und ihrer Aura, etwas aus, was ihn über das Maß anmachte. Sein Mund wurde trocken, als ihn die Hotelierin fragte, warum ein Koch, dessen anspruchsvollster Posten bislang der des Demi Chef de Partie war, sich für eine Position als Chefkoch in einem Hotel wie dem ihren berufen fühle. In all seiner empfundenen Nacktheit hatte er vor Christine Alber gestanden und nichts als zusammenhangloses Gestammel hervorgebracht.

Sie hatte gelächelt, ihm einen Kaffee angeboten und eine Weile Belanglosigkeiten mit ihm ausgetauscht. Schwere Zeiten, Gastronomie sowieso, Gästezahlen rückläufig, Touristen immer anspruchsvoller. Dann hatte sie ihm den Posten angeboten, wenn er zunächst und über die normale Probezeit hinaus bereit sei, für das Gehalt eines Chef de Partie zu arbeiten, zwei Stufen unter der ausgeschriebenen Position. Luigi Ferrari hätte nicht sagen können, wie er reagiert hätte, wäre der Vorschlag von einem Mann gekommen. Er besaß Stolz, und nicht zu knapp! Doch aus Christines Mund war ihm das Angebot wie eine Offenbarung vorgekommen.

»Schön, dass wir uns einig sind«, hatte sie gesagt. »Selbstverständlich hat der Begriff ›Arbeitszeiten‹ in so einem Umfeld eine andere Bedeutung als in einem unbedeutenden Ristorante. Kommen Sie, dann zeige ich Ihnen jetzt mal das Hotel.« Christines Art duldete keine Widerworte. Das hatte er sofort begriffen. Wie ein Hund war er hinter ihr hergelaufen. Diesen merkwürdigen Gefühlsmix würde er nie vergessen. Eine Vorspeise verletzter Stolz, bestätigter Stolz als Aperitif, weil die Position sein Lebenstraum war, animalischer Trieb als Hauptgang und zum Dessert das Gefühl, sich im süßesten aller Träume zu befinden.

»So, Herr Ferrari, das hier ist die Tribulaun-Suite, das Sahnehäubchen meines Hotels. Die meisten Buchungen dafür kommen von Stammgästen.« Sie hatte ihn seltsam angelächelt, bevor sie fortfuhr. »Durchweg von Pärchen, allerdings nicht immer verheirateten. Insofern ist von beiden meistens nur einer ein Stammgast.«

Und dann geschah das, was sich Luigi allerhöchstens im Film hätte vorstellen können. Bis heute bestimmte die Erinnerung daran sein Denken. Sie hatte die Tür abgeschlossen, sich vor ihm aufgebaut und ihm schweigend zwischen die Beine gegriffen. Luigi gehörte bestimmt nicht zu dieser Sorte Männern, nie zuvor war ihm so etwas passiert, und eine Stimme in seinem Inneren begehrte sogar auf: »Das ist der Zeitpunkt, um zu gehen. Dein alter Job ist doch auch gut.« Doch seine Erektion hatte die stärkeren Argumente. Christine hatte ihn auf das große Bett geschubst, ihre Bluse geöffnet und den Satz zu ihm gesagt, der ihn damals wahnsinnig gemacht hatte und der ihn heute noch immer wahnsinnig machte. »Nur, dass wir uns von Anfang an richtig verstehen: Nicht du fickst mich, sondern ich dich. Ist das klar?«

Seither war er Wachs in Christines Händen. Es war Luigi ein Rätsel, warum Silvia anscheinend überhaupt nichts von seiner Affäre mitbekam, aber er beschwerte sich nicht, denn so war es für alle Beteiligten am besten. Dass er und Christine niemals ein richtiges Paar werden würden, war mit dem folgenschweren Satz in der Tribulaun-Suite auch klar gewesen.

»… den Aperitif, verdammt noch mal!« Christine hatte sich wütend hinter ihm aufgebaut. »Was ist los, Luigi, pennst du? Die Deutschen warten schon seit zehn Minuten auf ihren Champagner!«

Ein zahlungskräftiger Unternehmer aus Süddeutschland hatte einige hochrangige Kunden für ein paar Tage zum Skifahren ins Pflerschtal eingeladen, und seine Wahl war, warum auch immer, auf das Hotel Christine gefallen.

Luigi wusste, dass eine demütige Entschuldigung die einzig richtige Antwort war. Zumal es wichtig war, die Gäste zufriedenzustellen. Mit geübten Handgriffen hatte er in Sekundenschnelle die Gläser gefüllt. Zwar gehörte das nicht unbedingt zu seinen Aufgaben als Chefkoch, aber das spielte aus Christines Sicht keine Rolle.

Luigi betrat mit dem Tablett den Gastraum, dem man trotz aller Ausbesserungsbemühungen ansah, dass die letzte Renovierung schon einige Jahre her war. Dem Gast, der hier nur gemütlich sitzen und gut essen wollte, fiel das vielleicht nicht auf, aber Luigi besaß mittlerweile den Blick des Fachmanns. Es war nur eine Frage der Zeit, bis die Schäden so erheblich waren, dass sie selbst dem weniger strengen Beobachter nicht mehr verborgen bleiben würden.

Dabei war der Raum eigentlich sehr schön. Seine Höhe reichte bis zum Dachfirst, zu dem hin er spitzwinkelig zusammenlief. Von den Stützbalken hingen schwere, gusseiserne Kronleuchter herab, die mit echten Kerzen den Raum in ein behagliches Licht tauchten. Der Boden bestand aus Holzdielen in einem dunklen Farbton, der sich in den schweren Brokatvorhängen wiederfand. Die Tische zierten cremeweiße Decken, die bequemen Stühle waren mit Stoff in derselben Farbe bezogen worden. Der Gastraum war in zwei Ebenen aufgeteilt. Von der unteren Ebene ging der Zugang zur Küche ab, die erhöhte betrat man über drei flache Stufen. Zusätzlich gab es im unteren Bereich noch drei Separees, in denen sich jeweils kleine Zweier-Tische für Verliebte oder aber Geschäftspartner befanden. Der Unternehmer saß mit seinen Kunden auf der oberen Ebene am hintersten Tisch.

Luigi brachte neun Gläser an den Tisch, von dem aus man einen traumhaften Blick auf den Tribulaun hatte, obwohl der Unternehmer nur sechs Kunden dabeihatte. Doch Christine saß schon bei den Männern, und auch Luigi sollte sich zu ihnen gesellen. So vielen Gästen musste man auch die entsprechende Aufmerksamkeit entgegenbringen.

»Meine Herren, das ist Signor Luigi Ferrari, mein Chef de Cuisine. Ein Meister seines Fachs, wie Sie gleich selbst feststellen werden. Ein unbestimmtes Gefühl sagt mir«, Alber lächelte bedeutungsvoll, prostete ihren Gästen zu und nahm einen großen Schluck Champagner, »dass uns in Kürze ein Restauranttester beehren wird. Ich zweifle nicht daran, dass sich Luigi in nicht allzu ferner Zukunft über seinen ersten, mehr als verdienten Stern freuen wird.«

Luigi sah seine Chefin von der Seite an. Unglaublich, wie gut sie lügen konnte. Sicherlich, die Küche hatte nicht nur bei den Touristen, sondern auch bei den Einheimischen einen guten Ruf. Aber Restauranttester, Sternekoch? Doch die Gäste schienen ihr zu glauben, sie klatschten Beifall. Am liebsten hätte er sich augenblicklich mit Christine in ihre Suite zurückgezogen. Sie lachte ihn an und deutete auf ihren leeren Champagnerkelch. Luigi, vollmachen! Dazu trank sie ein Glas Wasser. Und zwar ausschließlich stilles, so wie immer. »Luigi«, pflegte sie zu sagen, »Kohlensäure hat in Wasser nichts verloren. Die gehört in Champagner.«

Luigi beobachtete die Szenerie. Die Deutschen waren angetan von Christines Charme. Und nicht nur davon. Sie hingen an ihren Lippen, immer häufiger wanderten ihre Blicke Richtung Dekolleté. Die Sprüche der Männer waren von jenem Altherrencharme, die für diese Klientel fortgeschrittenen Alters, die sich selbst als Geschenk an die Weiblichkeit sah, typisch war. Am liebsten wäre Luigi aufgestanden und hätte jedem dieser arroganten, aufdringlichen Arschlöcher eine Ohrfeige verpasst, dass es nur so schallte. Doch heute war etwas anderes wichtiger.

Wortlos erhob sich der Küchenchef, um das Amuse-Gueule zu bringen, ein Lachs-Crêpe-Pralinenröllchen.

Es schien, als wollten sich die Herren aus Deutschland besonders viel Zeit beim Essen lassen. Sie saßen sicherlich schon mehr als eine halbe Stunde mit ihrer Gastgeberin zusammen, als Luigi die Löffel abräumte, auf denen er die kleinste aller Vorspeisen serviert hatte.

Er hatte gerade den letzten Löffel vom Tisch genommen, als Christine plötzlich über Übelkeit klagte. »Mir ist schlecht. Um Gottes willen, was ist das nur? Sehen Sie auch diese Insekten dort?

Wo kommen die nur auf einmal her? Und das in meinem Hotel. Und warum ist mein Mund so trocken?«

Der Unternehmer aus Deutschland und seine Kunden waren sehr fürsorglich, doch all ihr Zureden half nichts. Christine halluzinierte und war bald schon weggetreten. Ein Notarzt wurde gerufen, und kurz darauf wurde die Hotelchefin auf einer Bahre abtransportiert. Sie musste auf schnellstem Weg ins Krankenhaus nach Sterzing.

Luigi wandte sich den Gästen zu. Es war wichtig, den Betrieb trotz allem aufrechtzuerhalten. Hoffentlich würde mit Christine alles gut gehen.

***

Mailand

Minutenlang hatte Vincenzo mit klopfendem Herzen vor Giannas Haustür gestanden, die Rosen in der rechten, den Champagner in der linken Hand. Hätte er nicht seinen Fall, wäre er die ganze Woche nur von diesem einen Gedanken besessen gewesen, der ihn jetzt quälte: Wie wird der erste Moment der Begegnung sein? Der Augenblick, wenn man sich in die Augen schaut und sofort weiß, was Sache ist.

Alles war möglich. Ein unterkühlter Empfang, gefolgt vom Austausch belangloser Befindlichkeiten, begleitet von gelegentlichem Champagnernippen, endend mit einem sündhaft teuren, aber wirkungslosen Diner. Und zum Abschluss dann ein förmlicher Abschied mit der in solchen Situationen üblichen unverbindlichen Verabredung, demnächst mal wieder zu telefonieren.

Oder der warmherzige Empfang, der Vincenzos Favorit und seiner Einschätzung nach der wahrscheinlichste war. Zum Auftakt Giannas Lächeln, eine Umarmung, nicht leidenschaftlich, aber doch mit etwas Gefühl, das Anzünden von Kerzen, das Leeren des Champagners in gelöster, wenngleich nicht der für ein Liebespaar typischen Stimmung. Eher eine freundschaftliche Konversation, die seit Langem mal nicht von Anspannung und Problemen begleitet sein würde. Dann ein ausgiebiges Menü, phantastischer

Rotwein, Espresso und Grappa, eine sich weiter entspannende Atmosphäre mit Scherzen und Lachen, später vielleicht das Angebot von Gianna, auf der Couch im Wohnzimmer zu übernachten und erst nach dem Frühstück nach Hause zu fahren. Sicherlich hatte auch diese Variante das Potenzial, sich zu mehr zu entwickeln, doch daran glaubte Vincenzo nicht. Und es war ihm auch egal. Würde der Abend wie gedacht verlaufen, so verhieß er definitiv eine Aufbruchsstimmung. Keine heiße Liebesnacht, kein überschwänglicher Abschied, aber die Feststellung, dass die Anspannung der letzten Monate endlich von ihnen abgefallen war. In einer solchen Situation wäre selbst die Verabredung zu telefonieren nicht nur so dahingesagt.

Die dritte mögliche Variante wäre allerdings die Krönung. Ein gegenseitiger Blick, eine Umarmung, ein Kuss, Champagner, noch mehr Küsse, das Diner, gefolgt von einer wunderschönen, innigen Liebesnacht, nicht auf der Couch, sondern in Giannas Bett. Und am Morgen tausend Küsse zum Abschied. Eine wundervolle Vorstellung. Und doch gefährlich, denn Gianna könnte ihr Verhalten bereuen und sich wieder in sich zurückziehen. Und dann würden erneut Vernunft und Abwehr Einzug halten. Was kurzfristig wie eine einzige Verheißung erschienen sein mochte, würde wieder nur in eine Depression führen.

In der Hoffnung, von Giannas überraschtem Lächeln empfangen zu werden, klingelte Vincenzo. Keine Reaktion. Er klingelte nochmals. Er war schon im Begriff zu gehen, um in einer der zahlreichen Bars im Zentrum Mailands mit einem Weißwein zu warten, als der automatische Türöffner betätigt wurde. Vincenzo war irritiert. Hatte er Gianna bei etwas gestört? Aber wahrscheinlich hatte sie nur mit einer Freundin oder ihren Eltern telefoniert. Erwartungsvoll stieg er die Stufen ins oberste Geschoss empor. Vincenzo war noch nie hier gewesen. Die wenigen Male, die sie sich seit Giannas Umzug ins Mailänder Zentrum gesehen hatten, hatte sie ihn besucht.

Das Gebäude stammte aus der Gründerzeit. Ein sehr gepflegtes Haus, das sich auf den ersten Blick in tadellosem Zustand befand. Die Hausflure auf den einzelnen Etagen bestanden aus kleinen achteckigen Fliesen in einem warmen Orangeton, jeweils umrandet von violetten Borden, die ihrerseits von grauen Kreuzen durchsetzt waren. Die Fliesen waren auch auf den Steintreppen zum Einsatz gekommen, die durch gusseiserne Geländer mit zahlreichen Verzierungen gesichert waren, die wiederum mit Handläufen aus massivem Holz, Nussbaum, wie Vincenzo vermutete, schlossen. Auf allen Etagen befanden sich zwei Wohnungen, zu denen je eine breite resedagrüne Kassettentür führte, wobei die beiden oberen Kassetten aus einem undurchsichtigen Milchglas bestanden.

Mit dem Gefühl eines Teenagers beim ersten Rendezvous erreichte Vincenzo das Obergeschoss. Gianna stand in der rechten der beiden Wohnungstüren. Freudestrahlend stieg er die letzten Stufen schneller empor und hielt seiner Freundin die Rosen entgegen. »Gianna, ich dachte, weil doch Ostern ist und wir uns so lange nicht gesehen haben, komme ich …«, stammelte er, hielt aber inne, als er in ihr konsterniertes Gesicht blickte.

»Vincenzo, …«, brachte sie hervor, »was machst du hier?«

Er spürte sofort, dass etwas nicht stimmte. Doch er wollte es nicht wahrhaben, dass sein ersehnter Favorit, der warmherzige Empfang, scheitern würde. »Komm, lass uns in Ruhe reingehen. Ich habe Champagner mitgebracht.« Er hielt die Flasche hoch. Keine Reaktion. »Ich kenne ja nicht einmal deine neue Wohnung. Und wenn wir ein Glas getrunken haben, gehen wir ins …« Wieder beendete er seinen Satz nicht, denn ein gut gekleideter, ernster, sehr distinguiert wirkender Mann war hinter Gianna aufgetaucht.

»Alles in Ordnung, Gianna? Hast du Besuch bekommen?« Sein Blick fiel auf Vincenzo. *»Che sfiga!«*, entfuhr es ihm, dann herrschte zwischen den dreien ein peinliches, angespanntes Schweigen.

Gianna spürte, wie ihr heiß wurde. Sie begann zu schwitzen. Vincenzo, der den Anwalt anstarrte, als habe er soeben ein Gespenst erblickt, konnte die Situation nur missverstehen. Sie musste versuchen, das schlimmste Übel abzuwenden. »Vincenzo … das ist … Also, dieser Herr ist … Darf ich euch bekannt machen? Lorenzo di Angelo ist …«

Vincenzo beachtete weder Gianna noch ihre Erklärungsversuche. Sein Blick fixierte di Angelo wie ein Tiger, der zum Sprung auf seine Beute ansetzt. Die Gedanken rasten durch seinen Kopf, sein Adrenalinspiegel schnellte in die Höhe. Schließlich obsiegte sein Zorn. Dieses Miststück hatte sich nicht zurückgezogen, um sich von dem Schock zu erholen, sondern hatte sich den Erstbesten geschnappt, der noch dazu glatt ihr Vater sein könnte. Mit einer blitzartigen Bewegung stellte er den Champagner auf den Boden, legte die Rosen daneben, machte einen Schritt nach vorn, schob Gianna beiseite und stellte sich vor di Angelo. »Wer sind Sie? Was haben Sie in der Wohnung meiner Freundin zu suchen?«

Lorenzo di Angelo war ein ruhiger, besonnener Mensch mit viel Lebenserfahrung und Menschenkenntnis. Er wusste, dass seine Chancen, eine Eskalation der Situation abzuwenden, nur minimal waren. »Signor Bellini, nehme ich an? Ich befürchte, Sie unterliegen da einer herben Fehleinschätzung. Wenn Sie erlauben –«

Doch Vincenzo erlaubte gar nichts. »Du hinterhältige Ratte!« Er packte di Angelo am Kragen, der Vincenzos wütender Kraft trotz seiner Sportlichkeit wenig entgegenzusetzen hatte. Der Commissario drängte den Anwalt in die Wohnung durch den Flur bis ins Wohnzimmer, wo er eine festlich gedeckte Tafel, brennende Kerzen und eine Mini-Stereoanlange entdeckte, aus der leise Jazzklänge ertönten.

Gianna, die ihre Tränen nicht länger zurückhalten konnte, legte von hinten ihre Hand auf Vincenzos Schulter. »Schatz, bitte, so lass es dir doch erklären!«

»Fass mich nicht an!« Vincenzo schubste di Angelo zur Seite, sodass dieser rückwärts auf das dunkelbraune Ledersofa fiel, und wirbelte herum. Seine sonst eher sanften, nahezu schwarzen Augen funkelten Gianna zornig an. »Was fällt dir eigentlich ein? Heulst mir immer wieder vor, wie schlecht es dir geht, lässt monatelang all deinen Frust an mir aus, machst mir Vorwürfe, wenn ich versuche, dich zu trösten, dir zu helfen, und du? Was tust du? Triffst dich mit einem Altenheimbewohner auf ein Schäferstündchen. Wie viele waren es denn bis jetzt schon? Oder ist es was Ernstes zwischen euch, und dieser schmierige Anzugträger ist dein Zukünftiger? Sieht immerhin nach Geld aus, der Typ … Bleib gefälligst, wo du bist!«

Di Angelo war im Begriff, sich aufzurappeln, um einzugreifen, doch Vincenzos Ton kaufte selbst dem souveränen Anwalt den Schneid ab. Er blieb sitzen.

Vincenzo wandte sich wieder Gianna zu, die weinte und ihn erschrocken ansah. Zu Worten war sie nicht fähig. »Wie ich sehe, ist dir dein Sinn für Romantik nicht abhandengekommen. Kerzen, Wein, ein feines Diner. Irgendwo in den entlegensten Winkeln meines Gedächtnisses scheint es mir so, als hätte uns so etwas vor langer Zeit verbunden. Und was ist für heute Abend noch geplant? Diner, Grappa, Small Talk, Abschied oder eher Diner, Grappa, Liebesgeflüster, Bett?«

Gianna sank auf einen der Stühle ihres Esstisches. Noch nie hatte sie Vincenzo derartig aufbrausend und boshaft erlebt. Di Angelo hatte sich währenddessen von Vincenzos Überraschungsangriff erholt. Er erhob sich und ging auf Vincenzo zu. »Jetzt reicht es aber. Kommen Sie auf den Boden der Realität zurück und hören Sie auf, hier ein derartiges vorpubertäres Theater zu veranstalten.«

Vincenzo bedachte den Anwalt mit einem spöttischen Blick. »Wollen Sie mir mit Ihrem hochgestochenen Geschwafel etwa imponieren? Oder doch vielleicht eher meiner Freundin? Bei ihr scheint es zumindest zu wirken. Sie können gern meine Rosen nehmen und behaupten, sie wären von Ihnen, Gianna steht auf so was. Und dann lassen Sie sich mit ihr den Champagner schmecken, bevor ihr …« Vincenzo drehte sich um und verließ wortlos die Wohnung. Die Tür ließ er offen.

19

Sterzing, Samstag, 21. April

»Leiden Sie unter Schlafstörungen?«

»Schlafstörungen? Wie kommen Sie darauf?« Man hatte Christine Alber über Nacht in der Klinik behalten, nachdem man am Vorabend, basierend auf dem Beschwerdemuster der Patientin, diverse Untersuchungen durchgeführt und auch mehrere Blutproben entnommen hatte. Nun lagen die Ergebnisse der Analyse vor.

Dr. Kerschbaumer, der leitende Stationsarzt, stand mit einer Patientenkladde vor Albers Bett. »Weil Sie eine nicht unerhebliche Menge Diphenhydramin im Blut hatten.«

Die Hotelierin sah den Arzt ungläubig an. »Dife … Was?«

»Diphenhydramin ist ein Arzneistoff der Klasse der H1-Antihistaminika und wurde früher gern bei oder besser gegen Allergien eingesetzt. Heute dient er als Beruhigungs- und Schlafmittel. Äußerst wirkungsvoll, aber bei Überdosierung nicht gerade ungefährlich. Und genau das lag bei Ihnen vor, eine Überdosierung mit Diphenhydramin. Wie erklären Sie sich, dass Sie so viel davon im Blut hatten, wenn Sie doch keine Schlafmittel nehmen?« Dr. Kerschbaumer sah seine Patientin ernst über den Rand seiner Brille hinweg an.

Alber zuckte mit den Schultern. »Keine Ahnung. Wirklich nicht. Ich bin sprachlos.«

»Nun gut«, Kerschbaumer legte die Kladde zur Seite, »ich befürchte, dass jemand anderes da seine Finger im Spiel hatte. Ihnen den Wirkstoff ins Getränk geschüttet hat, zum Beispiel. Die Menge, die wir in Ihrem Blut gefunden haben, war noch nicht tödlich, aber viel mehr hätte es nicht sein dürfen, sonst würden Sie möglicherweise jetzt nicht mehr mit mir sprechen können. Bei einem solchen Verdacht bin ich verpflichtet, die Polizei zu benachrichtigen. Ich denke, sie wird sich sicherlich in Kürze bei Ihnen melden. Ich habe keinen Grund, Sie länger hier festzuhalten, aber passen Sie bitte auf sich auf.«

Wenig später saß Christine Alber in ihrem Rover. Abgesehen

von einer gewissen Mattheit spürte sie nichts mehr. Eigentlich fühlte sie sich sogar ganz gut. Sie rief Luigi Ferrari von ihrem Handy aus an. »Ist gestern mit den Deutschen noch alles glattgelaufen?«

»Ja, bestens«, kam sofort die Antwort. »Wie geht es dir?«

Alber wiederholte die Ausführungen des Arztes. »Stell dich also darauf ein, dass uns die Freunde von der Polizei bald einen erneuten Besuch abstatten werden. Ich bin in einer halben Stunde da. Was ist mit unseren Gästen? Alle außer Haus?«

Luigi wusste zu berichten, dass sich nur noch ein Pärchen im Hotel aufhielt, der Rest tummelte sich auf der Piste. Im Moment gab es wenig zu tun.

»Wunderbar. Dann geh jetzt in Zimmer drei, das ist frei, und warte dort auf mich. Ich habe Nachholbedarf, und wir haben nur wenig Zeit.«

***

Mailand

Vincenzo wurde vom Duft eines starken Kaffees geweckt. Als er die Augen aufschlug, übermannten ihn ein heftiger, pochender Kopfschmerz sowie eine Übelkeit, die im gesamten Magen-Darm-Trakt ihren Ursprung zu haben schien und in kürzesten Zeitintervallen ekelhafte Geschmackswellen von Metall durch seine Speiseröhre schickte. Er kam sich vor wie in einem dichten Nebel, aus dem wie aus weiter Ferne eine nicht unangenehme Stimme an sein Ohr drang.

»*Buongiorno*, Vincenzo. Wie hast du geschlafen? Geht es dir wieder einigermaßen?«

Vincenzo benötigte einige Augenblicke, ehe er die ihm unbekannte Stimme orten konnte. Dann blickte er in das freundliche schmale und von einem dunklen Bartschatten überzogene Gesicht eines unbekannten Mannes. Der Commissario richtete sich auf. Ein heftiger Schmerz durchzog seinen Rücken, seine Schultergelenke und Knie, so heftig, dass die Kopfschmerzen sich für einen Moment seiner Übermächtigkeit geschlagen geben mussten. Erst jetzt registrierte Vincenzo, dass er auf einer Holzbank gelegen hatte, die von einigen Tischtüchern bedeckt wurde. »Wo bin ich?«

Das Gesicht lächelte ihn mitleidig an. »Das habe ich befürchtet. Du kannst dich an nichts erinnern, oder?«

»Erinnern?« Das war das Stichwort. Vincenzo schloss die Augen und versuchte, Erinnerungen aus seinem Kurzzeitgedächtnis hervorzukramen. Gianna … Versöhnungsgespräch … Champagner. Wie Schuppen fiel es ihm von den Augen. Gianna hatte ihn mit einem hässlichen alten Mann betrogen. Hatte er den Typen wenigstens verprügelt? Wut regte sich in seiner Magengrube. Mit einer abrupten, wenig koordinierten Bewegung wollte er sich aufzurichten, doch sofort nahm die Abrisstruppe in seinem Schädel wieder die Arbeit auf.

Mit dem Schmerzschub tauchte ein weiterer Erinnerungsfetzen auf. Wutentbrannt war er aus der Wohnung auf die Straße gestürmt, aber wohin war er gegangen? Er dachte nach. Nichts, nur Leere. Vorsichtig setzte sich Vincenzo auf und realisierte, dass die Holzbank, auf der er gelegen hatte, zu einem Tisch gehörte. Instinktiv stützte er sich auf ihm mit beiden Ellbogen ab. Der Kraftaufwand, sich allein mit der Rumpfmuskulatur in aufrechter Position zu halten, war schier übermenschlich. Als der Commissario der Tasse gewahr wurde, die vor ihm stand, führte er seine rechte Hand in Zeitlupentempo zu der Medizin, die ein wenig Linderung versprach. Er nippte an dem Heißgetränk, das inzwischen nur noch lauwarm war. Gut. Er leerte die Tasse in einem Zug. »Kann ich noch einen haben?«

Das Lächeln des Italieners war inzwischen eher amüsiert. »Natürlich, ich hole ihn dir.«

Die Zeit bis zur Rückkehr des Mannes nutzte Vincenzo, um sich umzusehen. Er befand sich in einem großen Raum mit vielen Tischen und Stühlen. Hochwertiges Inventar, kein billiges Furnier. An den Wänden große Kunstdrucke. Irgendwie kam ihm das alles bekannt vor. Er schien sich in einer Art Hotel zu befinden.

Der Italiener stellte die zweite Tasse auf den Tisch vor Vincenzo, der sofort danach griff. »Danke, mein Freund. Und jetzt erzähl mir bitte, wer du bist und wo ich bin.«

Der Mann klopfte Vincenzo sanft auf die Schulter. »Meine

Güte, das gestern war wirklich heftig. So etwas habe ich in meiner ganzen Laufbahn noch nicht erlebt. Noch nicht einmal zum Zahlen warst du noch fähig.«

Vincenzo trank in kleinen Schlucken. Der Kaffee tat gut. Bruchstückhaft kehrten weitere Erinnerungen zurück. Antipasti misti, Spaghetti con aglio, olio e peperoncino, Lammfilet, Rosmarinkartoffeln, Gemüse, Tartufo. Und Wein, sehr viel Wein. Grappa, auch mehr als nur ein Glas. Allmählich dämmerte ihm, was er in seiner unbändigen Wut getan hatte. »Du bist Giacomo, stimmt's?«

Giacomo nickte. »Drei Flaschen Amarone. Drei! Classico 2004. Und schon vor den Antipasti zwei halbe Liter Bier und zwei Grappe, doppelte, wohlgemerkt! Als ich dich gefragt habe, ob ich dir unsere Karte bringen soll, hast du gesagt: ›Egal, Hauptsache teuer.‹ Da war mir klar, dass du nicht mehr Herr deiner Sinne bist. Ich habe dir bewusst unseren Hausgrappa serviert, der ist nicht so teuer. Eigentlich wollte ich dich nach der Hälfte der zweiten Flasche Amarone dazu bringen, aufzuhören, aber als du mir deine Polizeimarke gezeigt und mir todernst mit Verhaftung gedroht hast –«

»Wie viel?«

»Wie viel was?«

»Wie viel hat mich der Abend gekostet?«

Giacomo fühlte sich sichtlich unwohl in seiner Haut. »Ich wage es kaum auszusprechen.«

»Wie viel?«

»Wie gesagt, es waren allein drei Flaschen Amarone. Classico 2004.«

Vincenzo sah den Cameriere durchdringend an. »Giacomo! Wie viel?«

Giacomo kramte eine Rechnung aus der Hosentasche hervor. »Also, insgesamt sind das … Moment, ja, da haben wir es. Drei Amarone, ganz zu Anfang die zwei Bier, elf Grappe. Dazu das Essen. Mehrere Gänge, darunter Lamm! Was soll ich sagen? Fünfhundertfünfundachtzig.«

Fünfhundertfünfundachtzig! Fünfhundertfünfundachtzig Euro. Vincenzo zuckte zusammen. Hatte er allein tatsächlich für fünfhundertfünfundachtzig Euro gegessen und getrunken? Der Schock über diesen Wahnsinn beschleunigte seine Erinnerung um ein Vielfaches. Aus Wut und Frust war er trotz allem ins »Trussardi« gegangen. Immerhin hatte er einen Tisch reserviert. Die zwei Bier hatte er auf einmal bestellt, weil sie hier keine Maß wie Hansi auf seiner Hütte ausschenkten. Er hatte keine fünf Minuten gebraucht, sie zu leeren. Schon beim ersten Grappa hatte er sich ausgemalt, wie er Giannas altem, abgehalftertem Lover die Faust genüsslich in den Magen rammte, um ihn sich danach so richtig vorzunehmen. Vermutlich hatte er die Aggression auch ausgestrahlt, denn jetzt fiel Vincenzo ein, dass sich Giacomo schon frühzeitig zu ihm an den Tisch gesetzt hatte, um ihm zu sagen, dass ihm der Chef Anweisung gegeben habe, ihn im Auge zu behalten. Alles war wieder präsent. Fast alles. Bis auf eins. »Was habe ich dir erzählt, Giacomo?«

»Alles.«

»Was heißt alles?«

»Von deiner Gianna, dass du sie in flagranti ertappt hast, deine fürchterlichen Erlebnisse mit diesem Serienmörder, Giannas Entführung, die Sache im Eis. Einfach alles. Wahnsinn, was du erlebt hast. Und ich konnte dich gut verstehen. Würde ich meine Freundin nach allem, was dir passiert ist, mit einem anderen erwischen, würde ich mich auch hemmungslos besaufen. Aber vorher hätte ich den Typen windelweich geprügelt. Wie auch immer, gegen Mitternacht warst du erledigt. Du konntest mir nicht sagen, ob du ein Hotelzimmer gemietet hast oder sonst irgendwo schlafen kannst, und da die anderen Gäste ohnehin längst weg waren, haben wir dich an deinem Tisch schlafen lassen. Dem Chef hast du nur leidgetan. Er hat gesagt, mit dreihundert ist die Sache erledigt, das ist doch eine gute Nachricht, oder? Sag mal, sitzt dieser Killer eigentlich noch immer in Bozen in der Psychiatrie? Hast du keine Angst, dass der ausbrechen könnte, um … Entschuldige, das war blöd von mir, vergiss es einfach. Diese Psychiatrien sind heutzutage ja sicherer als Alcatraz.«

Als Vincenzo endlich wieder zu Hause in Sarnthein ankam, wurde es schon dunkel. Und morgen wollte er ins Ahrntal. Wie sollte er das schaffen? Er schämte sich, ärgerte sich über sich selbst. Wie hatte er sich nur dermaßen gehen lassen können? Als Vertreter der Polizia di Stato hatte er eine Vorbildfunktion, und stattdessen drohte er einem unbescholtenen Kellner mit Haft, wenn er zu verhindern versuchte, dass er sich hemmungslos besoff. Dazu diese Urangst, die ihn seit letztem Oktober gepackt hatte und nicht mehr losließ. Ausgerechnet ein Cameriere aus Mailand musste ihn daran erinnern. Und all das nur wegen Gianna. Mit ihr war er auf jeden Fall ein für alle Mal fertig! Die brauchte gar nicht mehr angekrochen zu kommen!

Er packte seinen Rucksack, schmierte sich ein paar Brote, trank ein Glas Milch und lag um neun im Bett. Seine letzte Tat des Tages bestand darin, sein Handy zu checken, das er aus Wut und Trotz ausgeschaltet hatte. Fünf SMS, zwei Nachrichten auf der Mobilbox, alle von Gianna. Nun, darum würde er sich irgendwann später kümmern. Es interessierte ihn nicht, was sie schrieb oder sagte.

20

Ahrntal, Sonntag, 22. April

Vincenzo hatte keinen Wecker gestellt. Nach diesem überflüssigen Exzess brauchte er nichts nötiger als Schlaf. Ein Exzess, für den er dreihundertfünfzig Euro bezahlt hatte, dreihundert für die reduzierte Rechnung und fünfzig für Giacomo, weil er sich so fürsorglich um ihn gekümmert und hoch und heilig versprochen hatte, niemandem jemals etwas von dem Vorfall zu erzählen.

Warum also sollte sich Vincenzo in seinem Zustand unnötig Stress machen, indem er früh aufstand? Die Wanderung von der Prastmann Alm bis zu Alexander Thalers freiwilligem Exil war trotz des Niederschlags, der in den höheren Lagen als Schnee runtergegangen sein musste, harmlos und kurz. Mit den Schneeschuhen würde er nur gut zwei Stunden brauchen, in seinem Zustand vielleicht noch eine halbe extra. Für Thalers Befragung kalkulierte er eine Stunde ein, für den Abstieg anderthalb. Insofern sollte es kein Problem sein, dass es längst Mittag war, als er aufstand.

Auf der Fahrt ins Ahrntal las er Giannas SMS und hörte seine Mobilbox ab. Sie versuchte, ihn zu beschwichtigen. Die erste Sprachnachricht war drei Minuten lang. Mit weinerlicher Stimme behauptete sie, der Typ sei nichts weiter als ein Arbeitskollege, ein neuer Partner in der Kanzlei ihrer Eltern, mit dem sie sich privat angefreundet habe und der ihr im Übrigen wiederholt geraten habe, der Beziehung zu Vincenzo eine zweite Chance zu geben. Und der sich trotz der Aktion sehr darauf freue, ihn irgendwann einmal kennenzulernen. Sie sei zwar noch nicht so weit, sich wieder voll und ganz der Beziehung zu Vincenzo hinzugeben, aber Liebe, Gemeinsamkeiten, Zukunftspläne, durchhalten, bla, bla, bla.

Obwohl seine Enttäuschung so groß war, dass er zu einer angemessen sachlichen Beurteilung der Situation nicht fähig war, konnte er trotzdem reflektieren, dass Giannas Erklärung der Wahrheit entsprechen könnte. Doch sein Stolz überlagerte jede andere

Gefühlsregung und die schwachen Versuche seines Verstandes, sich bemerkbar zu machen, ohnehin.

Die Gedanken beherrschten Vincenzo bis zum Abzweig auf tausendsiebenhundertneunundzwanzig Meter Höhe, gar nicht weit oberhalb der Prastmann Alm. Ab hier führten mehr oder weniger steile Wegabschnitte und Serpentinen einen zumeist schmalen Pfad hinauf zur Krimmler-Tauern-Hütte. Vincenzo parkte, stieg aus und machte sich mit Skischuhen und -stöcken bewaffnet an den Aufstieg.

Doch er bekam weder etwas von der Schönheit der stillen Landschaft um ihn herum mit, noch verschwendete er einen Gedanken an Alexander Thaler oder seinen Pflerschtaler Fall. Erst die Konzentration auf seine Schritte befreite ihn aus seinem Gedankenkarussell, das sich nur um Gianna drehte.

Vincenzo erreichte die obere Tauernalm, die zweitausend Meter hoch lag und ab der sich die Schneeverhältnisse abrupt änderten. Hatte er sich bis hierhin noch halbwegs problemlos mit seinen Schneeschuhen fortbewegen können, sackte er in dem schnell tiefer werdenden Pulverschnee immer öfter ein. Entgegen seiner Selbsteinschätzung tauchte die tief verschneite Krimmler-Tauern-Hütte erst nach drei Stunden Gehzeit vor ihm auf. Vincenzo hockte sich vor den Dachüberstand der Hütte, nahm den Rucksack ab und aß Südtiroler Speck und Schüttelbrot, während er den imposanten Blick auf Dreiherrenspitze und Rötspitze genoss. Letztere hatte er schon mit Hans bestiegen, die Dreiherrenspitze war für den Sommer geplant. Wunderschön. Anders als die von Süden über den Gipfel aufziehenden Wolken und der plötzlich auffrischende Ostwind. Von Hans wusste Vincenzo, was das bedeutete. Ein Mittelmeertief zog heran, kalte Luft floss von Osten her ins Land. Es war noch heute mit Neuschnee zu rechnen.

Er würde die Pause kurz halten müssen. Außerdem war er später noch mit Michael Wachtler verabredet, von dem er sich wichtige Informationen in Bezug auf den Goldfund versprach. Er durfte keine Zeit vertrödeln.

Wachtler. Er hatte Vincenzo beschrieben, wo die Hütte des Bergführers stand. Vincenzo schaute nach Osten in Richtung

Teufelsstiege. Kurz davor, zwischen Stiege und Wasserfallkopf, hauste Alexander Thaler. Nah genug an den Wanderwegen, um sie binnen kürzester Zeit zu erreichen, aber vor neugierigen Blicken geschützt durch eine Felsformation. Vincenzo erhob sich und marschierte weiter. Ein Steilabstieg führte in eine tiefe Senke vor der Teufelsstiege, die, ihrer Namensgebung entsprechend, treppenförmig wieder in die Höhe führte. Der Wind frischte weiter auf und wirbelte den in der Nacht gefallenen Neuschnee auf. Vincenzos Sicht verschlechterte sich, er sah kaum noch etwas. Seinen Blick hielt er starr nach Süden gerichtet. Unmittelbar vor ihm musste die Felsformation sein.

Dann tauchte sie vor ihm auf. Genauso, wie Wachtler sie beschrieben hatte. Eine Gruppe markanter Felsen, die sich wie die Höcker eines Kamels aneinanderreihten, der letzte westliche endete in einer Hakenform, die an eine Adlernase denken ließ. Frei von Gedanken an Beziehungen und Stress und ganz in seinem Element verließ Vincenzo den Wanderweg und lief auf den Adlerfelsen zu. Der Wind blies ihm den aufgewirbelten Schnee von schräg vorn ins Gesicht. In dieser Höhe hatte es vielleicht gerade einmal fünf Grad unter null, aber durch den Wind und die immer mehr von Wolken verdeckte Sonne kam es Vincenzo vor wie minus fünfzehn. Er zog sich die Mütze tiefer ins Gesicht, der Wind begann zu heulen. Ein unwirkliches Szenario. Wohl wissend, dass von der späten Winterrückkehr keine ernsthafte Gefahr ausgehen dürfte, genoss Vincenzo die Form der Ablenkung und näherte sich Schritt für Schritt dem Fels, den er in weniger als einer Minute umrundete.

Vor ihm lag die einsame Berghütte. Sie war keine fünfhundert Meter vom Wanderweg Nummer dreizehn entfernt, dennoch hätte kein Wanderer erahnen können, dass sich hier oben eine Behausung befand, in der ein Mensch lebte. Vincenzo stapfte auf die Hütte zu. Gerade nach seinen Erlebnissen des Vortages freute er sich auf die Begegnung mit Thaler. Nicht nur als Zeugen.

Wenige Minuten später stand er auf der Veranda, die wie die Hütte ganz aus Holz bestand, und klopfte. Nichts. Er rief Thalers Namen gegen den Wind. Wieder nichts. Hoffentlich hatte er nicht das Pech, einen der wenigen Tage erwischt zu haben, an denen der Bergführer nicht hier oben war. Vincenzo griff nach der Türklinke und drückte sie herunter. Die Tür sprang nach innen auf. Der Commissario rief mehrfach Thalers Namen, doch nichts regte sich. Schließlich trat er ein und schloss die Tür, als der scharfe Ostwind den Schnee in die Stube wehte. Kalt war es, kälter, als man es in einer Hütte erwarten würde. Nirgendwo ein wärmendes Feuer.

Vincenzo sah sich um. Rechts ein massiver Holztisch, an zwei Seiten von einer Eckbank aus Holz gesäumt, jeweils ein Holzstuhl an den anderen beiden. Geradeaus die kleine Küche in einer Art Erker. Links hinter dem Verschlag die Vorratskammer, direkt daneben das Bad. Bad war vielleicht zu viel gesagt, eher ein weiterer Verschlag, in dem aus einer Art Brause hin und wieder etwas Wasser tröpfelte. Hinter dem Holztisch führte eine schmale Holztreppe nach oben, wahrscheinlich zur Schlafkammer.

Vincenzo fühlte sich merkwürdig fremd. Auf dem Holztisch entdeckte er einen nicht adressierten Briefumschlag, aber das ging ihn nichts an. Am Fuß der kleinen Treppe rief er Thalers Namen. Als er wieder keine Antwort erhielt, stieg er von einer bösen Vorahnung getrieben in das kleine Obergeschoss. Türen gab es hier keine. Ein Blick nach rechts. Nichts weiter als ein bisschen Holz und ein paar Bücher. Er wandte sich nach links. Die Schlafkammer. Im Bett sah er jemanden liegen, dick eingepackt in Decken und Kissen.

Hatte der alte Kauz in seiner Einsamkeit vielleicht einen über den Durst getrunken und schlief nun seinen Rausch aus? Kein Wunder, dass er nicht auf Vincenzos Rufe reagiert hatte. Willkommen im Club!

Der Commissario trat zu Thaler und legte ihm die Hand an die Schulter. »Herr Thaler?«

Keine Reaktion. Der Mann musste noch mehr über die Stränge geschlagen haben als Vincenzo am letzten Abend. Er schüttelte den Mann leicht an seinen Schultern. »Alexander Thaler? Aufwachen! Ich habe nur ein paar Fragen, dann können Sie gleich wieder weiterschlafen.«

Sekunden später setzte das Begreifen ein, und sie war wieder da, die Erinnerung an Wachtlers Zweifel hinsichtlich der Motive des Bergführers, an der Expedition teilzunehmen. Und an seine eigene Vorahnung, die ihm letztlich genau das vorausgesagt hatte. Es ging nur noch darum, was genau geschehen war.

Vincenzo holte sein Handy aus der Jackentasche. Wenigstens hatte er Empfang. Er rief Reiterer zu Hause an, ließ aber ein Wortgefecht mit dem ernstlich verärgerten Leiter der Spurensicherung nicht zu. Stattdessen wies er ihn an, die Bergrettung zu informieren, damit sie ihn und sein Team so schnell wie möglich ins Ahrntal brachte.

Vincenzo blickte traurig auf den alten Mann hinunter. Seine rechte Hand schien mit seinem Mund verschmolzen zu sein. Vorsichtig zog er die Hand mit Daumen und Zeigefinger ein wenig zurück. Keinesfalls durfte er mögliche Spuren verwischen. Thaler hatte einen Ring an seinem kleinen Finger, den er mit den Lippen umschlossen gehalten hatte. Jetzt ahnte er auch, worum es sich bei dem Briefumschlag unten auf dem Tisch handelte. Betroffen stieg Vincenzo die Stufen wieder hinab, fasste den Umschlag vorsichtig an den Enden und zog den Brief ebenso behutsam heraus. Handgeschrieben. Mit einer gestochen scharfen, geschwungenen Handschrift, die nur noch wenige Menschen beherrschten. Vincenzo legte den Brief auf den Tisch und begann zu lesen.

An meine Freunde!
Vor genau 31 Jahren, 6 Monaten und 12 Tagen habe ich beschlossen, diese Hütte zu errichten, die seitdem meine Heimat war. Vorher hatte ich eine andere, schönere Heimat, habe aber nie mit jemandem darüber gesprochen. Doch jetzt, da ich mein Ziel erreicht habe, zu dem mir niemand folgen kann, möchte ich, dass zumindest die wenigen Freunde, die mir in all den Jahren das Gefühl gegeben haben, nicht ganz allein zu sein, erfahren, warum ich mich hierhin zurückgezogen habe. Sie haben ein Recht darauf, es zu wissen. Wer immer diesen Brief findet, möge ihn bitte an Hans Valentin in Sand in Taufers weiterleiten. Er weiß, wer die Adressaten meiner Geschichte sind.
In meinem ganzen Leben habe ich nur eine Frau geliebt: meine Christel. Christel Abendstein. Im Tal gibt es inzwischen niemanden mehr, der sie gekannt hat, denn sie ist vor 31 Jahren, 6 Monaten und 12 Tagen von mir gegangen. Die Liebe zur Natur hat uns verbunden, vom ersten

bis zum letzten Tag, den wir zusammen waren. An jenem letzten Tag wollten wir den Hochfeiler besteigen. Es war ein Herbsttag wie aus dem Bilderbuch. Wir wollten die Tour über die klassische Route gehen. Drei Tage hatten wir eingeplant, denn für uns war die Zeit in der Natur stets wichtiger als das Ziel. Wir haben ungefähr dort biwakiert, wo heute die Hütte steht, die es damals noch nicht gab. Mittags hatten wir den Gipfel erreicht. Die Sicht war schlechter, als ich es erwartet hatte. Vom Karwendel her zog eine dunkle Wolkenfront heran. Ich hatte seit meiner Kindheit das Wetter noch nie falsch vorhergesagt, doch an diesem Tag lag ich mit meiner Prognose völlig daneben. An diesem verdammten Tag, der unsere Pläne für unser zukünftiges Leben jäh zunichtemachte. Christel hatte sich voll und ganz auf mich verlassen, sich und ihr Leben mir anvertraut. So wie immer. Ich bin Bergführer und kenne das Gefühl, die Verantwortung zu tragen. Normalerweise macht mir das nichts aus, doch dieses Mal hatte ich mich im Wetter geirrt.

Wir stiegen sofort wieder ab, aber das Wetter holte uns binnen weniger als einer Stunde ein. Meistens schneit es erst leicht, bevor ein Sturm losbricht, doch an diesem Tag ging es von einer Sekunde zur nächsten los. Ein ausgewachsener Schneesturm. Wir konnten kaum noch etwas sehen. Der Schnee peitschte uns ins Gesicht, Schmerzen wie von Nadelstichen. Und weil ich mir sicher gewesen war, dass die Sonne die ganze Zeit über scheinen würde, hatte ich nicht einmal ein Seil dabei. Ich konnte Christel also nicht sichern. Ich wies sie an, dicht hinter mir zu gehen. Immerhin hatten wir warme Sachen dabei, Handschuhe, Mützen, die Kälte war kein Problem. Aber dann habe ich irgendwann die Orientierung verloren. Auch das zum ersten Mal in meinem Leben. Ich nahm an, dass wir noch vor der heutigen Hochfeilerhütte vom Weg abgekommen und auf den Weißkarferner geraten waren, aber ich war mir nicht sicher. Ich bin lange vorwärtsgegangen, der Schnee war schon knöchelhoch. Keine zehn Meter weit konnte ich mehr sehen, immer habe ich darauf geachtet, dass wir nicht in einen Abgrund stürzen. Ich hatte doch keine Ahnung, wo wir waren. Ich hatte mich bestimmt zwanzig Minuten lang nicht umgesehen, mich nur auf meine Schritte konzentriert. Ich war mir so sicher, dass Christel hinter mir ist. Ich hätte es doch spüren müssen, wenn sie plötzlich nicht mehr da gewesen wäre! Aber ich habe nichts gemerkt, habe immer nur gedacht, dass wir heil da rauskommen. Dabei war es doch schon zu spät. Dann habe ich mich umgedreht, um Christel zu fragen, ob wir eine Pause machen oder doch lieber biwakieren sollen. Aber da war niemand. Nur Schnee und das Gebrüll des Sturmes. Ich habe versucht, dagegen anzuschreien, habe immer wieder Christels Namen in die undurchdringliche weiße Wand hineingerufen, die meine Stimme aber verschluckt hat. Ich bin zurückgegangen, wollte mich an unseren Spuren orientieren, aber nach höchstens zweihundert Metern waren meine Fußabdrücke bereits zugeschneit. In diesem Moment habe ich mich dem Schicksal ergeben. Ich bin marschiert, einfach nur bergab. Und ich habe es geschafft.

Wir hatten so zurückgezogen gelebt, dass nur wenige Menschen Christel kannten. Denen, die nach ihr gefragt haben, habe ich erzählt, dass sie zurück nach Österreich zu ihrer Familie gegangen ist, weil es den Eltern immer schlechter gehe. Irgendwann würde sie zurückkommen. Niemand hat mir weitere Fragen gestellt.

Da wir beide das Ahrntal so liebten, habe ich meine Hütte an diesem Platz gebaut. Und weil ich jeden Tag auf die Dreiherrenspitze schauen kann, unseren ersten gemeinsamen Berg. Jedes Jahr haben wir ihn am 23. August bestiegen, zu unserem Jahrestag. Es waren nur fünf.

Über 31 Jahre lang bin ich weiterhin immer wieder auf den Hochfeiler gegangen und habe mir den Kopf darüber zerbrochen, wo wir uns verlaufen haben könnten. Dutzende verschiedene Routen bin ich gegangen. Ich wollte Christel finden, die noch irgendwo da draußen sein musste. 31 Jahre quälender Ungewissheit. Nur die Natur hat mir Halt gegeben. Durch sie war Christel in gewisser Weise immer bei mir.

Und dann ruft mich Markus Pircher an. Ich soll eine Führung übernehmen, in die Nordwestflanke des Hochfeiler. Genau die gleiche Tour, die ich ein paar Monate vorher bereits mit Michael, Georg und Sara gegangen bin. Markus war davon überzeugt, dass dort oben Gold zu finden sei, viel Gold. Aber das interessierte mich nicht. Was sollte ich denn mit Gold? Ich hatte hier alles, was ich brauchte. Doch plötzlich sah ich diese Schlucht vor mir, diese Wand, die in sie hineinführte, unmittelbar unterhalb des Einstiegs in den Stollen. Ich kann nicht sagen, warum, aber plötzlich wusste ich, dass Christel dort liegt. In all den Jahren, die ich sie gesucht habe, bin ich nicht auf diese Schlucht gekommen. Nie hätte ich gedacht, dass wir so weit vom Weg abgekommen sein könnten. Doch inzwischen habe ich begriffen, warum ich den Abgrund in all den Jahren nicht gefunden habe und wie Christel ums Leben gekommen sein muss.

Der Gletscher hat erst vor wenigen Jahren begonnen, sich stärker zurück-

zuziehen. Ich gehe davon aus, dass bis dahin der schmale Spalt weitgehend von Schnee oder Eis verdeckt war. Als ich im Juli vergangenen Jahres mit meinen Freunden auf dem Ferner war, lag die schmale Schlucht jedoch frei. Ich vermute, dass Christel damals im Schneesturm auf das dünne Eis und den Schnee getreten ist, der den Spalt zugeweht hatte. Dabei ist sie eingebrochen. Wenigstens das habe ich nach all der Zeit verstehen können. Nur um die Schlucht noch einmal zu sehen, bin ich mit Markus und den anderen mitgegangen. An dem Stollen habe ich die Gruppe Markus überlassen. Ich war heilfroh, diesen oberflächlichen, eitlen Haufen los zu sein. Außer Sara und wahrscheinlich auch Markus hätte ich jedem von denen zugetraut, über Leichen zu gehen, um seine unermessliche Gier zu stillen.

Anschließend bin ich in die Schlucht hinabgeklettert. Mit jedem Meter spürte ich Christels Nähe stärker und fand sie schließlich noch vor Einbruch der Dunkelheit. Ich war wie euphorisiert. Endlich wusste ich, wo ich damals meine Christel, meine große Liebe und Seelenverwandte, verloren hatte. Mehr als 31 Jahre hatte sie allein in ihrem steinigen Grab gelegen. Übrig waren nur noch Knochen, aber an einem dieser Knochen fand ich unseren Ehering. Die ganze Nacht habe ich bei ihr verbracht und ihr versprochen, dass ich bald für immer zu ihr kommen würde und uns fortan nie wieder etwas oder jemand trennen könnte.

Der Zeitpunkt ist jetzt gekommen. Ich werde zu Christel gehen. Ich sage der irdischen Welt Adieu. Ich war seit Jahrzehnten nicht mehr so glücklich. Lieber Hans, sag bitte den anderen Bescheid und sorge dafür, dass ich in Prettau beerdigt werde. Unsere Ringe und unser Bild sollen mit in meinen Sarg gelegt werden. Bitte kümmer dich auch darum, dass es für Christel und mich einen einfachen Grabstein gibt. Darauf soll stehen: »Christel und Alexander – auf ewig vereint«. Hier in der Hütte ist etwas Geld dafür. Du findest es, wenn du die Holzbank aufklappst. Der Rest ist für die Bergrettung. Und ich habe noch eine Bitte: Damals habe ich natürlich auch Christels Familie über ihren Tod unterrichtet. Sie haben mir die Schuld für den Unfall gegeben und den Kontakt zu mir abgebrochen. Auch Christels Schwester Marlies, die fünf Jahre jünger war. Sie lebte damals in Kitzbühel. Vielleicht ist es ja möglich, Marlies ausfindig zu machen, sofern sie noch lebt. Man möge ihr mitteilen, dass ich ihre Schwester gefunden habe.

Und noch eine letzte Bitte zum Schluss. Lieber Hans, versuche zu

verhindern, dass ich obduziert werde. Ich habe einen Tablettencocktail genommen. Das sollte reichen.
Alexander Thaler

***

Innichen

Nachdem Reiterer eingetroffen war, verabschiedete sich Vincenzo schnell. Er hatte keine Lust auf Wortgefechte. Statt sich mit dem Hubschrauber zurück ins Tal fliegen zu lassen, ging er lieber zu Fuß. Er wollte mit sich und seinen Gedanken allein sein.

Als er sich schließlich überwand und Hans Valentin anrief, reagierte der mit Bestürzung. Er hatte Thaler gut gekannt. Dachte er zumindest, denn Anzeichen für einen möglichen Suizid hatte er bei ihm nie bemerkt. Sein freiwillig gewähltes Eremitendasein hatte Hans stets als Ausdruck seiner zutiefst demütigen Persönlichkeit gedeutet. Von seinem erlittenen Schicksalsschlag hatte er nichts gewusst, nicht einmal, dass Thaler jemals verheiratet gewesen war.

Auf der Fahrt nach Innichen dachte Vincenzo über den einen Satz in Thalers Abschiedsbrief nach, der auch für seinen Fall von Bedeutung sein könnte. »Außer Sara und wahrscheinlich Markus hätte ich jedem zugetraut, über Leichen zu gehen, um seine unermessliche Gier zu stillen.« Damit hatte Thaler unbewusst Vincenzos Einschätzungen der Charaktere bestätigt. Zudem war der Satz der Beweis, dass Sara Gasser an der Exkursion in die Berge teilgenommen hatte. Was Wachtler nur vermutet hatte, hatte Thaler gewusst, weil er selbst dabei gewesen war. Alber und Ferrari hatten gelogen. Vincenzo stellte sich darauf ein, am Dienstag, wenn er mit Mauracher die Route der Goldsucher bis zum Stollen nachging, eine weitere, schreckliche Entdeckung zu machen. Gier gehörte nicht umsonst zu den ältesten Mordmotiven der Menschheit.

Michael Wachtler reagierte schockiert auf die Todesnachricht. Er kannte Thaler seit mehr als zehn Jahren, war häufig mit ihm in die Berge gegangen. Wie Hans hatte er trotzdem nicht gewusst, was für ein schwerer Schicksalsschlag den Bergführer schon in jungen Jahren ereilt hatte. Vincenzo hätte sich gern intensiver mit Wachtler als Mensch ausgetauscht, doch das ließ der Fall nicht zu. Er musste die notwendige Distanz wahren, was weiterhin zu dem Kuriosum führte, dass Wachtler den Commissario duzte, der ihn jedoch umgekehrt konsequent siezte. Als Vincenzo das Gespräch auf das Gold lenkte, erfuhr er denn auch, was Thalers Gruppe gefunden haben könnte, was es wert war und wie es sich zu Geld machen ließ.

Der Naturkundler hielt es für wahrscheinlich, dass die Gruppe an die sechzig Kilogramm Berggold gefunden haben könnte. Beim derzeitigen Kurs würde das allein einem reinen Goldwert von über zwei Millionen Euro entsprechen.

Eher unsicher war sich Wachtler allerdings hinsichtlich der Frage, was in diesem Stollen noch an Kultgegengenständen, Schmuck oder anderen menschlichen Kunstwerken lagern konnte. Der eine Goldring war ein Hinweis darauf, dass die Stollen wahrscheinlich nicht nur zum Abbau von Gold gedient hatten. Vielleicht verbarg sich dort die Grabstelle eines Souveräns, vielleicht sogar aus der Zeit der Räter und Kelten. Oder noch plausibler: Es war ein bisher unbekannter Kultort.

Nach dem Gespräch über Thaler führte Wachtler den Beamten in sein Museum und zeigte ihm zunächst den Goldring mit dem aufgesetzten Nugget. Nur kurze Zeit später hielt Vincenzo ein Bergkristallaggregat in Händen, das über und über von Berggold übersät war.

Ein Sammler wäre bereit, ihm dafür mehr als zehntausend Euro zu bezahlen, versicherte Wachtler. »Das Gold, das du in Händen hältst, stammt von meinem eigenen Goldfund am Monte Rosa. Das Gold, das Thalers Gruppe gefunden haben könnte, sollte ganz ähnlich aussehen, jedoch kleine Unterschiede in Beschaffenheit und Reinheitsgrad aufweisen. Vielleicht bekommst du ja jetzt eine Vorstellung davon, warum man von Goldrausch und Goldfieber spricht. Und warum Menschen diesem Metall auf so fatale, zerstörerische Weise verfallen können.«

Wachtler legte das Gold zurück in die mehrfach gesicherte

Vitrine und führte Vincenzo in einen anderen Raum, wo er ein Kristallkreuz aus einer größeren Auslage nahm. »Hiervon habe ich euch schon bei eurem ersten Besuch erzählt.« Er reichte dem Commissario das Kreuz. »Sieh es dir genau an. Wenn es sich um eine Kultstätte handeln sollte, haben sie in der jahrhundertealten Mine mit Sicherheit auch so etwas gefunden. Möglicherweise sogar aus reinem Gold. So ein Fundstück ist vom Wert her nicht zu beziffern. Zudem ist es unverkäuflich, weil jeder Experte sofort erkennen würde, woher es stammt. Fundstücke wie dieses sind für Museen, für die Öffentlichkeit bestimmt.«

Vincenzo betrachtete das Kreuz von allen Seiten. Es war wunderschön, auch wenn es nur auf einem Bronzesockel aufgesetzt, nicht mit Edelsteinen verziert und seine Verarbeitung nicht die beste war. »Wenn ich einen ebenso leidenschaftlichen wie skrupellosen Sammler finden würde, Michael«, Vincenzo hatte sich dazu entschlossen, Wachtler zu siezen, aber immerhin mit Vornamen anzusprechen, »was wäre der bereit, dafür zu zahlen?«

»Vergiss es.«

»Nur mal angenommen …«

Wachtler lächelte wissend. »Einige Millionen. Aber das Risiko wäre zu groß. Wie du die Goldsucher beschrieben hast, haben die, Sara mal ausgenommen, keine Ahnung davon, aber Sara würde solche Stücke niemals veruntreuen. Sie hat eine ausgeprägte Berufsehre, ist ohnehin durch und durch ehrlich. Die anderen hätten kaum eine Chance, einen solchen Fund im Originalzustand zu verwerten. Kunst kann man nicht reinwaschen, geschmolzenes Gold aber schon. Nein, ich denke, sie würden die Fundstücke einfach einschmelzen, um das Gold in Barrenform zu verkaufen, auch wenn sich der Wert dadurch erheblich vermindern würde.«

Vincenzo starrte den Mann an, der in der Neuzeit den bis dato größten Goldfund in den Bergen gemacht hatte. »Sie wollen mir weismachen, dass jemand ein derartig kostbares Kleinod einschmelzen würde, nur um einen Bruchteil des Wertes in Geld zu erhalten?«

Wachtler nickte. »Ich befürchte es, ja.«

21

Bozen, Dienstag, 24. April

Vincenzo war bereits in Wanderkluft ins Büro gefahren. Er wollte seinen Kollegen die vielen Neuigkeiten berichten, bevor er mit Mauracher erneut nach Norden aufbrach. Diesmal ins Pfitschtal mit dem Ziel Hochfeiler beziehungsweise dessen Nordwestflanke. Mauracher hatte sich schon um die notwendige Berg- und Kletterausrüstung gekümmert. Sosehr es Vincenzo auch in seinem Stolz traf, bei diesem Einsatz sollte die kleine, junge Mauracher das Kommando übernehmen, denn sie verfügte im Vergleich zu ihm über ein Vielfaches an hochalpiner Bergerfahrung. Weil ihre Tour lang und anstrengend werden würde, immerhin waren fast zweitausend Meter Höhenunterschied und ein paar Kletterpassagen zu überwinden, trafen sich die Polizisten schon um halb sieben und waren damit die Ersten in der Questura.

Während Mauracher die pure Lust auf die Bergtour ausstrahlte, maulte Marzoli ununterbrochen. »Nicht zu fassen. Erst halb sieben. Da hatte man endlich mal wieder ein schönes langes Osterwochenende mit der Familie, und dann muss man aus dem Haus, während die anderen gerade erst frühstücken. Hätte das nicht Zeit bis morgen gehabt, Commissario?«

Vincenzo schob Marzoli lachend die Etagere zu. »Seien Sie doch nicht so griesgrämig. Nehmen Sie sich lieber ein paar Cantuccini. Das beruhigt. Und nein, es hätte nicht warten können. Wir haben bereits vier Tote, und die fünfte Leiche werden wir vielleicht heute finden. Apropos Leiche. Habt ihr die verbliebenen fünf Schmiede inzwischen erreicht?«

»Ja«, erklärte Marzoli. »Wie erwartet hat keiner von ihnen den Hauptschlüssel von Burg Reifenstein nachgemacht. Theoretisch könnten wir natürlich auch in den nahen Städten des Trentino recherchieren.«

Vincenzo wehrte sofort ab. »Nein, das geht in diesem Stadium zu weit. Wo sollten wir denn die geographische Grenze ziehen? Dann könnten wir genauso gut in Innsbruck recherchieren. Spielt dieser Schlüssel überhaupt eine Rolle in unserem Fall? Ein Schlüssel, den man ohne Schlüsselkarte eigentlich gar nicht nachmachen lassen kann? Ich glaube, ich erzähle euch lieber, was ich von Wachtler erfahren habe.«

Während der Commissario berichtete, musste er immer wieder zu Mauracher hinüberschielen, die nervös auf ihrem Stuhl hin- und herwippte. Sie wollte raus, in die Berge, in ihr Element. Wie wandelbar diese Person doch war. Mittlerweile kannte er zwei unterschiedliche Gesichter. Die Polizei-Sabine, die kesse Freundin Sabine, und bald schon würde er die Berg-Sabine erleben. Drei völlig unterschiedliche Geschöpfe, aber jedes für sich liebenswert und sympathisch. Als er erzählte, unter welchen Umständen er den Bergführer gefunden hatte, war ihr anzusehen, dass sie dessen Schicksal mitnahm. Raue Schale, weicher Kern, diese Redensart traf auf Mauracher hundertprozentig zu. Vincenzo hoffte, dass sie möglichst lange in seiner Abteilung bleiben würde.

Er schob die Fotografien über seinen Besprechungstisch, die ihm Wachtler zum Abschied für die Ermittlungen mitgegeben hatte. »So sieht das Gold aus, wenn man es findet. Es gibt klare Regeln, wem es gehört, alles ist in Gesetzen festgehalten. Natürlich bekommt der Finder seinen Anteil, aber auch der Staat, der Grundbesitzer und gegebenenfalls der Stollen- oder Konzessionsinhaber erhalten ein großes Stück vom Kuchen. Hinzu kommt bei bedeutenden Fällen noch die Wissenschaft. Bei Statuen wie denen, die ihr auf den Bildern seht, hat auch sie Rechte an dem Fund. Wenn man auf Geld aus ist und es mit den Gesetzen nicht so genau nimmt, tut man also gut daran, seinen Fund außer Landes zu schmuggeln und auf dem Schwarzmarkt anzubieten. Dabei handelt es sich um ein waschechtes Bargeschäft. Wie in den guten alten Zeiten. Heinrich Gamper oder wer auch immer von unseren Goldsuchern den Fund zu Geld gemacht hat, hatte wahrscheinlich irgendwann mehrere Millionen Euro im Gepäck. Für uns heißt das: Ab morgen nehmen wir die Profile der Goldgräber genauer unter die Lupe. Dann können wir uns auch eine Vorstellung davon machen, wer bei dieser Aktion welche Funktion hatte und wer aus dem Weg geräumt werden konnte, nachdem er oder sie diese Funktion erfüllt hatte.«

***

Hinteres Pfitschtal

Vincenzo und Mauracher stiegen rasch über den Wanderweg mit der Einser-Markierung in südöstlicher Richtung auf. Den Wagen hatten sie in der dritten Kehre des Pfitscher Jochs auf eintausendsiebenhundertzehn Meter Höhe abgestellt. Einmal mehr stellte der Commissario fest, dass die zierliche Statur seiner jungen Kollegin in einem krassen Gegensatz zu ihren tatsächlichen Kräften stand. Sie trug wie er Skier und einen Rucksack, der rund zehn Kilogramm wiegen musste. Und obwohl die Relation zu ihrem Körpergewicht eine gänzlich andere war als bei ihm, legte sie dennoch ein Tempo vor, dem Vincenzo kaum folgen konnte. Und er war mittlerweile wahrhaftig wieder gut in Form! Zudem wurde der Schnee mit jedem Meter Anstieg tiefer. Wenigstens waren der Kaltluftvorstoß der Vortage und die damit verbundenen Schneefälle schwächer ausgefallen als vorhergesagt. Das meiste davon war im Wetterstein und im Karwendel hängen geblieben. Vincenzo musste an sich halten, um nicht laut zu keuchen. Das Sprechen fiel ihm schwer. »Sagen Sie mal, Sabine, wollen Sie heute einen Geschwindigkeitsrekord aufstellen, oder warum rennen Sie so?«

Mauracher sah ihren Vorgesetzten erstaunt an. »Sie finden das schnell? Ich hatte gedacht, Sie wären sportlich? Außerdem haben Sie selbst gesagt, dass wir möglichst heute wieder absteigen wollen.«

»Sie haben ja recht«, brummte Vincenzo und zwang sich, sich wieder auf seine Schritte und Atmung und nicht auf die Schönheit der traumhaften Landschaft und die Aussicht auf den eingeschneiten Hochfeiler zu konzentrieren. Sie gingen exakt dieselbe Route wie die Pflerschtaler Goldgräber im vergangenen Herbst. Da sie nicht wussten, wie lange die Suche nach Sara Gasser und sonstigen Spuren dauern würde, hatten sie das Notwendigste für eine eventuelle Übernachtung in der Hochfeilerhütte mitgenommen. Die Hütte selbst war nur in den Sommermonaten geöffnet, doch der Winterraum war immer zugänglich. Sie erreichten ihr potenzielles Quartier nach zwei Stunden, eine passable Zeit – schon im Sommer ohne Schnee.

Die Polizisten setzten sich auf die kleine Terrasse, um etwas zu essen. Nachdem es frühmorgens noch nach Schnee ausgesehen hatte, war vormittags die Sonne rausgekommen. Der Blick zum Gipfel war herrlich. »Ah, das tut gut«, seufzte Vincenzo. »Sosehr ich Schnee und Kälte auch liebe, im April bin ich doch schon eher auf Sonne und Wärme eingestellt.«

Mauracher wollte gerade ansetzen zu erzählen, dass der Winter für sie kaum lang genug sein könne, weil vom Eisfallklettern eine ungeheure Faszination ausgehe, als sich Vincenzos Handy meldete. Marzoli.

»Gerade kam eine Meldung rein, Commissario. Auf Christine Alber ist wahrscheinlich ein Giftanschlag verübt worden. Ein Arzt aus der Klinik in Sterzing hat sie untersucht und die Carabinieri vor Ort benachrichtigt. Die Kollegen waren schon bei ihr im Hotel, haben sie befragt und eine verdächtige Wasserflasche beschlagnahmt. Was machen wir jetzt mit der Meldung?«

Vincenzo schloss für einen Moment die Augen. Sieben Menschen brechen zu einer Goldsuche auf. Zwei kommen um, vermutlich auf nicht natürliche Weise, einer begeht Selbstmord, einer wird seitdem vermisst. Und nun wird auf einen der drei verbliebenen Expeditionsteilnehmer ein Anschlag verübt. Es schien, als kämen scheinbar nur noch zwei der Gruppe als Täter in Frage. Dabei sprachen die Indizien eigentlich eher gegen Kofer. »Schnappen Sie sich einen Kollegen und fahren Sie sofort ins Pflerschtal, Ispettore! Nehmen Sie Kofer und Ferrari ins Kreuzverhör. Die Flasche muss schnellstmöglich zu Reiterer. Und finden Sie heraus, wer wann die Gelegenheit hatte, das Wasser zu vergiften, sofern es denn wirklich so war. Wenn wir heute Sara Gasser finden, gibt es nur noch zwei mögliche Täter. Und rufen Sie mich anschließend sofort wieder an. Ich will auf dem Laufenden gehalten werden. Vielleicht können wir ja dann schon einen Haftbefehl beim Staatsanwalt beantragen. Sieht ganz so aus, als hätten wir es diesmal mit einem erfreulich simplen Fall zu tun.«

Rasch informierte Vincenzo seine Kollegin über die Neuigkeiten, bevor sie sich in Diensten des Staates wieder auf den Weg machten. Sollten sie Sara Gasser finden, wäre der Fall so gut wie gelöst. Spätestens nach einer Weile in Untersuchungshaft würde der Täter einbrechen.

Bald schon hatten sie den Südwestgrat des Hochfeiler erreicht. Der Weg war abgesehen von einigen gesicherten Kletterpassagen einfach. Allerdings ging es rechts senkrecht in die Tiefe, und sie mussten höllisch aufpassen, nicht auf eine Wechte zu treten. Die häufigen Nordwetterlagen hatten den Schnee über den Grat geweht, wo er sich an einigen Stellen zu lebensgefährlichen Überhängen verdichtet hatte, die frei über dem Abgrund zu schweben schienen. Geriet man auf eine tückische Wechte, die brach, war man verloren. Ganze Seilschaften waren auf diese Weise bereits ums Leben gekommen. Doch Vincenzo ahnte, dass er sich keine Sorgen machen musste. Mit einer Sicherheit, die er nur von Hans kannte, manövrierte Mauracher ihn an jeder potenziellen Gefahrenstelle vorbei.

»Woher wissen Sie so genau, wie wir gehen müssen?«, fragte er. »Ich sehe keinen Unterschied zwischen Weg und Wechte.«

Mauracher antwortete, ohne den Blick vom Weg vor sich abzuwenden. »Ich war schon oft im Winter hier oben. Ich weiß genau, wie der Grat verläuft. Jetzt müsste bald die Stelle kommen, an der wir ohnehin in Richtung Gletscher abdrehen müssen, oder?«

Sie standen vor der anspruchsvollsten Aufgabe ihres Ausflugs in die Zillertaler Berge: exakt den Punkt zu finden, an dem die Goldgräber den Weg verlassen hatten. Wachtler hatte sogar angeboten mitzukommen, doch Vincenzo konnte keinen Zivilisten in einen Fall hineinziehen.

Immerhin hatte der Naturkundler den Abzweig genau beschreiben können. »Ein kleiner Gletscherrest, der zwischen zwei schmal zusammenlaufenden Felswänden endet, ungefähr nach einem Drittel des Weges von der Hütte zum Gipfel. Nicht zu verwechseln mit dem Hauptgletscher, den man später passiert. Direkt vor dem Eisrest geht es nach Nordwesten auf die vordere

Weisspitz zu, dann nähert ihr euch dem Weißkarferner. Nach etwa zweihundert Metern solltet ihr die kleine Schlucht erreichen, in die Thaler abgestiegen sein muss. Kurz davor liegt der Eingang zum Stollen. Wenn ihr Glück habt, ist er nicht vom Schnee zugeweht.«

Mit einer gewissen Genugtuung stellte Vincenzo fest, dass Mauracher geradewegs an dem von Wachtler beschriebenen Abzweigpunkt vorbeigelaufen war. Er blieb stehen und ließ sie ein paar Meter weitergehen, bevor er sie lachend zurückrief. »Sie erkennen Wechten, ich Wege. Wir sind ein perfektes Team.«

Grinsend kam die Polizistin zurück und ging an ihrem Vorgesetzten vorbei, direkt auf den Gletscher zu. Vincenzo folgte ihr auf seinen Schneeschuhen.

***

Hotel Christine

Marzoli war sofort nach dem Telefonat mit Bellini aufgebrochen. Weil viele Kollegen in der Woche nach Ostern Urlaub genommen hatten, war ihm ein junger Kollege als Begleitung ins Pflerschtal zugewiesen worden. Es hatte schon seine Gründe, dass Marzoli immer noch Ispettore war und es vermutlich auch immer bleiben würde. Er machte seine Arbeit gern, war zuverlässig und pflichtbewusst, scheute nicht die eine oder andere Überstunde, wenn ein komplizierter Fall dies erforderte, aber er hatte seine Schwächen, und das wusste Marzoli selbst genau. Das Verhören von Zeugen und Verdächtigen gehörte dazu. Lieber überließ er das dem smarten, wortgewandten Commissario und schlüpfte selbst in die Rolle des Protokollanten. Er konnte gut zuhören, kam jedem Widerspruch auf die Schliche und konnte Bellini auf diese Weise bestens zuarbeiten. Sie waren ein gutes Team, zumal es auch menschlich harmonierte. Mit Mauracher hatte er allerdings nach wie vor Probleme, und zwar weniger wegen ihrer Vorliebe für seine Cantuccini, sondern wegen ihrer forschen Art, die er für eine junge Frau unangemessen fand. Andererseits bedeutete ihr Selbstbewusstsein für ihn, dass er sich bei gemeinsamen Vernehmungen ein wenig zurückhalten konnte, was wiederum seinem Naturell entsprach.

Doch ausgerechnet jetzt war er auf sich allein gestellt. Der junge Kollege, Salvatore Borgogno, ein Römer, hatte gerade erst die Ausbildung für Mannschaften in Rom absolviert und war danach zu den Carabinieri nach Bozen gekommen. Die Carabinieri waren dem Verteidigungsministerium unterstellt, es sei denn, sie hatten, wie in diesem Fall, zur Aufrechterhaltung der öffentlichen Ordnung und Sicherheit zu sorgen. Dann unterstanden sie dem Innenministerium. Hierin lag auch der Grund, warum der junge Mann, eigentlich bei den Carabinieri in Diensten, in der Questura seinen Dienst versah. Denn Colonello Diego Borgogno, Salvatores Vater, war Südtirols oberster Carabiniere und hatte seit seiner Kindheit einen engen Freund, den Capo della Polizia, Dottore Luciano Patricello, ebenfalls in Bozen wohnhafter Römer. Und so war Salvatore, entgegen der offiziellen Vorschriften, auf kurzem Dienstweg zwischen den beiden Ministerien vorübergehend von den überwiegend Italienisch sprechenden Carabinieri für ein sogenanntes Sprachpraktikum zur dem Innenministerium unterstellten Questura abkommandiert worden, denn dort war Deutsch die erste Amtssprache, die er noch kaum beherrschte.

Marzoli indes sprach beide Sprachen fließend. Nachdem seine Versuche, sich entsprechend des Zweckes des Praktikums auf der Fahrt auf Deutsch mit dem jungen Mann zu unterhalten, gescheitert waren, hatte er ins Italienische gewechselt. Salvatore schien ein netter Junge zu sein. Groß, kräftig, bescheiden, zurückhaltend, schüchtern, aber auch etwas einfältig. Eigentlich hatte er Schreiner werden wollen, doch sein Vater hatte ihn davon überzeugt, dass eine mittlere Laufbahn bei einer Polizeibehörde die bessere Alternative war. Insgeheim dachte sich Marzoli, dass der Vater genau gewusst hatte, dass der Sohn über begrenzte Fähigkeiten verfügte. Ein Umstand, bei dem der eine oder andere Kontakt mit gewissem Einfluss nicht von Nachteil war. Generell war das für den Ispettore kein Problem, er wünschte Salvatore nur das Beste, doch warum hatte ihm auf dem Flur ausgerechnet Patricello über den Weg laufen müssen?

»Na, Ispettore, warum sind Sie denn so in Eile?«, hatte der Capo della Polizia mit seiner dunklen Bassstimme gefragt, die Marzoli sogleich vor Ehrfurcht erzittern ließ. Er hatte wahrheitsgemäß geantwortet.

Patricello war begeistert. »Zeugenbefragungen im Pflerschtal? Aber für diese Mission habe ich genau den richtigen Mann für Sie!«

Nun ja, jetzt musste er eben mit Salvatore klarkommen und das Beste aus der Situation machen. Als sie endlich das Pflerschtal erreicht hatten, erschien Marzoli Albers Hotel regelrecht furchteinflößend. Er war auf sich allein gestellt, vom Sohn des Colonello war keine Hilfe zu erwarten. Mit Salvatore hinter sich, der den Blick ausschließlich zu Boden richtete, ging der Ispettore geradewegs zum Empfangstresen der Rezeption, hinter dem Alber konzentriert den Bildschirm ihres Rechners anstarrte. Als die Polizisten sich näherten, schreckte sie auf. »Sie schon wieder? Was kann ich diesmal für Sie tun? Und wo haben Sie Ihren hübschen Commissario gelassen?«

Es war die herablassende Art Albers, die in dem friedfertigen Marzoli eine gewisse Portion Wut freisetzte. Nicht so viel, dass er sich einer Zivilistin gegenüber im Ton vergriffen hätte, aber genau die richtige Dosis, um seine eigene Unsicherheit zu überwinden. »Frau Alber, wir haben die Information bekommen, dass auf Sie ein Attentat verübt wurde.« Marzoli schielte zu Salvatore hinüber. Vielleicht hatte er sich in ihm getäuscht und er hatte bereits seinen Notizblock gezückt? Doch nein, der Sohn des obersten Leiters der Südtiroler Carabinieri blickte weiterhin verlegen auf seine Füße. Marzoli blieb nichts anderes übrig, als selbst zu fragen, zuzuhören und eigenhändig mitzuschreiben. »Haben Sie eine Vorstellung, wer dahinterstecken könnte?«

Alber sah den Polizisten gelangweilt an. Den jungen Borgogno würdigte sie keines Blickes. Sie hatte ihn nicht einmal begrüßt. »Ihr immer mit euren Attentaten. Wer sollte mir denn nach dem Leben trachten? Das war sicherlich nur ein Versehen.«

Marzoli schnaubte verächtlich. Sein Missmut dieser Person gegenüber wuchs sekündlich. »Gift in einer Wasserflasche. Ein Versehen. Sehr originell. Es gibt höchstens vier Überlebende Ihrer Goldexpedition. Zwei davon arbeiten in diesem Hotel. Holen Sie Signor Ferrari.«

Alber schnippte mit den Fingern nach einem Angestellten, der im Nebenraum gerade die Tische für das Abendessen der Hotelgäste eindeckte. »Du hast den Herrn gehört. Geh in die Küche und hol Luigi.«

Marzoli fragte sich, ob Alber ihnen auch diesmal etwas zu trinken anbieten würde, doch ihre Gastfreundschaft blieb aus. Vermutlich beschränkte sich diese auf smarte, gut aussehende Vertreter des gehobenen Staatsdienstes. Marzolis Wut wurde noch größer. »Frau Alber, wir haben die Diagnose der Klinik Sterzing und das Protokoll der Carabinieri zusammen mit Ihrer Wasserflasche erhalten. Zweifelsohne werden wir darin die Substanz finden, die Sie umgehauen hat. Wer außer Luigi Ferrari hätte die Möglichkeit gehabt, Ihnen ein Mittel in die Flasche zu schütten?«

Der heißblütige Geliebte der Hotelierin kam um die Ecke und hatte die Frage offensichtlich mitbekommen. »Kannst du dich nicht erinnern, Christine? Nachmittags war Kofer bei uns. Angeblich, um einen Tisch für den Abend zu reservieren. Aber zur reservierten Zeit ist er nicht aufgetaucht.«

Alber nickte nachdenklich. »Stimmt. Jetzt, wo du es sagst. Aber glaubst du allen Ernstes, Andreas würde …?«

Marzoli sah von einem zum anderen. »Was ist mit Andreas Kofer? Was genau ist an diesem Tag passiert?«

Luigis Chefin winkte ab. »Kofer isst häufiger bei uns. Wir kennen uns schon lange. Er war gegen drei Uhr hier, als er auf dem Weg zu seinem Museum war. Der hat damit nichts zu tun.«

Es war wie bei den bisherigen Befragungen. Alle Beteiligten schienen etwas zu verschweigen. Aber was und warum? Immerhin trachtete jemand Alber nach dem Leben, daran konnte kein Zweifel bestehen. Zwei Zufälle waren mindestens einer zu viel. Insofern sollte ihr doch an der Wahrheit gelegen sein. War es die Angst vor den juristischen Konsequenzen des Goldschmuggels? Aber selbst die standen in keiner Relation zu der Lebensgefahr, in der zumindest Alber schwebte. Immerhin hatten die bisherigen Ermittlungen eine der Lügen aufgedeckt. Marzoli konfrontierte Alber und Ferrari mit Thalers Abschiedsbrief und Wachtlers persönlicher Einschätzung. »Warum haben Sie behauptet, dass

Sara Gasser im Oktober nicht dabei war? Warum haben Sie das abgestritten? Und wo ist Gasser jetzt?«

Doch wenn der Ispettore glaubte, die abgebrühte Hotelfachfrau auf diese Weise aus dem Konzept bringen zu können, hatte er sich geirrt. »Der Abschiedsbrief eines verzweifelten alten Mannes und die Spekulationen eines unbeteiligten Dritten sollen ausreichen, uns der Lüge zu überführen? Ich bitte Sie, Ispettore, das kann doch nur ein Witz sein.«

Es war Marzoli unbegreiflich, warum der Koch diese Hexe anhimmelte. Ihre dreisten Provokationen waren einfach nur unweiblich. »Sie leugnen weiterhin, dass Gasser dabei war?«

Alber nickte energisch, Ferrari sagte ohnehin nichts.

»Sie geben es also zu?«

»Wie kommen Sie denn darauf?« Sie sah den Polizisten verwundert an. »Natürlich nicht. Sara hat uns damals nicht begleitet. Ich bleibe dabei. Sonst noch was?«

Marzoli war bis aufs Blut gereizt. Diese Person war schlichtweg unmöglich. Aber seine persönliche Meinung war unbedeutend, er hatte einen Job zu machen. »Ja. Erklären Sie mir genau, wie das Gold nach Deutschland geschafft wurde und wer der Käufer ist, einfach alles, was in diesen Zusammenhang fällt.«

Aus der Mimik der Hotelchefin sprach erneut Verwunderung. »Aber das habe ich doch schon gesagt, Ispettore. Heinrich hatte die wichtigen Kontakte. Er ist mit dem Gold nach Deutschland gefahren und mit dem Geld zurückgekommen, das wir wie vereinbart unter uns aufgeteilt haben. Mehr weiß ich nicht. Das war allein Heinrichs Job. Niemand von uns wollte wissen, wie er das angestellt hatte. Es gibt Wissen, das nur schadet.«

Sie hatte einfach auf alles eine Antwort. Marzoli war mit seinem Latein am Ende. »Fällt Ihnen noch was ein, Salvatore?«

Zum ersten Mal hob der Römer den Kopf, und zum ersten Mal seit der Hinfahrt sagte er etwas. *»Scusi?«*

Verärgert verabschiedete sich Marzoli. Die nächste Station war Kofer. Vielleicht war der ja weniger abgezockt.

***

Vincenzo und Mauracher hatten den Stollen dank Wachtlers perfekter Wegbeschreibung bald gefunden. Wie dieser vermutet hatte, war der senkrecht in die Tiefe führende Zugang schneefrei. Vermutlich war der Schnee immer wieder abgebrochen und in den Stollen gerutscht. Auch die Sonne hatte wertvolle Dienste geleistet, der noch liegende Schnee war weich und gut begehbar. Etwas ratlos blickte Vincenzo den Stollen hinunter. »Und da sollen wir wirklich rein? Ich muss immer wieder an Wachtlers Schilderungen von dem Holzeinbruch denken, der Thaler damals fast erwischt hätte.«

Auch Mauracher wirkte unschlüssig. »Riskant wäre es zumindest. Fragt sich nur, wie wir Gasser sonst finden sollen. Wo sollte sie sein, wenn nicht da unten?«

Vincenzo blickte sich um. »Sie könnte ebenso gut beim Abstieg verschollen sein. Doch was, wenn es doch bloß ein Unfall war? Oder wir uns getäuscht haben und sie noch lebt?«

»Niemals«, beharrte Mauracher. »Jemand hat sie aus reiner Gier um die Ecke gebracht. Und sie war nicht die Einzige, ich sage nur Pircher und Gamper. Das ist wie mit den zehn kleinen Negerlein. Und Alber scheint das nächste Opfer zu sein. Was ist jetzt? Sollen wir es riskieren?«

Vincenzo blickte angestrengt in die Tiefe. Er versuchte, sich vorzustellen, wie er selbst in einem unbeobachteten Moment einen Expeditionsteilnehmer schubste oder dessen Seil löste. War das in so einem engen Stollen überhaupt möglich? Würde eine fallende Sara Gasser nicht automatisch alle anderen mit in die Tiefe reißen? So wie letztes Jahr die Spreizbalken um ein Haar Thaler erwischt hatten? So eine Taktik hätte nur dann funktioniert, wäre Gasser die Erste im Abstieg und der Täter direkt hinter ihr gewesen. Doch dann hätten alle anderen den Mord mitbekommen. Nein, wenn er jemanden auf diese Weise hätte beseitigen wollen, dann hätte er es beim Abstieg ins Tal gemacht. Und zwar möglichst schnell, denn wer nicht als Killer auf die Welt gekommen war, hatte zumindest bei seinem ersten Mord gehörige Skrupel. Erst recht, wenn er geplant war und nicht im Affekt geschah. »Wissen

Sie, was ich glaube, Sabine? Wenn Sara Gasser ermordet wurde, liegt sie da vorn in der Schlucht.«

Die beiden Polizisten gingen zum Rand der Schlucht. »Was meinen Sie, wie tief es da runtergeht? Dreißig Meter?«

Mauracher wiegte den Kopf. »Keine zwanzig. Die Wand ist nicht glatt, und es gibt ordentliche Griffe und Tritte. Sollen wir einen Stand bauen? Wenn Sie mich von oben sichern, klettere ich runter.«

Vincenzo nickte. »Gute Idee. Schade, dass wir nicht bis zum Boden schauen können, sonst würden wir Gasser vielleicht sogar von hier oben sehen. Aber der Einschnitt ist zu schmal. Eher ein großer Felsspalt als eine Schlucht. Da dürften Sie mit Ihrer Suche schnell fertig sein. Und wenn Sie nichts finden, werden wir uns an den Abstieg machen. Wahrscheinlich müssen wir uns trotzdem auf eine Übernachtung einstellen.«

Während Vincenzo redete und redete, hatte Mauracher bereits einen Standplatz mit mehreren Fixpunkten errichtet, die Seile angebracht und sich selbst am Seil fixiert. »Sind Sie bereit, Commissario? Sie haben so etwas doch schon mal gemacht, oder?«

Vincenzo lächelte, während er den obligatorischen Partnercheck durchführte. »Liebe Sabine, auch wenn Sie es nicht glauben, ich habe tatsächlich eine Bergsteigerausbildung absolviert. Bei Hans Valentin, mit dem ich zudem regelmäßig unterwegs bin. Ich kann mir nicht vorstellen, dass ich Probleme habe, Ihr Fliegengewicht zu halten.« Der Commissario prüfte die Fixpunkte. »Zwei Zwillingsseilstränge, sauber um den Fels gelegt, gut gemacht. Die halten garantiert.« Gewissenhaft prüfte er Maurachers Selbstsicherung. »Auch die ist ganz passabel. Bandschlinge plus Verschlusskarabiner, Kurzprusikknoten mit zwei Wicklungen um beide Seilstränge, der wunderbar in Ihre zarte Bremshand passt. Reicht diese Analyse als Beweis meiner Bergtauglichkeit? Habe ich die Prüfung bestanden?«

Mauracher deutete ein Klatschen an. Sie hoffte, dass ihr Vorgesetzter ihr Verhalten nicht als respektlos, sondern eher als freundschaftlich wertete. Wobei sie sich immer wieder eingestehen musste, dass sie den Commissario richtiggehend süß fand. Und konditionell und kräftemäßig hatte er auch was drauf. »Mit Bravour bestanden.«

Mit Schwung verschwand Mauracher in der Felswand. Gekonnt und in atemberaubendem Tempo seilte sie sich von Abseilstand zu Abseilstand ab, immer exakt in der Falllinie. Nach wenigen Minuten hatte sie den Grund des Einschnittes erreicht. Sie löste das Seil und schaltete die Taschenlampe ein. Der Spalt hatte sich unten sogar noch etwas verjüngt, sie schätzte den Abstand zwischen den beiden Wänden auf maximal fünf Meter. Der Fels war sehr dunkel, fast schon schwarz, an vielen Stellen rann Wasser an ihm herab und verschwand plätschernd auf dem steinigen Grund. Sie hätte hier noch stundenlang rumklettern können, aber sie hatte einen Job zu erledigen. Sie richtete den Strahl der Taschenlampe auf den Boden und schritt langsam auf und ab. Überall Steine und große Felsen wie in einem Felsenmeer, aber außer Stein und Wasser konnte sie nichts Auffälliges entdecken. Das Ende markierte ein Felsen, der an einen riesigen Zahn erinnerte. Sie ging um ihn herum, hielt die Taschenlampe noch immer auf den Boden gerichtet. Als der gebündelte Lichtstrahl etwas erfasste, schrie Mauracher auf. Damit hatte sie nicht gerechnet.

Das musste sie dem Commissario erzählen. Sie betrachtete ihren Fund, sah sich nur das genauer an, was aus Sicht der Spurensicherung unbedenklich war. Dann bedeutete sie ihrem Vorgesetzten, dass er sie wieder sichern solle. Für den Aufstieg durch die Wand benötigte sie kaum mehr Zeit als für das Abseilen.

Vincenzo hatte staunend beobachtet, wie seine junge Kollegin im Stile der bekannten Huberbuam wieselflink emporkletterte. Was seine Kollegin da tat, davon konnte er nur träumen. Ohne es bewusst zu forcieren, verglich er sie mit Gianna. Seit ihrer unsäglichen Begegnung am Freitag hatte sie ihm täglich mehrere SMS geschickt und ein paarmal auf den Anrufbeantworter gesprochen. Wenn er ihre Nummer im Display sah, ging er nicht ran. Zu tief hatte sie ihn verletzt. Der Tenor ihrer Nachrichten war stets derselbe. »Ein Kollege, mehr nicht, kein Grund, sich so aufzuführen, bitte lass uns miteinander reden.« Aber er hatte keine Lust, mit Gianna zu sprechen. Noch nicht. Er ertappte sich bei dem Gedanken, dass eine Südtirolerin, die seine Begeisterung für die Berge teilte, vielleicht doch besser zu ihm passen würde. Natürlich nicht Mauracher, sie war ihm sympathisch, sehr sympathisch sogar, aber mehr nicht. Außerdem war sie viel zu jung für ihn. Doch vielleicht eine andere Frau aus Bozen …

Offensichtlich war ihm anzusehen, dass er mit seinen Gedanken woanders war. »Was ist denn mit Ihnen los, Commissario? Ist Ihnen ein Geist begegnet?«, war Maurachers erster Kommentar, als sie über den Rand der Schlucht stieg.

Abrupt verabschiedete sich Vincenzo von seinen Gedanken. »Keineswegs. Ich habe lediglich bewundernd zur Kenntnis genommen, wie sicher Sie klettern können. Was haben Sie unten gefunden?«

Als Mauracher berichtet hatte, war Vincenzo sicher, dass damit wieder einige Puzzlesteine zusammengeführt werden konnten. Doch zunächst musste er Marzoli anrufen, damit sein Kollege seine Befragungen ausweiten konnte.

***

Hotel Christine

Marzoli und der Sohn des Colonello waren schon auf dem Weg nach draußen, als das Handy des Ispettore klingelte. Es war Bellini. Unter Salvatores neugierigen Blicken nahm er das Gespräch an. »Verstehe. – Direkt neben dem Stollen? – Aha, eine Art Schlucht also. – Ja, das kann ich mir vorstellen. – Nein, gesehen habe ich so etwas noch nicht. – Was? Zwei? Das ist eine echte Überraschung. Fingerabdrücke? – Gut, ich nehme mir die beiden noch einmal zur Brust.«

Marzoli beendete das Gespräch und wandte sich dem jungen Carabiniere zu. »Eine faustdicke Überraschung. Haben Sie alles verstanden?«

Borgogno zuckte mit den Schultern. Natürlich hatte er nichts verstanden. Marzoli konnte sich nicht vorstellen, dass der überforderte Junge tatsächlich im Rahmen eines Praktikums von wenigen Wochen Deutsch lernen würde. Was er brauchte, war vielmehr ein Intensivsprachkurs beim Goethe-Institut. Doch das war in diesem Moment Nebensache. Mit einem triumphierenden Lächeln ging er zu Alber und Ferrari zurück, die sich beide in friedlicher Eintracht nebeneinander mit den Ellbogen auf dem Rezeptionstresen abgestützt und den Polizisten hinterhergeschaut hatten. Wäre es nicht um Mord gegangen, wäre das sogar ein belustigender Anblick gewesen.

»Sie bleiben dabei, dass Sara Gasser im Oktober vergangenen Jahres nicht bei Ihrer Expedition dabei war?«

»Warum sollte ich plötzlich etwas anderes erzählen?«

Marzoli schwieg bedeutsam. Er wollte seinen Triumph auskosten. »Weil wir sie gefunden haben. Wie wäre es damit?«

»Gefunden?« Alber schien ernstlich überrascht.

Marzoli schilderte, wie und unter welchen Umständen Bellini und Mauracher Sara Gasser am Grund der Schlucht neben der alten Mine gefunden hatten. »Sie ist übel zugerichtet, muss beim Fallen an diversen Felsvorsprüngen vorbeigeschrammt sein. Kein schöner Anblick.« Da der Commissario die Leiche selbst noch nicht gesehen und ihm nur die Fakten genannt hatte, schmückte er die Erzählung aus. »In ihrem Rucksack haben meine Kollegen Goldgräberwerkzeug gefunden. Ich denke, Sie werden mir jetzt genau erzählen, was wirklich passiert ist, ansonsten muss ich Sie leider vorladen, verstanden?«

Alber vergrub das Gesicht in ihren Händen und schüttelte den Kopf. »Die arme Sara, die arme Sara«, sagte sie immer wieder. Sie griff nach Ferraris Arm, zog ihn an sich. »Halt mich ganz fest, Luigi.«

Ferrari nahm seine Chefin in den Arm. »Weine nicht, Christine. Irgendwann musste es rauskommen.«

Marzoli war gleichermaßen fassungslos wie beeindruckt. Was für eine Show zogen die beiden ab? »Würden Sie freundlicherweise meine Frage beantworten?«

Alber wischte sich mit dem Handrücken eine Träne aus dem Gesicht. »Ich bin heilfroh, dass es endlich raus ist. Mein Gott, was habe ich in den letzten Monaten gelitten. Wir waren so gute Freundinnen. Das war auch der Grund, warum Sara mich damals angesprochen und gebeten hat, sie bei ihrer Goldsuche zu begleiten. ›Christine‹, hat sie gesagt, ›wenn wir etwas finden, kannst du endlich dein Hotel modernisieren.‹ Luigi und ich haben lange hin und her überlegt, schließlich ist so eine Suche illegal.

Normalerweise würde ich bei so etwas nie mitmachen, aber dieser arrogante Banker wollte mir einfach keinen Kredit gewähren, nicht einmal einen kleinen. Hat die ganze Zeit was von Basel II gefaselt.« Wieder floss eine Träne über ihre Wangen. Fürsorglich drückte Ferrari Alber an sich.

Salvatore Borgogno verfolgte das Geschehen nun sichtlich interessiert. Er sah eine weinende Hotelierin, verstand nicht, was sie sagte, und einen Koch, der sie in den Arm nahm und tröstete wie ein kleines Kind.

»Was ist geschehen?« Der Ispettore konnte nicht einschätzen, ob die Tränen der Frau echt waren.

Die Hotelierin richtete sich auf und erzählte den Polizisten, wie die Gruppe um den Bergführer Alexander Thaler den alten Stollen und das Gold gefunden hatte. Ausgangspunkt war Sara Gasser gewesen. Sie hatte die für sie zweite Expedition zu dem Stollen organisiert. Gefunden hatten sie angeblich nur die besagten fünf Kilogramm des Edelmetalls. Zwei Tage und Nächte waren sie in dem alten Stollen und den Gängen herumgekrochen in der Hoffnung, eine Kult- oder eine reiche Grabstätte zu entdecken – mit möglichst vielen Gegenständen aus Gold. Als ihre Hoffnungen sich nicht erfüllt hatten, waren sie enttäuscht aus dem Stollen geklettert, um abzusteigen.

»Am meisten frustriert war Andreas Kofer. Er hatte mehr als die anderen gehofft, auf edel geformte Statuen oder vielleicht Schmuck zu stoßen. Ich habe ja keine Ahnung von diesen Dingen. Es hat genieselt und war nebelig. Wir hatten miserable Sicht. Wir wissen nicht, was Sara geritten hat, aber als Markus Pircher, Gott hab ihn selig, nach Süden gegangen ist, meinte sie, die Richtung sei falsch, wir müssten genau in die andere. Die beiden haben zu streiten angefangen, und irgendwann ist Sara einfach losmarschiert, ohne sich umzudrehen. Wir haben sie aus den Augen verloren.«

Christine Albers Erklärung klang ziemlich überzeugend. Auch die Frage, ob sie nach der Rückkehr ins Tal versucht habe, Sara zu kontaktieren, um sich zu versichern, dass es ihr gut ging, konnte sie nachvollziehbar beantworten. »Wissen Sie, Ispettore, sie war so selten zu Hause, ans Telefon ging sie eigentlich nie. Ich habe es ein paarmal versucht, schließlich aber bleiben lassen.«

Kleinlaut gestand Alber schließlich auch ein, dass man die zweihunderttausend Euro natürlich anders verteilt habe. Gamper, Pircher und Sara waren unauffindbar oder tot, und Thaler wollte kein Geld. Folglich mussten sie die Summe nur noch durch drei teilen. Fast siebzigtausend für jeden. Zu wenig für ihre Sanierungspläne, aber genug für die notwendigsten Renovierungsarbeiten. »Ich verstehe Sie natürlich, Ispettore. An Ihrer Stelle würde ich auch ein Verbrechen wittern. Aber denken Sie noch einmal nach. Glauben Sie allen Ernstes, dass jemand von uns für ein paar Tausend Euro mehr drei Morde begehen würde? Sara ist wahrscheinlich abgestürzt, ein tragisches Unglück. Heinrich hat, wie wir alle wissen, weil wir dabei waren, seinen Fund etwas zu ausgelassen gefeiert und anschließend vermutlich den Kamin nicht gelöscht. Auch Markus hat gefeiert, wahrscheinlich mit ein paar Mädchen, und war so angetrunken und euphorisiert, dass er meinte, den Helden spielen zu müssen. So war er schon immer. Und der Thaler hat Selbstmord begangen. Unglaubliche Zufälle, ich weiß, doch was können wir dafür?«

»Und wie erklären Sie sich, dass die Terrassentür des Gamperhofes offen stand?«

Wieder hatte sie die passende Antwort parat. »Ich verstehe Ihr Misstrauen ganz und gar, Ispettore. Aber bedenken Sie: Heinrich war Raucher. Bevor Hannes zur Welt kam, durfte Heinrich noch in seinem Arbeitszimmer rauchen, doch nach der Geburt hat Frieda, die ansonsten wenig durchsetzungsfähig war, ihn auf die Terrasse verbannt. ›Wenn ein Kind im Haus ist‹, pflegte sie stets zu sagen, ›wird hier drinnen nicht geraucht. Wenn Heinrich meint, nicht anders zu können, muss er eben frieren.‹ Und da wir alle ziemlich gebechert haben, vermute ich, dass Heinrich einfach vergessen hat, nach einer Zigarette die Tür wieder zu schließen.«

Marzoli wurde nachdenklich. So wie Alber es darstellte, konnte man tatsächlich an merkwürdige Zufälle glauben. Ihre Erklärungen klangen logisch, aber vor allem konnte er ihr nichts Gegenteiliges beweisen. Doch ob es tatsächlich nur um ein paar Tausend Euro mehr gegangen war, wie sie behauptete, war zumindest nach Wachtlers Einschätzung mehr als zweifelhaft. Außerdem hatte es die zwei mysteriösen Attentate auf Alber gegeben. Dazu noch vier Tote. Für Marzoli war noch immer klar, dass zwischen allen Ereignissen ein Zusammenhang bestand. Er verabschiedete sich mit dem Hinweis, dass Alber und Ferrari Südtirol nicht verlassen dürften und sich darauf einstellen müssten, in die Questura nach Bozen bestellt zu werden.

Auf dem Weg zum Wagen informierte er Borgogno, natürlich auf Deutsch, darüber, dass sie als Nächstes den Commissario anrufen, danach zu Andreas Kofer und schließlich zu den Kollegen nach Sterzing fahren würden. Es war ihm egal, dass der Junge kein Wort verstand. Er war ausnehmend zufrieden mit sich. Er hatte ein ausgezeichnetes Verhör geführt. Wobei ihm auf der Fahrt dann doch bewusst wurde, dass er bis auf die Sicherung der Fingerabdrücke beider Zeugen eigentlich kein konkretes Ergebnis erzielt hatte.

***

Hochfeiler, Weißkarferner

Vincenzo forderte einen der wendigen Hubschrauber der Bergwacht an, einen Ecureuil AS 350 B1 von EADS, der über eine Seilwinde verfügte. Genau das, was sie jetzt brauchten. Keine Stunde nach dem Telefonat traf der Hubschrauber mit Reiterer und Paci an Bord ein.

Nachdem der Leiter der Spurensicherung sich in geduckter Haltung von den Rotorblättern, die einen infernalischen Krach verbreiteten, entfernt hatte, ging er mit energischen Schritten zu Vincenzo. »Mein lieber Bellini, Sie muten mir wirklich so einiges zu. Sie wissen doch, dass ich Berge nur mag, wenn ich sie von unten betrachten kann. Am liebsten von meinem Liegestuhl aus, mit einem feinen Amarone oder einem spritzigen Cocktail in der Hand. Mir wird schon schlecht, wenn ich Felsen nur sehe. Und diese Eismassen hier. Wissen Sie, was ich heute Mittag gemacht habe? Ich habe in Bozen auf der herrlichen Sonnenterrasse Ihrer Eltern gesessen und einen eisgekühlten Weißwein genossen. Und jetzt das. Lassen Sie uns schnell tun, was zu tun ist, dann will ich wieder zurück ins Warme.«

Meistens begegnete der Commissario dem Spurensicherer in dessen Herrschaftsgebiet, in dem er der unbestrittene Souverän war, doch die Berge waren Vincenzos Reich. Mit einer leichten Kopfbewegung wies er zu der Schlucht, vor der sie standen.

Reiterer verstand nicht. »Was soll das heißen?«

Vincenzo lächelte mit hochgezogenen Augenbrauen, deutete ein Nicken an und mit einer Hand in die Tiefe.

Der Souverän der Spurensicherung rang um Fassung. »Wollen Sie mich auf den Arm nehmen? Sie meinen …?«

Der Bergsouverän nickte. Wortlos.

In Reiterers Gesicht spiegelte sich blankes Entsetzen wider. »Sie erwarten allen Ernstes von mir, dass ich in diesen ekelhaften dunklen Schlund …?«

Wieder ein Lächeln. Wieder ein Nicken.

»Sie sind verrückt geworden!«

Lächeln. Kopfschütteln.

»Und wie, bitte schön, soll ich da runterkommen?«

Paci, Rechtsmedizinerin mit neuem Kurzhaarschnitt, hatte den typischen Disput der beiden wortlos verfolgt, doch jetzt hatte sie genug. Sie würde dem Commissario keinen weiteren Seitenhieb gestatten. »Was für eine Frage, Signor Reiterer, natürlich mit der Seilwinde. Das kann jeder, sogar Sie. Sie müssen nur stillhalten. Können wir jetzt endlich anfangen? Ich habe heute noch was anderes vor.«

Mauracher und Vincenzo beobachteten aus sicherer Entfernung den Einsatz der Bergwacht, der professionell, sicher und fehlerfrei verlief. Nach einer halben Stunde in der Tiefe gab Reiterer den Bergrettern von unten Zeichen, den Fund zu bergen. Mit einem großen Rettungskorb verschwanden zwei Mitglieder der Bergwacht unter den lärmenden Rotorblättern in der Schlucht. Mehrmals ließen sie sich hochziehen und legten etwas am Rand ab. Als der erste schwierigere Teil des Einsatzes beendet war, landete der Helikopter etwas entfernt auf dem Gletscher. Paci blieb mit Reiterer an der Felsspalte stehen und winkte Vincenzo und Mauracher zu sich.

Den vier Staatsdienern bot sich ein bizarres Bild. Vor ihnen lagen die sterblichen Überreste von Sara Gasser. Trotz etlicher schwerer Verletzungen infolge des Sturzes war es ein Leichtes, die Archäologin mit dem auffallend maskulinen Gesicht zu identifizieren.

Ohne einen Kommentar abzuwarten, stellte Paci ihre Erstdiagnose. »Natürlich wie immer unter dem Vorbehalt der Obduktion. Das Opfer ist mit an Sicherheit grenzender Wahrscheinlichkeit an den Folgen des Sturzes in die Schlucht gestorben. Dafür sprechen die zahlreichen eingebluteten Wunden, die nicht vorhanden wären, wäre die Frau erst post mortem in den Abgrund geworfen worden.« Die Rechtsmedizinerin beugte sich zu Gasser hinunter, drehte leicht ihr Gesicht und ihre Gliedmaßen. »Wie Sie unschwer anhand der nur leicht gräulich verfärbten Haut erkennen können, ist der Zustand der Toten hervorragend. Die Höhe und der Fundort haben daran ihren Anteil. Auf dem Grund der Schlucht dürften die Temperaturen fast durchgängig in Gefrierpunktnähe liegen. Da verwest so schnell nichts. Und wenn, dann dauert es Jahre. Allerdings wird der gute Zustand der Leiche eine exakte Eingrenzung des Todeszeitpunktes erschweren. Wir müssen die Obduktion abwarten.« Sie wies mit dem Kopf auf den Fund neben Sara Gasser. »Und dazu kommen wir später.«

Obwohl Vincenzo in seiner noch kurzen Laufbahn bereits mehr Leichen gesehen hatte, als ihm lieb war, wurde ihm beim Anblick von Sara Gasser übel. Mauracher hingegen blieb genauso ungerührt wie bei ihrem ersten Toten im vergangenen Jahr. »Wäre es denkbar, dass jemand Sara Gasser über den Abgrund geschubst hat?«

»Schwer zu sagen.« Paci zuckte mit den Schultern. »Natürlich ist das möglich, aber nachweisen lässt sich das kaum. Wie wollen Sie einen kleinen Stoß bei einem von Wunden übersäten Sturzopfer feststellen? Anders wäre es, wenn jemand zuvor mit einem Eispickel auf sie eingeschlagen hätte. Die spezifischen Wunden würde man eindeutig erkennen.«

Reiterer sagte nicht viel, zwischen den widerlichen Felswänden schien er in einen klaustrophobischen Zustand verfallen zu sein. Kurz schilderte er, wie er den Rucksack nebst Inhalt geborgen und den Grund um das Opfer herum abgesucht, aber dabei nichts Auffälliges entdeckt hatte. »Können wir jetzt endlich zurückfliegen?«

Vincenzo nickte. »Gleich. Sagen Sie uns jetzt noch etwas zu Ihrem zweiten Fund, Signora Paci?«

»Natürlich.« Die Rechtsmedizinerin kniete sich neben die Überreste des zweiten Opfers. »Knochen und Schädel weisen auf einen zierlichen Menschen hin. Insofern vermute ich, dass es sich um eine Frau handelt. Näheres werden erst die Laboruntersuchungen ergeben. Fest steht dagegen, dass das Opfer schon seit Jahren, ich würde gar behaupten, seit Jahrzehnten dort unten gelegen hat.«

Vincenzo blickte betroffen auf die sterblichen Überreste von Christel Abendstein. »Sie hat mehr als einunddreißig Jahre dort unten gelegen.«

Paci sah ihn fragend an, während Mauracher und Reiterer wissend nickten. Im Job zumeist Rivalen aus Leidenschaft, hatten sich die beiden Souveräne darauf verständigt, Thalers letzten Willen entgegen der Vorschriften zu respektieren und von einer Obduktion Abstand zu nehmen. Die Blutuntersuchung hatten sie von einem Internisten durchführen lassen, der die Angaben des Bergführers in seinem Abschiedsbrief bestätigte. Auch über den Inhalt des Abschiedsbriefes wussten die beiden Beamten natürlich Bescheid.

»Das ist Christel Abendstein aus Kitzbühel. Ein DNA-Abgleich sollte für klare Verhältnisse sorgen. Wir werden uns darum kümmern, dass ihre Gebeine begraben werden. Und ich weiß auch schon, wo.«

22

Sarnthein, Mittwoch, 25. April

Vincenzo schaute durch das Panoramafenster seiner Wohnung über die Landschaft in tausend Meter Höhe, wo der Frühling nach dem langen kalten Winter endlich einen späten Sieg feierte. Überall sprossen Schneeglöckchen und Krokusse aus dem Boden, in den Gärten der umliegenden Häuser auch Magnolien. Nach der gestrigen unfreiwilligen Rückkehr ins Eis genoss er den Anblick umso mehr. Während des Einsatzes war er abgelenkt gewesen, hatte keinen Gedanken an den Horror des vergangenen Herbstes verschwendet, doch als er abends mit einem leichten Sankt Magdalener ins Bett ging, er hatte sein altes Gewicht fast wieder erreicht und konnte sich ab und an ein Schlückchen Alkohol genehmigen, kam die Erinnerung wieder zurück. Plastisch stiegen die verstörenden Bilder vor seinem geistigen Auge auf. Er war aus dem Bett gesprungen, hatte den Fernseher eingeschaltet, der ansonsten zu den am wenigsten genutzten Technologien seines Alltags zählte, und hin und her gezappt. Ablenkung um jeden Preis. Das sinnentleerte Zappen zeigte die erhoffte Wirkung. Binnen weniger Minuten war er so müde geworden, dass er es gerade noch ins Bett geschafft und bis zum Klingeln des Weckers durchgeschlafen hatte.

Doch jetzt, mit einem Kaffee in der Hand, überfiel ihn erneut das diffuse Gefühl von Angst, die merkwürdig real wirkte. So als wäre es noch nicht vorbei. Als wollte das Gefühl Vincenzo nicht nur sagen, dass er sich sein Leben lang an den Horror erinnern würde, sondern ihn auch zusätzlich beschwören: »Du hast damals einen schweren Fehler gemacht, der sich rächen wird. Bist du bereit, dich dieser Herausforderung zu stellen, wenn es so weit ist? Bist du stark genug?«

Vielleicht waren es diese Erinnerung und die damit verbundenen Gefühle, die Vincenzo zum Abheben bewogen, als sein Festnetzanschluss klingelte und er Giannas Nummer erkannte. Die

Bilder vom Eis, von einer traumatisierten und apathischen Gianna, der Gedanke an den Inhalt der menschenverachtenden Briefe, alles zusammen erzeugte automatisch etwas ähnlich einer verschwörerischen Nähe. Und für einen Moment waren sie verschwunden, die Bilder von dem fremden Mann in Giannas Wohnung. »Hallo, Gianna, ich habe gerade an dich gedacht.«

»Guten Morgen, Vincenzo. Was ist los mit dir? Du klingst so seltsam.«

Es wunderte ihn nicht, dass Gianna sofort spürte, dass etwas nicht stimmte. Sie war so facettenreich. Als Anwältin analytisch, konzentriert, durchsetzungsfähig, als Privatmensch gleichermaßen sensibel mit einem Gespür für die Stimmungen ihrer Mitmenschen. Und erst recht für die von Vincenzo, den sie schon lange kannte und von dem sie wusste, dass er kein Mensch war, der sich gut verstellen konnte. Er erzählte ihr von seinem Einsatz in den Bergen und davon, was die Erlebnisse im Eis und die damit verbundenen Erinnerungen abends mit ihm gemacht hatten.

»Ich verstehe dich gut, Vincenzo. Mir geht es immer noch fast jeden Tag so. Mein Therapeut redet mit Engelszungen auf mich ein, versucht mir klarzumachen, dass du und deine Polizeikollegen, dass ihr alles getan habt, um mich zu retten. Dass mein Entführer skrupellos und berechnend war und genau wusste, was er bei mir mit seinem Verhalten auslösen würde. Dass er nur das Ziel verfolgte, dir auf diese perfide Weise zu schaden. Intellektuell kann ich das verarbeiten, weiß vom Verstand her, dass er recht damit hat. Aber ich komme nicht darüber hinweg, nicht über meine Gefühle, die täglich wachsende Freude, die ich empfand, wenn er zu mir kam. Für mich war er wie ein Beschützer. Ich denke, wir wissen beide, dass das der eigentliche Grund für unsere Krise ist.«

Vincenzo nickte für Gianna unsichtbar. Sie sagte die Wahrheit. Stundenlang hatte er im Internet recherchiert, um sich über das Stockholm-Syndrom zu informieren, hatte sogar Albertazzi angerufen, der ihm alles bestätigte, was er herausgefunden hatte. Doch auch der Psychiater konnte nicht verhindern, dass sich Vincenzos Verstand und sein Gefühl eine erbitterte Schlacht lieferten. Wieder sah er den charismatischen Anzugträger hinter Gianna in der Wohnungstür stehen. Seine Stimme wurde fester, härter. »Das gibt dir noch lange nicht das Recht, hinter meinem Rücken eine Liaison einzugehen. Ich war immer für dich da. Du hättest jederzeit mit mir reden können.«

Er hörte Giannas Atem, dann ein Klicken. Sie hatte aufgelegt. Wutentbrannt schmiss Vincenzo den Hörer auf das Bett, bereute in derselben Sekunde aber schon wieder sein Verhalten. Er rief Gianna zurück, erreichte aber nur den Anrufbeantworter. Er hinterließ eine Nachricht, in der er sich entschuldigte. Sekunden später klingelte sein Telefon erneut.

»Dieser Mann, das ist ein Kollege und inzwischen auch ein guter Freund, mehr nicht.« Sie hörte sich an, als hätte sie geweint. Dann schilderte sie Vincenzo die Hintergründe der neuen Freundschaft. Die Allianz ihres Vaters mit Lorenzo di Angelo, ihre gemeinsamen Fälle, wie und warum daraus eine Freundschaft geworden war. »Dass du in dieser Situation für mich der falsche Ansprechpartner gewesen wärest, ist doch wohl einleuchtend. Lorenzo ist älter, hat mehr Lebenserfahrung, er geht auf mich ein. Der Therapeut versucht mich zu therapieren, aber Lorenzo hört einfach nur zu und vermittelt mir allein durch seine Anwesenheit ein Gefühl von Sicherheit und Geborgenheit. Jedenfalls mehr als der Psychologe, mit dem ich aber weiß Gott nicht unzufrieden bin. Am besten wäre es, du würdest Lorenzo kennenlernen und dir selbst ein Bild von ihm machen. Dann würdest du auch begreifen, wie unbegründet deine Eifersucht ist.«

Vincenzo zwang sich, sein Misstrauen runterzuschlucken. Wie viel Verständnis sollte, musste er in dieser Situation wohl noch aufbringen? Er schaute auf seine Armbanduhr. Halb neun durch. Um neun war er mit Marzoli und Mauracher verabredet. »Ich muss dringend los, Gianna, aber lass mich noch eines sagen: Ich liebe dich genauso wie vorher, und ich glaube dir. Trotzdem muss ich diesen Lorenzo deswegen nicht gleich kennenlernen. Vielleicht ja später irgendwann einmal. Sollen wir am Wochenende mal länger telefonieren?«

Gianna überraschte ihn, indem sie vorschlug zu skypen. Das bedeutete, dass sie sich sogar sehen würden. Die erfreulichen Aussichten hoben Vincenzos Stimmung beträchtlich. Er ließ die Tasse mit dem inzwischen lauwarmen Kaffee auf seinem Nachttisch stehen, nahm Jacke und Dienstwaffe vom Haken und fuhr ohne Frühstück nach Bozen. Marzoli würde sich freuen, dass er gestern Abend noch einen großen Vorrat an Cantuccini gekauft hatte, und sich später auch davon bedienen.

Als er Bozner Stadtgebiet erreichte und wieder durchgängig Empfang hatte, griff er zu seinem Handy.

***

Bozen, Forensische Psychiatrie

Dottore Crescente Albertazzi, Leiter der forensischen Psychiatrie, schritt stolz durch die Gänge des Gebäudes. Die neue Bozner Psychiatrie zählte zu den größten und modernsten Einrichtungen Italiens. Vom Errichten des Rohbaus hatte es noch mehr als ein Jahr gedauert, bis die letzten Bauarbeiten abgeschlossen worden waren. In dieser Zeit war die Psychiatrie noch in einem hässlichen Bau aus den Siebzigern untergebracht gewesen, ein idealer Drehort für einen Horrorfilm. Anfangs war nicht klar gewesen, ob Albertazzi die Leitung behalten würde. Denn während er sich, einerseits widerwillig, andererseits erfreut, weil ihm das alte Gebäude einige interessante Möglichkeiten geboten hatte, um die alte Einrichtung kümmern musste, hatte ihn Dottore Adriano Galante, ein Turiner, besser vertreten, als es Albertazzi lieb gewesen war. Doch dank seiner guten Beziehungen zum Träger der konzerngebundenen Einrichtung hatte er für seinen Kollegen eine attraktive Position in Verona ausfindig gemacht. Als bekennender Freund der Oper hatte Galante das Angebot angenommen und den Weg für Albertazzi frei gemacht.

Der Psychiater war nicht nur der Chef der Vorzeigeeinrichtung, sondern kümmerte sich auch selbst um einige seiner Patienten. Unter ihnen war auch der hochgradig schizophrene Mann, der dem bedauernswerten Commissario Vincenzo Bellini übel mitgespielt hatte. Nur weil Albertazzi nachvollziehen konnte, was sich im Inneren des Polizisten abspielte, duldete er dessen regelmäßige Anrufe. Mindestens ein Mal pro Woche meldete er sich, um sich zu erkundigen, ob der Patient, dessen Taten er selbst aufgedeckt hatte, auch noch brav in seiner Zelle saß. Aber wo sonst sollte er denn sein? Manchmal löcherte der Commissario ihn zusätzlich mit Fachfragen. Wollte wissen, ob es normal sei, dass seine Freundin sich so abweisend verhalte. Da Zeit nicht gerade zu den Dingen gehörte, die Albertazzi im Überfluss hatte, nervten ihn Bellinis Anrufe zunehmend. Doch der Psychiater in ihm ermahnte ihn jedes Mal, mehr oder weniger darauf einzugehen. Zudem war der Commissario eigentlich ein netter Kerl.

Crescente Albertazzi stand vor der Tür des Mörders. Er war in seiner Zelle durch eine massive Plexiglaswand mit einer Durchreiche für die Mahlzeiten von einem kleinen Vorraum getrennt. Diesen konnten die Ärzte betreten, ohne Gefahr zu laufen, von dem Mann angegriffen zu werden. Nicht einmal ein Begleiter zur Sicherheit war notwendig. Denn eines war klar: Hätte dieses Monster die Möglichkeit, würde es sich auf jeden Besucher stürzen. Und zwar mit brachialer Gewalt. Der Mensch war eine Ausgeburt der Hölle. Dass man ihm das weder ansah noch sonst irgendwie äußerlich bemerkte, machte ihn so gefährlich.

Bis heute hat die Wissenschaft nicht zweifelsfrei klären können, ob Charaktereigenschaften angeboren oder anerzogen oder sie eine Mischung aus beidem sind. Eine weitere Frage, die unzählige Wissenschaftler beschäftigt, beantwortete sich in diesem Fall jedoch von selbst, wenn man dem Monster gegenübersaß. Grundsätzlich war Schizophrenie bei einem Drittel der Betroffenen heilbar. Bei den übrigen konnten die Symptome durch eine möglichst frühe und dauerhafte Therapie zumindest erheblich gelindert werden. Doch bei diesem Menschen schien alle Mühe aussichtslos. Er kam Albertazzi unheilbar vor. Manchmal fragte er sich ernsthaft, ob er es überhaupt mit einem Fall von Schizophrenie zu tun hatte. Als Mediziner musste er das klar bejahen, doch sein Gespür sagte ihm, dass er es nicht mit einer lapidaren Krankheit, sondern mit dem personifizierten Bösen zu tun hatte. Ein überdurchschnittlich gut aussehender Mann mit besten Umgangsformen, höflich, scheinbar kooperativ und sprachlich auf beeindruckendem Niveau, das eine weit überdurchschnittliche Intelligenz erkennen ließ. Mit seiner

Art konnte der Mann nahezu jeden Menschen täuschen. Er würde sich ihm arglos ausliefern und wäre somit verloren.

Und obwohl Albertazzi der Ansicht war, gegen jedwedes Charisma gefeit zu sein, musste er sich eingestehen, dass von diesem Menschen eine schwer in Worte zu fassende Faszination ausging. Wenn er seine Zelle betrat, empfand er Interesse, sogar eine eigenartige Sympathie und – kurioserweise – zugleich eine bizarre Form von Angst und Bedrohung. Seine Gefühle ließen ihn den Commissario umso besser verstehen, der sich allerdings umsonst sorgte. Selbst ein Raubtier konnte aus diesem zigfach gesicherten Gebäude nicht entkommen. Es gab nichts, wovor der Commissario oder seine Freundin Angst haben müssten. Aber was nutzte aller Verstand, wenn sich das Grauen unwiderruflich ins Unterbewusstsein eingebrannt hatte und sich bei jeder sich bietenden Gelegenheit den Weg an die Oberfläche suchte? Albertazzi hoffte, dass der Commissario endlich zu einem Therapeuten ging, dann würde er das Trauma überwinden und sein Leben sich wieder normalisieren. Ob seiner Freundin das auch gelingen würde, stand auf einem anderen Blatt geschrieben.

Der Psychiater gab den Zugangscode ein und betrat die Zelle des Serienmörders. »Guten Morgen, haben Sie gut geschlafen?«

***

Einträchtig saßen sie an Vincenzos Besprechungstisch, starrten auf die Pinnwand und stopften Cantuccini in sich hinein. Als der Commissario aufgrund seiner morgendlichen Gedanken und des Gesprächs mit Gianna eine halbe Stunde zu spät gekommen war, hatte er damit gerechnet, seine Kollegen in einem erbitterten Kampf um die letzte Cantuccini-Tüte anzutreffen. Doch stattdessen hatten sie in bemerkenswerter Eigeninitiative Vincenzos bereits legendäre Pinnwand genutzt, um die neue Faktenlage zu veranschaulichen. Es hatte sich eine Menge getan. So viele Puzzleteile. Langsam, aber sicher zog sich das Netz um den Täter zusammen.

»Thaler hat Selbstmord begangen, Sara Gasser ist direkt nach dem Goldfund in die Schlucht gestoßen worden«, fasste Vincenzo schließlich die Ergebnisse zusammen. »Theoretisch hätte auch

Markus Pircher oder Heinrich Gamper Sara Gasser umbringen können, dann hätten wir jedoch mindestens zwei Täter, da auch diese beiden Opfer von Anschlägen geworden sind. Dass der Brand auf dem Gamperhof kein Unfall war, setzen wir hier mal voraus. Und genauso, dass ein gestandener Bergführer nicht seinem Übermut zum Opfer gefallen ist. Wir müssen zwei Dinge klären. Erstens: Wer hat warum die beiden Anschläge auf Alber verübt? Das Geld ist doch längst verteilt. Warum also noch das Risiko einer weiteren Straftat eingehen? Aus Sicht des Täters hätte es doch nur wichtig sein müssen, möglichst viele Mitstreiter aus dem Weg zu räumen, bevor Gamper aus Deutschland zurückkam. Zweitens: Wie viel Gold hat die Gruppe tatsächlich gefunden? Wirklich nur fünf Kilo, wie alle unisono behaupten? Was schlagt ihr vor, wie sollen wir vorgehen?«

Marzoli betrachtete nachdenklich den Keks in seiner Hand. »Mir kommt da gerade ein Gedanke. Wie Sie schon sagen, Commissario, machen nur die Morde Sinn, die vor dem Verteilen der Beute erfolgten. Danach dürfte jeder seinen Anteil so gut versteckt haben, dass die anderen kaum eine Chance hatten, ihn zu finden. Ich zumindest würde es so machen. Gasser hat es sofort erwischt, Pircher unmittelbar danach. Thaler entfällt als Selbstmörder bei der Betrachtung. Es machte doch eigentlich keinen Sinn, Heinrich Gamper auszuschalten. Er kam mit Bargeld zurück, das heißt, er hatte das gesamte Geld bei sich. Aber was ist dann geschehen?« Nachdenklich rieb sich Marzoli das Kinn. Plötzlich schnalzte er mit der Zunge. »Ich hab's! Was ist, wenn die sich Silvester getroffen haben, um im Rahmen ihrer Feier das Geld aufzuteilen? Ich stelle mir vor, dass die alle an Gampers Couchtisch gesessen haben, jeder ein Glas Sekt in der Hand. Auf dem Tisch lag ein riesiger Haufen Geld, dann haben sie angefangen, es zu verteilen. Und damit wusste der Täter, wo Gampers Geld war. Nachts ist er dann zurückgekommen, hat es genommen und den Brand gelegt. So passt alles zusammen. Bis auf die Anschläge auf diese unmögliche Person.«

Mauracher schien nicht überzeugt von dieser These. »Wenn ich Gamper wäre, hätte ich aber doch meinen Abstecher ins Ausland genutzt und meinen Anteil auf irgendein Konto eingezahlt. Damit es vor Zugriffen geschützt ist.«

»Nein«, widersprach Marzoli. »Das ist Geld, das niemals irgendwo auftauchen darf. Schon gar nicht auf irgendwelchen Konten. Das versteckt man irgendwo und holt es sich bei Bedarf. Ich glaube immer mehr, dass das Geld Silvester verteilt wurde und somit irgendwo auf Gampers Hof war. Nachts kam der Mörder und hat den Brand gelegt. So macht das alle Sinn.«

»Hinter dem nur Ferrari oder Kofer stecken können. Wegen der auf sie verübten Anschläge kommt Alber nicht in Frage. Der Mörder hat nun auch sie ins Visier genommen«, ergänzte Vincenzo. »Heute Nachmittag werden wir wissen, ob ihre Wasserflasche ein Volltreffer ist. Sowohl, was den Inhalt angeht, als auch wegen möglicher Fingerabdrücke auf der Flasche.«

Die Befragung Kofers am Vortag, so berichtete Marzoli, hatte leider nichts Weiterführendes mehr ergeben. Er hatte bestätigt, einen Tisch reserviert gehabt zu haben, aber nicht gekommen zu sein, weil er es über seine Arbeit im Museum vergessen hatte. Seine Angaben zur Menge des gefundenen Goldes und dem Prozedere vom Fund bis zur Verteilung des Geldes deckten sich zu hundert Prozent mit denen von Alber und Ferrari. Es gab keinerlei Widersprüche.

»Dann lügen eben alle drei«, stellte Mauracher fest. »Es will mir nur nicht in den Sinn, warum Alber noch immer nicht die Wahrheit sagt. Sie schwebt doch in Lebensgefahr. Was hat sie davon? Will sie jemanden schützen? Wenn ja, warum?«

»Das ist eine der zentralen Fragen«, bestätigte Vincenzo. »Wir werden Reiterers Analyse abwarten. Ich rufe in der Zwischenzeit Wachtler an, vielleicht hat der ja eine Vorstellung, wie das mit dem Verkauf des Goldes gelaufen sein könnte, oder kennt sogar mögliche Kanäle. Außerdem bin ich gespannt, was er über Kofer erzählen kann. Er ist immerhin ein Berufskollege.«

***

Sterzing

Andreas Kofer stand ehrfurchtsvoll vor seinem neuen Lieblingsexponat, das er in seinem Wandsafe aufbewahrte. Vorläufig. Wachtlers Museum war immer noch das größere der beiden mit den interessanteren Ausstellungsstücken. Doch dieses Exponat war ein Highlight, mit dem er den Angeber ausstechen würde. Über kurz oder lang würde er, Kofer, den Innicher überholen. Und das verdankte er nur sich selbst und seiner Bereitschaft, ungewöhnliche und, wenn es darauf ankam, auch unerlaubte Wege zu gehen. Wo gehobelt wird, fallen Späne, gab es da nicht so ein Sprichwort? Wachtler würde so etwas natürlich niemals tun. Viel zu anständig war der. Als ob man es im Leben mit Anstand wirklich zu etwas bringen konnte. Spätestens, wenn sein Museum leer blieb, weil es die Kulturinteressierten scharenweise nach Sterzing zog, würde auch er das begreifen.

Einen nicht zu leugnenden Vorteil hatte Sterzing mit der direkten Autobahnanbindung ohnehin. Egal woher man kam, wenn man von der Autobahn abfuhr, stand man ein paar Minuten später direkt vor Kofers Museum. Die Fahrt nach Innichen hingegen war anderthalb Stunden purer Stress. Über sechzig Kilometer Landstraße durch das Pustertal, die permanent überfüllt war. Unzählige Lkws, Traktoren, Sonntagsfahrer, kaum Möglichkeiten, um zu überholen. Dazu noch die Irren auf ihren Motorrädern, die keine Möglichkeiten brauchten, um zu überholen, sondern es einfach taten. Weder ein dunkler Tunnel noch durchgezogene Linien oder unübersichtliche Kurven konnten sie aufhalten. Und wenn man dann endlich Wachtlers Museum erreichte, war man schweißgebadet und hatte keinen Sinn mehr für Fossilien, archäologische Funde und Edelsteine. So sollte es in Kofers Vorstellung jedenfalls sein.

Er nahm das Exponat heraus, betrachtete es von allen Seiten, streichelte es liebevoll. Mein Baby. Vor seinem geistigen Auge sah er schon sein neues Museum. Er hatte sich das Nachbargrundstück notariell sichern lassen. Auf ihm würde er einen neuen Museumstrakt errichten, in dem er ausschließlich seine archäologischen Fundstücke ausstellen würde. So wie den Schatz in seiner Hand, dazu die erlesensten Steine und Goldschmuck von der Antike bis in die Neuzeit. Er sah sie alle schon vor sich, die Goldmasken aus der Keltenzeit, den Granatschmuck der Langobarden, die Heiligenstatuen, die mit Edelsteinen besetzten Kristallvasen aus dem

Mittelalter. Das alte Gebäude würde er umfassend sanieren. Dort würden auch die Fundstücke aus dem Bereich der Naturwissenschaften gezeigt werden: zum Beispiel die größten Bergkristalle aus den Alpen oder die am besten erhaltenen Dinosaurierfunde, die großartigsten Zeugen früheren Lebens. Zudem würde es in dem alten Gebäude einen neu geschaffenen Bereich mit umfassenden multimedial unterstützten Informationen zur Klimaveränderung und ihrer Bedeutung für die Archäologie geben. Wobei sich dieser Traum auch im neuen Teil verwirklichen ließe. Beide Gebäude würden durch einen breiten Gang miteinander verbunden sein. In dem Korridor würde er heimische Tier- und Pflanzenarten präsentieren, natürlich ebenfalls multimedial. Mit Filmen, 3-D-Ansichten, selbstständigem Hören und Riechen, das waren die Highlights des kulturellen Entertainments, das die Leute in Scharen anziehen würde. Er würde sein Museum zu einem der beliebtesten Attraktionen Europas machen, das sich vor Besuchern nicht mehr retten könnte – und ihm wie Disneyland den lang ersehnten Reichtum einbrächte. Nur würde es zudem noch wissenschaftlich wertvoll sein. Er wusste auch schon, wie das Projekt heißen sollte: Koferopolis. Und als Untertitel: eine faszinierende Zeitreise durch Südtirol. Der Name würde in großen roten und weißen Lettern über den Museumseingängen prangen. Jawohl, es würde deren zwei geben! Und an mehreren exponierten Standorten der Gegend würden riesige Schilder mit dem Namen aufgestellt werden, und darunter würde der zweite Zeitreise-Schriftzug in den unverwechselbaren südtirolspezifischen Farben aus Hell- und Dunkelgrün sowie den entsprechenden Sekundärfarben stehen, worunter es wiederum einen Zeitpfeil geben würde.

Wie nannte Wachtler sein Museum für Arme? DoloMythos? Lächerlich. DoloMythos – Koferopolis. Die Frage, was besser klang, war rein rhetorischer Natur.

Sicherlich, dieses Vorhaben war kostspielig, sehr kostspielig sogar. Vermutlich würde sein gesamter Anteil, der aufgrund gütiger Fügungen des Schicksals erheblich höher ausgefallen war als geplant, in sein neues Projekt fließen. Aber das würde das Koferopolis im Nu wieder einspielen. Dumm nur, dass er sich mit den Exponaten für den neuen Museumsteil noch eine ganze Weile zurückhalten musste. Er lachte in sich hinein. Wenn die wüssten … Sogleich verfinsterte sich seine Miene. Eben, wenn die wüssten! Ein Exponat wäre kein Problem, niemandem würde das auffallen. Aber wehe, er begann, sein neues Museum ausschließlich mit den neuen Funden auszustatten. Mit den Behörden würde er das schon hinkriegen. So wie immer. Aber Alber und ihr schöner Koch waren ein Risiko. Es gab nichts Ärgerlicheres als Mitwisser, selbst wenn ihnen noch gar nicht klar war, dass sie Mitwisser waren.

***

Innichen

Michael Wachtler saß mit einem Kaffee in seiner Küche. Der Tod eines seiner wenigen wirklichen Freunde ging ihm nahe. Kaum zu glauben, dass Thaler es geschafft hatte, das Drama um Christel jahrzehntelang geheim zu halten. Georg Kandutsch hatte sofort angeboten, ihre Schwester ausfindig zu machen, um ihr die traurige Botschaft zu überbringen. Besser er tat es als ein Polizist in Uniform. Wenigstens verstand Wachtler jetzt, warum Alexander zum zweiten Mal zu dem alten Stollen aufgebrochen war, warum er freiwillig eine Gruppe von Menschen dorthin geführt hatte, von denen ihm alle außer Sara und Markus in ihrer unermesslichen gefräßigen Gier eigentlich zuwider waren. Warum nur hatte er nichts von Christel erzählt, als sie Anfang Juli dort oben waren? Er war doch unter Freunden gewesen!

Wenn er sich die Situation allerdings aus Thalers Perspektive betrachtete, ergab sich mit diesem neuen Wissen ein anderes Bild. Er musste all die Jahre allein von der Hoffnung gelebt haben, Christel wiederzufinden. Sicherlich waren Menschen wie Michael und Georg so etwas wie Freunde für ihn gewesen, aber eben nur so etwas wie. Zwar hatte er die Leidenschaft für die Natur mit ihnen geteilt, alles andere aber sein Leben lang mit sich allein ausgemacht. Wachtler seufzte laut auf. Man glaubte immer, die Menschen in seiner Nähe zu kennen, aber wie viele von ihnen hatten solche düsteren Geheimnisse? Wie würde er selbst sich verhalten, wenn ihn ein solch fürchterliches Schicksal ereilen würde?

In Gedanken versunken nahm Wachtler das Klingeln des Telefons nicht wahr, obwohl der Hörer direkt vor ihm auf dem Tisch lag. Erst das Blinken des Anrufbeantworters ließ ihn aufschrecken. Er schaute auf die Anruferliste. Der Commissario aus Bozen. Wachtler wählte Bellinis Nummer.

***

»Danke, dass Sie sofort zurückrufen. Ich habe noch ein paar Fragen an Sie.« Gut, dass Wachtler sich als zuverlässig erwies. Vincenzo brannten seine Fragen unter den Nägeln. »Mich interessieren zwei Dinge. Erstens: Haben Sie eine Vorstellung, wie der Deal mit dem Gold in Deutschland abgelaufen sein könnte? Gibt es spezielle Kontaktleute für so etwas? Und zweitens: Wie gut kennen Sie Andreas Kofer? Was ist er für ein Mensch? Trauen Sie ihm ein Verbrechen zu?« Vincenzo wusste, dass er mit der Tür ins Haus fiel. Doch seiner Einschätzung nach war Wachtler ein Mann, der selbst gern auf den Punkt kam. Seine Menschenkenntnis täuschte ihn nicht.

»Es ist nicht einfach, Gold und Schätze illegal zu verkaufen«, kam er ohne Umschweife zur Sache. »Jeder weiß, dass sie eigentlich zum Erbe der Menschheit gehören, aber die Gier der Menschen ist unersättlich. In der Tat gibt es nicht wenige Hehler, die ihrerseits entsprechende Abnehmer an der Hand haben. Und keineswegs nur in Deutschland, sondern in der ganzen Welt.« Wachtler schilderte ausführlich die verschlungenen Wege, auf denen Schätze schließlich bei einem Endabnehmer landen konnten. Schmelzgold hatte mit um die vierzigtausend Euro den niedrigsten Preis. Aber jeder wollte mehr. Bereits optisch schön aufgesetztes Berggold erzielte das Dreifache im Handel, und bei von Menschenhand gefertigten Kunstwerken aus edlen Materialien, besonders bei jenen aus früheren Zeiten, blieb der Wert einzig den Verhandlungen zwischen Anbieter und Nachfrager überlassen. Er konnte leicht ins Unermessliche steigen.

»Wie ich schon sagte, Vincenzo«, Wachtler blieb konsequent

beim Du, »dürften die Leute große Mengen Gold gefunden haben. Fünf Kilo loszuwerden, ist noch halbwegs unproblematisch. Aber eine viel größere Menge? Oder gar Kultgegenstände aus Gold? Ich denke, du kannst davon ausgehen, dass dieser Heinrich Gamper umfangreiche Kontakte hatte. Es gibt einen Deutschen, den ich, leider, so muss ich sagen, selbst kennengelernt habe und der für einen Deal solchen Ausmaßes als der perfekte Hehler schlechthin in Frage käme. Er betreibt eine Firma für Import und Export, mit der er solche Geschäfte hervorragend tarnen kann. So heißt es jedenfalls in den einschlägigen Kreisen, in denen auch seine Fachkenntnisse in Sachen Edelmetalle gepriesen werden. Nachweisen konnte man ihm meines Wissens noch nie etwas, sofern denn überhaupt jemals gegen ihn ermittelt wurde. Er ist bedauerlicherweise gut, vielleicht der Beste überhaupt. Der Mann heißt Hans Berchtenbreiter und stammt aus Donauwörth. Er hat mich seinerzeit in Innichen besucht und mir angeboten, besonders beeindruckende Funde, wie er es nannte, in angemessener Weise weiterzuverwerten. Wörtlich sagte er: ›Ohne diesen ganzen Behördenkrimskrams.‹ Aber solche Dinge interessieren mich nicht. Meine Leidenschaft lag immer schon in der Liebe zur Natur und nicht zum Geld. Was aber nun Heinrich Gamper angeht, so würde ich vermuten, dass die Chancen nicht schlecht stehen, dass er den Deal mit Berchtenbreiter abgewickelt hat. Wahrscheinlich ist ihm der Name während seiner Arbeit in der Behörde begegnet.«

»Danke für die Info, Michael.« Vincenzo hatte sich den Namen sofort notiert. Nicht gerade alltäglich. Es sollte ein Leichtes sein, den Mann ausfindig zu machen.

»Und was können Sie mir über Kofer erzählen?« Der Museumsdirektor hatte immerhin einen ähnlichen beruflichen Hintergrund wie Michael Wachtler. Wenn sich schon ein integrer Mensch so gut mit diesen Dingen auskannte, dann ein Kofer sicherlich erst recht.

Wachtler bestätigte Vincenzos Einschätzung, indem er Kofer eitel und selbstverliebt nannte. Zwar hatte er sich seinem Museum verschrieben, aber immer mit dem Ziel, sich persönlich zu profilieren. »Er sucht nach Anerkennung, braucht die Bewunderung, will grundsätzlich besser sein als andere. Ich kann mir gut vorstellen, dass ihn Gesetze nicht interessieren.« Wachtler rundete das Bild von Kofer mit einer Konfrontation in Innichen ab, die sich im vergangenen Jahr abgespielt hatte. Nur wenige Tage, nachdem Wachtler mit Sara Gasser, Kandutsch und Thaler am Hochfeiler fündig geworden war, hatte ihm Kofer einen Überraschungsbesuch abgestattet. Die beiden kannten sich schon lange, gingen sich aber normalerweise aus dem Weg. Kofer war in Wachtlers Museum gestürmt, hatte ihn unvermittelt am Kragen gepackt und mit wüsten Beschimpfungen überhäuft – in Gegenwart mehrerer Besucher. Er wollte wissen, wie es sein könne, dass Wachtler schon wieder fündig geworden war, was genau das für Funde waren, warum die Medien so zurückhaltend berichteten. Als Wachtler ruhig und beherrscht reagierte, wurde Kofer handgreiflich und machte Anstalten, sein Gegenüber zu schlagen. Es war nur dem beherzten Eingreifen einiger Besucher und Mitarbeiter des Museums zu verdanken, dass nicht mehr passierte. Sie waren es auch, die den wütenden Kofer nach draußen begleiteten. Auf eine Anzeige hatte Wachtler verzichtet.

Für Vincenzo war der Fall klar. Als die Goldgräbertruppe fündig geworden war, hatte der erfolglose, vom Neid zerfressene Museumsdirektor aus Sterzing spontan beschlossen, möglichst viele Mitstreiter zu beseitigen. Er brauchte viel Geld, um sein Museum erfolgreicher zu machen. Vielleicht hatte er bei Sara noch einen Moment lang gezögert, sich ausgemalt, dass ein Mord sein Leben für immer verändern könnte, aber dann hatte sich sein krankhafter Ehrgeiz wieder zu Wort gemeldet. Ein kleiner Stoß, mehr nicht, ganz leicht. Pircher hatte Kofer unter einem Vorwand in die Burg gelockt, nachdem er ihn betrunken gemacht hatte. Gamper war der vorerst letzte Akt gewesen. Vincenzo rechnete im Kopf aus, dass das Gold, so denn Wachtlers Vermutung zutraf, ungefähr drei Komma zwei Millionen Euro eingebracht haben musste. Teilte man die Summe durch die vier Überlebenden, blieben jeweils achthunderttausend für Kofer, Gamper, Alber und Ferrari. Und für Kofer kamen noch einmal die achthundert von Gamper hinzu, die er sich durch dessen Ermordung gesichert hatte. Gier, ein uraltes Motiv, das hier perfekt passte.

Das letzte Detail, das partout nicht seinen Platz im Puzzle finden wollte, waren die Attentate auf Alber. Was hätte Kofer vom Tod der Hotelchefin?

Wieder kam der entscheidende Hinweis von Wachtler. »Als ich selbst letztes Jahr in dem Stollen war, haben wir altes Goldgräberwerkzeug, Kleidungsstücke und Ornamente gefunden, alles hervorragend für ein Museum geeignet. Vielleicht hat Kofer bei der Suche im Stollen heimlich einige besonders wertvolle Stücke in seinen Rucksack gepackt, um sie für seine Ausstellung zu retten. Den Behörden gegenüber kriegt der das mit Sicherheit geregelt, aber wenn eure anderen Goldgräber davon Wind bekommen, wird ein Damoklesschwert über seinem Kopf schweben. Am besten, ihr überprüft, ob es neue auffällige Exponate in seinem Museum gibt.«

Der Commissario bedankte sich, Wachtler teilte ihm noch schnell mit, dass Georg Kandutsch sich um die Benachrichtigung von Christel Abendsteins Schwester kümmern würde, dann legten beide auf.

Gleich morgen würde Vincenzo nach Sterzing fahren und Kofers Museum unter die Lupe nehmen. Möglicherweise würde er dabei auch einen großen Koffer mit Bargeld finden. Und wenn Reiterer weitere Indizien liefern konnte, würde Vincenzo beim zuständigen Richter einen Durchsuchungsbefehl beantragen – für Kofers Museum und sein Privathaus.

23

Bozen, Donnerstag, 26. April

Gut gelaunt hatte Vincenzo die Questura schon morgens um acht Uhr betreten. Er hatte endlich mal wieder eine Nacht ohne wirre Alpträume, Unruhe und stundenlanges Wachliegen hinter sich. Der fast tägliche Sport zeigte zunehmend Wirkung. Er fühlte sich körperlich so gut wie schon lange nicht mehr. Genau genommen hatte er sich zuletzt vor mehr als einem halben Jahr wirklich wohlgefühlt. Dazu kam, dass es mit Gianna immer mehr aufwärtsging, das Wissen, das Vertrauen darauf, dass mit diesem Anwalt, diesem Lorenzo di … egal, wie der hieß, jedenfalls nichts lief, all das hob zusammen mit strahlendem Sonnenschein und fünfundzwanzig Grad im Schatten seine Stimmung. Für Samstag hatte sich Vincenzo vorgenommen, zum ersten Mal seit Oktober seine Auener Joggingrunde in Angriff zu nehmen. Sollte dort noch zu viel Schnee liegen, musste er halt umkehren.

Sein erstes Ziel an diesem Morgen war Dottore Alessandro Baroncini, der den Durchsuchungsbeschluss für Kofer beantragen sollte. Hoffentlich reichten die Indizien, die ihm Vincenzo präsentieren würde, um ihn von der Notwendigkeit der Maßnahme zu überzeugen. Denn eines konnte man dem Vice-Questore nun wirklich nicht unterstellen: Leichtfertigkeit. Bevor er Beschlüsse gegen einen Südtiroler Bürger erwirkte, musste man ihm handfeste Beweise vorlegen. Auf dem Weg zu Baroncini hatte sich der Commissario wie jeden Tag von Paolo Verdi vom Empfang die Tageszeitung geben lassen – die »Dolomiten – Tagblatt der Südtiroler«. Auf dem Weg in die oberste Etage überflog Vincenzo die Zeitung. Nichts von Bedeutung bis auf den Wetterbericht. »Hochdruckeinfluss im Osten, anhaltend schön, Temperaturen im Unterland in den kommenden Tagen bis auf knapp dreißig Grad ansteigend.« Herrlich, dann könnte er Hans für Samstag zum Grillen einladen.

Als er an der schweren Massivholztür des Vice-Questore

klopfte, ließ dessen Sekretärin, Signora Adelina Sacchini, ein heiteres »Herein!« ertönen. Das frühsommerliche Wetter schien auch sie angesteckt zu haben. Strahlend winkte sie Vincenzo direkt durch zum Büro ihres Chefs.

Als Vincenzo jedoch dessen Tür öffnete, schlug ihm eine andere Stimmung entgegen. Hier drin roch es eher nach Herbst als nach Frühling. Bei halb zugezogenen Vorhängen saß Baroncini hinter seinem schweren Schreibtisch und starrte auf einen imaginären Punkt in seinem Büro. Er war bleich, hatte den Wetterumschwung bislang anscheinend noch nicht für Aktivitäten im Freien genutzt. Tiefe Ringe unter seinen Augen ließen Vincenzo vermuten, dass er nicht erst seit letzter Nacht schlecht geschlafen hatte. Nachwirkungen eines Alkoholexzesses konnten es nicht sein. Baroncini trank Alkohol nur in Maßen.

Endlich registrierte er, dass jemand sein Büro betreten hatte. »Ah, Bellini, ich habe Sie gar nicht bemerkt. Haben Sie etwa das Anklopfen vergessen? Setzen Sie sich. Was kann ich für Sie tun?«

Vincenzo war verunsichert. So hatte er den souveränen Vice-Questore noch nie erlebt. »Bitte halten Sie mich nicht für aufdringlich, Vice-Questore, aber darf ich ganz offen fragen, ob etwas geschehen ist? Haben Sie Ärger? Ist etwas mit der Familie?«

Baroncini schnaubte verächtlich durch die Nase und kratzte sich am Kinn, das von einem ungewohnt üppigen Bart geziert wurde. Offensichtlich war dessen Pflege in letzter Zeit zu kurz gekommen. »Ärger? Sie belieben zu scherzen, mein Lieber.«

Vincenzo wurde mulmig zumute. Hing Baroncinis Ärger etwa mit ihm zusammen?

»Wir wissen beide, dass ich bei Ihrem letzten Fall meine Kompetenzen mehr als ein Mal überschritten habe. Das eine oder andere war mit Patricello abgesprochen, aber nicht alles. Und genau das hat Patricello jetzt, ein halbes Jahr später, spitzgekriegt. Ich wüsste zu gern, aus welcher Ecke diese Informationen an sein Ohr gedrungen sind. Jedenfalls hat er eine interne Untersuchungskommission eingerichtet, die meinem Verhalten und meiner Integrität in diesem Fall auf den Grund gehen soll. Und das mir, dem Korrektheit immer ein besonderes Anliegen ist. Wissen Sie, was das für mich bedeutet, Bellini?«

Vincenzo sah, dass Baroncini mit sich kämpfte. Einerseits wusste er nur zu genau, warum er seine Kompetenzen überschritten hatte, andererseits fiel es ihm schwer, seinen Commissario nicht dafür verantwortlich zu machen. Für Vincenzos aktuelles Anliegen standen somit die Chancen schlecht, ganz schlecht. In Gedanken ging er alle Kollegen durch. Wer hatte damals davon gewusst, wem wäre so eine Indiskretion zuzutrauen? Marzoli? Niemals. Mauracher, um ihre Karriere zu beschleunigen? Abwegig, Sabine war zuverlässig, integer, geradlinig und hatte außerdem ihre Kompetenzen nicht weniger als Baroncini überschritten. Oder steckte am Ende Fernando Fasciani, der Journalist der »Dolomiten«, dahinter? Immerhin hatte er einiges mitbekommen. Hatte er vielleicht Baroncini angeschwärzt, damit er bald wieder einen richtigen Aufmacher hatte? »Vice-Questore wegen Kompetenzüberschreitung entlassen!«, würde es in Bozen mit Sicherheit auf Seite eins schaffen. »Ich weiß nicht, was ich sagen soll, Vice-Questore. Ich bin aufrichtig entsetzt.«

»Schon gut, Bellini, schon gut. Sie können ja nichts dafür. Es war meine freie Entscheidung, und deshalb werde ich mich dieser Kommission mit Freuden stellen und die Mitglieder fragen, was sie an meiner Stelle getan hätten. Aber nun zu Ihnen: Was kann ich für Sie tun?«

Vincenzo berichtete seinem Vorgesetzten, zu welchen Ergebnissen die laufenden Untersuchungen geführt hatten und warum Andreas Kofer ihr Hauptverdächtiger war. Reiterer hatte gestern noch bestätigt, dass Albers Wasserflasche präpariert gewesen war: »Die Menge an Diphenhydramin, die ich nur in dem Wasser nachweisen konnte, das noch in der Flasche war, würde ausreichen, selbst einen Baum wie Sie in Minutenschnelle zu fällen, Bellini, und zwar final, wenn Sie verstehen, was ich meine.« Auf der Wasserflasche hatten sich Fingerabdrücke von Alber, Ferrari und Kofer befunden. Letzterer hatte die Mittel, die Möglichkeit und das Motiv, Alber als potenzielle Zeugin auszuschalten. »Ich denke, Vice-Questore, das sollte für einen Durchsuchungsbeschluss für Kofer reichen.«

Baroncini legte den Kopf zur Seite und sah Vincenzo spöttisch an. »Das nennen Sie Indizien oder gar Beweise? Commissario, ich bitte Sie! Das sind doch alles nur Vermutungen, nichts weiter.

Jeder von den dreien hätte die anderen aus dem Weg räumen können, jeder hätte ein Motiv gehabt. Und Ferrari hätte das Mittel genauso in die Flasche schütten können wie jeder x-beliebige Gast. Und wenn diese Christine Alber wirklich so attraktiv ist, wie Sie es so schön formuliert haben, dann war es vielleicht ein enttäuschter Liebhaber. Und was Ihr Motiv angeht: Nur weil ein Museumsdirektor befürchtet, dass seine Mitwisser ihn auffliegen lassen, weil er illegale Exponate ausstellt, soll er einen Mord planen? Warum steht dann nicht auch Ferrari auf seiner Todesliste? Im Übrigen könnte jeder seinen Schwindel auffliegen lassen, der etwas vom Fach versteht. Nehmen wir mal Ihren Wachtler. Der würde doch sofort erkennen, woher die Fundstücke stammen. Vielleicht steckt sogar er dahinter? Haben Sie sich schon mal in diese Richtung Gedanken gemacht? Vielleicht ist er ja neidisch auf Kofer, behauptet aber das Gegenteil. Nein, Bellini, so nun wirklich nicht. Tun Sie mir einen Gefallen und kommen Sie erst wieder, wenn Sie handfeste Beweise haben.«

Vincenzo wusste, dass jedweder Kommentar erfolglos bleiben beziehungsweise ihm im Gegenteil zum Schaden gereichen würde. Was für eine Schlappe. Ohne Durchsuchungsbeschluss waren die Ergebnisse des heutigen Tages fraglich. Frustriert verließ er das Büro des Vice-Questore, dessen missmutige Blicke er in seinem Rücken spürte.

Nach der herben Abfuhr war Vincenzo verunsichert. Machte es Sinn, ohne Durchsuchungsbeschluss die Fahrt nach Norden anzutreten? Als er sich mit seinen Kollegen beriet, sprach sich Marzoli überraschend vehement dafür aus. Er war davon überzeugt, dass es einen Täter gab, den man nur oft genug unter Druck setzen müsse, damit er einbräche. Ihr erstes Ziel würde also Kofers Museum sein.

***

Pflerschtal

»Ich frage dich zum letzten Mal, Andreas: Hast du mir dieses Zeug ins Wasser gekippt oder nicht?«

Nachdem die Polizei erneut bei ihr aufgetaucht und zu viele Fragen gestellt hatte, hatte Christine Alber Andreas Kofer angerufen und ihn nachdrücklich zu sich bestellt. Zusammen mit ihrem Koch unterzog sie den Museumsdirektor nun einem regelrechten Kreuzverhör. Er sollte die Anschläge auf sie endlich zugeben.

Doch den Gefallen tat ihr Kofer nicht. »Und ich sage zum letzten Mal, dass ich nichts damit zu tun habe. Und mäßige gefälligst deinen Ton, deine Gäste müssen unseren Disput ja nicht mitbekommen.«

Alber legte die Stirn in Falten. »Außer uns und Simone ist sowieso im Moment niemand im Hotel. Apropos«, sie wandte sich ihrer Putzhilfe zu, »Simone, bring uns neuen Kaffee. Und mir auch einen Cognac!«

Ferrari sah seine Chefin und Geliebte entsetzt an. »Aber Christine, es ist früher Vormittag!«

Alber bedachte den Koch mit einem abfälligen Blick. »Was heißt das schon? Würde man dir nach dem Leben trachten, würdest du auch so manchen Grundsatz über den Haufen werfen. Und jetzt sitzt uns dieser Mensch gegenüber und streitet auch noch alles ab. Los, du Feigling, hör auf mit dem Versteckspiel!« Alber fuchtelte mit dem Finger wild vor Kofers Gesicht rum, um ihrer Drohung Nachdruck zu verleihen.

Er wich zurück. »Wie oft soll ich es denn noch sagen? Ich habe nichts damit zu tun. Ich habe nicht die geringste Ahnung, wer dir nach dem Leben trachtet, und begreife nicht, dass dich jemand mit meinem Porsche überfahren wollte. Ich kann nur sagen: Ich war es nicht.«

»Wer dann? Und was ist mit Sara?«

»Wieso Sara?«

Simone Baumgartner brachte Kaffee und Cognac.

»Danke, Simone. Bleib bitte in der Nähe, falls ich dich später noch brauche.« Die Hotelierin nahm einen großen Schluck Weinbrand, ehe sie sich wieder Kofer zuwandte. »Uns allen ist es um Geld gegangen. Aber zwischen dir und Sara hat es einen jahrelangen Wettstreit gegeben. Einen Wettstreit der Eitelkeiten, wie ich ihn bezeichnen würde. Ihr wolltet euch mit euren Funden brüsten, habt euch gegenseitig immer wieder das Wasser abgegraben, wenn es darum ging, in Fachzeitschriften zu veröffentlichen oder sich mit einem Buchprojekt an einen Verlag zu wenden. Dabei warst du mit Abstand der Schlimmere von euch beiden, mein lieber Andreas. Und erzähl mir nicht, dass dir ihr Tod nicht gelegen kommt. Ein Konkurrent weniger. Wer weiß, was du in der Nebelsuppe da oben mit ihr gemacht hast.«

Kofer schnappte nach Luft. »Du unterstellst mir, ich hätte Sara getötet? Und als Nächstes beschuldigst du mich wahrscheinlich noch, auch hinter Heinrichs und Markus' Tod zu stecken. Leider würde das mit deiner Begründung keinen Sinn machen, denn die beiden haben nie eine Konkurrenz für mich dargestellt.«

Alber leerte den Cognacschwenker. »Bei ihnen waren deine Motive profaner. Es ging dir nur ums Geld. Wir wissen doch beide, wie sehr es dich wurmt, dass dein schönes Museum immer mehr verstaubt und in sich zusammenfällt. Da kommt dir ein zusätzlicher Batzen Geld doch gerade recht.« Alber winkte Baumgartner zu sich. »Simone, noch einen Cognac, bitte. Und bring auch einen für unseren Gast mit, ich denke, er kann ihn brauchen.«

Kofer sah Alber mit kalten Augen an. »Erzähl du mir nichts von Geld. Jeder im Tal weiß, dass dein Hotel nicht läuft. Wenn einer von uns beiden Finanzmittel benötigt, dann ja wohl du. Und wessen Idee war das Ganze denn? Oder leidest du unter Gedächtnisverlust? Du bist zu mir gekommen, nicht umgekehrt. Mir machst du nichts vor. Du durchtriebenes Luder hast Sara und die anderen umgebracht.«

Sie schüttelte den Kopf. »Beeindruckend, wirklich beeindruckend, wie du versuchst, von dir abzulenken. Leider nur vergeblich. Oder wie erklärst du dir die Anschläge auf mich? Versuche ich vielleicht auf besonders erfinderische Weise, Selbstmord zu begehen? Weil mein Hotel nicht läuft?«

»Woher soll ich das wissen? Ich habe jedenfalls nichts damit zu tun.«

Baumgartner brachte den Cognac, den Kofer sofort leerte.

Alber beobachtete ihn. Er schien den Alkohol tatsächlich nötig zu haben. Gut so. »Gäbe es die Anschläge auf mich nicht, lieber Andreas, würde ich glatt an Unfälle glauben. An eine unglückliche Verkettung von Zufällen. Doch mit deinen Angriffen auf mich hast du einen Fehler gemacht. Stell dich der Polizei. Ich gebe dir Zeit bis morgen. Wenn bis dahin nichts passiert ist, werde ich mich selbst an Commissario Bellini wenden.«

Kofer atmete ein paarmal tief ein und aus, verlor dann aber doch die Beherrschung. Er fuhr von seinem Stuhl auf, stellte sich vor Alber und schrie sie an. »Du Miststück! Das hast du dir sauber ausgedacht. Aber nicht mit mir, nicht mit mir! Pass auf, was du tust, und denk immer daran: Aktionen erzeugen Gegenreaktionen!« Fluchend rannte der Museumsdirektor unter Baumgartners entsetzten Blicken aus dem Hotel.

***

Sterzing

Die drei Polizisten in Zivil lösten Eintrittskarten, um sich als Besucher getarnt im Museum umzusehen. Mit ihrem Besuch hatten sie das Gesamtaufkommen zahlender Kunden an diesem Tag bereits verdoppelt. Es herrschte gähnende Leere. Jeder für sich schlenderten sie durch die wenigen Ausstellungsräume. Vincenzo war zwar ohnehin kein begeisterter Museumsgänger, doch diese Ausstellung erschien ihm extrem langweilig. Es gab nichts Besonderes, keinen Hingucker, nichts, was es nicht auch in jedem anderen Heimatmuseum gab. Auch die Art, in der die Exponate präsentiert wurden, war veraltet und machte nicht gerade Lust auf mehr. Der Glanzpunkt war ein miefiger Videoraum, der für zwanzig Besucher Platz bot. Große Lettern verkündeten drei Mal täglich um elf, vierzehn und siebzehn Uhr eine »spannende Reise durch Südtirol«.

Es war nicht zu übersehen: Zwischen diesem Museumsversuch und Michael Wachtlers DoloMythos lagen Welten. Wäre Baroncini Vincenzos Anliegen gefolgt, hätte er nun nach einem ganz besonderen Ausstellungsstück suchen können. Und wären sie hier nicht fündig geworden, hätten sie die Suche auf Kofers Privathaus im hinteren Pflerschtal ausdehnen können. Was erwarte ich mir eigentlich von diesem Besuch, fragte sich Vincenzo desillusioniert.

Doch während der Commissario sinnierend auf irgendwelche

alten Werkzeuge aus Holz schaute, ohne sie wirklich wahrzunehmen, gesellte sich eine Frau zu ihm. »Hochinteressant, nicht wahr? Das sind landwirtschaftliche Geräte, wie sie die Talbewohner vor Hunderten von Jahren benutzt haben. Erstaunlich, wie erfinderisch die Menschen schon damals waren, finden Sie nicht?«

Vincenzo blickte die Sprecherin an. Die Frau war älter als er, rundlich und wirkte überaus freundlich. »Da haben Sie sicherlich recht. Interessieren Sie sich für Heimatkunde?«

Sie nickte. »Ja, das ist mein Beruf. Ich arbeite hier.«

»Viel los ist hier aber nicht gerade. Ist das bei Ihnen immer so leer?« Wenn er es geschickt anstellte, konnte er vielleicht von ihr etwas erfahren.

Sie verzog das Gesicht, als leide sie unter Schmerzen. »Wenn ich ehrlich sein soll, ja, leider. Es gibt inzwischen zu viele Museen in Südtirol, die mehr zu bieten haben als wir. Unser Geschäftsführer, der Andreas Kofer, tut mir schon manchmal leid. Sein Museum ist sein Leben. Er leidet sehr unter dem Besucherschwund.«

Vincenzo wunderte sich, dass Kofers Angestellte so offen über die Probleme des Museums sprach. So etwas war eigentlich nicht für die Ohren zahlender Gäste bestimmt. »Ich habe mich schon gewundert, dass so wenig Menschen da sind. Aber was genau ist das Problem? Ist die Ausstellung zu langweilig?« Was hatte Wachtler gesagt? »… besonders wertvolle Stücke in seinen Rucksack gepackt, um sie für seine Ausstellung zu retten.« »Wenn ich ehrlich bin, habe auch ich schon interessantere Museen besucht. Gibt es hier denn kein bedeutendes Ausstellungsstück? Etwas, das die anderen Museen nicht unter ihren Exponaten haben?«

»Nun ja, hier hat sich schon lange nichts mehr getan. Alles ist noch so wie vor zehn Jahren. Während alle anderen Museen, vor allem die von Messner und das DoloMythos, sich permanent weiterentwickelt und investiert haben, bleibt bei uns alles beim Alten. Obwohl der Herr Kofer so oft auf Exkursionen ist, will ihm partout kein bedeutender Fund gelingen. Als wäre er vom Pech verfolgt.«

Vincenzo hatte das Gefühl, als läge Kofers Mitarbeiterin noch etwas anderes auf der Zunge, was sie sich nur nicht auszusprechen traute. Vielleicht konnte er sie ja aus der Reserve locken.

»Bitte, nehmen Sie das nicht persönlich, aber ich frage mich, ob das wirklich nur Pech ist. Die anderen Museen sind doch auch erfolgreich. Kann es sein, dass Ihr Chef einfach nicht so gut ist wie seine Kollegen? Fehlt ihm vielleicht das richtige Näschen? Wie gesagt, das ist nur so ein Gedanke von mir.«

Sie sah den Besucher eine Weile von der Seite an. Er machte einen sympathischen Eindruck. Und was sollte schon groß passieren? Es ging ohnehin nur um ein paar Wochen. »So war es vielleicht bisher, aber jetzt steht uns eine goldene Zukunft bevor.«

Vincenzo wurde augenblicklich hellhörig. »Was meinen Sie damit? Hat Ihr Chef doch etwas gefunden?«

Sie begann zu flüstern. »Eigentlich darf ich darüber noch gar nicht sprechen.«

Vincenzo setzte sein charmantestes Lächeln auf. »Mir können Sie es doch erzählen. Ich bin sehr heimatverbunden und kann schweigen wie ein Grab. Außerdem freue ich mich immer, wenn sich ein Museum etwas Neues einfallen lässt. Es ist doch schließlich unsere gemeinsame Heimat, um die es hier geht.«

»Sie sind von hier?«

Vincenzo nickte. »Ja, ich komme aus Bozen. Und Sie?«

»Ich bin in Sterzing geboren. Aber Sie sind so ein dunkler Typ, da hätte ich eher auf Sizilien getippt.«

Der Commissario in Zivil lachte. »Mein Vater ist wie ich in Bozen zur Welt gekommen, aber seine Familie stammte aus dem Süden. Ich schätze, das Aussehen habe ich von ihm.«

Sie plauderten eine Weile über Belanglosigkeiten, bevor Vincenzo die Fährte wieder aufnahm. »Was hat es denn nun mit der goldenen Zukunft des Museums auf sich? Sie spannen mich aber ganz schön auf die Folter.«

»Also gut, dann kommen Sie mal mit, ich will Ihnen etwas zeigen. Aber behalten Sie das bloß für sich, sonst bekomme ich noch Ärger. Ich weiß ja selbst nicht, warum ich Ihnen vertraue, wo ich Sie doch gar nicht kenne.«

Vincenzo ging mit ihr durch einige Flure, bis sie sich einer Tür näherten, auf der »Privat« stand. Die Museumsmitarbeiterin schloss sie auf. »Schnell, kommen Sie herein.« Sie sperrte sofort wieder hinter ihnen zu.

Vincenzo blickte sich um. Es handelte sich um ein Büro, dessen Möbel ebenso überholt waren wie die Ausstellungsstücke des Museums. Die Frau ging zu einem großen Bild, das sich zur Seite drehen ließ und einen Tresor verbarg, den sie mit einer Zahlenkombination öffnete. »Hier bewahrt Herr Kofer vor allem Geschäftsunterlagen auf. Da er nicht immer vor Ort ist, hat er mir die Zahlenkombination anvertraut, falls mal etwas sein sollte, mit der Guardia di Finanza zum Beispiel.«

»Dann hat Herr Kofer großes Vertrauen zu Ihnen. Arbeiten Sie schon lange für ihn?«

Vorsichtig nahm sie etwas aus dem Tresor, das von einem Tuch bedeckt war, drehte sich langsam um und stellte den Gegenstand auf den Schreibtisch. »Von Anfang an. In gewisser Weise ist das Museum auch mein Leben. Ich leide unter der Situation wahrscheinlich nicht weniger als der Direktor. Er vertraut mir, ich bin seine rechte Hand. Wollen Sie vielleicht näher kommen?«

Vincenzo stellte sich neben Kofers rechte Hand und betrachtete das Tuch, was den Gegenstand noch immer verhüllte. Das Etwas darunter mochte zwanzig bis dreißig Zentimeter hoch und fünfzehn Zentimeter breit sein. So wie die Frau das Ding aus dem Tresor genommen hatte, schien es recht schwer zu sein.

»Was ich Ihnen jetzt zeige, ist einzigartig. Ein solches Stück hat nicht jedes Museum. Und wenn mein Chef nicht übertrieben hat, wird es demnächst noch mehr davon bei uns zu sehen geben.« Die Museumsmitarbeiterin griff das Tuch mit Daumen und Zeigfinger. »Sind Sie bereit?«

Vincenzo nickte.

»Voilà!« Als sie mit einem Ruck das Tuch herunterzog, kam eine Statue aus purem Gold zum Vorschein. Oder war sie nur vergoldet? Einerlei. Sie musste höchst wertvoll sein.

Vincenzo dachte unweigerlich an Wachtlers Beschreibungen. »Meine Güte, ist das schön. Was ist das?«

Die Mitarbeiterin gab Vincenzo die Statue in die Hand. »Aber vorsichtig. Das ist eine Heiligenstatue, vermutlich aus dem fünfzehnten Jahrhundert. Wahrscheinlich die Heilige Barbara, die Schutzpatronin der Bergleute. Ein einmaliges Stück von unschätzbarem Wert.«

Vincenzo betrachtete die Statue mit vor Staunen offenem Mund. Sie war von vollendeter Schönheit. Warum hatten die Goldgräber sie nicht eingeschmolzen und als Barrengold verkauft? Denn daran, dass es sich um ein Stück aus dem Stollen am Hochfeiler handelte, zweifelte Vincenzo keine Sekunde lang. »Ist die etwa aus reinem Gold?«

Die Frau nahm ihm die Statue wie ein rohes Ei aus der Hand, stellte sie auf den Schreibtisch zurück und deckte sie wieder mit dem Tuch zu. »Das kann ich noch nicht mit Bestimmtheit sagen. Aber angesichts ihres Gewichts ist sie sicherlich nicht nur vergoldet.«

Tausende Gedanken schossen Vincenzo durch den Kopf. Wie war die Statue in Kofers Museum gelangt? War sein Motiv, sich seiner Mitstreiter zu entledigen, am Ende doch nicht das Geld gewesen? War es ihm vielmehr darum gegangen, sein Museum mit außergewöhnlichen Funden aufzuwerten? Aber wie konnte er das bewerkstelligt haben? Immerhin waren Alber und Ferrari noch am Leben. Sie waren doch dabei gewesen, wussten, worum es sich bei dem Fund handelte. Er musste mehr erfahren. »Wirklich beeindruckend. Ich kann mich nicht erinnern, so etwas schon einmal gesehen zu haben. Woher kommt die Statue?«

Sie winkte ab. »Das ist nun wirklich Betriebsgeheimnis. Davon abgesehen weiß ich das selbst nicht so genau. Jedenfalls werden Sie dieses und ähnliche Exponate bald bei uns bewundern dürfen. Und jetzt kommen Sie, gehen wir wieder zurück ins Museum.«

Die Auskunftsfreude der Frau war erschöpft. Vincenzo hatte im Gegenteil den Eindruck, dass sie ihre Offenheit im Nachhinein bereute. Allerdings konnte er die Frau zwingen, ihm mehr zu erzählen. Dazu musste er nur seine Dienstmarke zücken. Doch er hielt es für besser, seine Identität jetzt noch für sich zu behalten. Zumal es jemanden gab, der seine Fragen viel besser als diese Frau beantworten konnte: Andreas Kofer selbst.

***

Kofer empfing die drei Polizisten in seinem Haus mit hochrotem Kopf. Etwas musste ihn sehr aufgeregt haben. »Was wollen Sie schon wieder von mir? Sie gehen mir allmählich auf die Nerven.«

Auf der Fahrt ins Pflerschtal hatte sich Vincenzo überlegt, ob er Kofer auf die Goldstatue in seinem Safe ansprechen sollte, sich jedoch entschieden, zunächst abzuwarten, bis die deutschen Kollegen Hans Berchtenbreiter befragt hatten. Falls sich Wachtlers Vermutung, Gamper habe neben dem eingeschmolzenen Berggold auch anders strukturiertes Gold zum Verkauf angeboten, bestätigen sollte, wäre das ein Indiz dafür, dass sich auch solche Statuen unter dem Fund befunden hatten. Dann erst würde er in die Offensive gehen. Heute ging es vor allem um Kofers Fingerabdrücke auf der Wasserflasche aus dem Hotel Christine. »Vermutlich werden wir Ihnen noch häufiger auf die Nerven gehen müssen. Dürfen wir reinkommen?«

Widerwillig ließ Kofer die Polizisten eintreten und führte sie in ein großes Wohnzimmer mit offener Küche, das einen gehobenen Lebensstil erkennen ließ. Vincenzo schaute sich aufmerksam um. Die Wände bestanden teilweise aus Natursteinen in Ziegeloptik, auch in der Kaminecke, zu der von der Wohnhalle aus drei breite Stufen hinabführten. Eine Ledergarnitur lud dort zu gemütlichen Stunden vor prasselndem Kaminfeuer ein. Eine weitere, noch größere Garnitur derselben Art stand in der Wohnhalle, die Vincenzo auf sechzig Quadratmeter schätzte. Ohne die zusätzliche Kaminecke. Ein Tresen trennte die Wohnhalle von der geräumigen Essküche, deren Boden aus cremefarbenem Marmor war, der sich auch auf dem Tresen wiederfand. Wenn ihn nicht alles täuschte, stammte die Küche von Warendorf. Purer Luxus. Als Vincenzo die Kaffeemaschine auf der Arbeitsplatte neben der Spüle erblickte, musste er grinsen. Dasselbe Modell, das auch Reiterers Büro aufwertete. Durch eine große Fensterfront konnte man auf ein gärtnergepflegtes Grundstück mit gemauertem Gartenhaus und Fischteich blicken. Die Möbel, allesamt aus dunklem Holz, erweckten wie alles in dem Haus den Eindruck, sündhaft teuer gewesen zu sein. Obwohl die Einrichtung stimmig war, konnte Vincenzo sich nicht vorstellen, sich hier wohlzufühlen. Alles war ihm zu geplant, zu sauber, strahlte Kälte und Distanz aus. Ein kurzer Blick zu Marzoli und Mauracher reichte, um zu wissen, dass es seinen Kollegen nicht anders ging. Wenn Marzoli sich unbehaglich fühlte, neigte er dazu, seine Finger zu reiben – so wie jetzt. Mauracher demonstrierte bewusstes Desinteresse beim Anblick der protzigen Einrichtung, indem sie beide Hände tief in den Taschen ihrer viel zu weiten Jeans vergraben hatte und gelangweilt aus dem Fenster schaute.

Was Vincenzo in dieser Inszenierung eines Wohnzimmers nicht entdeckt hatte, war ein Fernseher. »Sie wohnen recht fürstlich, Herr Kofer, wenn ich das mal anmerken darf. Allerdings vermisse ich einen Fernseher. Verzichten Sie bewusst darauf?«

Der Museumsdirektor lächelte. Er fühlte sich geschmeichelt. Jetzt erkannten auch die Beamten, dass er es zu etwas gebracht hatte. »Natürlich sehe ich gern fern.« Kofer griff sich zwei Fernbedienungen, die auf einem kleinen Beistelltisch lagen, und drückte auf beiden einen Knopf. Mit einem leisen Surren senkten sich gleichzeitig ein Beamer hinter dem größeren Ledersofa und eine Leinwand auf der gegenüberliegenden Seite herab. »Das ist ein Beamer von Epson. 3-D, versteht sich. Sagenhafte Bildqualität. Und die Lautsprecher dort«, Kofer zeigte auf mehrere Boxen hinter dem Sofa und unter der Leinwand, die so winzig waren, dass sie Vincenzo entgangen waren, »sorgen für ein einzigartiges Klangerlebnis. Lassen Sie sich nicht davon täuschen, dass sie so klein sind. Die haben richtig Power! Ins Kino gehe ich schon lange nicht mehr. Soll ich Ihnen alles mal vorführen?«

Vincenzo hob beide Hände. »Vielen Dank für das Angebot, aber leider gestattet das unsere Zeit nicht. Wir würden Ihnen lieber noch ein paar Fragen stellen.«

Enttäuscht ließ Kofer Beamer und Leinwand wieder verschwinden und wies dann auf die Sitzgruppe. »Nehmen Sie bitte Platz. Kann ich Ihnen etwas anbieten?«

Noch bevor Vincenzo saß, hatte er Kofers Angebot auch schon abgelehnt und konfrontierte ihn mit den Erkenntnissen der Spurensicherung. »Wir haben auf der Wasserflasche Ihre Fingerabdrücke gefunden. Ich nehme an, Sie wissen, von welcher Flasche ich spreche? Haben Sie etwas dazu zu sagen?«

Der Museumsbesitzer setzte sich auf den einzigen Sessel und schlug die Beine übereinander. Wenn ihn die indirekte Anschuldigung verunsicherte, ließ er es sich nicht anmerken. »Dass Sie meine Fingerabdrücke wahrscheinlich überall in diesem Hotel finden werden«, antwortete er ruhig und sachlich. Von der Aufregung beim Empfang war keine Spur mehr. »Auf Tischen, Stühlen, Flaschen, Gläsern, Kleiderbügeln und, nicht zu vergessen …«, er hielt kurz inne, »auch auf diversen Klobrillen. Ich bin oft dort.«

Vincenzo quittierte Kofers Witz mit einem Lächeln. »Vielen Dank für dieses umfassende Geständnis. Allerdings geht es uns vorrangig um die besagte Wasserflasche. Ich wüsste zu gern, warum wir Ihre Fingerabdrücke ausgerechnet darauf gefunden haben. Da Sie zu den wenigen Überlebenden Ihres goldigen Abenteuers zählen, drängt sich der Verdacht auf, dass Sie bestrebt sind, die letzen möglichen Zeugen zu beseitigen.«

Kofer schüttelte den Kopf. »Sie irren sich. Ich habe niemanden umgebracht. Kapitalverbrechen werden fast immer aufgeklärt. Warum sollte ich für ein paar Tausend Euro so ein Risiko eingehen? Ich habe keine Ahnung, wie das Zeug in Christines Wasserflasche gekommen ist, kann Ihnen aber mit Bestimmtheit sagen, dass ich nichts damit zu tun habe. Und bevor Sie fragen: Christine selbst hat mir davon erzählt.«

Vincenzo ärgerte sich. Solange es keine handfesten Beweise gab, konnte Kofer sie nach Belieben an der Nase herumführen. Mit einem Durchsuchungsbeschluss hätten sie diese Beweise möglicherweise finden können. In Form weiterer wertvoller Fundstücke oder kleiner handlicher Ampullen, deren Inhalt seine Gegner aus dem Feld räumen konnten. Das wären zwar noch immer keine Beweise gewesen, aber immerhin hinreichend stichhaltige Indizien, um den Mann in Untersuchungshaft zu nehmen. Vincenzo hatte noch einen Versuch. »Entschuldigung, aber dürfte ich bitte Ihre Toilette benutzen?«

Kofer wies mit der Hand zur Eingangshalle. »Die zweite Tür links. Dort befindet sich das kleine Bad.«

Das kleine Bad mit barrierefreier Großraumdusche, Eckbadewanne und Bidet war größer als Vincenzos Badezimmer, dessen komfortable Größe seinerzeit einer der Gründe gewesen war, warum er sich für die Wohnung entschieden hatte. Er fragte sich, wie wohl Kofers großes Bad aussehen mochte. Es gab einen Spiegel- sowie einen großen Stehschrank mit Rolladentür. Er öffnete beide der Reihe nach. Rasierwasser, mehrere Eaux de Toilette,

Handtücher, Kopfschmerztabletten, ein paar Zeitschriften. Keine Schlafmittel. Was nicht hieß, dass Kofer sie nicht woanders, zum Beispiel in seinem großen Badezimmer, aufbewahrte, der Palast war schließlich riesig genug.

Enttäuscht kehrte Vincenzo in die Wohnhalle zurück und versuchte es mit einer direkten Frage. »Herr Kofer, nehmen Sie eigentlich Schlafmittel?«

Der Museumsdirektor lehnte sich in seinem Sessel zurück. »Nein. Waren also Schlafmittel in dem Wasser? Ich kenne mich damit zwar nicht aus, aber kann nicht jeder so etwas rezeptfrei in der Apotheke kaufen?«

Ein weiterer Punkt für Kofer. Genau das hatte Reiterer auch gesagt. Dennoch wäre es ein Hinweis gewesen, ein weiterer kleiner Puzzlestein. Vielleicht ließ sich der Museumsdirektor wenigstens ein bisschen verunsichern. »Sie haben nicht gerade einen überschaubaren Lebensstil. Das riesige Haus mit phantastischer Einrichtung, maßgeschneiderte Anzüge, wenn ich mich nicht irre. Dazu der Porsche, alles in allem nicht übel. Dafür müsste ich ziemlich lange arbeiten. Und dabei habe ich den Eindruck, dass es mit Ihrem Museum gar nicht so gut läuft. Woher haben Sie das Geld für all das? Waren es vielleicht doch mehr als fünf Kilo Gold?«

Andreas Kofer zuckte mit der Schulter. »So edel, wie sie aussieht, ist die Einrichtung gar nicht. Die Küche war ein Ausstellungsstück. Beamer und Lautsprecher habe ich bei Ebay ersteigert. Man muss nur etwas Geduld haben, dann kann man auch ein Schnäppchen machen. Der Porsche ist geleast, aber das habe ich Ihnen schon erzählt, und von dem Haus machen Sie sich falsche Vorstellungen, Commissario. Bei Ihnen in Bozen ist Wohnraum teuer, aber hier oben, im hintersten Pflerschtal, wirft man Ihnen Häuser und Grundstücke geradezu nach. Sie sind auf der falschen Fährte. Tut mir leid.«

24

Donauwörth, Freitag, 27. April

Kriminalhauptkommissar Hans Dieter Feyerabend saß an seinem Schreibtisch und blickte voller Verdruss aus dem Fenster. Das miese Wetter passte zu seinem hässlichen spartanischen Büro. War das der Dank seines Dienstherren für zig Jahre treuer Ergebenheit? Furnierholz und Kunststoff? Ein Rechner, mit dem selbst sein Enkel, der gerade erst acht geworden war und sich auf alles Technische stürzte, nicht spielen würde? Zudem machte ihn dieses Wetter fertig. Es war viel zu kalt, von Sonne und Frühling keine Spur, dauernd regnete es. Wäre man im Süden, da sähe es schon anders aus. Man musste nur über die Alpen fahren, schon war man mitten im Sommer. So wie in Südtirol, wo er noch nie gewesen war. Schön musste es da sein. Und man sprach sogar Deutsch, obwohl Südtirol in Italien lag. Der Kollege, der ihn aus Bozen angerufen hatte, hatte ihm in fast akzentfreiem Deutsch erklärt, dass das mit der Geschichte Südtirols und dem Zweiten Weltkrieg zusammenhing. Das hatte er nicht gewusst, aber er war schon in der Schule schlecht in Geschichte gewesen.

Trotz des neu erworbenen Wissens war Feyerabend nicht gerade begeistert von der Anfrage der Kollegen aus Südtirol. Es widerstrebte ihm schon aus Prinzip, im Auftrag einer ausländischen Behörde gegen einen Landsmann zu ermitteln. Sicherlich hätte er das Ansinnen ablehnen können, andererseits war es eigentlich eine Selbstverständlichkeit, Kollegen zu helfen, egal woher sie kamen. Und wie hieß es doch so schön? Man traf sich im Leben immer zwei Mal. Also hatte Feyerabend noch am Vortag die Ermittlungen aufgenommen. Allerdings war es beim Anruf der Bozner schon kurz vor Feierabend gewesen, und der war ihm noch immer heilig. Er hatte schließlich eine Familie, die all seiner Aufmerksamkeit und Zuwendung bedurfte. Und so hatte er sich zunächst damit begnügt, Hans Berchtenbreiter zu recherchieren, und war nach eingehender Lektüre des hiesigen Telefonbuches fündig geworden.

Und weil Hans Dieter Feyerabend pflichtbewusst war, schon sein ganzes Leben lang, trotz der Undankbarkeit seines Dienstherren, war er sogar noch einen Schritt weiter gegangen. Er hatte den Namen dieses Mannes bei Google eingegeben. Stolz erfüllte ihn, als er herausfand, dass die Zielperson eine Firma besaß, die sich dem Im- und Export verschrieben hatte. Sie führte also Waren aus dem Ausland ein und lieferte Waren umgekehrt ins Ausland. Um was für Waren es sich dabei handelte, konnte Feyerabend nicht herausfinden. Gut, die Sache mit dem Handel hatte ihm der Kollege aus Südtirol schon erklärt, aber ein Kriminalhauptkommissar sollte sich niemals auf andere, sondern nur auf sich selbst verlassen. Mit dieser Einstellung war er schon immer gut gefahren. Sogar ein Bild von Berchtenbreiter hatte er gefunden. Recht unfreundlich sah er aus, der Herr Firmenchef. Niemand, dem man gern im Dunkeln begegnen würde. Doch was hieß das schon? Erkannte man Verbrecher etwa an ihrem Gesicht? Seine langjährige Dienstzeit, er hatte bald Dreißigjähriges, hatte ihn etwas anderes gelehrt.

Die Südtiroler Polizei vermutete einen Zusammenhang zwischen Berchtenbreiters Geschäft und Gold, das ein paar Abenteurer in den Bergen gefunden hatten. Donauwörth, ein Umschlagplatz für Schmuggelware? Äußerst unwahrscheinlich. Seine friedliche Stadt war nicht der geeignete Ort für Hehler. Da nach der erfolgreichen Recherche im Internet noch eine Viertelstunde Zeit bis zum Feierabend geblieben war, hatte er sich überlegt, wie er weiter vorgehen sollte. Sollte es sich entgegen seiner Einschätzung um eine Straftat handeln, waren eine saubere Vorbereitung und methodisches Ermitteln die sichersten Garanten für den Erfolg.

Für einen kurzen Moment hatte Feyerabend tatsächlich in Erwägung gezogen, ohne weitere Recherchen den Kollegen in Bozen mitzuteilen, dass Hans Berchtenbreiter überzeugend habe darstellen können, für den Ankauf des fraglichen Goldes nicht verantwortlich zu sein. Er habe dies sogar mit Beweisen belegen können. Bei der Vorstellung musste Feyerabend innerlich grinsen. Was war er doch für ein Schlawiner. Aber würde er es tatsächlich bringen, die Südtiroler anzuschwindeln? Manchmal war er sich selbst nicht ganz geheuer und fragte sich, wozu er fähig wäre, wenn es drauf ankäme.

Doch letzten Endes hatte sein Pflichtbewusstsein obsiegt. Es gehörte sich nicht, Kollegen die Unwahrheit zu sagen. Es war im Gegenteil seine Aufgabe, die Wahrheit herauszufinden. Nach intensiver Denkarbeit hatte Hans Dieter Feyerabend einen Plan gefasst. Er würde sich Friedrich Fackner schnappen, der ihm als Kriminalobermeister unterstellt war, und am nächsten Tag ohne Voranmeldung zu Hans Berchtenbreiters Firma für Im- und Export fahren. Das Unternehmen hatte seinen Sitz zwar keine fünfhundert Meter von der Polizeidienststelle entfernt, aber es machte mehr Eindruck, wenn man in einem Polizeiwagen vorfuhr, als wenn man zu Fuß auftauchte. Noch immer hatten die meisten Menschen Respekt vor der Staatsgewalt, was man sich, wann immer es ging, zunutze machen sollte. Außerdem war es wichtig, dass einer das Sagen hatte, und das war in diesem Fall ganz eindeutig er, weil Fackner nur im mittleren Dienst war.

Aber es gab noch einen weiteren Grund, den jungen Fackner mitzunehmen: Er musste noch viel lernen. Und dazu war die Kombination aus einem anspruchsvollen Einsatz und einem sehr erfahrenen Kollegen aus dem gehobenen Polizeivollzugsdienst bestens geeignet. Fackner sollte zuhören und mitschreiben, wenn Feyerabend auf den Busch klopfte. Nachdem er diesen ausgeklügelten Plan für gut befunden hatte, fiel ihm ein, dass es eventuell sinnvoll sein könnte, zusätzlich zu prüfen, ob es von Hans Berchtenbreiter bereits eine polizeiliche Akte gab. Nicht dass ihm der Name des Mannes bekannt vorgekommen wäre, trotzdem war nicht auszuschließen, dass ein Kollege schon gegen ihn ermittelt hatte. Gerade als Feyerabend sich in das System einloggen wollte, hatte er jedoch festgestellt, dass er wieder dabei war, Überstunden zu machen. Er hätte schon vor fünf Minuten nach Hause gehen können, was er dann – weitere fünf Minuten später – auch tat.

Heute Morgen hatte sich Feyerabend ins System eingeloggt, noch bevor er sich den ersten Kaffee geholt hatte. Es war noch nicht einmal zehn Uhr, wegen des aktuellen Falles war er extra früher aufgestanden. Fackner war schon in den Plan eingeweiht. Er stand hinter ihm und schaute voller Bewunderung auf den Monitor. »Toll, wie schnell Sie sich in unser System einloggen können. Das werde ich nie schaffen.«

Der Kriminalhauptkommissar wusste um seine Vorbild- und Motivationsfunktion. »Keine Sorge, mein lieber Fackner, auch Sie werden irgendwann so zügig arbeiten können wie ich. Sehen Sie, hier muss ich nur ein B eingeben … so … und schon erscheinen alle Namen, die mit B anfangen, von denen wir eine Akte angelegt haben. Das sind ganz schön viele. Jaja, die Welt wird immer schlimmer, es gibt nur noch Verbrecher.«

Fackner lachte herzhaft. Für Feyerabend ein sicheres Zeichen, dass er seine Vorbildfunktion erstklassig erfüllte. »Damit wir nicht ewig scrollen müssen, gebe ich zusätzlich die Buchstaben ›erc‹ ein. Insgesamt also ›Berc‹. Das dauert einen Augenblick. Das System ist nicht ganz so schnell wie wir.«

Fackner lachte wieder. Sekunden verstrichen, und noch immer sahen sie auf dem Monitor – nichts. Der junge Kriminalobermeister blickte den Ranghöheren fragend an. »Das ist jetzt nicht so gut, oder?«

Feyerabend trommelte mit seinen Fingern sanft auf das Mousepad. »Das, Herr Kollege, bedeutet nichts anderes, als dass es keine Akte Berchtenbreiter gibt, was wiederum zu dem Schluss führt, dass es bislang noch keine polizeilichen Ermittlungen gegen ihn gegeben hat. Aber das war zu erwarten. Ich persönlich glaube auch, dass die Südtiroler Kollegen mit ihrem Verdacht falschliegen. Wie auch immer, nichtsdestotrotz werden wir dem Mann einen spontanen Besuch abstatten. Fühlen Sie sich dieser Herausforderung gewachsen? Man weiß nie, wie ein Verdächtiger reagiert, wenn er merkt, dass er verdächtig ist.«

Fackner nickte heftig. »Unbedingt. Da will ich dabei sein. Mein erster echter Einsatz. Und wenn der Mann Widerstand leistet, lassen Sie mich ran. Ich war der Beste meines Jahrgangs bei der Nahkampfausbildung.«

Feyerabend lächelte jovial. »Keine Sorge, junger Freund, Ihre Fähigkeiten werden Sie nicht brauchen. Bei uns in Donauwörth ist Widerstand gegen die Staatsgewalt eine Ausnahme. Kommen Sie, wir fahren los.«

Wenige Minuten später parkten sie ihr Dienstfahrzeug, einen Volkswagen Passat, auf dem Innenhof der Firma. Auf dem gekiesten Hof standen ein Mercedes und ein Transporter. Feyerabend analysierte die Gegebenheiten mit all seiner kriminalistischen Erfahrung. »Der Mercedes dürfte Berchtenbreiters Privatfahrzeug sein. Der Transporter dient vermutlich dem Transport der Waren, die für den Import oder Export bestimmt sind.«

»Das habe ich mir auch schon gedacht«, pflichtete ihm Fackner bei.

Feyerabend sah den jungen Kollegen mit den Nahkampfkünsten mit ernster Miene an. »Kriminalobermeister Fackner, Sie sollen lernen, nicht denken!«

»Entschuldigung.«

Am Ende des Innenhofes führte eine breite Treppe mit fünf Stufen zu einer Halle. In der Mitte der Hallenwand befand sich ein großes zweiflügliges Tor. Plötzlich schwang das Tor auf, und ein untersetzter, breitschultriger Mann trat mit energischen Schritten heraus. Er trug einen Blaumann und Sicherheitsschuhe. Das musste Hans Berchtenbreiter sein. Aus seinem Aufzug folgerte Feyerabend, dass es sich bei dem Mann um einen klassischen Arbeiter ohne akademische Ausbildung handelte. Es würde wichtig sein, sich bei der Befragung so weit wie möglich auf sein Niveau herabzulassen, um nicht arrogant zu wirken und damit etwaige Informationsverweigerung zu provozieren. Der Kriminalhauptkommissar mit der beinahe dreißigjährigen Diensterfahrung nahm seine Dienstmütze vom Rücksitz. »Folgen Sie mir, Kriminalobermeister Fackner. Beobachten Sie, hören Sie zu, sehen Sie sich um, machen Sie sich Notizen, lernen Sie.«

Als die beiden Polizisten nebeneinanderher auf Berchtenbreiter zugingen, knirschte der Kies laut unter ihren Schuhsohlen.

Ihr Verdächtiger erwartete sie mit in die Hüften gestützten Händen. »Grüß Gott, meine Herren, was führt Sie zu mir?«

Feyerabend lächelte. Der Mann versuchte also, hochgestochen daherzureden? Davon würde er sich nicht beirren lassen, da konnte er mithalten. »Wir haben ein paar Fragen an Sie. In einer delikaten Angelegenheit.«

Berchtenbreiter lachte. »Delikat, sagen Sie? Bitte, kommen Sie herein. Was halten Sie von einem delikaten Kaffee?«

In der Halle, die weniger geräumig war, als sie von außen den Eindruck erweckt hatte, standen diverse Kisten, ein Gabelstapler,

Werkzeug. Alles wirkte eher unaufgeräumt. Am Hallenende führte eine weiße Tür in ein kleines Büro. »Nehmen Sie Platz, meine Herren. Also, wie sieht es mit einem Kaffee aus?«

Fackner verneinte, Feyerabend nahm das Angebot dankend an. Als Berchtenbreiter das Büro verließ, um den Kaffee aus der Küche zu holen, sah der Kriminalhauptkommissar seinen Kollegen aus dem mittleren Dienst auffordernd an. »Was sehen Sie, wenn Sie sich umsehen?«

Fackner schaute in alle Richtungen. »Zwei Regale, einen Schreibtisch –«

»Quatsch«, unterbrach ihn Feyerabend verärgert, »das meine ich nicht. Sehen Sie hier irgendwo eine Kaffeemaschine oder eine Thermoskanne?«

Erneut schaute Fackner in alle Richtungen. »Nein.«

Sein Vorgesetzter nickte anerkennend. »Das meine ich. Lektion eins: Wenn Sie den Raum betreten, in den Sie ein Zeuge oder Verdächtiger zum Zweck der Befragung führt, achten Sie darauf, ob sich in dem Raum eine Kaffeemaschine oder zumindest eine Kaffeekanne befindet. Aber unauffällig. Wenn dem nicht so ist, nehmen Sie das Angebot eines Kaffees, wenn es denn gemacht wird, an. Wenn nicht, bitten Sie darum. Dann muss Ihr Zeuge den Raum verlassen, um den Kaffee zu holen, und Sie können sich im Raum umsehen. Sollte er seine Sekretärin anweisen, Pech gehabt. Scheuen Sie sich nicht, in eine Schublade oder einen Schrank zu schauen. Ganz korrekt ist das zwar nicht, aber manchmal muss sich unsereins zu helfen wissen.«

»Genial«, entfuhr es Fackner.

Berchtenbreiter kam mit zwei großen Tassen zurück, aus denen es dampfte. »Bitte sehr, meine Herren. Ich habe Ihnen beiden einen Kaffee mitgebracht, vielleicht bekommen Sie ja doch Lust darauf, er ist wirklich gut.« Er hatte sich an Fackner gewandt. »So, und jetzt lassen Sie uns zur Sache kommen. Ich erwarte gleich noch eine Lieferung. Und würde es Ihnen etwas ausmachen, sich auszuweisen?«

»Das ist mein Kollege, Kriminalobermeister Fackner. Ich bin Hans Dieter Feyerabend, Kriminalhauptkommissar.« Er und Fackner zückten ihre Marken.

Der Firmeninhaber prüfte die Dienstmarken, öffnete eine Schublade seines Schreibtisches und nahm zwei Visitenkarten heraus, die er über den Tisch schob. »Angenehm, meine Herren. Ich bin Hans Berchtenbreiter, Dr. Hans Berchtenbreiter, Diplom-Ingenieur, aber das wissen Sie sicherlich schon, wenn Sie mich recherchiert haben. Also, worum geht es?«

Feyerabend nahm einen Schluck Kaffee. Die Tatsache, dass der Verdächtige entgegen seiner ersten Einschätzung einen akademischen Hintergrund hatte, erforderte ein anderes, taktisches Vorgehen. Unbegreiflich, warum der Mann seinen Titel nicht auf seiner Homepage veröffentlichte. Aber Feyerabend war das recht, so musste er sich nicht auf ein für ihn niederes Niveau begeben. »Wir ermitteln in einer Südtiroler Angelegenheit und hoffen, dass Sie uns dabei weiterhelfen können.«

»Soso, in einer Südtiroler Angelegenheit. Aber was hat die deutsche Polizei damit zu tun?«

Feyerabend schilderte ausführlich den Grund ihres Besuches. »Was haben Sie uns dazu zu sagen, Herr Dr. Berchtenbreiter? Gestehen Sie Ihre Mittäterschaft?«

Der Doktor des Ingenieurwesens wiegte den Kopf hin und her. »Ja und nein.«

»Bitte äußern Sie sich verständlich.«

»Ja, ich habe das Gold angekauft. Und nein, ich gestehe meine Mittäterschaft nicht.«

»Was soll das heißen?«

Berchtenbreiter ging zu einem Aktenschrank und kehrte mit einem Ordner zurück. »Es ist Zweck meiner Firma, Waren ein- und auszuführen. Mein Gewinn resultiert aus der Spanne zwischen Einkaufs- und Verkaufspreis. Edelsteine und Gold gehören zu meinem Spezialgebiet, doch letztendlich treibe ich mit allem Handel, was mir als gewinnträchtig erscheint. Da das nicht illegal ist, gibt es insofern auch keine Mittäterschaft. Ich kann Ihnen die Unterlagen zu dem Ankauf des Goldes gern raussuchen.« Er blätterte in dem Ordner.

Die Polizisten sahen sich verblüfft an. »Herr Dr. Berchtenbreiter, wir sprechen hier von Goldschmuggel. Das ist ein Straftatbestand.«

Der Händler nahm einige Blätter aus dem Ordner. »Da haben wir es schon. Richtig, Heinrich Gamper hieß der Mann. Dem müssen Sie Ihren Sermon erzählen, nicht mir. Wenn mir jemand etwas anbietet, setze ich voraus, dass es sich nicht um Hehler- oder Schmuggelware handelt. Es ist nicht meine Angelegenheit zu prüfen, ob Gamper die einschlägigen Südtiroler Vorschriften eingehalten hat. Zu jedem Vorgang gibt es An- und Verkaufsbelege. Also, wollen Sie noch etwas zu dem Vorgang wissen?«

Feyerabend blickte unauffällig zu Fackner. Hoffentlich würde der junge Kollege nicht merken, dass sein Vorgesetzter unzureichend vorbereitet war. Natürlich hätte er die Rechtslage vor dem Besuch bei Berchtenbreiter eingehend studieren müssen. Er zückte seinen Schreibblock, in dem er die Fragen des Bozner Kollegen notiert hatte. »Wann genau und wie viel Gold haben Sie angekauft? Welche Form hatte es? Hat Gamper Ihnen noch mehr als Berggold angeboten? Was haben Sie ihm bezahlt und wie? In bar, per Scheck oder Überweisung? Hat er Ihnen etwas zur Herkunft des Goldes gesagt oder Ihnen sonstige Einzelheiten mitgeteilt?«

Berchtenbreiter schmunzelte. »Das sind allerdings viele Fragen auf einmal, Herr Kriminalhauptkommissar. Aber dank meiner ordentlichen Buchführung und meines guten Gedächtnisses werde ich sie Ihnen alle beantworten.«

Die Polizisten verfolgten die Erklärungen des Händlers mit offenem Mund. Die Zahlen, die er ihnen nannte, waren für sie unvorstellbar

Kurz danach saßen sie wieder in ihrem Streifenwagen und fuhren vom Hof. Berchtenbreiters Blicke folgten ihnen. Feyerabend schüttelte den Kopf. »Was für eine Sauerei. So einer macht ein paar Geschäfte und hat für den Rest seines Lebens ausgesorgt, und unsereins rackert sich ein Leben lang ab, und was hat man davon? Nichts!«

Fackner versuchte, seinen Vorgesetzten aufzumuntern. »Aber dafür haben wir immerhin eine Pension, oder?«

»Reden Sie keinen Unsinn. Pension, wenn ich das schon höre. Lächerlich ist das. Unsere sogenannte Pension verdient der in einer Stunde.«

Fackner nickte zustimmend. »Da haben Sie natürlich recht. Aber was machen wir jetzt? Fahren wir ins Präsidium, um die Italiener anzurufen?«

Feyerabend sah zur Uhr. »Nein, das kann warten. Erst mal essen wie bei Salvatore zu Mittag. Ich habe Hunger, dieser Stress am frühen Morgen hat mich fix und fertig gemacht. Wir werden die Kollegen heute Nachmittag anrufen. Das reicht völlig. Dann werde ich denen auch klarmachen, dass unser Einsatz keine Selbstverständlichkeit war. Ich hoffe, die wissen das zu schätzen.«

***

Bozen

Nachdem die Ermittlungen im Pflerschtal, nicht zuletzt wegen Baroncinis defensiver Haltung, wieder weitgehend ohne konkrete Ergebnisse geblieben waren, war Vincenzo gestern nicht mehr ins Büro, sondern direkt nach Hause gefahren. Eigentlich ging er donnerstags immer in sein Fitnessstudio, doch das traumhafte Frühsommerwetter hatte ihn für einen Lauf in die Natur gelockt. Zumal Hans bei ihrem gestrigen Telefonat ziemlich kalte und feuchte Luft aus Deutschland für Anfang der nächsten Woche vorausgesagt hatte. Bei der Gelegenheit hatten sich die beiden für morgen Mittag zum Wandern und anschließendem Grillen verabredet. Gianna hatte er eine SMS geschickt, ob sie schon heute Abend skypen könnten, und sie hatte zugesagt. Weil zudem wieder eine ruhige Nacht ohne Alpträume hinter ihm lag, betrat Vincenzo gut gelaunt die Questura.

Paolo Verdi reichte ihm am Empfang die »Dolomiten«. Es war kaum etwas von Bedeutung geschehen, und der Wetterbericht bestätigte Hans' Prognose. Südtirol stand ein Sommerwochenende bevor. Sonne pur den ganzen Tag. Es würde noch wärmer werden als zunächst erwartet, am Samstag bis zu dreißig, am Sonntag sogar bis zu zweiunddreißig Grad. Am Montag stand ihnen ein Temperatursturz um zwanzig Grad bevor, dann würde auch die Schneefallgrenze auf eintausendfünfhundert Meter sinken. Vincenzo beschloss spontan, schon heute etwas großzügiger für den morgigen Abend einzukaufen, um abends bereits allein zu grillen. Und vorher würde er, statt ins Fitnessstudio zu gehen, wie gestern zum Auener Joch laufen. Dort lag weniger Altschnee, als er befürchtet hatte.

Vincenzo schob die Zeitung beiseite. Er dachte darüber nach, zu Baroncini zu gehen, um ihn erneut auf einen Durchsuchungsbeschluss anzusprechen. Vielleicht hatte er gestern nur einen schlechten Tag erwischt. Gäbe es wenigstens neue Verdachtsmomente gegen Kofer, hätte er bessere Argumente. Aber wenn man es rein kriminalistisch betrachtete, hatte Kofers Vernehmung eher das Gegenteil bewirkt, nämlich ihn entlastet.

Bis zum Nachmittag geschah nicht viel. Vincenzo nutzte die Zeit, um sich mal wieder um lästigen Papierkram zu kümmern. Das Telefon unterbrach ihn bei seiner ungeliebten Arbeit. Francesca Montani von der Telefonzentrale. »*Buongiorno*, Commissario, ich habe ein Gespräch aus Deutschland für Sie in der Leitung. Ein gewisser Kriminalhauptkommissar Hans Dieter Feyerabend aus Donauwörth.«

»Stellen Sie durch.«

»Grüß Gott, Commissario Bellini. Wir konnten heute Vormittag auf der Basis weitreichender Vorbereitungsmaßnahmen eine umfangreiche Zeugenbefragung bei der betreffenden Zielperson vornehmen und dabei alle Fragen klären, die für Ihre Ermittlungen relevant sind.«

Zeugenbefragung bei der betreffenden Zielperson? Hätte man nicht auch schlicht sagen können: Wir haben Berchtenbreiter verhört? Kriminalhauptkommissar Hans Dieter Feyerabend schien über einen umfangreichen Sprachschatz zu verfügen. Vincenzo musste sich beherrschen, um nicht laut loszulachen. »Das ist eine wirklich gute Nachricht. Und was hat Ihnen Berchtenbreiter erzählt?« Er nahm einen Schreibblock und einen Kugelschreiber aus einer Schublade.

Doch bevor er auf die Frage einging, schien Feyerabend es für angebracht zu halten, zunächst die näheren Umstände der Befragung der betreffenden Zielperson zu erläutern. »Es handelte sich um einen wahrlich schwierigen Einsatz. Wir konnten schließlich nicht wissen, inwieweit es sich bei der Zielperson um ein kriminelles Subjekt mit aggressivem Potenzial handelt. Das Subjekt war zwar bei uns nicht aktenkundig, trotzdem habe ich zu seiner Vernehmung sicherheitshalber einen Kollegen mitgenommen. Er verfügt über eine spezielle Nahkampfausbildung und hätte eingegriffen, wäre es zu tätlichen Übergriffen seitens der Zielperson gekommen. Aber der Einsatz ist optimal verlaufen. Ich habe die Befragung der Zielperson übernommen, Kriminalobermeister Fackner, mein Kollege mit der Spezialausbildung, hat die Zielperson beobachtet, jederzeit bereit einzugreifen, falls meine Fragen bei dem Mann Gewaltausbrüche provoziert hätten. Und der Verdacht war nicht unbegründet. Der Verdächtige war von äußerst kräftiger Statur, allein seine Körperhaltung ließ Aggressionspotenzial erkennen. Zudem wollten Sie ziemlich viele Informationen von ihm haben, die ihn, das sagt mir meine jahrzehntelange Erfahrung, durchaus in die Enge hätten treiben können. Sie wissen so gut wie ich, Commissario Bellini, was in solchen Situationen passieren kann. Und ich hoffe, Sie wissen genauso, dass wir von Amts wegen nicht verpflichtet gewesen wären, einem informellen Antrag einer Polizeibehörde aus dem Ausland stattzugeben. Kriminalobermeister Fackner und ich waren jedoch der einmütigen Meinung, dass wir Polizisten nationenübergreifend zusammenhalten müssen.«

Es gelang Vincenzo nicht, sein Lachen vollständig zu unterdrücken. Eine Art verkümmertes Kichern entwich ihm. Feyerabend sprach so gedehnt, auffallend intoniert und hoch, als spiele er eine skurrile Rolle in einer Komödie.

Feyerabend bemerkte die Erheiterung des Kollegen sofort. »Ist etwas mit Ihnen, Commissario?«

»Nein, nichts. Ich bin nur … ein wenig erkältet. Ich darf mich ganz herzlich für Ihre unbürokratische Unterstützung und Ihren aufopferungsvollen Einsatz bedanken. Aber jetzt schießen Sie los: Was haben Sie von Berchtenbreiter erfahren?«

Einen Vorteil hatte Feyerabends gedehnte Sprechweise zumindest: Vincenzo konnte problemlos mitschreiben. Bei dem, was Feyerabend jetzt erzählte, verging Vincenzo allerdings das Lachen. Während er zuhörte und mitschrieb, legte er gedanklich die nächsten Schritte fest. Feyerabends Monolog dauerte zehn Minuten. Davon waren fünf Minuten wertvolle Informationen, die ihnen weiterhelfen und Baroncini möglicherweise zum Einlenken bei der Notwendigkeit eines Durchsuchungsbeschlusses bewegen würden, und fünf Minuten Beschreibungen einer Halle, eines gekiesten Innenhofs und der Beweggründe, trotz unmittelbarer Nähe der Dienststelle zum Tatort, wie der deutsche Kollege es formulierte, mit einem Streifenwagen gefahren zu sein. Als Vincenzo mit Mühe und der gebotenen Höflichkeit Feyerabends Redeschwall unterbrechen konnte, verabschiedete er sich schnell und legte hastig auf, nur um sofort wieder zum Hörer zu greifen und Marzoli und Mauracher zu sich zu rufen

***

Hotel Christine

Luigi Ferrari kniete über Christine Albers Oberschenkeln und verwöhnte ihren Rücken und Nacken mit einer ausgiebigen Entspannungsmassage. Sie hatten die Nacht in ihrer luxuriösen Lust-Suite verbracht, waren aber kaum zum Schlafen gekommen. Weil neuerdings die Polizei ständig auf der Matte stand, hatten sie sich in letzter Zeit mehr zurückhalten müssen, als ihnen lieb war. Außer der einen oder anderen schnellen Nummer in der Suite oder im Schutze der Müllcontainer in der Tiefgarage waren sie kaum mehr dazu gekommen, es mit voller Hingabe zu treiben.

Gestern hatte sie in aller Herrgottsfrühe der unerwartete, aber erlösende Anruf von Silvias Mutter erreicht. Dem Vater ging es schlecht. Er hatte eine Bypass-Operation hinter sich, die komplikationslos verlaufen war, kam aber trotzdem nicht wieder richtig auf die Beine. Luigis Schwiegermutter war überfordert und hatte ihre Tochter gebeten, über das Wochenende nach Trient zu kommen, um Einkäufe zu erledigen, sich um die Wäsche zu kümmern, die sich seit Tagen ansammelte, und nicht zuletzt dem Vater Mut zuzusprechen. Und weil Silvia wusste, dass ihr Mann als Hotelkoch an einem Wochenende mit vorausgesagtem Traumwetter kaum Zeit haben würde, sich um die Kinder zu kümmern, hatte sie die drei kurzerhand zu ihren Eltern mitgenommen.

Ein bisschen schämte sich Ferrari schon. Seine Schwiegereltern waren so nette Leute und immer gut zu ihm. Sie mochten ihren Schwiegersohn und taten alles für ihn und seine Familie. Als Silvia und er das Haus kauften, hatten Silvias Eltern fünfzigtausend Euro beigesteuert. Zu seinen eigenen Eltern hatte er schon lange keinen Kontakt mehr. Seine Mutter war unterwürfig, sein Vater Alkoholiker. Er hing zu Hause rum, soff, sah fern und schlug seine Frau, wie er früher auch den Sohn geschlagen hatte. Seine Mutter kümmerte sich um den Haushalt, die Wäsche, den Garten, besorgte ihrem Mann Bier und Grappa, die sie finanzierte, indem sie arbeiten ging und nebenbei diverse Putzstellen annahm. Luigi hatte seinen Vater gehasst und seine Mutter verachtet. Als er Silvia kennengelernt hatte, waren seine Schwiegereltern, die eine mustergültige Ehe führten, so etwas wie ein Elternersatz für ihn geworden. Und jetzt betrog er diese guten Menschen, indem er eine Daueraffäre unterhielt. Und was für eine. Wenn sie das herausbekämen! Ihre heile Welt würde zusammenbrechen.

Ferrari wusste nur zu gut, dass er durchaus zu Silvias Eltern hätte mitkommen können. Seine Küchenhilfe wäre auch allein klargekommen. Aber schon in dem Moment, als seine Frau ihm ihre Pläne mitgeteilt hatte, waren seine Gedanken und Phantasien unkontrollierbar zu Christine und der Tribulaun-Suite gewandert. Wie ein Film liefen die heißesten Szenen in seinem Kopf ab, die ihre Nahrung aus den zahlreichen exzessiven Erfahrungen mit seiner Chefin bezogen. Während Silvia weitersprach, tat er so, als höre er zu, plante aber bereits voller Erregung das Wochenende mit Christine. Er würde ein paar Klamotten zusammenraffen und gleich in der Suite übernachten. Er hatte grad noch mitbekommen, dass Silvia mit den Worten schloss: »… packe sofort unsere Sachen.«

Er hatte sein Glück kaum fassen können. Silvia wollte sofort los! Es zog ihn mit Macht ins Hotel, er wollte Christine die frohe Kunde mitteilen und sich von ihr in die Suite zerren lassen. Voller innerer Unruhe hatte er zugesehen, wie Silvia die Koffer packte, und ihr dabei sogar geholfen. Sie hatte sich über seine Unterstützung gefreut, aber nicht ansatzweise den Grund dafür geahnt.

Als sie und die Kinder endlich losgefahren waren, war das für ihn einer Erlösung gleichgekommen. Zwanzig Minuten später war er im Hotel. Er ging davon aus, dass sie das lange Wochenende mit einer rasanten Nummer eröffnen würden, und sackte innerlich regelrecht in sich zusammen, als er sah, dass Christine mit Kofer an einem Tisch saß und ihn zu sich winkte. Als der Angeber Kofer endlich gegangen war, wartete er darauf, dass Christine zugriff. Doch sie war zu wütend, um an Sex auch nur zu denken. Erst spätabends zog sie sich mit ihm in die Suite zurück, und sein Traum erfüllte sich. Die ganze Nacht musste er ihr zu Willen zu sein.

»Luigi, nimm noch mehr von dem Massageöl. Es riecht so gut.«

Ferrari gehorchte. Eigentlich hätte er vollkommen erschöpft sein müssen, doch als das Öl auf Christines Rücken tropfte und in kleinen Bahnen in Richtung ihres wunderschönen Hinterns floss, um sich in der kleinen Kuhle darüber zu sammeln, spürte er wie auf Knopfdruck die zwanghafte Erregung in sich aufsteigen. Er war machtlos.

Christine stöhnte leicht auf. »Das machst du gut. Und nicht so schüchtern, auch mein Hintern mag deine zarten Hände. Sag mal, denkst du eigentlich, die Bullen nehmen auch Andreas in die Zange?«

Ferrari versuchte, seine Phantasien wenigstens kurz zu verdrängen. »Es spricht alles gegen ihn. Drei vermeintliche Mordopfer, die Anschläge auf dich. Der Commissario scheint von Andreas' Schuld überzeugt zu sein.«

Alber kicherte. »Ja, das denke ich auch. Andreas ist wirklich ein Idiot. Leider ein intelligenter. Dem kann man nicht über den Weg trauen.«

»Wie meinst du das?«

»Nicht so mechanisch, Luigi! Wo bist du nur mit deinen Gedanken?«

Wenn Christine so mit ihm sprach, wurde Ferrari augenblicklich nervös. »Wieso? Bei dir natürlich. Aber im Moment unterhalten wir uns doch über Kofer.«

»Aber das heißt doch nicht, dass du mich wie ein Roboter massieren sollst. Komm, lass mich spüren, was du draufhast. Ja … so ist es gut. Wenn ich sage, man kann Andreas nicht über den Weg trauen, meine ich, dass ich es durchaus für möglich halte, dass er das eine oder andere unterschlagen hat. Wir sollten ihm nachher einen Besuch abstatten, uns ein wenig bei ihm umsehen und nebenher noch etwas anderes erledigen. Bin gespannt, wie er reagiert.«

Ferrari war so verblüfft, dass er seine Massage kurzfristig einstellte und seine Hände auf Albers Schultern ruhen ließ.

»Luigi!«

»Entschuldige.« Schuldbewusst massierte er weiter. Doch seine Neugier war geweckt. »Aber was soll Kofer unterschlagen haben?«

Alber schnaubte verächtlich durch die Nase. »Glaubst du vielleicht allen Ernstes, dass da unten nur die paar Statuen rumlagen, die wir gefunden haben? Hast du nicht seinen glasigen Blick bemerkt? Wie in Trance! Als er die Statuen gesehen hat, ist er richtig weggetreten. Kannst du dich erinnern, wer der Erste und Letzte in dem Querstollen war? Na? Genau. Und hör ja nicht auf zu massieren!«

Ferrari was konsterniert. Kofer sollte sie übers Ohr gehauen haben? »Dieses Arschloch, den werde ich mir vornehmen.«

»Locker bleiben, Luigi. Glaub mir, am Ende wird uns sein Verhalten noch zum Vorteil gereichen.«

Ferrari war endgültig überfordert. Massage, zuhören, verarbeiten, denken. Das war zu viel für ihn. Was meinte sie mit Vorteil?

»Luigi!«

»Scusa!« Langsam und gleichmäßig kreisten seine Hände auf Albers Rücken. »Von welchem Vorteil sprichst du, Christine?«

Alber lachte kurz auf. »Warte einfach ab. Du wirst schon sehen. Wie ich unseren Commissario einschätze, hat er längst Andreas' Fährte aufgenommen. Der ist wie ein Raubtier. Wenn der seine Beute wittert, ist sie so gut wie verloren. Vor allem, wenn ein Köder in ihrem Bau ausgelegt ist, von dem sie selbst nichts weiß. Armer Andreas. In seiner Haut möchte ich nicht stecken.«

Ferrari verstand kein Wort. Beute? Köder? Mit der Beschreibung von Commissario Bellini konnte er sich hingegen anfreunden. »Stimmt, der Bulle hatte ganz schön Power. Wie der einen angeguckt hat, als er sauer geworden ist. Echt stark.«

Alber seufzte sehnsuchtsvoll. »Allerdings. Ich hätte nicht gedacht, dass es bei unserer Polizia so außergewöhnliche Exemplare gibt.«

In Ferrari regte sich Unmut. Er hasste es, wenn Christine einen anderen Mann auch nur ansah. Wenn sie ihren aufgeblasenen, neureichen Gästen gegenüber die charmante Hotelierin gab und die Typen sie förmlich mit ihren Blicken auszogen, schwelgte er in Mordphantasien. Unmerklich wurde sein Griff härter. »Was soll das heißen? Bist du etwa scharf auf den? Also, so toll finde ich den jetzt auch wieder nicht.«

»Aua! Nicht so fest! Und natürlich bin ich nicht scharf auf den. Auf einen Bullen, wie käme ich denn dazu? Aber gefallen darf er mir trotzdem. Habe ich dir übrigens schon gesagt, dass ich eifersüchtige Männer nicht ausstehen kann?«

Ferrari zuckte zusammen. Auf keinen Fall durfte er Christines Zorn herausfordern. Er traute ihr zu, ihn jederzeit wie eine heiße Kartoffel fallen zu lassen, sollte sie die Lust an ihm verlieren. Automatisch lockerte er seinen Griff. »Tut mir leid, du hast ja recht. Keine Sorge, natürlich bin ich nicht eifersüchtig.«

Christines Schwärmerei für den Commissario hatte Ferraris Erregung abrupt in sich zusammenfallen lassen. Plötzlich drehte sie sich um, schubste Ferrari zur Seite und griff ihm mit voller Wucht zwischen die Beine. Ihr Kopf war nah vor seinem Gesicht, als sie flüsterte: »Manchmal bist zu mir etwas zu vorlaut, mein Lieber. Ich denke, dagegen muss ich etwas unternehmen. Und was hat das hier zu bedeuten?« Sie bewegte ihre Hand heftig hin und her. »Mache ich dich etwa nicht mehr an?«

Ferraris Erregung flammte mit Wucht wieder auf. Sein Kopf war leer, alles drehte sich. Er fühlte einen leichten Schmerz in seinen Genitalien, der seine Erregung nur noch steigerte. Wen interessierten Gold und Geld, Kofers, Bullen, Schwiegereltern, Silvia, Tote, wenn man Christine hatte? Er schloss die Augen und ließ es geschehen.

***

Bozen

Schweigend hörten Marzoli und Mauracher zu, als Vincenzo ihnen berichtete, was er von Feyerabend erfahren hatte. Anfangs hatten sie gelacht, als der Commissario erzählte, was für ein verrückter Typ der deutsche Kollege war. Marzoli liefen gar die Tränen vor Lachen das Gesicht hinunter, als Vincenzo den Mann mit piepsiger Stimme nachahmte.

»Feyerabend hat den armen Mann mit allen für uns relevanten Fragen auf einmal konfrontiert«, schilderte Vincenzo den sogenannten schwierigen Einsatz. »Ich kann mir Berchtenbreiters Gesicht gut vorstellen, als ihn die Fragenflut des Polizisten mit der hohen Stimme förmlich überrollt hat. Immerhin hatte er für alles eine Antwort parat.«

Heinrich Gamper hatte sich nur wenige Tage nach dem Goldfund Ende Oktober bei Berchtenbreiter gemeldet. Laut dessen Aussage war Gamper in einschlägigen Kreisen bereits bekannt. Es gab eine entsprechende Szene, in der man sich kannte. Deshalb hatte es Berchtenbreiter nicht im Geringsten gewundert, dass sich Gamper ausgerechnet an ihn gewandt hatte. Er hatte ihm eine größere Menge Berggold angeboten, die sich zum überwiegenden Teil noch im umliegenden Muttergestein befand. »Damit kann ich nichts anfangen«, hatte Berchtenbreiter gesagt, »ich kaufe Gold nur im eingeschmolzenen Zustand. Es sei denn, es handelt sich um Extras.« Schließlich hatten sie sich am zwölften Dezember in Donauwörth getroffen. Berchtenbreiter hatte einen Fachmann, Goldschmied von Beruf, hinzugezogen, mit dem er häufiger zusammenarbeitete. Nach mehrstündigen Verhandlungen mit Gamper waren sie sich im Kaufpreis einig geworden. Um die Summe in bar aufzutreiben, hatte Berchtenbreiter eine Woche benötigt. Dann hatten sie sich wiedergetroffen, er hatte Gamper einen Koffer voller Scheine ausgehändigt und im Gegenzug dafür sein in Barrenform geschmolzenes reines Berggold direkt aus dem Kofferraum von Gampers Kombi erhalten.

Vincenzo schüttelte den Kopf. »Das müsst ihr euch mal vorstellen. Dieser Gamper lädt die Goldmassen in seinen Kombi, fährt damit in aller Seelenruhe nach Deutschland und lässt das Gold eine Woche im Auto rumliegen. Gut, er hatte sich in einem Fünf-Sterne-Hotel einquartiert, in dessen Tiefgarage sein Wagen sicher war, das hat Feyerabend sogar überprüft, aber trotzdem. Dann noch dieses obskure Treffen. Ein Im- und Exporteur als szenebekannter

Hehler, ein Goldschmied und ein Südtiroler schleppen im Schutze der Abenddämmerung Goldbarren in eine Halle, dann nimmt Gamper den Geldkoffer und fährt zurück nach Südtirol, als hätte er nur ein paar Tage Urlaub gemacht. Der muss ziemlich abgebrüht gewesen sein.«

Mauracher konnte ihre Neugier nicht länger zügeln. »Jetzt sagen Sie schon, Commissario! Wie viel Gold, wie viel Geld?«

Vincenzo schwieg einige Sekunden, um die Spannung zu erhöhen. »Wisst ihr noch, dass Wachtler an die sechzig Kilo Berggold vermutet hatte? Nun, er hat sich getäuscht. Ich habe heute Morgen mit ihm telefoniert, um ein paar Fragen zu klären, und er musste ziemlich schlucken, als ich ihm die richtige Menge gesagt habe.«

»Wie viel?«

»Neunzig Kilogramm eingeschmolzenes Gold! Und dazu noch eine Auswahl an besonderen Fundstücken, angeblich Werkzeuge und Münzen. Berchtenbreiter hat Kontakt zu jemandem, der seinerseits ein paar finanzstarke Sammler kennt, die bereit waren, exorbitante Summen dafür auszugeben. Selbstverständlich konnte oder wollte er seinen Kontakt nicht namentlich nennen. Von Wachtler wissen wir, dass der Verkauf nicht registrierter Stücke von solchem Wert ein unkalkulierbares Risiko darstellt, doch die Gier hat in diesem Fall wohl die Vernunft besiegt.«

Im Vincenzos Büro breitete sich Sprachlosigkeit aus. Ihm selbst war es nicht anders gegangen, als ihm Feyerabend die Zahlen genannt hatte. Während der Deutsche angesichts des gelungenen Einsatzes über sich selbst ins Schwärmen geraten war, hatten ihn die Fakten unbeeindruckt gelassen.

»Ob ihr es glaubt oder nicht, aber in Gampers Koffer befanden sich sechs Millionen Euro«, fuhr Vincenzo fort. »Sechs Millionen! Fast vier für das Schmelzgold, der Rest für die Fundstücke. Wachtler war regelrecht konsterniert, als ich ihm das erzählt habe. Nie hätte er neunzig Kilo für möglich gehalten. Zumal er selbst im letzten Juli keinerlei Hinweise darauf gefunden hatte. Die zwanzig, die er am Monte Rosa gefunden hat, gelten bisher immerhin als größter Goldfund der Alpen in der Neuzeit. Für ihn gibt es nur eine Erklärung: Im beginnenden fünfzehnten Jahrhundert muss die gesamte Stollenanlage von einem riesigen Erdrutsch oder einer gigantischen Lawine verschüttet worden sein, sodass die Minenbetreiber keine Gelegenheit mehr hatten, das Gold abzubauen. Wachtler vermutet, dass Berchtenbreiter das Geld von den Sammlern beziehungsweise ihrem Kontaktmann bereits bekommen hatte, bevor das zweite Treffen mit Gamper stattfand. Ich habe mich ohnehin schon gefragt, wie Berchtenbreiter innerhalb eine Woche sechs Millionen Euro in bar besorgt haben soll. Und es geht noch weiter mit den phantastischen Zahlen. Unser Freund aus Innichen glaubt keineswegs, dass Gamper nur irgendwelche Werkzeuge verkaufen wollte. Er ist vielmehr davon überzeugt, dass unsere Goldgräber auf einen Kultraum gestoßen sind. Mit Statuen und anderen Gegenständen aus reinem Gold, vielleicht sogar mit Goldmasken. Womöglich fanden dort schon seit der Antike besondere Zeremonien zu Ehren der Götter statt. Das Wissen hierfür dürfte im Laufe der Zeit und noch mehr seit der Verschüttung des gesamten Stollensystems verloren gegangen sein. Wachtler meint, dass wir wahrscheinlich mit der Erforschung der Höhle erst am Anfang stehen. Immer wieder gab es in der Weltgeschichte Jahrhundertfunde. Die Sonnenscheibe von Nebra, Tutanchamun und Troja, um nur einige Schlagworte zu nennen. Potente Sammler könnten für die Einzelstücke aus unserer Höhle in der Summe bis zu zwanzig Millionen Euro hingeblättert haben! Das heißt, dass Berchtenbreiter und der Goldschmied ein noch viel größeres Geschäft gemacht hätten, was uns hier allerdings nicht interessieren muss. Berchtenbreiter hat sauber über den Ankauf von Barrengold und Kleinteilen Buch geführt, jedes einzeln aufgelistet, ebenjene angeblichen Werkzeuge. Für jeden Barren Gold und jedes Einzelstück gibt es Lieferscheine und Rechnungen. Alles hochoffiziell, alles überprüfbar. Laut Rechnungen hat Berchtenbreiter sechs Komma drei Millionen Euro eingenommen, was einen Gewinn von nur dreihunderttausend bedeuten würde. Doch in Wahrheit dürfte es ein Vielfaches davon gewesen sein. Dann hätte er den ganzen Deal perfekt getarnt. Es dürfte etliche Unter- und Zwischenhändler in der ganzen Welt geben, deren Spur sich über kurz oder lang verliert. Immerhin wissen wir nun, dass sechs Millionen Euro unter vier Goldgräbern aus dem Pflerschtal aufgeteilt wurden, vermutlich am Silvesterabend.«

Marzoli schnalzte mit der Zunge. »Mit eins Komma fünf Millionen hat man ausgesorgt. Und nach Gampers Tod kamen für den Mörder noch einmal eins Komma fünf Millionen dazu. Ich kann mir kaum vorstellen, dass das Geld den Flammen zum Opfer gefallen sein soll. So eine Summe ist ein handfestes Motiv für einen Mord.«

»Und unser freundlicher Museumsdirektor aus Sterzing hat mindestens eine dieser unbezahlbaren Statuen für sich abgezweigt«, stellte Mauracher fest. »Wenn ich diese Zahlen höre, wird mir auch klar, dass der nichts weniger gebrauchen kann als Mitwisser. Und dazu werden Alber und Ferrari spätestens dann, wenn Kofer dieses und vielleicht noch weitere bisher unterschlagene Exponate in seinem Museum ausstellt. Für mich ist der Fall damit genauso klar wie der Grund, warum Christine Alber nach den Anschlägen nicht von sich aus zur Polizei gegangen ist. Denn dann wäre das wahre Ausmaß ihres Fundes ans Tageslicht gekommen, und der Traum vom neuen Hotel wäre ausgeträumt gewesen. Übrigens finde ich, dass wir trotzdem dafür sorgen sollten, dass gegen diesen Berchtenbreiter und seine komischen Kontaktleute ermittelt wird. Das kann man doch nicht einfach so auf sich beruhen lassen.«

»Das ist nicht unsere Baustelle, Sabine. Aber wenn wir den Fall aufgeklärt haben, werde ich Feyerabend zu eigenen Ermittlungen raten. Ob er den Rat annimmt, muss er selbst entscheiden. Außerdem hat Berchtenbreiter tatsächlich sauber Buch geführt. Er ist in der Tat nicht dafür zuständig zu prüfen, ob in Südtirol die einschlägigen Vorschriften eingehalten wurden. Und dass er statt vermodernder Werkzeuge aus Holz vielleicht Heiligenstatuen aus purem Gold ge- und verkauft hat, das soll ihm mal jemand nachweisen. Die befinden sich inzwischen höchstwahrscheinlich in aller Herren Länder. In den geheimen Räumen prunkvoller Villen von Staatsoberhäuptern, Großunternehmern, Topmanagern und Filmstars, wo sie nur von ihren Käufern regelmäßig bewundert werden. Viel Spaß bei der Suche. Ich gehe jetzt noch einmal zu Baroncini. Mit diesen neuen Informationen muss er uns einfach den Durchsuchungsbeschluss für Kofer besorgen. Wir fahren am Montag ins Pflerschtal. Und wenn wir fündig werden, beantragen wir einen Haftbefehl für den Herrn Museumsdirektor.«

***

Hinteres Pflerschtal

Hatte man denn nie seine Ruhe? Kofer war genervt. Schon wieder klingelte es. Dieser Bellini war wirklich eine Klette. Er riss die Tür auf. »Was wollen Sie …?« Verdutzt blickte er in die Gesichter von Christine und ihrem Schönling. »Was wollt ihr denn hier? Lasst mich in Ruhe!«

Er wollte die Tür zuschlagen, doch Ferrari hatte bereits einen Fuß dazwischengestellt. Alber schubste Kofer beiseite. »Mit dir reden. Über Statuen und anderes.«

Der Museumsdirektor versuchte, Alber wieder zurückzudrängen, doch Ferrari hatte etwas dagegen. »Lass uns rein.« Er stemmte sich gegen Kofer. »Wir wollen nur reden.«

»Meinetwegen«, schnaubte der Museumschef. »Leider habe ich nichts im Haus, was ich euch anbieten kann. Machen wir es also kurz: Was gibt's?«

Alber wies zum Wohnzimmer. »Lass uns erst mal Platz nehmen.«

Unruhig schaute Kofer von Alber zu Ferrari, die ihn zwischen sich regelrecht in die Zange genommen hatten.

Die Hotelierin, die seine Unruhe bemerkte, legte ihre Hand auf seinen Arm. »Bleib ganz ruhig, Andreas. Wenn du nichts zu verbergen hast, gibt es keinen Grund zur Nervosität.«

»Was sollte ich denn zu verbergen haben?«

Alber blickte sich in dem riesigen Wohnzimmer um. »Meine Güte, wenn ich mir all das hier genauer anschaue, erkenne ich so einiges an Werten. Ziemlich luxuriös für deine finanziellen Verhältnisse, findest du nicht?«

Kofer spürte eine Mischung aus Unruhe, Unsicherheit und Wut. »Ich wüsste nicht, was dich das angeht. Ich denke wirklich, es wäre besser, wenn wir fortan getrennte Wege gehen würden.«

»Dem stimme ich sogar zu, mein Lieber.« Alber lächelte milde. »Wahrscheinlich wäre das auch besser für meine Gesundheit.«

»Du falsche Schlange! Ich …«

Kofer wollte aufspringen, doch Ferrari hielt ihn erneut zurück.

»Kommen wir zur Sache, Andreas. Wenn wir uns deiner nicht jetzt und hier annehmen, wird das die Polizei für uns tun. Was ist dir lieber?« Kofer schwieg. »Siehst du. Also: Ich bin nicht nur davon überzeugt, dass du Sara, Heinrich und Markus umgebracht und zuletzt auch versucht hast, mich aus dem Weg zu räumen. Nein, ich sage dir sogar ins Gesicht, dass du einen Großteil der gefundenen Statuen unterschlagen hast, um sie in deinem Museum auszustellen. Allerdings ist das Risiko dafür zu groß, solange Luigi und ich noch am Leben sind. Wenn wir den Mund aufmachen, würdest du sofort auffliegen. Außerdem würde es mich nicht überraschen, wenn du dir Heinrichs Millionen geschnappt hättest, als du den Brand gelegt hast. Gib es zu und stell dich der Polizei. Bring es hinter dich. Die Beweislage ist zwingend.«

Kofer spürte eine ohnmächtige Wut in sich aufsteigen. Er stellte sich vor, wie er dieser Ratte den Brieföffner, der vor ihm auf dem Wohnzimmertisch lag, in den Hals rammte. Doch als er Ferraris Blick begegnete, lag in ihm eine wilde Entschlossenheit, und Kofer begriff, dass die Situation leicht eskalieren konnte. Er musste zusehen, dass die beiden verschwanden. »Das sind doch alles Hirngespinste, Christine. Ich habe niemanden umgebracht. Ich habe keine Anschläge auf dich verübt, und ich habe nichts unterschlagen, weder Statuen noch Geld. Am besten sollten wir es tatsächlich der Polizei überlassen, die Vorfälle zu klären. Hättet ihr jetzt bitte die Freundlichkeit zu gehen?«

Alber nickte. »Gern doch. Aber vorher möchten wir uns noch ein wenig bei dir umschauen. Wenn du nichts zu verbergen hast, macht dir das sicherlich nichts aus.«

Ferrari bekräftigte Albers Ansinnen mit einem finsteren Gesichtsausdruck. »Gut«, willigte auch Kofer ein, »dann machen wir eben eine kleine Hausführung. Aber danach haut ihr ab und kommt nie wieder. Ist das klar?«

»Sicherlich, Andreas. Mach dir keine Sorgen.« Kalt sah Alber den Museumsdirektor an. So kalt, dass er sich von ihr unbemerkt den Brieföffner in den Hosenbund steckte. Für alle Fälle.

25

Sarnthein, Samstag, 28. April

Bestens gelaunt saß Vincenzo mit einem Müsli am Frühstückstisch. Draußen schien die Morgensonne von einem wolkenlosen Himmel über Schloss Reinegg, hinter dem sich majestätisch der Villanderer Berg aus dem Morgendunst im Tal erhob. Normalerweise machte er jeden Winter mindestens ein Mal eine Skitour zum Gipfel, um das traumhafte Panorama zu genießen, doch in diesem Jahr hatte er sich zu schlapp dafür gefühlt. Sobald der letzte Schnee geschmolzen war, würde Vincenzo ihn wenigstens besteigen.

Der Goldrausch, wie sie die Akte intern nannten, schien sich seinem Ende zu nähern. Baroncini war von den Details des Goldfundes der Pflerschtaler genauso beeindruckt gewesen wie seine Mitarbeiter, und der Staatsanwalt, den er noch in Vincenzos Gegenwart angerufen hatte, hatte versprochen, dass der Durchsuchungsbeschluss bis spätestens Montagmittag vorliegen würde. Für Kofers Haus und sein Museum.

Nach Monaten voller Frust, Trauer, Zukunftsängsten und Panikattacken deutete alles darauf hin, dass Vincenzo sein Leben allmählich wieder in den Griff bekam. Vor allem beruflich sah es mit seinem dritten Mordfall binnen kurzer Zeit ausgesprochen gut aus. Und wieder war der Fall spektakulär, wenn man sich vor Augen führte, dass jemand neunzig Kilogramm Gold in Südtirol gefunden hatte. Die Meldung würde es nicht nur in Südtirol auf die Titelseiten und in die Fernsehnachrichten schaffen. Vincenzo malte sich schon aus, wie die Touristen in Scharen nach Südtirol strömten in der Hoffnung, irgendwo in den Bergen Gold zu finden. Ein richtiger Goldrausch wie vor langer Zeit würde ausbrechen.

So abenteuerlich und ausgefallen der Fall auch wieder war, so klassisch waren diesmal Mörder und Motiv. Kein Wahnsinniger, kein Monster, keine Bestie stand im Mittelpunkt, sondern die unermessliche Gier nach Reichtum.

Vincenzos Gedanken wanderten zu Gianna. Sie war noch immer weit davon entfernt, wieder die Alte zu sein, doch die tiefe Kluft zwischen ihnen schloss sich langsam. Beim Gedanken an den ältlichen Rechtsanwalt wurde Vincenzo zwar immer noch wütend, doch wenn er sich zur Besonnenheit zwang, gestand er sich ein, dass seine Eifersucht substanzlos war. Gianna hatte kein Interesse an so viel älteren Männern und war in den letzten Jahren von Grund auf ehrlich gewesen. Niemals würde sie hinter seinem Rücken eine Zweitbeziehung eingehen und ihm das verschweigen. Sollte sie ruhig Trost und Zuspruch bei ihm suchen. Letztlich kam das Vincenzo vielleicht sogar zugute.

Als sie gestern Abend geskypt hatten, war ihm aufgefallen, dass Gianna gelöster wirkte. Sie sah besser aus, verhielt sich nicht mehr so verkrampft. Gut möglich, dass das an diesem di Angelo lag. Dass von ihm Ruhe ausging, konnte Vincenzo sich trotz des unschönen Vorfalls vorstellen.

Wenn die Zeit die restlichen Wunden geheilt hatte und er wieder mit Gianna zusammen war, würde er sich überwinden und den Anwalt kennenlernen. Auch um Gianna besser zu verstehen. Doch dafür war es noch zu früh. Fürs Erste reichte es ihm, dass seine Gedanken nicht mehr ausschließlich um Gianna kreisten und Ängste sein Lebensgefühl beeinträchtigten, ihn körperlich und geistig lähmten. Endlich blickte er wieder zuversichtlich in die Zukunft. Am Mittwoch hatte er Albertazzi zuletzt angerufen und mit überflüssigen Fragen gelöchert. Das war vorbei, seither hatte er nicht den Drang verspürt, sich bei ihm zu melden. Nie wieder würde er sich selbst so verrückt machen, sich dermaßen in eine Sache hineinsteigern. Und nachdem er bewusst diese Entscheidung getroffen hatte, hatte er gleich viel besser und ohne Alpträume geschlafen.

Vincenzo freute sich auf den Tag. Erst ein anstrengender Marsch, dann ein genussvoller Abend. Wahrscheinlich würden sie beim Grillen von der Anstrengung noch großen Durst haben. Aber Abhilfe war in Aussicht: Hans brachte Wein mit.

***

Voller Ehrfurcht stand Andreas Kofer vor seinen Entdeckungen im alten Kartoffelkellergewölbe. Als Christine und ihr Lover in den Keller gegangen waren, hatte er befürchtet, dass sie hinter den großen Wandteppich schauen würden, den er als Sichtschutz vor die Tür gehängt hatte, aber nichts war passiert. Weil sie wahrscheinlich ahnten, dass sie nichts finden würden, suchten sie nur halbherzig. Als sie endlich sein Haus verlassen hatten, schlug er wütend die Tür hinter ihnen zu. Sie sollten verschwinden, am besten für immer!

Kofer hatte seinen Fund thematisch geordnet. Rechts neben dem Kartoffeltrog standen historische Goldgräberwerkzeuge und andere Gegenstände, Schaufeln, Hacken und der angesichts seines Alters bemerkenswert gut erhaltene Sickertrog, durch den die Minenarbeiter das Sickerwasser aus den Felsen hatten laufen lassen, um auch kleinere Goldpartikel zu finden. In dem Regal dahinter befanden sich noch mehr Werkzeuge, Kleidung, Hausrat und diverse Fundstücke minderer Güte.

Viel interessanter war jedoch die linke Seite. Was dort stand, würde die Museumswelt revolutionieren und Wachtlers lächerliches DoloMythos für alle Zeiten in seinen Schatten katapultieren. Kofer beugte sich vor, um die goldene römische Merkurstatue aus dem Regal zu nehmen. Wie vollendet schön sie war! Irgendwann würde sie in seinem Museum die Blicke der Besucher auf sich ziehen. Zusammen mit den goldenen, mit wertvollen Steinen besetzten Statuen der anderen, teilweise unbekannten Götter und den Schutzpatronen der Bergleute, den Goldmasken und Schmuckgegenständen. Doch das beeindruckendste Stück war der fast einen Meter hohe Goldkegel. Kofer schätzte allein seinen Sammlerwert auf zehn Millionen Euro. Vielleicht auch auf mehr.

Fünf Mal war er auf eigene Faust zu dem Stollen zurückgekehrt, um alles abzutransportieren, was er in der Geheimkammer gefunden hatte. Mehrmals hatte er dabei sein Leben aufs Spiel gesetzt. Ein verstauchter Knöchel, und er wäre elend in dem Stollen verreckt. Dazu kam die aberwitzige Schlepperei durch Schnee, Eis und Fels. Er vermutete, dass es irgendwo einen leichter zu erreichenden Zutritt gab, andererseits lagen auch Machu Picchu, die Höhlen von Qumran und selbst die Chauvet-Höhle genauso unerreichbar irgendwo im Nichts. Das Wissen um den Inhalt seines Rucksacks hatte ihm übermenschliche Kräfte verliehen, die vor allem beim Transport des Goldkegels vonnöten gewesen war. Wenn ihm damit jemand begegnet wäre …

Aber das Risiko hatte sich gelohnt. Nie zuvor hatte es in den Alpen einen solch einzigartigen, umfangreichen Fund gegeben. Allerdings wurmte es ihn, dass er niemals würde bekannt machen können, woher die Stücke stammten. Er musste ein Lügenkonstrukt errichten, Fährten verwischen, die Behörden auflaufen lassen. Die Einzigartigkeit und Unbezahlbarkeit seines Fundes bedeuteten andererseits den Zwang, ein Leben lang die Wahrheit zu verschweigen. Nur so würde er seinen Schatz behalten und vor dem Zugriff der gefräßigen Behörden schützen können. Doch den Preis nahm er gern für die Erfüllung seiner zwei größten Lebensträume in Kauf. Nicht eine Frau, Familie, Kinder waren ihm wichtig, die machten nur träge und störten den Weg, den nur ein Mann wie er in aller Konsequenz und gegen alle Regeln und Gesetze gehen konnte. Er war auf Reichtum angewiesen, um den Lebensstil zu finanzieren, der einem Museumsdirektor seines Kalibers würdig war. Er wollte das größte, beste, einzigartigste Museum der Alpen sein Eigen nennen, am besten noch von ganz Europa. Morgen würde er die letzte Ladung bergen. Kofer deutete es als Wink des Schicksals, dass ausgerechnet an diesem Wochenende der Sommer ein erstes Gastspiel gab.

Die Geheimkammer befand sich hinter einem der Seitenstollen am unteren Ende der Anlage. Der Zugang war nicht auf Anhieb sichtbar gewesen, war ihm selbst nur durch Zufall aufgefallen. Er hatte sich übermenschlich beherrschen müssen, nicht sofort hineinzugehen. Erst als sich die anderen schon wieder in dem senkrechten Hauptstollen und damit außer Sichtweite befanden, hatte er die Kammer betreten. Was er dort vorfand, übertraf seine kühnsten Erwartungen. Er konnte es nicht lassen, eine der Statuen verschwand blitzschnell in seinem Rucksack. Er musste einfach zugreifen. Hätte jemand in sein Gepäck geschaut, wäre er in Erklärungsnot geraten, doch niemand hatte sich darum gekümmert, dass er kurz nicht bei der Gruppe war. Diese erste Statue war für ihn ein Symbol seiner goldenen Zukunft, seines Koferopolis. Deshalb hatte er sie mit ins Museum genommen und seiner engsten Mitarbeiterin gezeigt.

Hätte er den anderen Goldsuchern gegenüber seine Entdeckung preisgegeben, wäre es vermutlich zu einer Katastrophe gekommen. Die geldgeilen Geier, allen voran Christine, hätten darauf bestanden, sämtliche Fundstücke aus Gold einzuschmelzen, um jegliche Spur ihrer Herkunft zu verwischen. Übrig geblieben wäre nur der reine Goldwert, den er mit den anderen auch noch hätte teilen müssen. Er hatte schon Mühe gehabt, durchzusetzen, dass sie die Statuen, die sie in den anderen Stollen vereinzelt gefunden hatten, nicht einschmolzen, sondern versuchten, sie als Sammlerstücke zu verkaufen. Am liebsten wäre es ihm gewesen, er hätte auch diese wundervollen Stücke vor den anderen gefunden, um sie seinem Museum zuzuführen. Andererseits würde er nur aufgrund des Geldes, das sie zusätzlich eingebracht hatten, seinen Traum nahezu ohne Fremdkapital realisieren können. Außerdem war wenigstens ihr ideeller Wert erhalten geblieben. Wahrscheinlich hatte Gamper sogar mehr bekommen als die sechs Millionen, die er ihnen gegenüber genannt hatte, und die Differenz für sich behalten. Doch das war Kofer jetzt nicht mehr wichtig. Er hatte Geld genug, und das, was er in Eigenregie an Fundstücken veruntreut hatte, würde ihn über die Grenzen Südtirols hinaus berühmt machen. Das mit den Behörden würde er schon irgendwie deichseln, notfalls mit der einen oder anderen kleinen Finanzspritze. Immerhin käme sein einzigartiger Fund dem ganzen Land zugute.

Und auch die Polizei würde irgendwann ihre Ermittlungen einstellen, es war lediglich eine Frage der Zeit. Danach würden sie sich nicht mehr für sein Museum interessieren. Nur Alber und Ferrari waren eine permanente Gefahr. Sie waren die einzigen noch lebenden Zeugen, die genau wissen würden, woher die zukünftigen Exponate für das Koferopolis kamen. Gaben sie den entscheidenden Hinweis, konnte jeder Fachmann mit einer Standardanalyse beweisen, dass sein Fund aus exakt dem Stollen stammte.

Das Einzige, was die beiden davon abhalten könnte zu plaudern, war die Tatsache, dass auch sie bei dem Betrug ihre Finger mit im Spiel hatten. Aber waren ihr Neid und ihr Hass ihm gegenüber nicht größer als die Angst vor juristischen Konsequenzen? Er befürchtete es. Schon jetzt machte die Schlange keinen Hehl aus ihrem Verdacht. Seltsam nur, dass sie sich bei der Durchsuchung so zurückgehalten hatte.

Kofer betrachtete nachdenklich seine Merkurstatue. Sie stand exemplarisch für eine bessere Zukunft. Er musste sich etwas einfallen lassen. Nichts und niemand durfte ihn davon abhalten, sein Koferopolis Realität werden zu lassen.

26

Bozen, Montag, 30. April

Voller Tatendrang saß Vincenzo an seinem Schreibtisch. Er wollte endlich aufbrechen. Nervös sah er abwechselnd aus dem Fenster und zum Telefon. Er wartete auf Baroncinis erlösenden Anruf, dass der Durchsuchungsbeschluss vorlag. Morgens hatte er sich schon um acht Uhr mit Marzoli und Mauracher getroffen, um das Vorgehen für den heutigen Tag abzusprechen. Sie hatten entschieden, dass er zusammen mit Sabine zunächst dem Hotel Christine einen Besuch abstatten würde, um Alber und Ferrari mit den Ergebnissen aus Donauwörth zu konfrontierten. In der Zwischenzeit sollten vier Kollegen der Spurensicherung und das Durchsuchungskommando unter Marzolis Anweisungen Kofers Museum bis in den letzten Winkel auseinandernehmen. Vincenzo hoffte, dass Kofer in seinem Museum war, damit sie ihn so lange festhalten konnten, bis sie gemeinsam zu seinem Haus fuhren. Der Commissario wollte verhindern, dass er die Chance bekam, seinen Fund und vielleicht Gampers Anteil aus dem Haus zu schaffen, bevor das Kommando bei ihm eintraf. So weit der Plan, es fehlte nur der Durchsuchungsbeschluss.

Um neun Uhr hatten sie sich mit dem Einsatzkommando unter der Leitung von Commissario Benvenuto di Cesare getroffen. Ein Neapolitaner, der schon seit mehr als zehn Jahren seinen Dienst in Bozen verrichtete. Wie Vincenzo war er begeisterter Bergsteiger, doch trotz ihrer gemeinsamen Leidenschaft waren Vincenzo und er niemals mehr geworden als Kollegen, die sich gegenseitig respektierten. Vor allem di Cesares fast krankhafter Ehrgeiz in Bezug auf seinen Körper war daran schuld. Er war durchtrainiert, besaß den dritten Dan im Shotokan-Karate, schaffte im Bankdrücken hundertachtzig Kilogramm, obwohl er selbst nur neunzig wog, und war nicht zu schüchtern, um damit zu prahlen. Auf seinen Bergtouren war nicht der Weg das Ziel, sondern der Gipfel – und die Zeit, die er benötigte, ihn zu erreichen. Er hatte kein Gramm

Fett am Körper, trug dafür aber stets einen Gesichtsausdruck zur Schau, der nur eines verhieß: Konsequenz und Durchsetzungsfähigkeit bis zum Äußersten. Vincenzos Mentalität, der bei allem Körpergefühl und notwendigem Ehrgeiz gern auch die schönen Seiten des Lebens in vollen Zügen genoss, war das nicht. Wie auch immer, wenn jemand mit seinem Team selbst eine achthundert Jahre alte Münze in einem Heuhaufen finden würde, dann Benvenuto di Cesare.

An seinem Schreibtisch sitzend trank Vincenzo einen Espresso nach dem anderen und wartete. Er brauchte das Koffein. Um sich abzulenken, schloss er die Augen und konzentrierte sich auf das Prasseln des Regens und die lauten Donnerschläge, die die Stille in seinem Büro immer wieder für den Bruchteil einer Sekunde durchbrachen. Wie vorhergesagt, hatte in den frühen Morgenstunden vom Alpenhauptkamm her ein heftiger Wettersturz begonnen. Gerade als Vincenzo das Haus verlassen wollte, hatte der Regen eingesetzt. Nichts erinnerte mehr daran, dass er gestern Abend noch im T-Shirt draußen beim Grillen gesessen hatte. Manchmal, wenn die Wolken für einen Moment auflockerten, konnte man erkennen, dass sich die umliegenden Berge schon wieder in dickes Weiß hüllten. Die Schneefallgrenze war sogar auf gut tausend Meter gefallen. Im Pflerschtal würde sie Schneematsch erwarten – wenn denn endlich der Beschluss kam.

Vincenzo stand auf, um sich bei Paolo Verdi die Tageszeitung zu holen. Als er seine Bürotür aufriss, wäre er um ein Haar mit Baroncini zusammengeprallt, der gerade hatte anklopfen wollen und ein Blatt Papier in die Höhe hielt.

»Los geht's, Commissario. Lösen Sie Ihren nächsten Fall. Sie kennen ja das Prozedere. Und sobald Sie zurück sind, kommen Sie als Erstes zu mir. Viel Erfolg!«

***

Sterzing

Mit starrer Miene und in einem Tonfall, der keinerlei Widerspruch duldete, teilte Commissario Benvenuto di Cesare seine Männer ein. Sie waren mit einem Polizeiwagen und zwei Mannschaftswagen angerückt. Vincenzo nahm mit Mauracher den Polizeiwagen, um zum Hotel zu fahren, die Übrigen machten sich auf den Weg zum Museum. Um jeglichen Kontakt unter den Zeugen und Verdächtigen zu vermeiden, hatte Vincenzo angeordnet, dass sie sich per SMS abstimmten, sobald sie ihre Ziele erreicht hatten. Ihr Einsatzbeginn sollte zeitgleich erfolgen. Auf der Fahrt hatte Marzoli di Cesare nochmals erklärt, wie das Museum aufgebaut war, während dieser schweigend aus dem Fenster gestarrt hatte.

»Haben Sie noch Fragen dazu, Commissario?«, wollte Marzoli wissen.

Di Cesare antwortete mit einem angedeuteten Kopfschütteln, ohne sein Gegenüber anzusehen.

Der Mann war dem sanftmütigen Familienmenschen Giuseppe Marzoli wahrlich unheimlich. Fast zwanghaft musste er den Commissario immer wieder aus den Augenwinkeln heraus ansehen. Trotz des Temperatursturzes trug di Cesare lediglich ein T-Shirt. Seine Oberarme waren so dick, dass sich Marzoli sicher war, sie mit beiden Händen nicht umfassen zu können. Als sich der Neapolitaner am Kopf kratzte – eine seiner wenigen Bewegungen während der Fahrt –, spannte sich automatisch sein Bizeps an, sprang wie eine Kugel hervor und drohte, das T-Shirt zu sprengen. Di Cesare erfüllte jedes Klischee einer Kampfmaschine. Einzig seine bis zu den Schultern reichenden Haare, deren Grauton erahnen ließ, dass er älter war, als er sich gab, schienen unpassend. Ein militärischer Kurzhaarschnitt hätte das Klischee besser erfüllt.

Insgeheim fragte sich Marzoli, ob der Mann tatsächlich die richtige Wahl für einen Einsatz war, bei dem Einfühlungsvermögen, gezielte Fragen und eine gesunde Portion Diplomatie wahrscheinlich eher als Gewalt zum Ziel führen würden.

Als sie auf dem Parkplatz des Museums vorfuhren, auf dem vier Autos standen, tippte Marzoli die SMS an Bellini. Sekunden später erhielt er die Antwort. »Stellen gerade den Wagen ab. Geht rein.«

Als di Cesare mit einem Satz aus dem Wagen sprang, hatte sich der schwerfällige Marzoli noch nicht einmal aus seinem Sitz erhoben. Ich danke Gott, dass ich mit Bellini und nicht mit dieser Kampfmaschine zusammenarbeite, dachte er sich und freute sich jetzt schon darauf, seine Kollegen bei Kofer zu treffen. Bellini und Mauracher. Nachdem ihn di Cesares Bizeps nachhaltig verunsichert hatte, war Marzoli in sich gegangen und hatte sich entschieden, die junge Kollegin ab sofort zu mögen. Ungeachtet ihrer Vorliebe für seine Cantuccini und ihrer forschen Art. Lieber ein etwas zu vorlautes Mädchen als ein schweigsamer, aufgepumpter Stier von einem Mann.

Di Cesare baute sich vor seinem acht Mann starken Kommando auf und verteilte die Aufgaben mit knappen Worten. »Wir bilden drei Teams. Koch-Waldner, du schnappst dir Abfalterer und Burchiellaro. Nehmt euch die Hauptausstellung vor. Aber diskret, verstanden? Rohregger, Mooswalder, Taumann, ihr kümmert euch um Lager, Cafeteria und Sanitärbereiche. Zipperle, Strumpflohner, ihr kommt mit mir. Wir durchsuchen das Untergeschoss. Also, Leute, Ausrüstung aus den Wagen holen, Detektoren nicht vergessen, Abmarsch!«

Er wandte sich an Marzoli. »Ispettore, wären Sie wohl so zuvorkommend, die Angestellten des Museums zu instruieren?« Lag da etwa ein ironischer Unterton in seiner Stimme? »Sie haben jeglichen Versuch zu unterlassen, zum Handy oder Telefonhörer zu greifen. Am besten versammeln Sie alle in einem übersichtlichen Raum und haben dann die Güte, die Leute während unseres Einsatzes nicht aus den Augen zu lassen. Wir werden unsererseits versuchen, taktvoll vorzugehen, sollten wir auf Besucher treffen.«

Diskretion oder Taktgefühl konnte sich Marzoli bei einer Kampfmaschine wie di Cesare nur schwer vorstellen. Trotz der scheinbar freundlichen Worte ließ dessen Tonfall klar erkennen, dass er den Ispettore als im Rahmen des Einsatzes ihm übergeordnete Instanz nicht akzeptierte. Immerhin würde di Cesare seine Arbeit perfekt machen, tröstete sich Marzoli. So perfekt wie eine Maschine.

***

Verdammt, Luigi Ferrari hatte frei, obwohl montags kein Ruhetag war. »Warum, Frau Alber? Ist er krank?«

Die Hotelierin lächelte den smarten Commissario an. »Wollen

Sie mir nicht zunächst verraten, warum Sie uns schon wieder beehren, Commissario Bellini?«

Irgendetwas stimmte nicht mit der Frau, aber was? »Wir haben neue Hinweise, über die wir mit Ihnen sprechen wollen. Mit Ihnen und Ferrari. Warum ist er nicht hier?«

»Neue Hinweise? Soso. Nun, seinem Schwiegervater geht es nicht gut. Luigis Frau war das ganze Wochenende über mit den Kindern bei ihren Eltern und hat ihren Mann natürlich vermisst. Ich dachte mir, zeig ein Herz für Familien und gib ihm frei.«

Vincenzo überlegte. Vielleicht war es ja sogar von Vorteil, dass Ferrari nicht da war. In Gegenwart seiner familienliebenden Chefin, die vor Selbstbewusstsein nur so strotzte, war er äußerst schwer zu verunsichern. Hätte Vincenzo das geahnt, hätte er noch ein paar weitere Kollegen für die separate Befragung von Ferrari mitgenommen. Andererseits waren sie ja zu zweit. Er zog Mauracher zur Seite. »Sabine, trauen Sie sich zu, bei Ferrari zu klingeln und ihn ohne mich zu vernehmen? Ich weiß, eigentlich machen wir Befragungen immer mindestens zu zweit, aber in diesem Fall …«

Mauracher überlegte nicht lange. »Klar, kein Problem.«

Typisch Sabine. Sie war ein echter Gewinn. »Okay, dann nehmen Sie meinen Wagen und fahren rüber. Die Adresse haben Sie ja. Sie wissen, worauf es ankommt?«

»Klar.«

Ohne Alber zu beachten, drehte sich die junge Polizistin um und verschwand. Alber warf Vincenzo einen provozierenden Blick zu. »Ganz allein in der Höhle des Löwen, Commissario? Haben Sie keine Angst?«

»Können wir irgendwo ungestört reden?«

Alber dachte kurz nach. »Am besten in einem meiner Gästezimmer. Das sind wir unter uns.« Sie rief quer durch den Gastraum: »Simone, kümmer dich hier so lange um alles, bis ich wieder da bin!«

Alber erhob sich und bedeutete Vincenzo, ihr zu folgen. Sie stiegen eine breite Treppe hinauf, die in einen quadratischen Flur mündete, von dem zwei Türen abgingen. Alber öffnete die rechte und hielt sie auffordernd auf. Sie betraten einen offenen Gang. Auf der rechten Seite blickte man in Richtung Berge, links lagen die Zimmer. Vor der letzten Tür am Ende des breiten Flurs blieb Alber stehen. »Treten Sie ein, Commissario, das ist meine Tribulaun-Suite. Normalerweise ist sie nur besonderen Gästen vorbehalten, also fühlen Sie sich geehrt.«

Vincenzo betrat den Raum hinter der Hotelierin, die ungeachtet der Tatsache, dass draußen dicke Flocken vom Himmel rieselten, einen knappen Rock trug.

»Das ist das Schmuckstück meines Hotels. Schlafzimmer mit begehbarem Kleiderschrank, großes Wohnzimmer mit LCD-Fernseher, dazu der Balkon und der traumhafte Blick zum Tribulaun hinüber.« Alber öffnete eine weitere Tür. »Das Badezimmer hat Fußbodenheizung, eine Dusche und eine separate Eckbadewanne«, sie machte eine Pause und lächelte Vincenzo vielsagend an, »mit Whirlpooldüsen. Dazu eine eigene Sauna. Leider ist es das einzige Zimmer mit einer solchen Ausstattung. Wollen Sie nicht mal schauen, Commissario?«

Vincenzo fühlte sich unwohl in seiner Haut. Er bereute es, ihr in die Suite gefolgt zu sein. Das war naiv, aber nicht mehr zu ändern. »Bitte, Frau Alber, setzen wir uns. Wir müssen über Geld sprechen, über viel Geld.«

Lächelnd nahm sie Platz und zog ihren Stuhl näher an den des Polizisten heran. »Warum tragen Sie bei Ihrer Figur eigentlich keine Uniform? Die würde Ihnen bestimmt ausgezeichnet stehen. Wirklich schade, dass Sie im Dienst sind. Aber gut, und Geld ist immer ein willkommenes Thema.«

Vincenzo räusperte sich. Die Frau flirtete nicht nur mit ihm, sie machte ihn regelrecht an. Einen Polizisten, Staatsdiener, Vertreter der Staatsgewalt. Vermutlich empfand sie gerade das als anziehend. Er ließ schnell einen Blick über sie schweifen. Ihre Bluse war zu eng und zu weit aufgeknöpft. Beim Empfang war ihm das nicht aufgefallen, weil er Alber allein als Zeugin gesehen hatte. Eine wahrlich unangenehme Situation. »Frau Alber, ich stelle Ihnen die Frage jetzt zum letzten Mal. Wie viel Gold haben Sie gefunden? Und wie viel Geld hat Gamper aus Deutschland mitgebracht?«

Sie musterte Vincenzo. »Wie unhöflich von mir, dass ich Ihnen gar nichts angeboten habe. Möchten Sie einen Kaffee? Wasser?«

Was hatte sie vor? Wollte sie austesten, ob der Polizist tatsächlich die Wahrheit herausgefunden hatte oder nur bluffte? Jedenfalls schien sie Zeit gewinnen zu wollen.

»Nein danke. Lieber wäre es mir, Sie würden meine Frage beantworten.«

»Aber Sie haben doch nichts dagegen, wenn ich mir …?« Ohne eine Antwort abzuwarten, griff Alber zum Telefon. »Simone, bring mir einen Kaffee. Und eine große Flasche Wasser mit zwei Gläsern. Nein, bring lieber doch gleich zwei Kaffee.« Sie lächelte Vincenzo wieder auf diese Weise an, die ihm nicht behagte. »Wie ich Sie einschätze, sind Sie ein Kaffeetrinker. Hätte ich die Wahl, wären Sie mir allerdings einen Champagner wert. Soll ich …?« Ihre Hand ging erneut zum Hörer.

Vincenzo musste durchgreifen. Die Rollen waren klar verteilt. Polizist, Verdächtige. »Frau Alber, Schluss damit, das ist ein Verhör, da ist kein Platz für Small Talk und Alkohol. Beantworten Sie endlich meine Frage!«

Alber machte einen Schmollmund, der gut zu einem Teenager gepasst hätte. »Keinen Champagner? Schade. Aber okay, wie war die Frage?«

Als sie sich in ihrem Stuhl zurücklehnte, rutschte ihr Rock etwas nach oben. Da sie zudem wie zufällig die Beine spreizte, konnte Vincenzo gar nicht anders, als hinzusehen: Christine Alber trug keinen Slip! Diese Art von Frau war wirklich eine neue Erfahrung für ihn. Demonstrativ wandte er den Blick ab. »Wenn Sie mit Ihren Spielchen nicht aufhören, werden wir das Gespräch in der Questura in Bozen weiterführen. Die Entscheidung liegt ganz bei Ihnen. Und tun Sie nicht so, als hätten Sie meine Frage vergessen. Also?«

Alber deutete ein Klatschen an. »Ich mag durchsetzungsfähige Männer. Sie reizen mich.« Sie richtete sich auf ihrem Stuhl auf, zog den Rock nach unten und stützte sich auf dem Tisch ab. Mit dem Ausdruck von Langeweile in den Augen fuhr sie fort. »Aber die Questura reizt mich überhaupt nicht. Neunzig und sechs Millionen.«

»Was heißt neunzig und sechs Millionen?«

Alber schüttelte den Kopf und sah ihn spöttisch an. »Na, na,

Commissario, so jung und schon so vergesslich? Können Sie sich nicht an Ihre eigene Frage erinnern?«

Vincenzo fühlte sich zunehmend provoziert. Diese Frau schien es zu lieben, mit ihrem Gegenüber zu spielen. Er konnte sich gut vorstellen, dass ein Mann schlichteren Gemütes einer solchen Frau mit Haut und Haaren verfallen konnte. Ein Mann wie Luigi Ferrari. »Sie haben neunzig Kilogramm Gold gefunden? Ist das Ihr Ernst?«

Es klopfte. Alber ging zur Tür und kam mit zwei Kaffeetassen, einer Wasserflasche und Gläsern zurück. Noch im Gehen beantwortete sie die Frage des Commissario. »Sie wissen auch nicht, was Sie wollen. Erst ist es Ihnen zu wenig, jetzt zu viel. Um es für jeden verständlich auszudrücken: Wir haben neunzig Kilogramm Gold gefunden, mit denen Heinrich Gamper nach Deutschland gefahren ist. Und nein, ich habe keine Ahnung, wen er dort getroffen hat. Das hat mich auch nicht interessiert, wichtig war nur, dass er mit exakt sechs Millionen Euro zurückgekommen ist. Zufrieden?« Genervt bemerkte Alber, dass ihre Angestellte noch unschlüssig an der Tür der Suite stand. »Ist noch was, Simone? Du störst!«

Unsicher druckste Baumgartner herum. »Sollten Sie der Polizei nicht lieber das mit Kofer sagen?«

Vincenzo, dem es ein Rätsel war, warum Alber so plötzlich in Beisein der Putzhilfe mit der Wahrheit rausrückte, wurde hellhörig. Lag es an ihrer Menschenkenntnis, dass sie nicht mehr log? Wusste sie, dass Vincenzo Fakten in der Hand hatte?

Alber verdrehte die Augen. »Bravo, Simone, jetzt werde ich die Polizei gar nicht mehr los. Geh lieber schnell wieder an die Arbeit!« Während Baumgartner die Tür hinter sich schloss, wandte sich Alber an Vincenzo und erzählte ihm von ihrem Gespräch mit Kofer im Hotel vor ein paar Tagen. »Und als ich ein bisschen mehr Druck ausgeübt habe, hat er mich bedroht. Aber ich bitte Sie, Commissario, wenn man aufgeregt ist, ist das doch ganz normal, oder nicht?«

Die Frau war für Vincenzo ein Buch mit sieben Siegeln. Kofer hatte allem Anschein nach zwei Anschläge auf sie verübt, die beide hätten tödlich enden können, doch sie spielte das noch immer herunter. Anfangs war ihr Verhalten noch nachvollziehbar gewesen, weil sie damit verhindern wollte, dass die Polizei dem tatsächlichen Umfang des Fundes auf die Spur kam, aber jetzt? Doch das Thema Kofer war später an der Reihe, jetzt stand der Fund im Fokus. »Ist das alles?«

»Wie meinen Sie das?«

»Sie haben neunzig Kilo Gold gefunden, sonst nichts?«

Alber schlürfte genüsslich ihren Kaffee. »Trinken Sie, solange er heiß ist, Commissario. Sie sind vielleicht gut! Ist Ihnen eigentlich bewusst, dass wir fast fünf Mal so viel Gold gefunden haben wie dieser Wachtler? Und da fragen Sie allen Ernstes: ›Sonst nichts?‹«

Vincenzo war mit seiner Geduld am Ende. Es reichte ihm. Er stand auf. »Wir fahren jetzt in die Questura.«

Alber zog den Polizisten am Ärmel zurück. »Commissario, bitte regen Sie sich doch nicht gleich so auf. Das steht Ihnen überhaupt nicht. Ich red ja schon. Außer dem Gold haben wir ein paar Statuen gefunden. Aus Gold. Andreas meinte, die seien nahezu unbezahlbar.«

Damit deckten sich ihre Angaben nun vollständig mit denen von Berchtenbreiter. Eine Frage musste er ihr aber noch stellen. Schon aus Neugier. »Ist es nicht gefährlich, solche Funde anzubieten? Sie hätten doch allesamt auffliegen können.«

Erstmals war bei Alber eine gewisse Aufregung zu spüren, ihr Tonfall änderte sich, wurde härter, aggressiver. »Da haben Sie recht! Genau das habe ich auch immer gesagt. Ich wollte diese blöden Statuen ja auch einschmelzen und als Barrengold verkaufen. Dann hätte niemand mehr ihren Ursprung feststellen können. Das hätte finanziell zwar etwas weniger gebracht, wäre jedoch bei Weitem ungefährlicher gewesen. Aber der verstockte Kofer hat die ganze Zeit von unschätzbaren Werten, Meilensteinen der Geschichte, Erbe der Menschheit und so gesprochen, und die anderen haben sich von ihm einlullen lassen. Wissen Sie, was ich glaube? Der hat noch viel mehr von diesem Zeug gefunden und versteckt es irgendwo.«

Damit lag sie höchstwahrscheinlich richtig. Vielleicht hatten die Kollegen ja schon etwas bei Kofer gefunden? In diesem Moment begriff Vincenzo, dass er einen Fehler gemacht hatte. Er hätte auch einen Durchsuchungsbeschluss für das Hotel und Ferraris Haus beantragen müssen, zumal sie das Geld aus der Transaktion beschlagnahmen mussten, sofern es noch da war. Warum hatte er daran nicht gedacht? Warum hatten Marzoli oder Mauracher ihn nicht darauf hingewiesen? Sie hatten sich zu sehr auf Kofer konzentriert. Warum sollte sich nicht doch Alber Gampers Geld unter den Nagel gerissen haben? Oder Ferrari? Vielleicht war der eine ein Mörder, der andere ein Dieb? Es war klüger, Alber fürs Erste nicht weiter auf das Geld anzusprechen. Das könnte sie warnen.

Nachdem er das Hotel verlassen hatte, um draußen auf Mauracher zu warten, rief er Vice-Questore Baroncini an. Vincenzo wollte den Durchsuchungsbeschluss für Hotel und Haus so schnell wie möglich in den Händen halten, am besten noch heute.

***

Koch-Waldner hatte den hinteren Teil der Ausstellung bis in den letzten Winkel durchforstet, doch nichts, weder Gold noch Geld, gefunden. Als ob jemand in einem öffentlichen Museum so etwas verstecken würde. Das war doch Blödsinn. Stattdessen gab es hier massenhaft alten überflüssigen Krimskrams. Nicht zu fassen, dass Menschen sich stundenlang mit so etwas Langweiligem befassen konnten. Selbst Abfalterer musste er immer wieder daran erinnern, dass sie hier waren, um ihren Job zu machen, und nicht, um sich die Ausstellung anzusehen. Er war ohnehin der Meinung, dass Abfalterer ein Weichei war. Netter Kerl, ehrlich, anständig, aber eben ein Waschlappen. Er hatte nie verstanden, warum di Cesare ausgerechnet Abfalterer in sein Team geholt hatte. Ganz anders Strumpflohner. Wenn Koch-Waldner daran dachte, wie Strumpflohner damals diesen Zeugen ausgequetscht hatte, stand er noch heute ehrfürchtig stramm. Der Mann hatte einen Griff wie ein Schraubstock. Der arme Zeuge, der von seinem Aussageverweigerungsrecht hatte Gebrauch machen wollen, weil er nicht gegen seine eigene Frau aussagen wollte, hatte vor Schmerz aufgeschrien, als Strumpflohner ihm die Hand, scheinbar zum

Abschied, gegeben hatte. Mit einem fiesen Lächeln hatte er dem Mann beinahe die Hand zerquetscht. Danach hatte er ausgesagt. Eigentlich hielt Koch-Waldner nichts von solchen Methoden. Sie waren nicht im Sinne eines Rechtsstaates, aber di Cesare hatte seine eigenen Regeln, und die passten nicht immer zu denen, die die Gesetze vorgaben. Allein sein Erfolg verhinderte, dass er bislang keine Schwierigkeiten bekommen hatte. Alle im Team folgten ihm bedingungslos. Er war ihr Vorbild und hielt seine Hände schützend über sie. Obwohl er schon fünfundfünfzig war, lief er den Marathon noch in unter drei Stunden. Selbst der Extremkletterer Rohregger mit seinen zweiunddreißig Jahren und Mooswalder, der seit seiner Kindheit Fußball spielte, hatten keine Chance gegen di Cesare. Ein irrer Typ. Hoffentlich würde er bei der Empfehlung für die nächste freie Commissario-Stelle an seinen alten Weggefährten Koch-Waldner denken. Wobei er sich eingestehen musste, dass Strumpflohner seinem Idol ähnlicher war als jeder andere im Team – selbst er. Strumpflohner hatte die besten Karten bei der nächsten freien Stelle.

Koch-Waldner zwang sich zurück ins Jetzt und hielt den Detektor an die letzte Auslage des hinteren Bereichs. Wieder nichts. Gold schon mal gar nicht. Und auch kein Bargeld, mit dem man im Unterschied zu dem Ramsch hier etwas Sinnvolles anstellen konnte. Blieb ihm nur noch der kleine vordere Bereich, den er zunächst ausgespart hatte, weil die wenigen Touristen, die sich hierher verirrt hatten, genau vor den Auslagen standen, die er untersuchen wollte. Er beobachtete ein Pärchen, das voller Verzückung ein paar Schaufeln und Hacken betrachtete. Der Plunder war so marode, dass man damit nicht einmal einen Blumentopf hätte umgraben können. Die Frau redete pausenlos auf ihren Begleiter ein. Koch-Waldner trat ein paar Schritte näher. Er wollte wissen, was an diesem Krempel so interessant war, dass man sich stundenlang damit beschäftigen konnte. Mit solcher Inbrunst widmete er sich montags nicht einmal dem Sportteil mit den Fußballergebnissen. Er tat so, als schaue er sich ein paar alte Münzen in der Auslage daneben an.

Das Pärchen, beide in Bergstiefeln und Regenjacken, beachtete ihn nicht, obwohl er mit dem Golddetektor in der Hand, der an die Blitzpistolen der Carabinieri erinnerte, wie ein Fremdkörper in der Ausstellung wirkte. Munter plauderte sie weiter. »Kannst du dir vorstellen, dass die Menschen vor Hunderten von Jahren mit diesem schlichten Werkzeug ganze Stollen in die Berge gegraben haben?«

»Nein, Schatz, das ist mir wirklich unbegreiflich. Ihre Hände müssen voller Schwielen und Wunden gewesen sein. Und der ganze Staub, den sie dabei aufgewirbelt haben. Die hatten sicherlich alle Staublungen und sind jung gestorben. Fürchterlich, das Schicksal, zumal die bestimmt auch miserabel bezahlt wurden.«

Sie schüttelte traurig den Kopf. »Schlimm, ganz schlimm. In solchen Momenten denke ich immer, wie gut, dass wir in der heutigen Zeit leben. Dagegen wirken viele unserer Probleme doch geradezu lächerlich.«

»Du hast völlig recht. Denk nur an Karl-Heinz und Erika. Mein Gott, was die immer mit ihren Problemen rumtun. Vielleicht sollten die auch mal in diese Ausstellung gehen. Heute gibt es doch einfach für alles Lösungen und moderne Technik. Und unser ausgeklügeltes Gesundheitssystem …«

Koch-Waldner hatte genug gehört, aber immer noch nicht begriffen, was an dem altertümlichen Firlefanz so spannend war. Was hatten modernde Schaufeln mit den Problemen von Karl-Heinz und Erika zu tun? Er ging zu den beiden hinüber und zückte seine Dienstmarke. »Polizei! Würden Sie bitte zur Seite treten, Herrschaften? Ich habe hier einen Job zu erledigen.«

Ungläubig sah das Pärchen ihn an. Der Mann setzte zu einem Protest an, doch Koch-Waldner, der immer seinem Vorbild, Commissario di Cesare, nachzueifern versuchte, ließ ihn nicht gewähren. Er fasste beide am Arm und schob sie mit sanfter Gewalt von der Auslage fort. »Hausdurchsuchung. Sie haben hier für den Moment nichts mehr verloren. Gehen Sie am besten solange ins Café.«

Koch-Waldner sah den beiden nach, die kopfschüttelnd die Ausstellung verließen. Am Ausgang lehnte di Cesare mit verschränkten Armen am Türrahmen. Er musste die ganze Szene beobachtet haben. Die beiden Männer sahen sich einen kurzen Moment lang an, dann zwinkerte di Cesare Koch-Waldner zu, der den Mund zu einem lässigen Grinsen verzog. Er hatte gerade bei seinem Chef gepunktet.

***

Mauracher spürte von Anfang an, dass dieser Schönling von Mann sie nicht ernst nahm. Warum ließen sich Menschen nur so oft durch Äußerlichkeiten täuschen? Nur weil sie jung, klein und zierlich war, schien jeder zu glauben, sie hätte nichts auf dem Kasten. Selbst dem Commissario war es anfangs so ergangen, doch ihm hatte sie das nicht übel genommen. Woher hätte er auch wissen sollen, dass er gegen sie in den Bergen kaum eine Chance hatte? Da sich Ferrari allzu sicher zu fühlen schien, hatte sie ihn direkt mit Berchtenbreiters Aussage konfrontiert, und er hatte zugegeben, neunzig Kilogramm Gold gefunden zu haben. Auch die sechs Millionen hatte er bestätigt. Doch er wusste mehr, das spürte Mauracher genau. Sie entschied sich für einen Frontalangriff. »Herr Ferrari, haben Sie ein Verhältnis mit Ihrer Chefin?« Volltreffer! Von einem Moment zum nächsten wurde der Schönling nervös. Wunderbar, jetzt konnte sie ihn aus der Reserve locken.

»Nicht so laut! Wir sind nicht allein im Haus. Wie kommen Sie darauf?«

»Das spielt keine Rolle. Wichtig ist nur, dass wir es wissen. Also, geben Sie es zu?«

»Aber was soll das mit dem Fall zu tun haben? Sie suchen doch Mörder, keine Geliebten.«

Mauracher lächelte. »Es sei denn, es handelt sich dabei um ein und dieselbe Person. Was halten Sie davon, wenn wir Ihre Frau dazuholen? Weiß sie von Ihrem Verhältnis?«

Die Aussicht darauf, dass seine Affäre aufflog, machte Ferrari plötzlich überaus gesprächig. Er gab zu, seit Jahren eine Affäre mit Christine Alber zu haben. Als er dafür seine eigene Frau verantwortlich machen wollte, schnitt ihm Mauracher das Wort ab. Das interessierte sie nicht.

Allerdings hatte der Schönling mit einem recht: Für ihren Fall war die Affäre nebensächlich. Von Bedeutung war sie nur insofern, als dass sie als Druckmittel Ferrari mitteilsamer machte. »Reden wir über Sara Gasser, Heinrich Gamper und Markus Pircher. Und erzählen Sie mir nicht wieder, dass das alles Unfälle waren. Schließlich geht es um Millionen Euro. Was können Sie mir dazu sagen, Herr Ferrari?«

Er sah Mauracher eine Weile schweigend an. Seine Augen waren ausdruckslos. Plötzlich schlug er mit der flachen Hand auf den Tisch. »Also gut, Kofer war's!«

Die Polizistin starrte Ferrari an. »Und das soll ich Ihnen glauben? Wenn es so wäre und Sie wüssten es, hätten Sie uns das doch längst erzählt.«

»Sie begreifen wirklich gar nichts, oder? Wenn ich das vorher gesagt hätte, wäre unser ganzer schöner Deal aufgeflogen!«

»Das ist er jetzt sowieso.«

Ferrari schüttelte den Kopf. »Aber das ist es ja gerade. Jetzt kann nichts mehr auffliegen. Also kann ich auch sagen, was ich weiß.«

»Dass Andreas Kofer ein Mörder ist?«

Kopfnicken.

»Ein dreifacher Mörder?«

Kopfnicken. »Ja, das heißt: Nein! Ich habe nur gesehen, dass er Sara geschubst hat. Ein ganz sanfter Stoß. Wahrscheinlich dachte er, dass es bei dem Nebel niemand mitkriegen würde. Bei den anderen Morden war ich nicht dabei.«

Mauracher konnte nicht einschätzen, ob Ferrari die Wahrheit sagte. War er vielleicht doch nicht so einfältig wie gedacht? Besaß er zumindest eine gewisse Bauernschläue? Seine Aussage belastete Kofer jedenfalls schwer. »Herr Ferrari, wenn Sie bei einer Mordermittlung vorsätzlich eine Falschaussage machen, wandern Sie allein dafür in den Knast. Sie sollten es sich gut überlegen.«

Doch Ferrari blieb bei seiner Aussage und erklärte, sie jederzeit unter Eid vor Gericht zu wiederholen. »Außerdem waren Sara und er Konkurrenten. Zumindest er hat das immer so gesehen. Jeder im Tal weiß das. Da können Sie fragen, wen Sie wollen. Ich könnte mir vorstellen, dass ihn das in seinem Entschluss, sie aus dem Weg zu räumen, nur bekräftigt hat. Und denken Sie an die Anschläge auf Christine.«

Was Ferrari sagte, machte Sinn. Ähnliche Gedanken waren Mauracher selbst schon gekommen. Wenn das Durchsuchungskommando fündig wurde, sah es für Kofer schlecht aus. Es passte einfach alles. Motiv, Gelegenheit, Beweise. Besonders übel wäre es für ihn, wenn sie nicht nur Statuen fanden, sondern auch Gampers Anteil und obendrein kleine Ampullen mit Schlafmittel.

Mauracher stand auf, um sich zu verabschieden und zum Hotel zurückzufahren. »Sie müssen dennoch mit einem Prozess rechnen, Herr Ferrari. Sie haben uns den Mörder an Sara Gasser verschwiegen, das ist ein Delikt. Und was Ihren Deal angeht, der war auch illegal. Sie dürfen Südtirol vorläufig nicht verlassen. Halten Sie sich jederzeit zu unserer Verfügung.«

***

Mauracher schlug sich mit der flachen Hand gegen die Stirn. »Das gibt es doch gar nicht. Wie konnten wir nur den Beschluss für das Hotel und Ferraris Haus vergessen? Wir haben uns total auf die Morde und Kofer konzentriert. An das Geld haben wir gar nicht mehr gedacht, dabei müssen sie es irgendwo bei sich versteckt haben. Zur Bank haben sie es bestimmt nicht gebracht. Was sollen wir jetzt machen?«

Vincenzo erklärte Mauracher, dass sich Baroncini sofort darum kümmern wollte. »Wenn der Staatsanwalt mitspielt, kriegen wir die Beschlüsse noch heute. Sie nehmen dann den Wagen und holen sie aus Bozen. Und jetzt machen wir uns auf den Weg. Ich bin gespannt, ob di Cesares Team fündig geworden ist.«

Vincenzo hatte angeordnet, dass sich alle Einsatzkräfte erst auf dem kleinen Waldparkplatz in Innerpflersch trafen, um nicht aufzufallen. Die Fahrt war anstrengend. Der nasse Schnee fiel in dicken Flocken vom Himmel und überzog die Straße mit schmierigem Matsch. »Langsam reicht es mir wirklich. Ich kann Schnee bald nicht mehr sehen.«

Mauracher zuckte mit den Schultern. »Mich stört das nicht. Von mir aus kann es noch zehn Monate weiterschneien. Außerdem sind es von Bozen nach Venedig nur zweieinhalb Stunden. Wenn es hier schneit, Sie aber lieber im Straßencafé sitzen und Weißwein schlürfen wollen, können Sie doch einfach eine Spritztour machen. Waren Sie schon in Venedig?«

Vincenzo nickte. »Ein paarmal. Mit meinen Eltern und Gianna, Venedig ist schließlich die Stadt der Verliebten. Sie haben schon recht, Südtirol hat eine begnadete Lage. Bis zur ligurischen Küste ist es auch nicht weit. Das lohnt sich schon übers Wochenende.«

»Stimmt, und da kann man tolle Klettertouren machen. Kennen Sie diesen di Cesare eigentlich schon lange?«

»Warum wollen Sie das wissen?«

»Das ist ein ziemlich krasser Typ. Ich frage mich, wie der so als Mensch ist.«

Der Commissario dachte nach. »Ich würde es mal so formulieren: Er ist in Ordnung. Wir kennen uns zwar schon länger, haben aber selten miteinander zu tun. Er übernimmt mit seinem Team häufig Spezialeinsätze oder hilft aus, wenn irgendwo Personalnot herrscht. So wie im Moment bei uns. Das ist keine offizielle Vereinbarung, sondern hat sich im Laufe der Zeit so ergeben. Er ist absolut zuverlässig, und seine Jungs sind tough, das ist das Wichtigste. Mit seiner Rambo-Art kommt er nicht immer gut an, aber er ist professionell. Wenn man ihn zu nehmen weiß, kommt man problemlos mit ihm zurecht.«

»Und wie sollte man ihn nehmen?«

Vincenzo lachte. »Sie wollen es aber ganz genau wissen. Haben Sie etwa ein Auge auf ihn geworfen?«

Mauracher war entsetzt. »Auf den? Im Leben nicht. Ich stehe nicht auf Kampfmaschinen. Davon abgesehen könnte der fast mein Opa sein. Nein, ich finde ihn nur interessant. Er ist kein alltäglicher Typ. Deshalb frage ich.«

»Nein, alltäglich ist er wahrlich nicht. Er mag klare Ansagen und Aufträge, duldet als Teamleiter keinerlei Widerspruch und hat was gegen Softies. Ich würde sagen, dass er und ich uns gegenseitig respektieren. Nicht mehr, aber auch nicht weniger.«

Sie näherten sich der kleinen Brücke vor Innerpflersch, die über den Pflerscherbach führte. Auf der anderen Bachseite lag der Waldparkplatz. »Unglaublich«, sinnierte Vincenzo, »alles weiß. Sehen Sie sich das an. Und das Ende April.«

***

Marzoli, Reiterer mit seinen drei Mitarbeitern und Benvenuto di Cesare mit seinem Team trafen nach zwanzig Minuten ein. Sollte ein Mitarbeiter des Museums Kofer angerufen und informiert haben, würde die Zeit bis zum Eintreffen des Kommandos trotzdem nicht ausreichen, Geld oder Exponate so weit in Sicherheit zu bringen, dass die Männer sie nicht finden würden.

Mit Schwung sprang di Cesare aus dem Mannschaftswagen. Obwohl es schneite, trug er noch immer nur sein T-Shirt. »Andreas Kofer war nicht im Museum«, begann er. »Eine Mitarbeiterin sagte, dass er zu Hause ist. Alle Mann waren mit Detektoren ausgestattet, wir haben sämtliche Teile des Museums durchsucht, aber nur ein Teil gefunden. Zipperle«, wies er einen seiner Männer an, »zeigen Sie dem Commissario das goldene Ding.«

Vincenzo konnte sich ein Lachen nicht verkneifen.

Di Cesare sah ihn aus zusammengekniffenen Augen an. »Was gibt es da zu lachen, Bellini?«

Vincenzo hob abwehrend die Hände. »Das hat nichts mit Ihnen zu tun, di Cesare, aber ich kenne die Statue schon. Die habe ich letztens schon ganz ohne Durchsuchungsbeschluss und Sondereinsatzkommando gefunden. Oder anders ausgedrückt: Sie wurde mir gezeigt, nachdem ich höflich gefragt habe.«

»Sehr witzig, Bellini. Können wir jetzt endlich zu diesem Kofer fahren? Ich hasse es, untätig rumzustehen.«

»Natürlich. Ispettore, Sie kommen mit uns, Sie fahren hinter uns her, Commissario. Sagen Sie mal, ist Ihnen eigentlich gar nicht kalt?«

Di Cesare schien erst in diesem Augenblick zu bemerken, wie leicht er angezogen war. Er betrachtete seine unbedeckten Arme. »Nein, außerdem sind das ja nur ein paar Flocken. Können wir?«

Die kurze Fahrt bis zu Kofers Haus nutzte Vincenzo, um von Marzoli zu erfahren, wie der Einsatz gelaufen war.

Der Ispettore schnaubte genervt durch die Nase. »Unglaublich, in welchem Ton di Cesare mit mir gesprochen hat. Eigentlich eine regelrechte Unverschämtheit. Der hat mich überhaupt nicht ernst genommen. Und Reiterer schien das auch noch lustig zu finden, er hat die ganze Zeit gegrinst. Vor allem, als ich mich mit den Angestellten, allesamt Frauen, in der Teeküche versammeln musste, damit Rambo freie Bahn für seine Arbeit hatte. Ich hatte damit gerechnet, dass sich die Frauen über di Cesare und seine Leute ärgern, weil der so ruppig mit ihnen umgesprungen ist, aber von wegen. Angehimmelt haben die den! Unbegreiflich ist mir das. Nur zwei Touristen haben sich bei mir beschwert, weil sie von der Polizei verjagt worden sind. Als ob ich etwas dafür könnte! Was habt ihr denn rausgefunden?«

Bevor er darauf einging, wollte Vincenzo wissen, warum der Ispettore nicht an die zusätzlichen Durchsuchungsbeschlüsse gedacht hatte. Er kam nicht dazu, sein Handy klingelte. Baroncini. Vincenzo nickte ein paarmal. »Verstanden. Ich schicke Mauracher sofort los. Sie ist in einer Stunde da.«

Der Polizeiwagen und die beiden Einsatzwagen fuhren gleichzeitig auf den gekiesten Hof vor Kofers Haus, der von matschigem Schnee überzogen war. Hier hätten locker zehn Mannschaftswagen Platz gehabt. Vincenzo drückte Mauracher den Autoschlüssel in die Hand. »Sie fahren jetzt direkt los, holen den Durchsuchungsbeschluss und rufen mich gleich wieder an, wenn Sie zurück sind. Wir treffen uns am Hotel Christine. Bis später.«

Als Kofer öffnete, hielt ihm Vincenzo zur Begrüßung das Dokument des Staatsanwaltes vor das Gesicht. »Das hier ist ein Durchsuchungsbeschluss, Herr Kofer. In Ihrem Museum waren wir schon und haben dort eine Statue aus Gold gefunden, die mit Sicherheit von Ihrer goldigen Expedition stammt. Wir vermuten, dass sie nicht das einzige Exponat ist, das sich in Ihrem Besitz befindet. Lassen Sie uns bitte rein.«

Andreas Kofer starrte die Polizisten entsetzt an. »Durch… Durchsuchungsbeschluss?«, stammelte er. »Aber warum …?«

Di Cesare trat vor. »Gehen Sie zur Seite, Herr Kofer. Männer, alle in den Flur, dort werde ich euch einteilen.« Mit einer Leichtigkeit, als hebe er ein Blatt Papier auf, schubste di Cesare Kofer zur Seite, und seine Männer folgten ihm an dem konsternierten Museumschef vorbei in dessen Haus.

Vincenzo sah ihn fast mitleidig an. »Der ist so. Er kann nichts dafür. Legen Sie sich besser nicht mit ihm an.«

Minuten später verteilte sich das Einsatzkommando im Haus,

Gartenhaus und der Garage. Vincenzo wartete mit Marzoli, den Leuten von der Spurensicherung und Kofer im Wohnzimmer. Der Kamin brannte. Das prasselnde Feuer und sein warmes Licht verliehen selbst dem ansonsten sterilen Raum eine überraschend wohnliche Behaglichkeit. Kofer saß in seinem Sessel und schwitzte. Vincenzo ahnte, dass sein Transpirieren nichts mit dem Kaminfeuer zu tun hatte. »Herr Kofer, mit Lügen kommen Sie jetzt nicht mehr weiter. Wollen Sie uns nicht sagen, was unsere Leute ohnehin gleich finden werden?«

Kofer schien seine Strategie abzuwägen. Wie groß waren die Chancen, dass die Beamten nichts fanden? Doch er kam nicht mehr dazu, eine Entscheidung zu treffen. Di Cesare erschien im Türrahmen. »Herr Kofer, wo ist der Schlüssel für die Kellertür hinter dem Wandteppich? Oder ist es Ihnen lieber, ich trete sie ein?«

Müde rieb sich Kofer die Augen. Es war vorbei. »Ich gehe mit Ihnen runter.«

Staunend standen die Polizisten vor Kofers Sammlung. Mit einer solchen Menge an Fundstücken hatten sie nicht gerechnet.

»Und was ist das alles wert?«, fragte di Cesare in die andächtige Stille hinein.

Kofer sah ihn vorwurfsvoll an. »Wert? In Geldeinheiten? Guter Mann, hier geht es nicht um Geld. Das sind Stücke, die größtenteils noch aus der Römerzeit stammen. Sie waren verschollen, bis ich sie gefunden und gerettet habe. Was die wert sind? Sie haben wirklich keine Ahnung. Was Sie da sehen, ist unbezahlbar! Alles Unikate, alles sensationelle Einzelstücke. Alles Geld der Welt kann ihren Wert nicht aufwiegen. Verstehen Sie?«

Di Cesare kratzte sich am Kopf. »Aha.«

Wäre Kofer nicht ein mutmaßlicher Mörder, hätte er Vincenzo sogar leidgetan. Niemals würden diese einzigartigen Artefakte sein Museum schmücken. »Herr Kofer, Ihre sämtlichen Funde sind hiermit beschlagnahmt. Wir gehen jetzt wieder rauf und warten, bis die Kollegen fertig sind. Sie schulden uns eine ganze Reihe an Erklärungen.«

Plötzlich ertönte eine Stimme. Koch-Waldner rief durch die offen stehende Tür in den Keller. »Seid ihr da unten?«

»Ja, was gibt's?«, brüllte di Cesare zurück.

»Wir sind fündig geworden. Das müsst ihr euch ansehen.«

Kofer sah Vincenzo entgeistert an. »Aber das hier unten ist alles, Commissario. Was will der denn noch gefunden haben?«

»Das werden wir gleich sehen.«

Als die Männer das Wohnzimmer betraten, bot sich ihnen ein ungewöhnlicher Anblick. Auf dem Couchtisch lagen dicke Bündel mit Geld, bestehend vorwiegend aus Fünfhundert-Euro-Scheinen. Kofer baute sich drohend vor Koch-Waldner auf, der grinsend ein Bündel in den Händen hielt. »Woher haben Sie das? Das haben Sie mir doch untergejubelt!«

Koch-Waldners Stimme nahm einen drohenden Unterton an. »Cool bleiben, Mann. Und vorsichtig mit solchen Unterstellungen.«

Vincenzo wunderte sich, dass Koch-Waldner das Geld so einfach anfasste, und wandte sich an Reiterer. »Sollten Sie das Geld nicht zunächst auf Spuren und Fingerabdrücke untersuchen, bevor der Kollege sich daran vergreift?«

Reiterer lächelte souverän. »Wie lange arbeiten wir schon zusammen, Bellini? Drei Jahre, vier, fünf? Haben Sie immer noch nicht begriffen, dass ich niemals Fehler mache? Selbstverständlich haben wir eine Schnellanalyse durchgeführt, als Sie noch im Keller waren. Oder glauben Sie etwa, meine Leute tragen die riesigen Koffer nur zum Spaß durch die Gegend? Ich darf Ihnen mitteilen, dass sich die Fingerabdrücke all Ihrer Verdächtigen auf den Scheinen befinden. Und – okay, das geb ich gern zu – jetzt auch noch die vom Kollegen Koch-Waldner.«

Vincenzo deutete ein Klatschen an. »Respekt, mein lieber Reiterer. So viel Eigeninitiative hätte ich Ihnen gar nicht zugetraut. Aber wenn Sie schon fertig sind …« Vincenzo nahm ein Bündel vom Tisch. So viel Geld auf einem Haufen hatte er noch nie gesehen. »Haben Sie das schon gezählt?«

Koch-Waldner schüttelte den Kopf.

Der Commissario verteilte die Bündel an die Polizisten, die bis auf Zipperle und Strumpflohner, die noch das obere Geschoss durchsuchten, vollständig waren. »Dann machen wir das jetzt.«

Außer dem leisen Rascheln der Geldscheine war lange Zeit

nichts zu hören. Kofer hatte sich in den Sessel gesetzt und das Gesicht in den Händen vergraben.

»Fertig!«, rief Taumann.

Letztendlich belief sich die Summe aller Geldscheine auf eins Komma fünf Millionen Euro. Exakt Gampers Anteil. Aber wo war der Rest? Oder war das gar nicht Gampers Geld, sondern einfach nur Kofers Anteil?

»Wo haben Sie das gefunden?«, fragte Vincenzo Koch-Waldner.

»In der Garage. In einer alten Holzkiste. Übrigens zusammen mit diesem Schlüssel hier. Komisches Ding, keine Registrierungsnummer. Er lag zusammen mit Kleinwerkzeugen in einem Werkzeugkoffer, der auch in der Kiste war. Weil Sie doch gesagt haben, dass Sie auch einen Schlüssel suchen …« Er gab den Schlüssel Vincenzo, der Reiterer einen fragenden Blick zuwarf. Der Souverän der Spurensicherung spitzte die Lippen und nickte bedächtig.

»Besonders intelligent ist diese Kiste als Versteck nicht gerade.« Koch-Waldner warf Kofer einen abschätzigen Blick zu, der den Kopf schüttelte.

»Das ist nicht mein Geld. Und ich habe keine Ahnung, was das für ein Schlüssel ist. Ich weiß nicht, was Sie von mir wollen.«

Vincenzo pflichtete ihm bei. »Stimmt, das Geld ist von Heinrich Gamper. Sie haben es gestohlen, als Sie den Brand gelegt haben. Und Sie wissen genauso gut wie ich, wozu dieser Schlüssel passt. Ich werde das später auf der Rückfahrt überprüfen.«

Kofer sprang auf. Sein Gesicht war rot angelaufen. »Sind Sie wahnsinnig? Ich habe weder einen Brand gelegt, noch wollte ich Christine Alber umbringen. Und ich habe keine Ahnung, wie das verdammte Geld und der Schlüssel in meine Garage gekommen sind.«

Zipperle und Strumpflohner gesellten sich dazu. »Wir sind oben fertig. Bis auf das hier haben wir nichts gefunden.« Strumpflohner gab di Cesare eine Ampulle, der sie an Vincenzo weiterreichte.

Der Commissario las die Aufschrift auf der Ampulle. »Diphenhydramin. Es sieht schlecht aus für Sie, Herr Kofer. Wir müssen davon ausgehen, dass Sie versucht haben, Christine Alber zu vergiften. Wollen Sie einen Anwalt anrufen?«

Die Zornesröte war aus Kofers Gesicht gewichen, er war kreidebleich. »Das ist mein Schlafmittel, weil ich Schlafprobleme habe. Das können Sie in jeder Apotheke rezeptfrei kaufen. Was soll das alles? Wofür sollte ich einen Anwalt brauchen?«

»Warum haben Sie uns das alles nicht vorher gesagt, als wir Sie gefragt haben?«

»Weil mir da schon klar war, dass Sie mir was anhängen wollen, damit Sie wieder einen erfolgreichen Fall vorweisen können.«

»Sie haben Ihre Situation anscheinend immer noch nicht begriffen, Herr Kofer. Ich verhafte Sie wegen des Verdachtes des Mordes an Sara Gasser, Markus Pircher sowie Heinrich Gamper und seiner Familie.« Vincenzo klärte Kofer über seine Rechte auf. »Ich denke, auf Handschellen können wir verzichten.«

Kofer schüttelte ununterbrochen den Kopf. »Alles Quatsch. Ich habe damit nicht das Geringste zu tun. Das ist nicht mein Geld. Ich habe meinen Anteil vergraben.«

»Vergraben? Wo?«

Kofer hielt Vincenzos Blick stand. Vor Anspannung knirschte er mit den Zähnen. »Im Garten. Fünfzigtausend habe ich für die Anzahlung für den Porsche und ein paar andere Dinge schon ausgegeben, aber der Rest liegt unter dem Gras. Soll ich es Ihnen zeigen?«

Der Commissario versuchte, Kofers Gedankengängen zu folgen. War das ein Trick? Aber was sollte er gegen diese Übermacht an Beamten ausrichten? »Okay, aber machen Sie keine Dummheiten.«

Kofer wies mit dem Kopf zu di Cesares Truppe. »Befürchten Sie etwa, dass ich die verprügel und dann fliehe? Lächerlich. Aber darf ich mir wenigstens andere Schuhe und meinen Mantel anziehen? Sonst hole ich mir draußen noch den Tod.«

Di Cesare nickte. »Ihr passt auf ihn auf«, sagte er zu Strumpflohner und Rohregger.

Fünf Minuten später standen zwölf Männer im Schneetreiben auf Kofers Rasen. Abfalterer und Burchiellaro gruben mit Schaufeln ein tiefes Loch. »Scheiß-Schneematsch«, stellte Burchiellaro fest und trocknete sich das Gesicht mit einem Taschentuch ab. »Ich kann das Zeug nicht mehr sehen.«

»Jammer nicht rum«, zischte di Cesare, »grab lieber!«

»Wo ich herkomme –«, wollte Burchiellaro protestieren, doch ein kurzer Blick seines Vorgesetzten genügte, um ihn verstummen zu lassen. Dabei hatte er nur stolz darauf hinweisen wollen, dass es in seiner Heimat Kampanien viel wärmer und schöner war als in diesen eisigen Bergen.

Gerade als er die Schaufel mit einer Portion Wut in den Boden rammen wollte, brach Abfalterer in Jubel aus. »Da ist was!« Er bückte sich und förderte einen mittelgroßen Metallkoffer zutage, um den sich die Männer sogleich im Kreis hockten. Di Cesare öffnete den Koffer höchstpersönlich. Elf Augenpaare starrten wie gebannt auf das Geld, aber keines auf Kofer.

Kofer nutzte die Gunst des Augenblicks. Er schubste Vincenzo, der vor ihm hockte, mit beiden Händen. Der Commissario fiel vornüber und riss dabei Marzoli mit, der wiederum Strumpflohner ins Straucheln brachte. Wie beim Domino fielen die Polizisten der Reihe nach um und landeten entweder auf dem Rasen oder auf einem Kollegen. Kofer war währenddessen bereits losgesprintet, geradewegs in die verschneiten Berge Richtung Pflerscher Tribulaun.

Di Cesare rappelte sich als Erster wieder auf und blickte hinter dem Fliehenden her. »Jetzt verstehe ich auch, warum der unbedingt seine Bergschuhe anziehen wollte.« Er bemerkte den klaffenden Riss in seinem T-Shirt, der von der Schnalle des Koffers stammen musste, auf den er gefallen war, und aus dem jetzt seine muskulöse Brust hervorquoll. »Scheiße, das kann ich wegwerfen.«

Inzwischen standen auch die anderen Polizisten wieder. Commissario Benvenuto di Cesare nickte Strumpflohner und Koch-Waldner zu und wies mit dem Hinterkopf in Richtung Pflerscher Tribulaun, der durch das leichte Schneetreiben wie durch einen Schleier zu erkennen war. »Das erledigt ihr.«

***

»Ihr wisst Bescheid. Wir suchen ihre Anteile von dem Geld. Was meinen Sie, Commissario di Cesare, schaffen Sie das mit Ihrem reduzierten Team noch heute?«

Die Polizisten hatten sich mit Sabine Mauracher vor dem Hotel getroffen. Kofers sinnloser Fluchtversuch war nur von kurzer Dauer gewesen. Die trainierten Strumpflohner und Koch-Waldner hatten ihn im Nu eingeholt. Während der eine ihn in den Schwitzkasten genommen hatte, legte ihm der andere Handschellen an. So unnütz dieser Versuch auch gewesen war, er belastete Kofer zusätzlich. Mittlerweile befand er sich mit Mooswalder und Taumann auf dem Weg nach Bozen in eine sichere Zelle.

Di Cesare winkte ab. »Kein Problem. Wenn wir höflich fragen, verraten die uns bestimmt freiwillig, wo das Geld ist. Ein Koch und eine Frau.« Er spuckte die Worte Koch und Frau förmlich aus.

Vincenzo fragte sich, ob die sexhungrige Christine Alber auch Gefallen an einem Muskelpaket wie di Cesare finden würde. Allemal eine interessante Begegnung. Zumal er sich seinen Kollegen nicht mit einer Frau vorstellen konnte, obwohl er äußerlich so maskulin wirkte.

Die übrig gebliebene Truppe betrat das Hotel. Ferrari hatte nach Maurachers Befragung offensichtlich auf seinen freien Tag verzichtet, denn er stand hinter Alber am Empfang.

»Commissario Bellini, Sie schon wieder?«, begrüßte sie die Männer. »Und so viele starke Mannsbilder haben Sie mitgebracht. Sie verwöhnen mich ja direkt. Oder ist die Verstärkung für Sie, weil Sie Angst vor mir haben?«

Di Cesares Männer kicherten. Auch Mauracher schaffte es nicht, ein kurzes Kichern zu unterdrücken. Vincenzo spürte, dass er rot wurde. Diese impertinente Person machte ihn vor den Kollegen lächerlich. Er wurde wütend. »Nein, die Männer sind hier, um Ihr Hotel von oben bis unten auseinanderzunehmen.« Er knallte den Durchsuchungsbeschluss auf den Tresen. »Und wenn sie fündig geworden sind, werden die starken Mannsbilder Sie abführen. In Handschellen!«

Alber pfiff durch die Zähne. »In Handschellen? Nicht schlecht, davon habe ich schon immer geträumt. Warum sind Sie nur so humorlos, Commissario? Habe ich etwa Ihr zartes Gemüt verletzt? Das wollte ich nicht. Ich bitte vielmals um Verzeihung. Was genau suchen Sie denn bei mir?«

Di Cesare, der als Einziger keine Miene verzogen hatte, trat vor. »Geld. Eins Komma fünf Millionen Euro, um genau zu sein. Mein Team wird leider ein Chaos veranstalten müssen. Geht nicht anders. Sie könnten das verhindern, indem Sie uns freiwillig sagen, wo das Geld ist.«

Alber musterte di Cesare von oben bis unten. »Meine Güte, was sind das für Muskeln! Müssen Sie dafür viel trainieren? Soll ich Ihnen vielleicht ein anderes T-Shirt geben?«

Di Cesare zeigte keinerlei Reaktion.

»Nein? Gut, dann eben nicht. Sie können von mir aus suchen, so lange Ihnen danach der Sinn steht, aber Sie werden kein Geld finden.«

Vincenzo verdrehte die Augen. »Lassen Sie die Spielchen, Frau Alber. Sie haben meinen Kollegen gehört. Zum letzten Mal, wo ist das Geld?«

Alber wurde ernst. »Das Geld ist weg. Alles. Meins und Luigis. Wir hatten es im Hotel versteckt. Weil Silvia, Luigis Frau, von alldem nichts wissen durfte, erschien es uns so als das Beste. So war es doch, Luigi, oder?« Sie blickte zu Ferrari, der sich neben sie gestellt hatte.

Er nickte heftig. »Genau. Meine Frau durfte auf keinen Fall etwas davon erfahren. Die wäre imstande, mich deshalb zu verlassen.«

Alber wandte sich wieder Vincenzo zu. »Das Geld war in der Küche. Ich nehme an, dass Andreas es hat mitgehen lassen. Wahrscheinlich an dem Tag, als er mir das Schlafmittel ins Wasser geschüttet hat. Um Kosten zu sparen, arbeite ich oft nur mit einer personellen Minimalbesetzung, vor allem, wenn nicht viel los ist. Andreas könnte sich unbemerkt in die Küche geschlichen haben, denn der Weg zu den Toiletten führt daran vorbei. Er hatte Zeit genug, das Geld zu suchen, zumal wir damals, als wir bei Gampers Silvester und unseren Fund gefeiert haben, dummerweise erzählt haben, dass wir das Geld dort verstecken wollen, bis sich die Wogen ein wenig geglättet haben. Ein Fehler, das weiß ich jetzt. Aber mein Gott, ich kenne Andreas seit Jahren, hatte immer Vertrauen zu ihm. Ich kann noch gar nicht fassen, was er getan haben soll. Jedenfalls ist das Geld verschwunden. Leider konnte ich deshalb schlecht zur Polizei gehen. Und beweisen konnte ich ihm das auch nicht. Vielleicht werden Sie ja fündig, wenn Sie ihn sich vornehmen. Oder haben Sie es nur auf mich abgesehen?«

Vincenzo hatte Alber beobachtet. Wäre sie nicht so durchtrieben, hätte er ihr alles geglaubt. Sie wirkte aufrichtig. Das Hotel bestand aus etlichen Zimmern, Kellerräumen, einer Tiefgarage und Außenanlagen. Sie müssten die berühmte Nadel im Heuhaufen finden. Er zog di Cesare zur Seite. »Sehen Sie eine realistische Chance, hier in halbwegs überschaubarer Zeit ein paar Bündel Geldscheine zu finden? Sie könnte alles schließlich auch wie Kofer im Garten vergraben haben.«

Di Cesare sah sich um. »Schwierig wird es schon. Das Gebäude schaffen wir leicht, aber das Grundstück ist zu groß für eine schnelle Suchaktion, zumal sich Wiesen- und Waldflächen daran anschließen, die wir ebenfalls umgraben müssten. Ich schlage vor, wir nehmen uns zuerst das Haus vor und sehen dann weiter.«

27

Bozen, Dienstag, 1. Mai

Vincenzo beobachtete Andreas Kofer durch die Scheibe des Einwegspiegels. Er wartete darauf, von der Polizei vernommen zu werden, wirkte nervös und angespannt und lief unruhig in dem schmucklosen Raum auf und ab. Nachdem er in Untersuchungshaft genommen worden war, hatte er darauf bestanden, von seinem Recht auf einen Anwalt Gebrauch zu machen. Er hatte sich für Martin Innerhofer entschieden, den er bereits kannte. Allerdings bis heute nur als Gegner beim Schachspielen.

Am Vortag war Vincenzo vom Hotel aus direkt zur Burg Reifenstein gefahren. Wie erwartet passte der Schlüssel, den di Cesares Team in Kofers Garage gefunden hatte. Also hatte der Museumsdirektor den Originalschlüssel bei der letzten Führung im vergangenen Jahr entwendet und nachmachen lassen. Nachmachen? Aber wo? Und von wem? Jedenfalls sah es so aus, als hätte er Pircher anschließend in die Falle gelockt und im Verlies seinem Schicksal überlassen. Vincenzo war gespannt, was Kofer zu den Vorwürfen gegen ihn sagen würde. Sie waren vernichtend und bedeuteten lebenslänglich, sofern sie sich bestätigten.

Di Cesares Team hatte gestern tatsächlich noch nichts bei Alber gefunden. Wahrscheinlich hatten die Hotelchefin und ihr Koch das Geld woanders versteckt.

Marzoli betrat den Vorraum. »Commissario? Innerhofer ist da.«

Vincenzo drehte sich um. »Gut, dann gehen wir jetzt rein. Kommen Sie.«

Rechtsanwalt Martin Innerhofer war ein Mann mittleren Alters von schmächtiger Statur. Er war unscheinbar, sein Auftreten hingegen nicht. Er begrüßte die Polizisten alles andere als herzlich. »Commissario Bellini, die Vorwürfe gegen meinen Mandanten sind ungeheuerlich! Wenn Sie nicht sofort handfeste Beweise präsentieren können, dürfen Sie sich auf eine Dienstaufsichtsbeschwerde gefasst machen, die sich gewaschen hat.«

Derlei Auftritte von Vertretern der rechtsberatenden Zunft brachten Vincenzo längst nicht mehr aus der Ruhe. Er schaltete das Aufnahmegerät ein und konfrontierte Kofer nach der üblichen Rechtsbelehrung mit den Anschuldigungen.

Kofer lief knallrot an. »Sind Sie taub?« Er musste all seine Beherrschung aufbringen, um nicht laut zu werden. »Ich habe Ihnen schon mehrfach gesagt, dass keine Ihrer Anschuldigungen zutreffend ist. Wann begreifen Sie das endlich?«

»Herr Kofer, glauben Sie mir, im Moment ist Ihr Verhalten leider typisch für einen Straftäter.«

Innerhofer ergriff das Wort. »Commissario, was Sie da von sich geben, ist rein suggestiver Natur. Eine dreiste Unterstellung. Halten Sie sich gefälligst an die Fakten!«

Vincenzo bedachte den Anwalt mit einem vielsagenden Blick, den dieser entsprechend erwiderte. Der Commissario wandte sich wieder Kofer zu. »Es gibt einen Zeugen, der beobachtet hat, wie Sie Sara Gasser am Gletscher des Hochfeiler in eine Schlucht gestoßen haben.«

Der Anwalt schwieg. Kofer sah Vincenzo mit offenem Mund an. »Das ist unmöglich.«

»Scheinbar nicht.«

»Wer?«

Vincenzo überlegte. War es besser, die Frage zu beantworten, oder sollte er das lieber für sich behalten? Er entschied sich für Offenheit in der Hoffnung, Kofer damit aus der Reserve zu locken. »Luigi Ferrari.«

Der Museumsdirektor verlor die Contenance. »Dieses verlogene Schwein! Den bringe ich um!«

Vincenzo lächelte. »So, tun Sie das?«

Innerhofer erhob drohend die Stimme. »Commissario Bellini, das war ein verständlicher Wutausbruch auf eine falsche oder vorgeschobene Zeugenaussage, deren alleiniges Ziel darin besteht, meinen Mandanten zu provozieren. Unterlassen Sie derlei Versuche, sonst brechen wir das hier ganz schnell ab. Legen Sie endlich Beweise vor.«

Eins zu null für den Anwalt. Leider verstand er etwas von seinem Fach. Sie hatten eine Menge Indizien und eine fragwürdige Zeugenaussage, bestenfalls stand Aussage gegen Aussage. Was fehlte, waren konkrete Beweise. Der Schlüssel befand sich in der Spurensicherung. Und selbst, wenn sie Kofers Fingerabdrücke darauf nicht sicherstellen konnten, hieß das nicht notgedrungen, dass er ihn nicht benutzt hatte. Er hätte nur entsprechende Handschuhe tragen müssen. Fanden sie hingegen seine Abdrücke, war das ebenfalls kein Beweis für den Mord an Pircher. Lediglich ein weiteres Indiz. Zudem gab es noch zu viele offensichtliche Ungereimtheiten. Warum hatte Kofer seinen Anteil mit akribischer Genauigkeit vergraben, Gampers Geld aber nahezu offen in der Garage rumliegen lassen, wo es darüber hinaus leichte Beute für Einbrecher gewesen wäre? Und dass er dort den Schlüssel aufbewahrt hatte, war ebenso unlogisch. Vincenzo hätte ihn an seiner Stelle gleich nach der Tat in eine Schlucht oder sonst wohin geworfen, aber doch nie in der Garage deponiert. Marzoli, der bisher geschwiegen hatte, machte ein Gesicht, das nur bedeuten konnte, dass er ganz ähnlich dachte.

Vincenzo entschied sich für einen weiteren Frontalangriff. »Aber warum sollte Ferrari lügen?«

Bevor Kofer zu einem erneuten Wutausbruch ansetzen konnte, schaltete sich Innerhofer ein und beschwor ihn, ruhig zu bleiben. Tatsächlich wurde der Museumsdirektor anschließend um einiges sachlicher und stellte erneut fest, dass er mit dem Geld in der Garage und den Morden nicht das Geringste zu tun habe.

Vincenzo schaltete das Aufnahmegerät aus. »Bitte entschuldigen Sie uns einen Augenblick.« Er nickte Marzoli zu. »Kommen Sie, Ispettore, wir müssen etwas besprechen.«

Im Vorraum sahen sie einander fragend an. »Was halten Sie davon, Marzoli?«

Der Ispettore presste die Lippen aufeinander. »Ich weiß es nicht. Es gibt noch immer genauso viele Ungereimtheiten wie Indizien. Wenn Kofer wirklich ein Mörder ist, ist er ein besonders dummer.«

»Und? Halten Sie ihn für dumm?«

»Nein, ich glaube nicht. Egal ob nun besonders erfolgreich oder nicht, er hat immerhin ein Museum aufgebaut, einen sensationellen Fund gemacht und ihn clever vor den anderen versteckt. Nein, ich halte ihn nicht für dumm.«

Vincenzo zog sein Handy aus der Tasche. »Wenn Sie recht haben, bleiben nur noch zwei Kandidaten. Wobei sich die Frage stellt, wer außer Kofer die Anschläge auf Alber verübt haben soll. Ferrari? Aber der ist der Frau mit Haut und Haaren verfallen. Ich werde mal di Cesare anrufen. Vielleicht sind seine Leute mittlerweile doch fündig geworden. Wir müssen einfach das Geld von Alber und Ferrari finden und außerdem mit der Frau von dem Koch sprechen.«

»Ferrari mag Alber vielleicht hörig sein, aber er ist genauso gierig wie die anderen«, wandte Marzoli ein.

»Was meinen Sie damit?«

»Dass er der Einzige ist, der wissen könnte, wo Alber das Geld versteckt hat. Wenn er sie aus dem Weg räumt, gehört es ihm. Und den Verdacht könnte er in der jetzigen Situation ganz leicht auf Kofer lenken.«

Vincenzo rieb sich nachdenklich das Kinn. »Das stimmt. Ich überlege gerade … Aber jetzt telefoniere ich erst mal.« Er wählte di Cesares Nummer, der sofort abhob. Der Commissario nickte ein paarmal. »Ziehen Sie das bis heute Abend durch. Und wenn Sie bis dahin nichts gefunden haben, kommen Sie zurück nach Bozen, hier gibt es mehr als genug für Sie zu tun.«

Vincenzo legte auf und wandte sich zu Marzoli. »Wie erwartet. Sie finden nichts. Alber weicht nicht von seiner Seite und scheint sich köstlich zu amüsieren.« Er lachte. »Der arme Benvenuto. Er sagt, dass Alber immer wieder grinsend auf seinen Bizeps zeigt und fragt, ob er mal anspannt und sie anfassen darf. Die nimmt ihn so was von auf den Arm.«

Auch Marzoli lachte, wenngleich schadenfroh. »Der aufgeblasene Rambo-Verschnitt hat es nicht besser verdient. Wie geht es weiter, Commissario?«

Vincenzo fixierte einen imaginären Punkt an der kahlen Wand des Vorraums. »Es gibt nur drei Möglichkeiten: Entweder ist Kofer unser Mann oder Ferrari, oder es gibt oder gab mehrere Täter, wobei einer oder eine von ihnen schon tot sein könnte. Sehen Sie das ähnlich?«

Marzoli betrachtete durch die Scheibe Kofer, der still an dem Vernehmungstisch saß. »Klingt zumindest logisch. Und weiter?«

»Ich habe eine Idee, wie wir das testen könnten.«

Marzoli sah den Commissario entgeistert an. »Testen?«

Vincenzo nickte bedächtig. »Ja, testen. Und dabei wird uns ein alter Bekannter helfen. Kommen Sie, wir gehen wieder rein. Mal sehen, ob Kofer und sein Rechtsverdreher mitspielen.«

***

Hotel Christine

Lächelnd blickte Alber di Cesare und seinem Team nach. Sie fand es immer wieder höchst unterhaltsam, wenn Männer versuchten, cool zu wirken oder den Helden zu spielen. Dieser di Cesare war immerhin ein Typ, der tatsächlich so war, wie er sich gab. Das machte ihn zwar nicht unbedingt sexy, aber doch interessant. Seine Kollegen dagegen, einfach köstlich! Wie sich dieser Koch-Waldner in der Küche aufgeführt hatte. Allein sein Outfit mit dem schwarzen Anzug. Fehlte nur noch die Sonnenbrille, dann hätte er die Hauptrolle in »Men in Black« übernehmen können. »Los, den Schrank aufmachen!«, hatte er den armen Luigi herumkommandiert. »Treten Sie zur Seite, jetzt bin ich dran.« Und dabei hatte er immer wieder zu ihr rübergeschielt. Als ob sie das nicht gemerkt hätte. Diese Karikatur, die in schon fast bemitleidenswerter Form ihrem Chef nacheiferte, wollte ihr, der vollbusigen Hotelierin, imponieren. Doch auch die anderen waren nicht viel besser. Strumpflohner – allein der Name! – setzte andauernd diesen grimmigen Gesichtsausdruck auf, wahrscheinlich wollte er bedrohlich wirken. Sie hatte ernsthaft überlegt, ihm vorzuschlagen, mal in den Spiegel zu schauen, und ihn zu fragen, was er sah. Er hatte nämlich die sanftmütigsten himmelblauen Augen, die sie je gesehen hatte. Wahrscheinlich hatte Strumpflohner zu Hause nicht viel zu melden, stand unter dem Pantoffel einer Frau, die sich durch seine Muskeln nicht beeindrucken ließ. Aber in einem Team voller selbst ernannter Helden mit einem charismatischen Anführer durfte Strumpflohner so sein, wie er es sich in seinen Träumen ausmalte. Er war ein Musterbeispiel dafür, wie eigentlich attraktive Männer uninteressant wurden, wenn sie sich verstellten und damit lächerlich machten. Abfalterer hingegen benahm sich so soft, wie er wirkte, und passte damit nicht richtig in das Team. Vielleicht lagen seine Fähigkeiten ja eher im intellektuellen Bereich. Vielleicht war er ein Profiler, der Analysen von Tatorten und Täterprofile erstellte. Wie auch immer, jedenfalls hatte keiner von ihnen trotz geballten Heldentums und eines beeindruckenden technischen Equipments etwas gefunden. Wie auch?

Ferrari gesellte sich zur Hotelierin. »Das waren vielleicht schräge Vögel.«

Alber lachte. »Allerdings. In Actionfilmen wären die besser aufgehoben als bei der Polizei.«

»Haben sie dir etwa gefallen? Hat dich dieser Muskelprotz angemacht?«

Sie schloss die Augen und atmete tief ein und aus. »Luigi!«, sagte sie dann laut und gedehnt. »Wie oft soll ich dir noch sagen, dass du mir nicht mit deinen blöden Eifersüchteleien auf die Nerven gehen sollst?«

Ferrari stotterte. »*Scusa*, Christine … Ich bin nicht eifersüchtig … Es ist nur …«

Alber wirbelte herum. »Hör auf rumzustottern«, fauchte sie ihn an. »Merk dir gefälligst, dass ich nicht dein Eigentum bin. Eifersucht turnt mich ab. Und denk immer daran, dass du eine Frau zu Hause hast, die dich verlassen wird, wenn sie von unserem Tête-à-Tête erfährt. Verstanden?«

Ferrari spürte, dass er zu weit gegangen war. Panik überfiel ihn, wenn er fürchtete, seine Christine könnte ihm den Laufpass geben. Er schmiegte sich an sie und umgriff von hinten ihre Brüste. Sie war so leicht erregbar. Damit konnte er sie sicherlich milder stimmen. Bestimmt würde sie sich gleich lächelnd umdrehen und ihm in den Schritt greifen. Mit dem Hinweis, dass es Zeit für eine Lektion sei.

Eine Fehleinschätzung. Alber wirbelte herum und verpasste dem verdutzten Ferrari eine Ohrfeige. »Fass mich nicht an! Was bildest du dir eigentlich ein? Langsam wird mir das wirklich zu viel mit dir. Du gehst augenblicklich in die Küche und räumst auf, was di Cesares Männer durcheinandergebracht haben. Und danach hilfst du Simone beim Putzen. In der nächsten Zeit werden wir auf Abstand gehen. Zumindest so lange, bis die Polizei ihren Fall abgeschlossen hat.«

Wortlos drehte Ferrari sich um und schlich wie ein geprügelter Straßenköter in die Küche. Unter Christines magischer Anziehungskraft hatte er jegliche Selbstachtung verloren.

28

Bozen, Mittwoch, 2. Mai

Innerhofer und sein Mandant hatten nach intensiver Zwiesprache Vincenzos Vorschlag zugestimmt. Der Commissario konnte nicht begreifen, was es da lange zu diskutieren gegeben hatte. Sein Plan war Kofers einzige Möglichkeit, sich zu entlasten – allerdings konnte er ihn im Gegenteil ebenso gut belasten. Mittlerweile hatte er von Reiterer erfahren, dass auf dem nachgemachten Schlüssel der Burg Reifenstein keine verwertbaren Fingerabdrücke gefunden worden waren.

Vincenzo zog seine Jacke über. Er hatte sich mit seinen Kollegen und di Cesare in ihrer Lieblingsbar verabredet, um bei einem Espresso die Aufgaben des Tages zu verteilen. Er schlenderte die Viale Druso entlang. Es schien, als wollte der Frühling einfach nicht zurückkommen. Es regnete zwar nicht, aber es waren kaum mehr als zehn Grad. Ein eisiger Wind pfiff von den Höhen herab. Der Nordföhn. Immerhin hatten sie klare Sicht, die wattigen Wolken zogen Richtung Süden und lösten sich dabei mehr und mehr auf. Am Alpenhauptkamm hing wieder eine Kaltfront fest, die über die hohen Gipfel vorzudringen versuchte. Im Pflerschtal schneite es bestimmt wieder. Eine fürchterliche Vorstellung, heute wieder dorthin fahren zu müssen. Ohne seinen Fall hätte er ein paar Tage freigenommen und Gianna vorgeschlagen, ans Mittelmeer zu fahren. Bis dorthin schaffte es die Kälte normalerweise nicht. Der Wetterbericht meldete fünfundzwanzig Grad an der ligurischen Küste. Der Kurztrip wäre eine willkommene Gelegenheit gewesen, in schöner Umgebung und auf neutralem Boden darüber zu sprechen, wie es weitergehen sollte. Die Atmosphäre zwischen ihnen war mittlerweile deutlich entspannter, aber das Kribbeln fehlte. Das, was ihre Liebe stets ausgezeichnet hatte. Die Anziehungskraft, die Chemie zwischen ihnen. Die Wärme und Frühlingsdüfte des Mittelmeeres wären ideale Begleiter gewesen, um sich als Paar wieder anzunähern. Wie viele Wochenenden und heiße Liebesnächte hatten sie schon in ihrem Lieblingshotel in Vernazza verbracht? Bei dem Gedanken daran überfiel Vincenzo Wehmut. Hoffentlich kamen diese Zeiten irgendwann zurück. Zeiten der Innigkeit, Vertrautheit, Verliebtheit und Romantik. Er konnte sich nicht vorstellen, das in so einer intensiven Form jemals mit einer anderen Frau zu erleben. Wenn die Akte Goldrausch geschlossen war, würde er seinen Plan in die Tat umsetzen. Gianna musste einfach zustimmen!

Vincenzo betrat die Bar. Marzoli, Mauracher und di Cesare waren bereits da, saßen an einem etwas abseits gelegenen Tisch. In ihrer Unterschiedlichkeit gaben die drei ein originelles Bild ab. Der füllige, gutmütige Marzoli, der einen Teller mit mindestens fünf kleinen Kuchen vor sich stehen hatte und herzhaft in einen davon hineinbiss. Die zierliche, lässige Mauracher in Jeans und Pullover, beides zu groß geraten. Der kernige, muskelstrotzende di Cesare, der erneut nur ein dünnes T-Shirt trug. Missbilligend blickte der Kraftprotz zu Marzoli hinüber. Vincenzo konnte seine Gedanken erraten: Was für ein verfressener Typ. Kein Wunder, dass der so dick ist. Der hält keine hundert Meter durch.

Mauracher schien das alles nichts anzugehen. Gelangweilt beobachtete sie die anderen Gäste. Als sie Vincenzo sah, sprang sie auf und winkte ihm zu. »Hallo, Commissario, hier sind wir!«

Es gab immer wieder Situationen, in denen sich Vincenzo über die Unterschiedlichkeit der Menschen wunderte. Seine drei Kollegen waren ein Musterbeispiel dafür. Sie waren äußerlich und in ihrem Wesen grundverschieden. Nichts verband sie, was als Grundlage einer Freundschaft hätte dienen können, und dennoch war jeder von ihnen ein guter Mensch. Faszinierend.

Marzoli begrüßte seinen Kollegen auf seine Weise. »Commissario, ich sage Ihnen, dieser Marzipankuchen ist ein Gedicht. Zartschmelzend und dabei überhaupt nicht aufdringlich süß. Den müssen Sie einfach probieren.«

»Einen davon«, Vincenzo zeigte dem vorbeieilenden Kellner den Kuchen, »und einen Café doppio.«

Di Cesare war stumm geblieben. Vor ihm stand lediglich ein noch unberührtes Glas Wasser. Er sprach erst, nachdem Vincenzo die Aufgaben verteilt hatte. Er würde mit Mauracher zu Ferraris Frau fahren. Marzoli sollte di Cesares Team zu Kofers Haus begleiten, um dort scheinbar erneut nach Geld zu suchen. Marzolis gequälter Gesichtsausdruck sprach Bände darüber, was er von der Aufgabenverteilung hielt.

Di Cesare nippte an seinem Wasser. »Was soll das bringen? Wir haben jeden Grashalm umgedreht. Da ist nichts.«

Vincenzo stimmte ihm zu. »Dennoch möchte ich Sie bitten, Ihre Suche wiederaufzunehmen. Möglichst so, dass man sie dabei beobachten kann. Sie, Ispettore, laufen derweil auf und ab, halten sich das Handy ans Ohr. Tun Sie so, als würden Sie telefonieren und hätten etwas sehr Wichtiges zu sagen. Sobald wir mit der Vernehmung von Silvia Ferrari fertig sind, stoßen wir dazu. Dann werde ich euch erzählen, wie es weitergeht.«

Di Cesare hatte skeptisch zugehört. Er mochte es nicht, wenn sein Team für schwachsinnige Aufgaben missbraucht wurde. Doch seine Erfahrung sagte ihm, dass Bellini wusste, was er tat. Er war der Boss, leider. Aber der Commissario war gut, das musste er zugeben. So einer fehlte ihm noch in seinem Team.

***

Pflerschtal

Silvia Ferrari reagierte entsetzt. Vincenzo hasste es wie die Pest, unbeteiligten, unschuldigen Menschen Hiobsbotschaften zu überbringen. Dabei war der Verlust eines geliebten Menschen zwar die schlimmste Nachricht, doch auch die Erkenntnis, mit jemandem zusammengelebt zu haben, von dem man jahrelang belogen und getäuscht worden war, musste fürchterlich sein. Von jetzt auf gleich brach eine Welt wie ein Kartenhaus in sich zusammen, das man sich unter Entbehrungen, Streit und Kompromissen mühevoll aufgebaut hatte. Silvia hatte eine Familie, ein schönes Zuhause mit gepflegtem Grundstück und scheinbar einen Mann, der einen guten Job als Koch hatte und genug Geld nach Hause brachte. Der Eindruck einer heilen Welt. Doch dieser Mann hatte seit Jahren eine Affäre mit seiner Chefin. Silvia war unter Tränen zusammengebrochen, als Vincenzo ihr die Wahrheit gesagt hatte. Aber es musste sein. Sein Beruf verlangte es.

»Mein Luigi? Ausgerechnet mit Christine Alber? Aber die ist doch viel älter als ich. Was hat so eine Frau, was ich nicht habe? Ist Luigi deshalb nicht mit zu meinen Eltern gefahren?«

Es war fürchterlich. Die Tränen liefen ihr in Strömen über das Gesicht. Vincenzo hätte sich weniger unbehaglich gefühlt, hätte die Frau wütend herumgeschrien, doch dazu war sie nicht fähig. Sie konnte nur leiden. Auch Sabine Mauracher ging das Schicksal der zarten Frau offensichtlich nahe. Sie setzte sich neben sie und nahm sie in den Arm. Mauracher wusste etwas, was Silvia Ferrari noch nicht wusste. Dass es noch schlimmer kommen würde.

Vincenzo räusperte sich. »Darf ich Sie nach Ihrer finanziellen Situation fragen?«

Silvia Ferrari sah ihn durch ihren Tränenschleier hindurch verständnislos an. »Wieso finanzielle Situation?«, schluchzte sie.

»Sind Sie wohlhabend, haben Sie Schulden?«

Sie schüttelte den Kopf. »Weder noch. Wir sind zufrieden mit dem, was wir haben. Außerdem sind meine Eltern finanziell gut gestellt. Sie würden uns bei Schwierigkeiten unterstützen.«

Arme Silvia, dachte Vincenzo. Du bist zufrieden mit dem, was du hast, aber dein Mann war es nicht. Er berichtete ihr von der Goldgräberexpedition, an der Luigi teilgenommen hatte, und was dabei gefunden worden war. »Insofern beläuft sich der Anteil Ihres Mannes auf eins Komma fünf Millionen Euro. Wir haben das Geld noch nicht gefunden. Haben Sie etwas dagegen, wenn wir uns bei Ihnen mal ein wenig umsehen? Haben Sie vielleicht sogar eine Idee, wo er das Geld versteckt haben könnte?« In weiser Voraussicht hatte Vincenzo davon abgesehen, di Cesares Rambos zu Silvia Ferrari zu schicken. Das hätte ihr den Rest gegeben.

Entgeistert sah sie den Commissario an. »Luigi? Eins Komma fünf Millionen? Das kann doch nur ein Scherz sein.«

»Er hat Ihnen nichts davon erzählt?«

Wieder brach sie in Tränen aus, schüttelte nur stumm den Kopf.

Mauracher drückte die Frau sanft an sich. »Kann sich mein Kollege ein wenig umsehen? Hat Ihr Mann ein Arbeitszimmer? Einen Rückzugsort, eine Werkstatt, was auch immer?«

Als es in diesem Moment an der Haustür klingelte, richtete sich Silvia Ferrari auf, schob Mauracher sanft zur Seite und trocknete ihre Tränen. »Das sind meine Kinder. Sie kommen von der Schule. Wenn ich sie reingelassen habe, zeige ich Ihnen gleich Luigis Arbeitszimmer und seine Werkstatt. Aber halten Sie bitte die Kinder da raus. Luigi ist immerhin noch ihr Vater.«

Vincenzo nickte, obwohl er ahnte, dass die Kinder schon bald keinen Vater mehr haben würden. Oder einen, den sie im Gefängnis besuchen mussten. Allein die Tatsache, dass er als Augenzeuge einen Mord nicht gemeldet hatte, würde ihm einen Gefängnisaufenthalt bescheren. Dazu kam die Unterschlagung des Fundes. Seine Ehe dürfte angesichts Silvias offenkundiger Gradlinigkeit unwiederbringlich zerrüttet sein. Das Band des Vertrauens zwischen ihnen war zerschnitten. Was für ein Schicksalsschlag für die Kinder. Vincenzo verachtete Luigi Ferrari für sein unverantwortliches Tun.

Nach einer guten Stunde hatten sie das kleine Arbeitszimmer und die Werkstatt im Keller durchsucht, aber nichts gefunden. Doch Vincenzo war von Anfang an nicht davon ausgegangen, dass Ferrari so abgezockt war, eine solche Menge Geld im familiären Zuhause zu verstecken.

Die Kinder hatten sich in ihre Zimmer im Obergeschoss zurückgezogen. Aus einem der Räume drang Musik bis ins Erdgeschoss. Die beiden Beamten saßen mit Silvia Ferrari in der Küche.

Die Frau hatte sich gefangen, wirkte beherrscht. Sogar Kaffee hatte sie ihnen angeboten, nur ganz vereinzelt musste sie sich eine Träne aus einem Augenwinkel wischen. »Ich verstehe nicht, warum Luigi mir nichts davon gesagt hat. Im Oktober hat er erzählt, er wolle mit Markus und ein paar anderen eine Tour machen. Ich habe mir nichts dabei gedacht. Die beiden waren häufig zusammen unterwegs.«

Vincenzo fiel fast die Kaffeetasse aus der Hand. »Wie war das? Ihr Mann war oft mit Markus Pircher unterwegs?«

Silvia sah den Commissario erstaunt an. »Das wussten Sie nicht? Die beiden kennen sich seit ihrer Jugend. Luigi ist zwar ein paar Jahre älter, aber Markus' Kletterei hat ihn schon immer fasziniert. Er ist bei uns ein und aus gegangen. Mein Mann und er haben gern zusammen Fußball geguckt und dabei einen über den Durst getrunken. Ich kann noch gar nicht fassen, dass er tot sein soll.«

Hatte Ferrari nicht behauptet, Pircher nicht besonders gut zu kennen? Oder war es Alber gewesen? Die Männerfreundschaft war jedenfalls ein interessanter Aspekt. »Sind die beiden auch zusammen klettern gegangen?«

»Sicher, fast jedes Wochenende. Das heißt, seit Luigi im Hotel Christine arbeitet, nicht mehr so oft. Er hat ja immer Wochenenddienste.« Als ihr die Bedeutung ihrer eigenen Worte bewusst wurde, schluchzte sie laut auf, fing sich aber sofort wieder. »Die Tour im Oktober war seit Monaten ihre erste.«

Vincenzo nippte an seinem Kaffee. Er war viel zu schwach. »Kennen Sie Andreas Kofer?«

Silvia nickte. »Natürlich. Dem gehört das Museum in Sterzing. Den kennt jeder bei uns im Tal.«

»Ist Ihr Mann auch mit ihm befreundet?«

Sie winkte ab. »Der Kofer hat keine Freunde. Der hat nur sein Museum im Sinn. Menschen interessieren ihn nicht. Ich hab den noch nie gemocht.«

Vincenzo fragte, ob ein Markus Pircher mit einem allseits unbeliebten Andreas Kofer in die Burg Reifenstein gehen und sich vom ihm in das dortige Verlies abseilen lassen würde, egal ob betrunken oder nicht.

Silvia konnte sich das durchaus vorstellen. Sie hielt Pircher für einen Draufgänger. Ein sympathischer Kerl, aber etwas oberflächlich. Das erste Mal, seit die Polizisten bei Silvia Ferrari waren, huschte so etwas wie ein Lächeln über ihr Gesicht. »Die beiden haben sich kennengelernt, als Luigi seine Lehre gemacht hat. Sein Chef wollte seinen Mitarbeitern etwas Außergewöhnliches bieten und hat einen Bergführer engagiert, was die Mitarbeiter aber nicht wussten. Unter dem Vorwand, eine gemeinsame Schneeschuhwanderung von Sand in Taufers nach Rein zu machen, lockte er seine Leute ins Ahrntal. Als sie einen der großen Wasserfälle erreichten, wurden sie dort von Markus mit Seilen, Hüftsitzgurten, Unmengen an Karabinern, Eisbeilen und Eisschrauben empfangen. Sie sind den zugefrorenen Wasserfall raufgeklettert. Markus soll das alles sehr professionell gemacht, aber dabei auch eine ziemliche Show abgezogen haben. Als Luigi mir davon erzählt hat, habe ich Tränen gelacht. Ich mochte den Burschen.«

Vincenzo war froh, dass Silvia Ferrari kurzzeitig von ihrem Kummer abgelenkt wurde, auch wenn sich ihr Schicksal, das Ende ihres Lebenstraums und der heilen Familie, nicht mehr abwenden ließ. Immerhin wusste Vincenzo jetzt, dass sich Ferrari und Pircher gut gekannt hatten. »Ich hätte nicht gedacht, dass Kochlehrlinge in ihrer Freizeit so gefährlichen Hobbys wie Eisfallklettern nachgehen. Respekt!«

Silvia sah Vincenzo verständnislos an. »Wieso Kochlehrlinge?«

Mauracher und der Commissario sahen sich fragend an. »Aber Ihr Mann ist doch Koch. Hat er den Beruf nicht gelernt?«

»Nein, er ist ein Quereinsteiger. Kochen hat ihn schon immer interessiert. Er hat ein Händchen dafür. Als er in seinem eigentlichen Beruf keine Stelle gefunden hat, ist er irgendwie in der Gastronomie gelandet. Der Job im Hotel Christine erschien uns wie eine Offenbarung. Luigi als Küchenchef. Mit gesichertem Einkommen und tollen Entwicklungsperspektiven. Und jetzt das.« Da war er wieder, der Kummer.

Doch Vincenzo war irritiert. »Was hat Ihr Mann denn ursprünglich gelernt, Frau Ferrari?«

Silvia Ferrari putzte sich die Nase, ehe sie antwortete: »Schmied.«

***

Vincenzo und Marzoli standen auf der überdachten Terrasse des großen Gartens. Wie der Commissario vermutet hatte, schneite es wieder. Wenigstens blieb der Schnee diesmal nicht liegen. Di Cesare und seine Männer tobten sich noch immer in Kofers Villa aus. »Haben Sie etwas von Bedeutung gefunden, Ispettore?«

Nach dem Gespräch mit Silvia Ferrari, das den Fall in ein anderes Licht gerückt hatte, waren Vincenzo und Mauracher zunächst dem letzten, eher zufälligen Hinweis der betrogenen Ehefrau nachgegangen. Dazu zählte die Befragung diverser Wirte in Sterzing. Durch die neuen Spuren und die Aussage eines der Wirte fühlte sich Vincenzo in seinem Plan bestätigt. Er war sich sicher, dass einer der drei noch lebenden Goldgräber die übrigen – mit Ausnahme von Alexander Thaler – auf dem Gewissen hatte. Jetzt stand auch Ferrari im Fokus der Ermittlungen.

»Noch nicht. Di Cesares Leute haben alles auf den Kopf gestellt, aber kein Geld, keine weiteren Fundstücke. Ich glaube nicht mehr, dass Kofer unser Mann ist, Commissario. Aber dass dieser softe Luigi Ferrari ein Mehrfachmörder sein soll, kann ich mir trotz der Neuigkeiten ebenso wenig vorstellen. Er war mit Pircher befreundet, na und? Was heißt das schon? Könnte man daraus nicht viel eher schließen, dass Ferrari gerade deshalb nicht sein Mörder gewesen sein kann?«

Vincenzo überlegte. Was Marzoli sagte, entbehrte nicht einer gewissen Logik, zumal bislang keine weiteren Spuren zu Ferrari führten. »Abwegig ist das nicht. Spinnen Sie doch mal ein bisschen rum, Ispettore: Was glauben Sie, wie dann alles abgelaufen ist?«

»Ich hatte genug Zeit nachzudenken, während die Rambos den Ernstfall geübt haben. Die haben mich ohnehin links liegen lassen. Ich glaube, di Cesare kann mich nicht leiden. Aber wissen Sie was? Das ist mir egal. Das beruht nämlich auf Gegenseitigkeit!«

Vincenzo schmunzelte. »Nehmen Sie das nicht persönlich. Sehen Sie sich die Kampfmaschine doch mal an. Der kann einfach nicht mit Männern, die … nun, die …« Er musste überlegen, wie er sich ausdrücken sollte, schließlich wollte er Marzoli nicht noch mehr verunsichern. »Also, die nicht ganz so sportlich und kampfbereit sind wie er. Dafür sind Sie ein exzellenter Denker. Also: Was haben Sie sich zu unserem Mörder gedacht?«

Marzoli grummelte verärgert. »Ich mag ihn trotzdem nicht … Aber nun gut, ich könnte mir vorstellen, dass es mehr als nur einen Täter gibt. Bis auf Thaler und vielleicht Sara Gasser waren die Teilnehmer der Expedition allesamt von Gier zerfressen, wenngleich aus unterschiedlichen Motiven. Vielleicht hat Pircher selbst Sara in den Abgrund gestoßen. Er war der Bergführer, die anderen sind ihm gefolgt, haben ihm vertraut. Und Kofer hat später wiederum ihn in die Falle gelockt. Den Brand bei Gamper könnte Ferrari gelegt haben. Oder noch eher Christine Alber, die damit den Verdacht auf Kofer lenken wollte. Einen Brand kann eine Frau genauso einfach legen wie ein Mann. Ferrari ist zwar ein eitler Gockel und betrügt seine Ehefrau, aber ist er deshalb schon ein Mörder?«

Marzolis Logik verunsicherte Vincenzo. »Und wie passt der

Hinweis von Silvia Ferrari in Ihre Theorie? Der Wirt in Sterzing hat ihre Aussage schließlich bestätigt.«

Marzoli machte eine wegwerfende Handbewegung. »Das beweist doch nur, dass sie sich getroffen haben. Ich meine, immerhin waren sie Freunde, oder?«

Di Cesare gesellte sich zu ihnen. »Wir sind fertig. Nichts. War ja eigentlich schon vorher klar. Wo wir ein Mal gesucht haben, findet man beim zweiten Mal nichts mehr. Wir können höchstens noch das Haus zerlegen. Falls Kofer die Geldscheine eingemauert hat.« Benvenuto di Cesare trug eine Jacke, die sicherlich nicht ihm gehörte, sie war mindestens vier Nummern zu klein für den Koloss. Und das bei sommerlichen plus zwei Grad.

Vincenzo zupfte am Ärmel der Jacke. »Was ist das denn, Commissario? Sie werden doch nicht etwa frieren?«

»Kratzen im Hals«, murmelte di Cesare.

»Wie bitte?«

Di Cesare funkelte Vincenzo wütend an. »Ich sagte, ich habe ein Kratzen im Hals! Und weil ich mir Erkältungen nicht leisten kann, habe ich dieses schreckliche Ding übergezogen.« Er spie das Wort Ding mit dem Ausdruck tiefster Verachtung aus. »Es gehört Abfalterer. Für seinen Geschmack kann ich nichts.«

Abfalterers Jacke spannte überall, die Ärmel endeten zwischen Ellenbogen und Handgelenk. Aus dem Augenwinkel heraus konnte Vincenzo beobachten, dass Mauracher alle Beherrschung aufbringen musste, um nicht laut loszulachen. Ihm selbst ging es nicht anders. Auch Marzolis Mimik verriet Schadenfreude. In diesem Outfit hätte di Cesare leicht erfolgreich in einer Clownnummer auftreten können. Zumindest konnte man ihm in dieser Hinsicht keine übertriebene Eitelkeit nachsagen.

»Ich glaube nicht, dass Kofer das Geld eingemauert hat.« Vincenzo hatte sich bewusst von di Cesare abgewandt. Bei den Muskelbergen in der engen Jacke musste man einfach lachen, aber der Commissario wollte sich nicht über den Kollegen lustig machen. »Sie können mit Ihren Männern jetzt abrücken. Bei Ferrari müssen Sie vorläufig nicht suchen. Ansonsten machen wir weiter wie besprochen. Ist das auch wirklich in Ordnung für Sie, Commissario? Immerhin müssen sich Ihre Männer und Sie dafür eine Nacht um die Ohren schlagen. Dienst nach Vorschrift sieht anders aus.«

Di Cesare antwortete ausdruckslos. »Kein Problem. Schlaflose Nächte gehören nicht zu unseren größten Herausforderungen. Sie geben den Startschuss, dann legen wir los.«

***

Sarnthein

»Du und ich in Vernazza. Wie in alten Zeiten. Das hätte doch was, oder?«

Zu seiner Überraschung hatte Vincenzo auf der Rückfahrt nach Bozen eine SMS von Gianna bekommen: »Wie sieht es aus? Hast du Zeit und Lust, heute Abend zu skypen?« Vincenzo war regelrecht euphorisiert. Die ganze Zeit hatte er auf Zeichen oder Signale von ihr gehofft, und die SMS war ein deutliches Signal. Die Frage, ob er Lust hatte, war rhetorisch, und die Zeit hätte er sich genommen, egal was er eigentlich vorgehabt hätte.

Anfangs hatten sie die üblichen Oberflächlichkeiten ausgetauscht. Wie ist das Wetter? Ist es bei euch auch so kalt? Wie geht es deinen Eltern? Und dabei hätte er ihr stattdessen am liebsten gesagt, wie phantastisch sie aussah und dass er sich nichts Schöneres vorstellen könne, als durch das Computerkabel zu kriechen, um sie zu umarmen, zu küssen und ihren Duft einzuatmen. Doch er wusste, dass es dafür noch zu früh war. Das zarte Pflänzchen der Annäherung war noch zu empfindlich. Ein kleiner Fehler, eine kleine Unachtsamkeit, und es wäre sofort wieder zerstört. Also zwang sich Vincenzo zur Selbstbeherrschung. Erst als ihn Gianna nach seinem Fall fragte, hatte er sich zumindest dafür entschieden, ihr seinen Vorschlag zu unterbreiten. Ein gemeinsames Wochenende, wenn der Fall abgeschlossen war. Sein Herz raste, als er die Worte ausgesprochen hatte. Wie würde Gianna reagieren?

Vincenzo war sich sicher, dass sie sogar auf dem Monitor erkennen konnte, wie nervös er war. Noch vor ein paar Wochen hätte das ausgereicht, um sie wütend zu machen und sein Verhalten als Druck zu empfinden, abgesehen davon, dass sie zu diesem Zeitpunkt ohnehin nicht mit ihm geskypt hätte.

Doch diesmal war ihre Reaktion eine andere. »Das ist keine schlechte Idee. Wir dürfen nur nicht den Fehler machen, das Wochenende mit Erwartungen zu überfrachten, zwanghaft Problemgespräche zu führen oder uns mit gegenseitigen Schuldzuweisungen zu überhäufen.«

Vincenzo konnte sein Glück kaum fassen. Er betete, dass sein Plan aufging. Dann wäre es schon am übernächsten Wochenende so weit. Er mit Gianna in Vernazza. Er widerstand dem Impuls, den Monitor zu küssen. »Keine Sorge. Das ist mir völlig bewusst. Mir geht es nur darum, dass wir nach dieser langen Zeit mal wieder unbeschwert und unbekümmert sein können. Ich meine, völlig unbekümmert werden wir zukünftig wahrscheinlich nie mehr sein. Aber wir können am Strand spazieren gehen, den einen oder anderen Weißwein in einer Bar trinken, ein gutes Abendessen genießen oder vielleicht ein Picknick am Strand machen. Und was unsere Themen angeht, lassen wir uns einfach treiben. Wenn du das Bedürfnis hast, über die Vergangenheit zu reden, reden wir, wenn nicht, dann nicht. Ich bin mir sicher, dass wir einen großen Schritt weiter sind, wenn wir zurückkommen.«

Gianna sah ihn an, ihren schönen Kommissar. Ihr wurde bewusst, dass sie ihn seit damals zum ersten Mal wieder so sehen konnte: als schönen Kommissar. »Dann melde dich, wenn du den Fall abgeschlossen hast. Ich habe an den nächsten Wochenenden nichts vor. Trotzdem würde ich mich immer noch freuen, wenn du Lorenzo bald kennenlernen würdest. Ich bin mir sicher, ihr hättet euch viel zu erzählen.«

Das war ein kleiner Wermutstropfen. Obwohl Vincenzos Eifersucht längst verraucht war, bescherte ihm der Gedanke an den Anwalt Kopfschmerzen. Er glaubte Gianna, wenn sie sagte, dass sie für ihn nur Freundschaft empfand. Dennoch hatte der Typ nichts in ihrer Wohnung verloren! Er spürte eine unterschwellige Wut in sich aufsteigen, unterdrückte sie aber und versprach Gianna, nach dem gemeinsamen Wochenende in Vernazza Lorenzo kennenzulernen.

29

Bozen, Freitag, 4. Mai

Gut gelaunt war Vincenzo in die Questura gefahren. Das gestrige vielversprechende Gespräch mit Gianna, allein ihr wunderschöner Anblick hatte sein Herz höher schlagen lassen, das hoffentlich nahe Ende des Falles, es gab genug Gründe, um optimistisch zu sein. Zudem schien seit dem Morgen die Sonne von einem wolkenlosen Himmel. Am Vortag hatte es gegen Abend leicht geschneit, und als er heute aufgestanden war, hatten die umliegenden Wiesen und Wälder weiß geschimmert. Eine zarte pittoreske Mischung aus Schnee und Raureif. Das Thermometer auf dem Balkon, der ebenfalls von einer dünnen Schneeschicht überzogen war, hatte minus ein Grad gezeigt – und das im Mai! Aber der Luftdruck stieg kräftig, und bis zum Abend würde der Schnee vollständig verschwunden sein. Beim Verlassen des Hauses hatten die Vögel gezwitschert. Vincenzo liebte die typischen Übergänge der Jahreszeiten. Wenn im Frühling der letzte Schnee fiel, aber die Vögel schon zwitscherten und erste Frühblüher aus dem Boden sprossen. Wurde es Herbst, war es hingegen oft noch mild, aber die Luft roch bereits würzig, und es war totenstill. Dann ließ kein Vogel mehr seinen fröhlichen Gesang erklingen. Brachte der Frühling Tatendrang, Hochgefühle, Energie, so herrschte im Übergang zum Herbst eine besondere Form der Melancholie. Beidem gab sich Vincenzo gern hin.

Sein erster Weg führte ihn zu Paolo Verdi, um sich die »Dolomiten – Tagblatt der Südtiroler« zu sichern. Doch er war zu früh dran, Verdi hatte die Zeitung noch nicht ausgelesen.

Über den Rand seiner Nickelbrille sah er zu dem Commissario auf. »Tut mir leid, Vincenzo. Du weißt ja, die Tageszeitung ist mein Morgenritual. Dazu ein leckerer Kaffee und ein paar Kekse, dann fängt der Tag gut an.«

»Das weiß ich doch, Paolo.« Vincenzo klopfte Verdi freundschaftlich auf die Schulter. »Ich suche auch nur einen ganz bestimmten Artikel. Von Fasciani. Vielleicht kann ich das einzelne Blatt ja mitnehmen?«

Verdi gab Vincenzo die Zeitung. »Gern. Such dir die Seite einfach raus.«

Der Commissario fand den Artikel als Aufmacher auf Seite drei. Er schnappte sich das Blatt, holte sich einen Kaffee und verschwand in seinem Büro. Nachdem er ein paar Cantuccini auf seiner Etagere nachgefüllt hatte, begann er zu lesen. Über dem Beitrag thronte ein großes Foto, das Vincenzo mit Genehmigung von Kofer und Innerhofer selbst geschossen hatte. Es zeigte Kofer mit seinem Anwalt auf dem Weg aus der Questura. Das Bild trug den Untertitel: »Andreas K. aus der Untersuchungshaft entlassen«. Seit der Jagd auf das Monster von Bozen, bei der sich Vincenzo und Fasciani kennengelernt hatten, verband die beiden Männer eine strategische Allianz. Vincenzo versorgte den Journalisten mit Informationen aus erster Hand, dafür bedankte sich Fasciani, indem er dem Commissario sein Medium im Rahmen des Vertretbaren für seine Ermittlungen zur Verfügung stellte. Der heutige Beitrag war ein Musterbeispiel ihres kleinen Deals.

Justizpanne
Unschuldiger in Untersuchungshaft
Bozen. Ein möglicher Justizirrtum erschüttert die Staatsanwaltschaft in Bozen: Nach der spektakulären Verhaftung eines Museumsbetreibers aus Sterzing, der des fünffachen Mordes verdächtigt worden ist (»Die Dolomiten« berichtete), wurde dieser gestern überraschend aus der Untersuchungshaft entlassen. Nach Angaben des leitenden Ermittlers, Commissario Vincenzo Bellini, hat die Aussage des Verdächtigen alle bisherigen Erkenntnisse der Polizei widerlegt. Während die Beamten nun schnellstmöglich in eine neue Richtung ermitteln müssen, kritisiert der offenbar zu Unrecht festgenommene Sterzinger das Vorgehen der Justiz scharf.
»Das ist ein schreckliches Gefühl für einen unbescholtenen Bürger«, betonte der bekannte Museumsbetreiber nach seiner Entlassung aus der Untersuchungshaft. Auch wenn er nun von allen Vorwürfen freigesprochen werde, liege für immer ein Schatten auf der Integrität seiner Person. Zu seiner eigenen Rolle in dem Pflerschtaler Morddrama wollte er zunächst keine

Stellung nehmen. »Vorher möchte ich ein paar Dinge überprüfen. Ich möchte der Questura nicht die Gelegenheit zu weiteren Fehlern geben.« Nach Rücksprache mit seinem Anwalt werde er sich voraussichtlich in der kommenden Woche zu den Vorgängen äußern. »Dann werde ich auch den wahren Täter liefern können, denn ich habe Beweise.«
Vincenzo Bellini reagierte auf die fulminante Ankündigung reserviert. Der Schock in der Questura, den Falschen hinter Gitter gebracht und damit auch wertvolle Zeit verschenkt zu haben, sitzt tief. »Alle Spuren führten zu dem Verdächtigen – andernfalls hätte der Staatsanwalt keinen Haftbefehl erlassen«, kommentierte der sichtlich angeschlagene Chefermittler. Er entschuldigte sich für die »unrechtmäßige Verhaftung«, äußerte aber auch die Sorge, dass nun der Zeuge selbst ins Visier des Täters geraten könnte. Den angebotenen Personenschutz habe der Zeuge allerdings abgelehnt.
Ob die Polizei neue Erkenntnisse gewonnen hat und wie diese umgesetzt werden, wollte Bellini aus ermittlungstaktischen Gründen nicht bekannt geben. Es bleibt zu vermuten, dass sich der Rauch hinter den Kulissen der Questura noch lange nicht verzogen hat. Ob die Verantwortlichen für die Blamage der Polizei letztlich zur Rechenschaft gezogen werden, ist ebenfalls offen. Die Frage muss zurückstehen, denn noch haben die Beamten einen Fünffachmord aufzuklären.
Fabiano Fasciani

Zufrieden faltete Vincenzo das Blatt zusammen. Fasciani hatte seine Arbeit gut gemacht. Die Polizei und insbesondere er als leitender Commissario standen zwar wie die Vollidioten dar, doch das ließ sich um der Sache willen nicht vermeiden. Der Beitrag war ein wichtiges Teil des Puzzles, und ein weiteres würde vielleicht Reiterer am Montag liefern können, obwohl die Chancen nicht allzu gut standen.

Der Commissario musste grinsen, als er an das Gespräch mit dem Leiter der Spurensicherung am gestrigen Vormittag zurückdachte. Es war ihm unmöglich gewesen, nur zu sagen: »Ja, mache ich.« Als Vincenzo ihn gebeten hatte, mit einem Kollegen in einem Privatwagen ins Pflerschtal zu fahren, hatte ihn Reiterer empört angesehen. »Ich soll in diese Einöde fahren? Ja, sind Sie denn wahnsinnig geworden? Wissen Sie nicht, wie kalt das da ist? Da liegt Schnee, und wie Sie wissen, hasse ich Schnee. Schlimm genug, dass Sie mich dieses Jahr schon zu einer einsamen Berghütte beordert haben. Aber da schien immerhin die Sonne, und ich durfte mit dem Hubschrauber fliegen. Das hat fast schon Spaß gemacht, aber heute ins Pflerschtal? Vergessen Sie's. Ich mache Ihnen einen anderen Vorschlag: Sie fahren selbst raus, während ich schön im Warmen weiteranalysiere.«

Vincenzo malte sich aus, wie der Spurensicherer auf der Fahrt durch das Tal entgeistert aus dem Fenster gestarrt und seinem bedauernswerten Mitarbeiter mit seinen Schimpftiraden über die ekelhafte Kälte und den Schnee den letzten Nerv geraubt hatte.

***

Pflerschtal

»Bitte, Silvia, mein geliebter Schatz. Überleg dir das noch mal! Entscheide dich nicht zu schnell. Natürlich bist du jetzt wütend, aber schlaf doch noch ein paar Nächte darüber. Ich flehe dich an! Lass mich nicht sitzen.«

Nachdem der einfühlsame Commissario und seine junge Kollegin gegangen waren, hatte Silvia Ferrari den Kindern etwas zu essen gemacht und ihnen aufgetragen, damit in ihre Zimmer zu gehen und Mama allein zu lassen. Dann hatte sie sich in das kleine Kaminzimmer zurückgezogen. Sie musste nachdenken. So lange, wie es eben dauerte, bis sie eine Entscheidung getroffen hatte. Die Kinder wussten, dass mit ihrer Mutter nicht zu spaßen war, wenn sie so ernst war. Meistens alberte sie mit den dreien rum, die allesamt sehr umgänglich waren und nur selten Anlass zum Schimpfen gaben. Was nicht zuletzt daran lag, dass sich Luigi und sie in der Erziehung der Kinder immer einig gewesen waren. Sie wollten ihnen vor allem eine intakte Familie bieten, aber genau das hatte ihr Ehemann zerstört.

Silvia hatte den Kamin angezündet und sich eine Kanne Tee gemacht. Mit angezogenen Beinen saß sie auf dem großen Ledersessel und starrte stundenlang in das prasselnde Feuer. Nur hin und wieder nippte sie an dem Tee, ohne ihn bewusst zu schmecken.

Was Vincenzo Bellini ihr erzählte hatte, war ein schwerer Schock. All das, woran sie ihr Leben lang geglaubt hatte, was ihre Eltern ihr immer vorgelebt hatten, war wie ein Kartenhaus über ihr zusammengestürzt. Luigi war ihr Traummann gewesen. Er hatte wie ein gradliniger, einfacher Typ gewirkt, unbedingt Kinder gewollt und war ihnen von Anfang an ein guter, aufmerksamer Vater gewesen. Silvia und er hatten so gut wie nie Streit, allerdings führten sie auch keine tiefgründigen Gespräche, sprachen überhaupt nicht allzu viel miteinander. Warum auch? Meistens ging es in ihren Unterhaltungen um die Kinder, ihre Eltern oder seinen Beruf. Den gemeinsamen Alltag meisterten sie perfekt. Luigi war kein Macho, der sich nicht am Haushalt beteiligte. Alles schien zu passen. Auch der Sex, nicht besonders häufig, nicht atemberaubend leidenschaftlich, aber das war nach der Länge ihrer Beziehung auch nicht mehr zu erwarten. Trotzdem war Luigi ein guter Liebhaber. Umgekehrt hatte sie immer gedacht, dass er das genauso sah. Doch heute war sie eines Besseren belehrt worden. Luigi, der ihr vor Gott die Treue geschworen hatte, unterhielt schon jahrelang ein Verhältnis mit Christine Alber, seiner Chefin. Der Job als Küchenchef, der sich seinerzeit scheinbar als Segen erwiesen hatte, war im Nachhinein der Anfang vom Ende gewesen. Und als ob das nicht schon schlimm genug wäre, hatte ihr der Commissario auch noch mitgeteilt, ihr Mann habe eins Komma fünf Millionen Euro durch illegale Geschäfte gemacht. Allein diese beiden Fehlverhalten waren schon hinreichende Gründe für eine Trennung. Doch dann waren auch noch Mordvorwürfe dazugekommen. Mord! Menschen waren zu Tode gekommen, weil eine Gruppe von Abenteurern Gold gefunden hatte, und Luigi war dabei gewesen.

Als ihr auf dem Ledersessel zum ersten Mal wirklich bewusst geworden war, dass Mord zur Debatte stand, das Schlimmste aller Verbrechen, und Luigi darin verwickelt sein könnte, hatte sie zum letzten Mal geweint. Es waren bittere Tränen gewesen, keine Tränen der Trauer, aber auch damit war es nun vorbei. Sie hatte ihren Entschluss gefasst. Sie würde Luigi die Gelegenheit zu einer Stellungnahme geben. Hätte er keine glaubwürdige Erklärung, würde sie sich von ihm trennen. Und zwar sofort, ohne Aussicht auf Versöhnung oder Rückkehr. Binnen einer Woche würde er das Haus räumen müssen. Anschließend hatte Silvia ihre Eltern angerufen, die schier vom Glauben abgefallen waren, als ihnen ihre Tochter erzählt hatte, was geschehen war. Sie hatte angekündigt, die Kinder für ein paar Tage aus der Schule zu nehmen und sich mit ihnen bei den Eltern einzuquartieren. So lange, bis Luigi verschwunden war. Denn sie war sich sicher, dass es so kommen würde. Alles andere wäre eine Illusion gewesen.

Mit den schweren Vorwürfen konfrontiert, hatte Luigi natürlich versucht, alles abzustreiten. »Das sind doch nur Hirngespinste der Bullen, glaubst du denen etwa mehr als mir?« Diese und ähnliche Ausflüchte hatte sie sich anhören müssen. Doch wenn er geglaubt hatte, sie damit milde zu stimmen, hatte er sich getäuscht. Das Gegenteil war der Fall. Als sie ihn mit ihrem endgültigen Entschluss konfrontiert hatte, war er weinend zusammengebrochen. Verrückterweise empfand sie ab diesem Moment nur noch Verachtung für ihn. Irgendwie würde es auch ohne Mann weitergehen.

Als sie mit gepackten Koffern im Hausflur stand, die Kinder hatte sie heute zum letzten Mal zur Schule gefahren, flehte er sie noch einmal an. Doch ihr Entschluss stand fest. »Ich habe eine Nacht darüber geschlafen. Das reicht. Du bist im wahrsten Sinne des Wortes eine Enttäuschung. Ich habe immer geglaubt, du wärst ein guter, ehrlicher Mensch, deswegen habe ich dich geheiratet. Nicht weil du so gut aussiehst. Aber diese Täuschung wurde mir genommen. Auch wenn es höllisch wehtut, kann ich nur sagen: Gott sei Dank! Du wirst das Haus bis Ende nächster Woche verlassen. Die Scheidung reiche ich sofort am Montag ein. Wir werden nur noch über unsere Anwälte kommunizieren. Deine Kinder wirst du regelmäßig sehen können, es sei denn, du landest im Gefängnis. In diesem Fall werde ich nicht zulassen, dass sie dich dort besuchen. Dann ist es besser, wenn sie keinen Vater mehr haben. Mich wirst du nie mehr wiedersehen. Und jetzt geh zu deiner Christine, fick sie und werde glücklich mit ihr.«

Luigi Ferrari brach erneut in Tränen aus. »Aber Silvia, bitte!«, flehte er. »Ich mache noch heute Schluss mit Christine. Sie bedeutet mir nichts. Ich konnte doch nichts dafür. Dieses Miststück hat seine Stellung missbraucht. Hätte ich nicht getan, was Christine will, hätte sie mich gefeuert! Ich habe dabei immer nur an uns gedacht. An dich, an die Kinder. Was wäre denn passiert, wenn ich plötzlich ohne Arbeit dagestanden hätte? Aber jetzt haben wir das Geld, überleg dir doch, was wir damit alles machen können! Wir brauchen meinen Job nicht mehr, ich kann sofort kündigen. Komm, lass uns was trinken gehen und überlegen, was wir mit unserem Reichtum anstellen.«

Silvia Ferrari schüttelte den Kopf. Es kam ihr so vor, als würde sie aus einem sehr langen Traum erwachen. Sie sah die Wahrheit, die eine widerliche Fratze hatte. »Was bist du armselig. Jetzt ist auch noch Christine schuld, und du bist nur ein bemitleidenswertes Opferlamm, das dabei an uns gedacht hat. Hör dir mal selbst zu, Luigi! Du sagst mir auf den Kopf zu, dass du an mich gedacht hast, während du sie gefickt hast? Du bist doch gestört, ernstlich gestört. Du brauchst Hilfe.« Sie öffnete die Tür, nahm die Koffer und ging.

Als sie ins Auto einsteigen wollte, kam Luigi hinter ihr hergelaufen. »Das ist ungerecht, Silvia, wirklich ungerecht! Wir haben eine gute Ehe, aber im Bett ist nie viel gelaufen. Das musst du selbst zugeben. Und ein Mann hat seine Bedürfnisse. Das hat Christine erkannt und schamlos ausgenutzt. Ich bereue es aus tiefstem Herzen, aber du musst zugeben, dass du auch deinen Anteil daran hast. Wie oft hast du mich abgewiesen.«

Silvia ließ sich auf den Fahrersitz fallen. »Hast du tatsächlich gerade ›schamlos‹ gesagt? Du?« Sie zog die Tür mit einem Knall zu und fuhr davon.

Luigi Ferrari sah seiner Frau noch lange nach, nachdem sie aus seinem Sichtfeld verschwunden war.

***

Prettau, im hinteren Ahrntal

Auf dem Weg ins Pflerschtal hatte Vincenzo einen Abstecher ins Ahrntal gemacht. Ein großer Umweg, aber ihm war danach,

Alexander Thalers Grab zu besuchen. Nicht als Polizist, sondern als Privatmensch. Sein Schicksal war ihm nahegegangen. Spontan hatte er vor seinem Aufbruch Michael Wachtler angerufen, um ihn zu fragen, ob er Lust habe, sich mit ihm am Grab zu treffen, und Wachtler hatte sofort zugesagt. Sie waren gleichzeitig losgefahren und kamen nur ein paar Minuten versetzt auf dem kleinen Friedhof in Prettau an. Auf der Fahrt hatte Vincenzos Handy geklingelt. Reiterer. Nach seinem unfreiwilligen Besuch im Pflerschtal hatte er die Spuren aus dem Porsche schon ausgewertet und war fündig geworden. Er war wirklich stümperhaft vorgegangen. Andererseits passte es zu ihm. Bald würde die Falle zuschnappen.

Eine Weile hatten Wachtler und Vincenzo andächtig schweigend vor Thalers Grab gestanden. Schließlich ergriff Wachtler das Wort. »Hast du dafür gesorgt, dass Christels sterbliche Überreste mit Alexander begraben werden?«

Vincenzo nickte. »Ja. Und wie Thaler es sich gewünscht hat, wird hier in ein paar Tagen ein schlichter Grabstein stehen. Mit der Aufschrift: »Christel und Alexander – auf ewig vereint«. Gott sei Dank konnte ich den Staatsanwalt davon überzeugen, dass es überflüssig ist, Thaler zu obduzieren. Manchmal kennen halt selbst die Vertreter des Gesetzes Mitleid.«

Wachtler lachte bitter auf. »Das ist allerdings eine der wenigen Ausnahmen. Ich halte nicht viel von unseren Gesetzen und deren Hütern. Traditionen und Brauchtümer wären oft die besseren Regeln. Menschlicher, realitätsnäher. Da wäre die Frage gar nicht erst aufgekommen, ob Alexander hier beerdigt werden kann oder nicht. Weder über Obduktionen noch über Christels letzte Ruhestätte hätte man auch nur ein Wort verloren. Aber die Hauptsache ist, dass die beiden nun hier nebeneinanderliegen. Wenn es tatsächlich einen Himmel gibt, sind sie jetzt dort auf ewig zusammen. Für mich ist es immer noch unfassbar, dass ich nichts von Alexanders Schicksal wusste, obwohl wir uns so lange kannten.«

»Mach dir keine Gedanken darüber.« Vincenzo hatte beschlossen, Wachter ebenfalls zu duzen. Er war nicht in den Fall involviert, sein Wissen hatte er bereits mit der Polizei geteilt. Da er den Naturkundler mochte, sah er keinen Grund mehr für Förmlichkeiten.

»Viele Menschen tragen Geheimnisse mit sich herum, die sie mit niemandem teilen wollen. Oder können. Manchmal tut es mehr weh, etwas auszusprechen, als es für sich zu behalten.«

Wachtler nickte zustimmend. »Du hast eine gute Menschenkenntnis. Die wird dir in deinem Beruf sehr nützlich sein. Die wenigsten Menschen dürften ohne Verletzungen und tiefe Enttäuschungen durchs Leben kommen. Eine unbedarfte Kindheit, vielleicht, wenn man entsprechend aufwächst. Aber wenn man älter wird, passieren Dinge, die sich in der Seele festsetzen. So wie bei Alexander. So tief, dass er sogar freiwillig den Tod gewählt hat. Wenn ich an ihn denke, empfinde ich Trauer über den Verlust eines wertvollen Menschen und Freundes und zugleich Glück, weil er gefunden hat, wonach er all die Jahre vergeblich gesucht hat. Eigentlich verrückt, dass er nicht schon im vergangenen Juli, als er mit uns den Stollen entdeckt hat, auf die Idee kam, in der Schlucht nach Christel zu suchen. Wahrscheinlich war er zu sehr auf die Sache konzentriert und hat deshalb nicht ständig an sie gedacht.«

Vincenzo blickte in Richtung Alpenhauptkamm. »Jahrzehntelang hat er einsam da oben gelebt und nur auf diesen einen Moment gewartet. Wer weiß, was geschehen wäre, hätte er schon im Juli in eurem Beisein Christel gefunden. Vielleicht wäre es durch die Medien gegangen. Denk nur an den Ötzi. Selbst jetzt konnte ich nur dank meiner Kontakte verhindern, dass das Auftauchen von Christels Überresten nicht in der Öffentlichkeit breitgetreten wurde. Und wäre eure Geschichte über den Stollen in den Zeitungen erschienen, hätte es das Goldfieber und die Gier, die fünf Menschen das Leben gekostet hat, wahrscheinlich nie gegeben.«

Wachtler sah Vincenzo nachdenklich von der Seite an. »Je besser ich dich kennenlerne, umso mehr frage ich mich, ob du für diesen Beruf nicht manchmal zu sensibel bist.«

Vincenzo wiegte den Kopf hin und her. »Es ist wahr, mir gehen menschliche Schicksale näher als manch anderem Kollegen. Aber wenn ich Verbrechen aufkläre, tue ich etwas Gutes. Das ist es, was ich will. Ich wollte schon immer Polizist werden. Ich habe diese Entscheidung bisher nicht bereut, auch wenn ich niemals damit gerechnet hätte, so oft mit solch abscheulichen Taten konfrontiert zu werden. Und erst recht nicht, selbst zur Zielscheibe eines Irren zu werden. Aber das gehört nun mal zu meinem Beruf. Apropos Beruf, ich muss los, das Pflerschtal wartet.«

»Dann wünsche dir viel Erfolg.« Wachtler gab dem Commissario die Hand. »Hoffentlich schnappst du den wahren Täter. Melde dich bei mir, wenn es vorbei ist.«

»Versprochen.« Vincenzo stieg in seinen Alfa und fuhr davon. Das Gespräch mit Wachtler hatte ihm gutgetan. Er war voller Tatendrang. Ein aufregendes Wochenende stand bevor.

30

Hinteres Pflerschtal, Sonntag, 6. Mai

Ein Geräusch ließ Andreas Kofer aufschrecken. Trotz der Aufregung der letzten Tage und des Wissens, dass es das Koferopolis vielleicht niemals geben würde, hatte er erstaunlich gut geschlafen. Allerdings lag das nicht zuletzt an Innerhofer, der ihm als Einziger zu glauben schien, dass er mit den Morden nichts zu tun hatte. Er hatte ihm versprochen, ihm einen Fachanwalt zu besorgen, wenn es zu einer Verhandlung wegen des Goldschmuggels und seiner eigenen Funde kommen sollte. Immerhin war er der Entdecker der geheimen Kammer gewesen. Damit dürfte ihm auf jeden Fall ein Teil des Fundes zustehen. Zumindest theoretisch.

Kofer schaute auf den Wecker. Drei Uhr nachts. Er lauschte in die Dunkelheit. Nichts. Absolute Stille. Aber irgendetwas musste ihn geweckt haben. Eine Weile hielt er die Augen geschlossen und konzentrierte sich ganz auf seinen Hörsinn. Nichts. Gerade als er sich wieder hingelegt hatte und spürte, wie der Schlaf ihn übermannen wollte, war das Geräusch wieder da, ganz deutlich. Eine Art Kratzen, Scheuern. Leise, unterschwellig. Es schien von draußen zu kommen.

Mit einem Satz sprang er aus dem Bett. Sollte Bellini tatsächlich recht behalten? Kofer wusste, dass ihn der Plan des Commissario, zu dem Innerhofer ihm eindringlich geraten hatte, retten konnte. Dennoch hätte er nie gedacht, dass ein Mensch zu so etwas fähig war.

Als Kofer die Schlafzimmertür öffnete, um nach unten zu gehen, blieb ihm fast das Herz stehen. Di Cesare stand direkt vor seiner Tür und hielt sich den Zeigefinger an die Lippen. »Ganz ruhig, Kofer«, flüsterte er kaum vernehmlich, »keinen Mucks. Gehen Sie ins Zimmer zurück.«

»Aber –«, wollte Kofer protestieren, doch di Cesare ließ ihn nicht zu Wort kommen.

»Das ist Sache der Polizei. Für Sie ist das viel zu gefährlich.

Zurück ins Zimmer mit Ihnen. Ich rufe Sie, wenn alles vorbei ist.«

Mit sanfter Gewalt schob der Polizist, der wieder ein schlichtes T-Shirt ohne Jacke trug, den Museumsdirektor in das Zimmer zurück und schloss hinter ihm die Tür. Kofer empfand nicht gerade Sympathien für den Hünen, doch er strahlte eine beeindruckende Souveränität aus, weshalb er sich sicher und beschützt fühlte.

Leise schlich di Cesare die Holztreppen hinab ins Wohnzimmer, wo Vincenzo bereits auf ihn wartete. »Na endlich, ich dachte schon, ich müsste Sie wecken.«

Di Cesare setzte ein schiefes Grinsen auf. »Ich musste zuerst den Museumsmenschen zurück ins Körbchen schicken.«

Vincenzo blickte sich um. In dem fahlen Mondlicht, das durch die Gardinen fiel, konnte man nur Schatten und wenige Konturen erkennen, aber das Licht durften sie auf keinen Fall anschalten. »Da gehört er auch hin. Sind Ihre Männer auf ihren Posten?«

Di Cesare nickte. »Natürlich. Burchiellaro hat uns sofort geweckt, als sich jemand dem Grundstück genähert hat. Respekt, Commissario, Sie haben einen verdammt guten Riecher. Ich hatte mich ehrlich gesagt auf ein geruhsames Wochenende eingestellt.«

»Danke für das Kompliment. Aber eigentlich konnte es gar nicht anders kommen. Wenn Kofer kein Mörder ist, musste der Artikel von Fasciani den wirklichen Täter aufschrecken. Selbst wenn er unseren Schachzug durchschaut hätte, wäre das Restrisiko, sich eventuell doch zu irren, zu groß gewesen. Ich war mir sicher, dass er kommt.«

Die Männer gingen zum Küchenfenster und schoben vorsichtig den Vorhang ein Stück zur Seite. Vincenzo blinzelte in die Nacht. »Ich kann nichts erkennen. Sie?«

Di Cesare schüttelte den Kopf. »Nein, aber irgendwo da draußen wird er sein. Oder sie. Bin gespannt, was er vorhat. Vielleicht wieder ein nettes Feuerchen oder doch eher was Gewalttätiges? Vielleicht hat er ein Messer oder eine andere Waffe dabei? Was auch immer er plant, er wird scheitern.«

Vincenzo warf seinem Kollegen einen sorgenvollen Blick zu. »Aber Sie dürfen nicht zu früh eingreifen. Er darf später keine Möglichkeit haben, sich rauszureden.«

»Machen Sie sich darum mal keine Sorgen. Meine Leute sind keine Anfänger.«

»Hoffentlich. Wir haben nur den einen Versuch. Kameras laufen?«

»Klar. Infrarot überall, im Haus, im Garten, in der Garage. Das gesamte Areal ist überwacht, die Aufnahmen gehen live auf unsere Rechner. Taumann und Strumpflohner sind in der Garage, und Zipperle und Koch-Waldner passen oben auf, dass Kofer nichts zustößt. Rohregger und Abfalterer verstecken sich in den Büschen, der Rest verteilt sich im Haus.«

Plötzlich nahm Vincenzo einen Schatten wahr, der sich rasch der Garage näherte. Die Person musste eine Weile im Schutz des Zufahrtstores gestanden und gewartet haben. Vielleicht hatte sie sich vergewissern wollen, dass sie nicht in eine Falle tappte. Pech gehabt. »Ich glaube, der hat was mit dem Porsche vor.«

»Sieht so aus«, stimmte di Cesare ihm zu. »Wenn ich einen Porsche hätte, würde ich die Garage niemals offen stehen lassen. Ein Spinner, dieser Kofer.« Di Cesare flüsterte in das Mikro an seinem T-Shirt: »Seid ihr auf eurem Posten, Strumpflohner?«

Vincenzo hörte ein leises Rauschen, dann ein Ja.

»Gut«, erwiderte di Cesare. »Er ist da, nähert sich der Garage. Denkt daran, dass ihr ihn gewähren lasst, es sei denn, er will alles in die Luft sprengen. Over.« Er stieß Vincenzo sanft in die Seite. »Kommen Sie, Kollege, wir gehen hinten raus und schleichen uns von der Seite an.«

***

Taumann blinzelte zu dem angelehnten Garagentor hinüber. Zusammen mit Strumpflohner hatte er sich in dem kleinen Kabuff versteckt, das an die eigentliche Garage anschloss. Hier lagerte Kofer Werkzeuge, Getränkekisten, Gartenmöbel, einen Grill und ein Fahrrad. Sie beobachteten den Innenraum durch das kleine niedrige Fenster. Die schmale Tür, die Garage und Kabuff verband, hatten sie geschlossen. »Mann, ist das finster«, stellte Taumann fest. »Kofer hätte wenigstens vorher das Fenster reinigen können. Das ist komplett zugestaubt. Kannst du was erkennen?«

Strumpflohner schüttelte den Kopf. »Kein bisschen. Ich setze mal die Nachtsichtbrille auf. Oder willst du?«

»Nein, mach du nur. Moment, das ist doch …? Los, setz das Ding schnell auf!« Als Taumann eine Bewegung am Garagentor vernahm, begann er automatisch, leise zu flüstern: »Und, kannst du was sehen?«

Strumpflohner zog die Kopfhalterung des Nachtsichtgerätes fester, näherte sich mit seinem Kopf dem Fenster, dachte aber nicht daran, dass die Nachtsichtbrille eine Tiefe von zehn Zentimetern hatte. Das Gerät schlug gegen das Glas. Es gab einen, wenngleich leisen, Knall.

»Du Idiot!«, fauchte Taumann. »Pass doch auf! Was ist? Hat er was gemerkt?«

Unter leisen Flüchen näherte sich Strumpflohner wieder der Scheibe. Diesmal war er vorsichtiger. Er drehte am Okular. »Jetzt sehe ich ihn. Er schlüpft gerade erst durch das Tor. Glück gehabt. Wäre er schon drin gewesen, hätte er den Knall bestimmt gehört.«

Taumann flüsterte in sein Mikro: »Er ist drin, Chef. Over.« An seinen Kollegen gewandt fragte er: »Was macht er?«

Strumpflohner hantierte wieder mit dem Okular. »Scheißding. Das stellt sich dauernd unscharf. Schon wieder! Mann, das nervt.«

Taumann stieß den Kollegen an. »Du Pfeife, das Ding braucht eine Zehntelsekunde. Hör mal auf, an dem Okular rumzufummeln. So ist es gut. Und, geht's jetzt?«

»Ja«, grummelte Strumpflohner. »Er hat sich hingehockt. Scheint was mit dem Wagen vorzuhaben.«

»Will er vielleicht die Bremskabel durchschneiden?«

Strumpflohner schnaubte verächtlich durch die Nase. »Bremskabel? Du liest zu viele Krimis.«

Plötzlich spürte Taumann einen stechenden Schmerz in seinem rechten Knie. Durch das lange Verharren in der Hocke musste sich ein winziges Stück von seinem Knorpel gelöst haben, das übel auf den Nerv drückte. »Mist«, fluchte er leise und erhob sich kurz, um die Spannung aus dem Kniegelenk zu nehmen. Es knackte.

Strumpflohner wirbelte herum. »Sag mal, geht's noch? Willst du, dass der uns sofort bemerkt? Schnapp dir doch gleich zwei

Bier, geh rein und lad ihn auf einen Drink ein. Oder frag ihn, ob du ihm vielleicht helfen kannst. Trottel.«

Doch Taumann hatte sich schon wieder schweigend hingehockt. Durch das staubige Fenster konnte er schemenhaft erkennen, dass die Gestalt neben dem Wagen kniete. Sie hatte nichts mitbekommen. »Wer ist denn hier der Trottel?«, zischte er. »Wer hätte denn eben fast die Scheibe eingeschlagen? Konzentrier dich gefälligst auf den Typen!«

»Schon gut«, murmelte Strumpflohner. »Ich glaube, ich weiß jetzt, was er vorhat. Üble Sache.«

»Und?«

»Was und?«

»Herrgott, was hat er vor?«

»Sag das doch gleich! Ich glaube, er löst die Radmuttern.«

Taumann pfiff leise durch die Zähne. »Raffiniert. Und todsicher, im wahrsten Sinne des Wortes. Wenn Kofer losfährt, merkt er zuerst nichts. Aber wenn er auf der Autobahn richtig Stoff gibt, knallt's. Unwahrscheinlich, dass er das überleben würde. Ich sag gleich mal dem Boss Bescheid.«

***

Über die Terrasse waren Vincenzo und di Cesare um das Gebäude herumgeschlichen, immer an der Hauswand entlang. Die Garage lag ungefähr dreißig Meter östlich vor ihnen. Um sie zu erreichen, mussten sie die Wiese überqueren, was angesichts des Lichts des abnehmenden Mondes und der mangelnden Deckung nicht ungefährlich war. Doch di Cesare hatte einen ausgefeilten Plan. »Wir warten hier, bis er drin ist, dann huschen wir rasch rüber.«

Als Taumann sich bei di Cesare meldete, hörte der ihm schweigend zu. Vincenzo bekam nichts davon mit. Das Team verständigte sich ausschließlich über die kleinen Mikros und die dazugehörigen Ohrenstöpsel. Schließlich nickte der Commissario und flüsterte in sein T-Shirt. »Gewähren lassen. Kein Eingreifen ohne ausdrücklichen Befehl. Wir kommen rüber. Over.«

Er wandte sich Vincenzo zu, weihte ihn in die Geschehnisse ein und flüsterte dann wieder in das Mikro. »Alle Mann zu mir in den Garten. Ich bin am westlichen Rand der Wiese.« Di Cesare lauschte. Einer der Männer schien etwas zu erwidern. Er antwortete kopfschüttelnd. »Mensch, Taumann, du Niete, ihr doch nicht! Ihr bleibt natürlich in der Garage. Over.«

Sekunden später hatte sich die Mannschaft um die beiden Commissari versammelt. Di Cesare gab Anweisungen. »Passt auf, Leute, wir warten ab, bis der da drin fertig ist. Taumann und Strumpflohner beobachten ihn aus ihrer Deckung. Die Kameras zeichnen alles auf. Damit haben wir ihn am Arsch. Wenn er sein Werk vollendet hat, werden die Garagenposten sich bemerkbar machen. Er wird natürlich versuchen zu fliehen, aber dann warten wir schon auf ihn. Wir schleichen uns jetzt an und empfangen ihn am Garagentor. Habt ihr alles verstanden? Sie auch, Bellini?«

Vincenzo rieb sich sein Kinn. »Ihr Plan klingt recht kompliziert, aber ich glaube, ich konnte Ihnen trotzdem folgen. Sie können aber auch wirklich verdammt gut erklären.«

Di Cesare warf dem ranggleichen Kollegen einen bösen Blick zu. »Witzbold. Verarschen kann ich mich selbst. Los, vorwärts!«

Die acht Männer liefen gebückt, in lockerer Formation und im fahlen Mondlicht auf das Garagentor zu und bildeten davor einen Halbkreis. Wer immer gleich aus der Garage laufen würde, er war geliefert.

***

Er rutschte ein Stück auf seinen Knien Richtung Tor. Jetzt noch das letzte Rad. Alles lief nach Plan. Niemand hatte ihn bemerkt. Der Mondschein war zwar eine Gefahr, aber er hatte extra den schwarzen Kapuzenpulli und die dunkle Jeans angezogen. An jedem Rad ließ er zwei Schrauben an ihren Plätzen. Solange Kofer nur langsam fuhr, würde nichts passieren. Aber wenn er Gas gab, war es nur eine Frage der Zeit, bis sich zumindest ein Rad löste. Dieser Vollidiot. Erzählt doch tatsächlich der Presse, dass er der Polizei Hinweise auf den Täter liefern könne. Wie konnte man nur so dumm sein? Damit hatte er sein Todesurteil unterschrieben. Spaß machte ihm das hier nicht. Aber auf einen mehr oder weniger kam es jetzt auch nicht mehr an. Außerdem war ihm inzwischen ohnehin alles egal. Er setzte den Kreuzschlüssel an. Unglaublich, wie fest die Muttern saßen. Nichts bewegte sich. Das Mistding war garantiert eingerostet. Er konzentrierte sich und versuchte, den Kreuzschlüssel mit einem Ruck nach links zu drehen. Die Schraube gab zwar etwas nach, doch dafür fiel ihm das Werkzeug aus der Hand und landete mit einem lauten Scheppern auf dem Steinboden. Das war wirklich überflüssig. Ängstlich blickte er zum Tor. Wehe, Kofer hatte das gehört. Andererseits, was hieße das schon? Dann würde er ihm eben mit dem Kreuzschlüssel ein paar überziehen. Das wäre sowieso die sicherere Methode. Doch nichts geschah. Alles blieb ruhig. Er nahm das Werkzeug vom Boden und vollendete sein Werk. Die Schrauben verschwanden in seiner Jackentasche. Er richtete sich auf, atmete ein paarmal tief durch. Die Anspannung war wirklich immens. Hoffentlich war es danach endlich vorbei. Nicht zum ersten Mal bereute er, sich überhaupt auf diesen ganzen Ärger eingelassen zu haben.

Er wandte sich gerade zum Gehen, als hinter ihm ein lautes Geräusch ertönte. Er wirbelte herum, erkannte, dass eine kleine Tür aufgerissen wurde, die ihm zuvor nicht aufgefallen war. Er hatte sich nur auf den Wagen konzentriert.

Plötzlich wurde ein Licht eingeschaltet. Es war so grell, dass er im ersten Moment nichts sehen konnte. Er hörte jemanden fluchen. »Verdammter Mist, ich kann nichts sehen! Meine Augen brennen höllisch. Ich glaube, ich bin erblindet.« Dann eine andere Stimme, die barsch erwiderte: »Du Idiot, nimm das blöde Ding vom Kopf!«

Endlich hatten sich seine Augen an das grelle Licht gewöhnt. Zwei Männer standen am anderen Ende der Garage. Einer von ihnen zerrte an einem Gerät, das er auf dem Kopf trug, schaffte es aber nicht, es abzusetzen. Währenddessen zeigte der andere mit dem Finger auf ihn. »Stehen bleiben! Polizei! Sie sind verhaftet, ergeben Sie sich!«

Im Bruchteil einer Sekunde schätzte er seine Chancen ab. Zwischen ihm und den Bullen lagen knapp zehn Meter. Außerdem stand als Hindernis der Wagen zwischen ihnen. Sein eigenes Auto stand keine fünfzig Meter vom Grundstück entfernt am Straßenrand. Er war sehr sportlich. Das würde reichen. Er rannte los.

Der Mond schien ihm ins Gesicht, die Nachtluft strich kalt über seine Haut. Erst jetzt wurde ihm bewusst, wie stickig es in der Garage gewesen war. Doch im Laufen legte sich plötzlich eine Hand auf seine Schulter. Ihr Griff war wie ein Schraubstock, ein dumpfer Schmerz durchfuhr seinen Rücken. Eine weitere Hand packte ihn am Hinterkopf und drückte ihn zu Boden. »Das war's.« Er erkannte Rambos Stimme wieder. Ein anderer Mann packte seine Hände und zog sie auf den Rücken, dann fühlte er das Metall der Handschellen.

***

»Möchte jemand etwas trinken?«

Die Polizisten hatten Luigi Ferrari ins Haus gebracht. Vincenzo wollte ihn sofort verhören. Der Mann war aufgeregt, panisch, nervös.

Als er in Handschellen ins Haus geführt wurde, war Kofer die Erleichterung anzusehen. Der Museumsdirektor schien zu glauben, dass der Spuk für ihn nun ein Ende haben würde.

»Nein danke.« Vincenzo setzte sich Ferrari am Esstisch gegenüber und suchte seinen Blick. »So, mein Lieber. Jetzt ist Schluss mit den Lügen. Wir haben Sie in flagranti erwischt. Sie haben bereits fünf Menschen auf dem Gewissen, und wenn wir Sie hier nicht erwartet hätten, wären es bald sechs gewesen. Also, reden Sie!«

Ferrari rannen ein paar Tränen über die Wangen. »Bitte, könnten Sie mir nicht die Handschellen abnehmen? Die tun höllisch weh.«

Vincenzo nickte di Cesare zu, und er tat Ferrari den Gefallen. »Warum Sie sich weitere Fluchtversuche sparen können, muss ich Ihnen nicht erklären, oder?«

Ferrari nickte und rieb seine Handgelenke. Ein Häufchen Elend, mit dem man Mitleid gehabt hätte, hätte man nicht gewusst, was der Mann verbrochen hatte. »Ehrlich gesagt bin ich fast froh, dass es vorbei ist. Dieses Luder hatte mich total in der Hand.«

Vincenzo beugte sich über den Tisch. »Welches Luder?«

Ferrari hob den Kopf. »Christine«, antwortete er mit schwacher Stimme.

»Wollen Sie damit andeuten, dass Christine Alber Sie zu den Morden angestiftet hat?«

Er nickte. »Ja. Es war von Anfang an ihr Plan. Seit sie damals Sara Gasser in der Ladurnerhütte getroffen hat. ›Luigi‹, hat sie gesagt, ›das wird ein ganz großes Ding. Wir müssen nur zusehen, dass wir nicht mit so vielen teilen müssen. Du traust dir das doch zu, oder?‹ Zuerst habe ich gar nicht verstanden, was sie meint. Aber dann hat sie es mir erklärt. Ich war entsetzt. ›Wir können doch niemanden umbringen‹, habe ich gesagt, aber sie hat mich geschüttelt und gefragt, ob ich den Rest meines Lebens ein armer Wicht bleiben will. Als wir aus dem Stollen gekommen sind, haben wir gesehen, dass Sara ganz schön dicht an diesem Abgrund dran war. ›Es ist so weit! Fang mit der an‹, hat Christine gesagt. ›Das ist ganz leicht. Du musst sie nur ein bisschen schubsen.‹ Ich hab sie in ein Gespräch verwickelt, wir sind hinter der Gruppe zurückgeblieben, und dann …« Ferrari brach in Tränen aus, war zum Sprechen kaum mehr in der Lage.

Vincenzo sah abwechselnd zu Marzoli und di Cesare. Sein Blick schien zu fragen: »Und, glaubt ihr ihm?« Marzoli zuckte mit den Schultern, di Cesare nickte. Vincenzo wandte sich wieder Ferrari zu. »Reden Sie weiter. Wie haben Sie das mit dem Brand bewerkstelligt, warum hat sich Pircher in ein Verlies abseilen lassen?«

Ferrari zuckte zusammen. »Das mit Markus war ich nicht. Christine hat mich gelinkt.«

Meldete sich an dieser Stelle sein Gewissen, weil er den eigenen Freund in die tödliche Falle gelockt hatte? »Wir haben Zeugen, Signor Ferrari. Wir wissen, dass Sie in der Burg Reifenstein an einer Führung teilgenommen haben. Sie haben den Schlüssel gestohlen und nachgemacht. Sie sind gelernter Schmied. Außerdem hat sich der Wirt Ihrer Stammkneipe erinnert, dass Sie sich zusammen mit Alber damals mit Pircher getroffen haben. Sie und Pircher hatten ziemlich viel getrunken. Vor allem Pircher. Sie hätten sich vielleicht nicht gerade ein Lokal aussuchen sollen, in dem Sie mit Pircher Stammgast waren. Also hören Sie auf, uns Lügen aufzutischen.«

Ferrari gab schließlich zu, mit Alber und Pircher nach dem gemeinsamen Gelage in das alte Gemäuer gegangen zu sein, behauptete aber steif und fest, nicht gewusst zu haben, was Alber vorhatte. Angeblich waren sie zu dritt als Mutprobe Richtung Burg aufgebrochen, weil sie angesichts ihres plötzlichen Reichtums übermütig geworden waren. Alber hatte vorgeschlagen, Pircher solle beweisen, dass er sich selbst besoffen noch abseilen könne. Nachdem der Bergführer den Boden des Verlieses erreicht hatte, hatte Alber Ferrari fortgeschickt. »Geh du nur schon nach Hause, du siehst fix und fertig aus. Ich ziehe Markus gleich wieder raus.« Ferrari hatte protestieren wollen, doch Albers Blick war eindeutig gewesen. Sie hatte keinen Widerspruch geduldet. Also war er gegangen. Das Seil war außerdem fixiert gewesen, sodass auch eine Frau Pircher hätte rausziehen können. Erst ein paar Tage später hatte er Alber nach Markus' Verbleib gefragt. Sie hatte geantwortet, dass sie keine Ahnung habe, wo Markus sei. Nachdem sie die Burg gemeinsam verlassen hätten, habe er sich übergeben, danach sei sie ihm nicht mehr begegnet.

»Und das haben Sie ihr geglaubt? So naiv können Sie doch gar nicht sein.«

Doch Ferrari hatte ihr geglaubt. Weil er ihr alles glaubte. Als er in der Zeitung von Markus' Tod erfahren habe, sei eine Welt für ihn zusammengebrochen.

»Aber Sie haben das doch von langer Hand geplant, sonst hätten Sie den Schlüssel nicht mitgehen lassen.«

»Ja, aber nur als Gag. Verstehen Sie? Markus und ich haben gemeinsam öfter verrückte Sachen gemacht. Ich hätte ihm nie etwas angetan!«

Obwohl Ferraris Aussage wenig plausibel erschien, glaubte ihm Vincenzo. Der Mann war ein psychisches Wrack. Nie und nimmer hatte der noch die Kraft, hier eine Show abzuziehen. »Wie haben Sie das mit dem Schlüssel gemacht? Dafür braucht man Spezialwerkzeug.«

Ferrari winkte ab. »Das war kein Problem. Ich kenne den Schmied in Sterzing. Wir sind befreundet. Ich habe ihn gefragt, ob ich am Wochenende mal in seine Werkstatt darf, um mir einen Hausschlüssel nachzumachen.«

Stück für Stück fügten sich alle Teile des Puzzles zusammen. Nur in der Frage einer gemeinsamen Täterschaft war Vincenzo noch unsicher, denn auch das Feuer auf dem Gamperhof hatten Ferrari und Alber angeblich gemeinsam gelegt. Unter dem Vorwand, ihren Erfolg zu feiern, hatten sie sich am Silvesterabend eingeladen und dann dafür gesorgt, dass sich Heinrich und Frieda betranken, damit sie nicht mitbekamen, dass zwei der Gäste mitten in der Nacht zurückkamen. Ferrari hatte ein paar kleine brennende Holzscheite aus dem Kamin gezogen und auf dem Teppich verteilt, sie das Geld geholt. Es war genauso gelaufen, wie Marzoli vermutet hatte.

Doch eines verstand Vincenzo noch immer nicht. »Signor Ferrari, Sie sind Vater von drei Kindern. Ihnen muss doch klar gewesen sein, dass auch Gampers Sohn Hannes in dem Feuer ums Leben kommen würde. War Ihnen das egal?«

Ferrari vergrub das Gesicht in den Händen und begann von Neuem zu weinen. »Ja, ich weiß, ich weiß«, sagte er immer wieder. »Es tut mir auch schrecklich leid, aber Christine hat mich wahnsinnig gemacht. Es ist keine Sekunde vergangen, in der ich nicht an sie gedacht habe. Sie ist so schön, so anziehend, so … so … Sie hat mir etwas gegeben, was ich vorher noch nie erlebt hatte. Ich habe währenddessen gar nicht begriffen, was ich da tat.«

Was noch zu klären wäre, dachte Vincenzo. »Und waren Sie es auch, der sich damals Kofers Porsche ausgeliehen und den Anschlag auf Alber vorgetäuscht hat? Haben Sie das Diphenhydramin in ihre Flasche getan? In Absprache mit ihr, um den Verdacht auf Kofer zu lenken?«

»Ja«, bestätigte Ferrari. Er wollte noch etwas sagen, doch der Museumsdirektor, der bis zu diesem Augenblick schweigend am Tresen seiner Küche gelehnt hatte, stürzte sich wie von der Tarantel gestochen mit einem Urschrei auf Ferrari.

»Du elendes, feiges Schwein, dir drehe ich den Hals um!« Er packte den Koch am Hals und wollte zudrücken, doch so weit kam er nicht.

Di Cesare ging dazwischen und zog ihn mit beiden Händen am Kragen von seinem Opfer weg, sodass Kofer in die Höhe gehoben wurde, als sei er nur eine von di Cesares Hanteln. In dieser Haltung schleppte ihn der Commissario bis zur Sitzgruppe vor dem Kamin und ließ ihn in den Sessel fallen.

Kofer leistete keinerlei Widerstand. Er war viel zu überrascht. Die anderen Männer hatten di Cesares eindrücklichen Beweis seiner physischen Kraft mit vor Staunen offenem Mund verfolgt.

»Das machst du nicht noch mal, Freundchen. Kapiert?«

Kofer nickte heftig, während sich Vincenzo schon wieder dem ebenso überraschten Ferrari zuwandte. »Weiter im Text. Sie und Alber haben also die Attentate bewusst vorgetäuscht?«

»Ja, Andreas ist in dieser Hinsicht sehr leichtsinnig. Wir wussten, dass er die Garage meistens unverschlossen und nicht selten sogar den Zündschlüssel im Wagen stecken lässt. Als ein paar Touristen als mögliche Zeugen mit Christine zusammen waren, hat sie mir gesimst, dass ich sofort versuchen soll, den Porsche auszuleihen. Es passte gut, dass Andreas im Museum war. Und so groß ist die Distanz bis zum Hotel ja nicht. Ein paar Minuten haben gereicht.«

Vincenzo wusste, dass Ferrari den Wagen gefahren hatte. Reiterer hatte auf dem Lenkrad seine Fingerabdrücke gefunden, was der Koch nicht wissen konnte. Wenn er trotzdem so bereitwillig gestand, war es wahrscheinlich, dass er auch in Bezug auf Alber nicht log. Im Grunde hatte sich Vincenzo das schon so ausgemalt. Eine gierige, dominante Frau mit einem starken Sexappeal, die sich ihrer Wirkung bewusst war. Dazu ein jüngerer Mann mit einer schwachen Persönlichkeit. Leicht zu beeinflussen. Sie hatte den Sex als Waffe eingesetzt, und Ferrari war ihr mit Leib und Seele verfallen.

»Bevor wir Sie nach Bozen bringen, habe ich noch zwei letzte Fragen, Signor Ferrari. Erstens: Wo ist das Geld?«

»Ich habe nicht den leisesten Schimmer.«

»Erzählen Sie keinen Blödsinn.«

»Wirklich nicht. Christine hat ihren und meinen Anteil genommen und versteckt. Sie meinte, wir sollten jedes Risiko vermeiden, dass Silvia etwas mitbekommen könnte. Später, wenn ein wenig Gras über die Sache gewachsen wäre, wollte sie mir das Geld geben.«

Wenn Alber die eigentliche Drahtzieherin war, hatte sie es mehr als geschickt angestellt. Es würde schwierig werden, ihr all das nachzuweisen. Es schien auf einen reinen Indizienprozess hinauszulaufen. »Okay, dann die letzte Frage: Haben Sie den Burgschlüssel und Gampers Geld in der Garage versteckt?«

»Ja. Wir haben Kofer unter dem Vorwand besucht, ihm drohen und sein Haus durchsuchen zu wollen. Als wir wieder draußen waren, haben wir uns vergewissert, dass er uns nicht beobachtet, und sind in seine Garage geschlichen.«

»Aber warum? Eine nicht abgeschlossene Garage ist ein ziemlich dummes, weil zu einfaches Versteck. Im Haus wäre es viel glaubwürdiger gewesen. Ihnen muss klar gewesen sein, dass uns das misstrauisch macht.«

Ferrari zuckte mit den Schultern. »Sie sind vielleicht gut. Im Haus. Und wie hätten wir das anstellen sollen? Mit einer Reisetasche bei ihm auftauchen? Sehr unauffällig. Das Geld lag im Kofferraum. Als wir draußen waren, haben wir es geholt und in die Garage gebracht.«

»Und wer hat dann das Geld und den Schlüssel in die Kiste gelegt? Sie oder Frau Alber?«

»Ich.«

»Hat Frau Alber überhaupt irgendwas gemacht? Zum Beispiel das Garagentor geöffnet oder geschlossen oder sich auf dem Auto abgestützt?«

Kopfschütteln.

Eine Hotelfachfrau als Meisterin des perfekten Verbrechens. Sie hatte an jedes Detail gedacht. Selbst daran, keine verräterischen Fingerabdrücke zu hinterlassen. Sofern Ferrari die Wahrheit sagte.

Alle Zeugen waren vernommen, die Spurensicherung hatte ihr Potenzial ausgeschöpft. Es gab nur noch eine Möglichkeit, zumindest ein weiteres Indiz gegen Christine Alber zu sammeln. Vincenzo nahm di Cesare zur Seite. »Auf ein Wort, Kollege. Wir wissen beide, dass der hörige Koch nicht in der Lage ist, gleich mehrere perfekte Morde im Alleingang zu verüben. Aber gegen Alber haben wir nicht so viel in der Hand, als dass ein Gericht sie sicher verurteilen würde.«

Mehr musste der Commissario nicht sagen. Di Cesare wusste, worauf sein Kollege hinauswollte. »Jeweils zwei Mann reichen, rund um die Uhr. Wir sind zu neunt, könnten aber noch drei zusätzliche Leute dafür gebrauchen. Wenn wir das übernehmen sollen, erwarte ich, dass Sie, Bellini, auch Ihren Beitrag leisten.«

Vincenzo gefiel, dass di Cesare so schnörkellos und ohne Umschweife auf den Punkt kam. »Marzoli würde ich gern raushalten. Der hat Frau und Kinder zu Hause. Sind Sie einverstanden, wenn Mauracher und ich dabei sind?«

Di Cesare reichte seinem Gegenüber die Hand. »Gute Einstellung, Bellini. Sie und ich, wir bilden ein Team. Die anderen teile ich gleich ein.« Er sah auf die Uhr. »Es lohnt sich nicht mehr, noch ins Bett zu gehen. Sie fahren nach Hause und sehen zu, dass Ferrari ins Gefängnis kommt. Ich schlage vor, dass wir zwei die Schicht ab morgen Abend übernehmen. Wie sieht es mit einer Telefonüberwachung aus?«

Vincenzo wog Vor- und Nachteile ab. »Grundsätzlich eine gute Idee. Aber das kann dauern. Ich rufe nachher Baroncini an. Vielleicht kann er kurzfristig Richter Kienzl kontaktieren, obwohl der Vice-Questore momentan unter ziemlichem Druck steht. Unabhängig davon fangen wir sofort an.«

31

Bozen, Montag, 7. Mai

Ispettore Giuseppe Marzoli war gekränkt, bekümmert, beleidigt, in seiner Ehre getroffen. Selbst die Cantuccini lehnte er ab. »Das ist gemein und ungerecht. Sie paktieren mit dieser Kampfmaschine, aber mich, Ihren engsten Kollegen, schicken Sie nach Hause. Ich habe immer geglaubt, wir wären mehr als nur Kollegen, aber da habe ich mich anscheinend getäuscht.«

Vincenzo und Mauracher sahen sich fragend an. Eigentlich hatte Vincenzo seinem Kollegen einen Gefallen tun wollen, indem er ihn nicht mitnahm. »Ispettore, Sie gehören zu Ihrer Familie, nicht in ein abgelegenes Hochtal. Zumal es nicht unwahrscheinlich ist, dass überhaupt nichts passiert. Ich dachte, ich entscheide in Ihrem Sinne! Ich wollte Ihnen eine Freude machen.«

Marzoli reagierte für seine Verhältnisse außergewöhnlich heftig. »Was in meinem Sinne ist, entscheide ich immer noch selbst. Es kann nicht angehen, dass der Rambo spielt und ich drehe zu Hause Däumchen. Ich will dabei sein!«

Vincenzo war von Marzolis emotionalem Ausbruch überrascht. Für Scherze oder verkrampfte Beschwichtigungsversuche war jetzt nicht der richtige Moment. »Wie Sie wissen, sind di Cesare und sein Team genau für solche Zwecke zusammengestellt worden. Aber Sie haben recht. Sie entscheiden selbst. Und wenn Sie wollen, können Sie mit Mauracher ein Team bilden. Und zwar augenblicklich, sprich, Sie werden sofort losfahren. Ich komme bald nach, um Christine Alber mit Ferraris Aussagen zu konfrontieren. Sie werden dann Ihren Beobachtungsposten verlassen und mich dabei unterstützen, Ispettore. Ich sage di Cesare Bescheid. Heute Abend kommen wir wieder und lösen euch ab. Außerdem quartiere ich uns nächteweise in einer Pension ein, damit wir sofort vor Ort sind, wenn sich etwas tut. Noch Fragen?«

Mit einem seligen Lächeln griff Marzoli in Vincenzos Etagere.

»Nein, ich würde nur gern zu Hause vorbeifahren und ein paar Sachen holen.«

***

Tief in Gedanken versunken fuhr Vincenzo auf der Brennerautobahn nach Norden. Giuseppe Marzoli war tatsächlich auf di Cesare eifersüchtig. Niemals hätte er das für möglich gehalten. Offensichtlich war die Kampfmaschine eine Reizfigur für seinen Kollegen. Lag es daran, weil di Cesare dem Ispettore vielleicht mit zu wenig Respekt begegnet war? Aber das war seine Art. Und Marzoli sollte das wissen, schließlich besaß er eine gute Menschenkenntnis. Seine Abneigung musste ihre Ursachen woanders haben. Das Einzige, was dem Commissario dazu einfiel, war sein eigener Umgang mit dem Neapolitaner. So verschieden sie einerseits waren, so gut kamen sie andererseits miteinander aus. Marzoli fühlte sich zurückgesetzt, missachtet. Vincenzo würde sich das zu Herzen nehmen.

In Gossensaß bog er links ins Pflerschtal ab. Alber würde sicherlich kein Geständnis ablegen, aber vielleicht konnte er die Erfolgsaussichten der Überwachungsaktion steigern, wenn er die richtigen Worte fand. Der Wetterbericht sagte für das kommende Wochenende Traumwetter voraus. Dreißig Grad an der ligurischen Küste. Wehe, es hatte sich bis dahin nichts getan. Nötigenfalls mussten sie ihre Aktion mehrere Wochen durchziehen, zumal der Richter einer telefonischen Überwachung nicht zugestimmt hatte. Er sah die Notwendigkeit der Beschattung, erkannte aber keinen Zusatznutzen durch eine solch rigide Maßnahme. Alber durfte nicht straffrei ausgehen, andererseits brannte Vincenzo darauf, nach monatelanger Abstinenz endlich ein Wochenende allein mit Gianna zu verbringen. Der Zeitpunkt war richtig. Würde er noch mal zwei, drei Wochen warten, würden die aufkeimenden Gefühle zu ihm, die er bei ihr wahrnahm, vielleicht wieder abkühlen.

Das erneute Verhör hatte keine neuen Erkenntnisse gebracht. Ferrari blieb bei seiner Aussage, die er nach seiner Verhaftung auf Kofers Grundstück gemacht hatte. Er belastete Christine Alber in allen Punkten.

Vincenzo parkte seinen Alfa vor dem Hotel Christine. Marzoli war ein paar hundert Meter talabwärts dazugestiegen. »War Barbara überhaupt nicht sauer, dass der Vater ihrer Kinder möglicherweise tagelang nicht nach Hause kommt, Ispettore?«

Marzoli lächelte selbstzufrieden. »Nicht die Spur. Im Gegenteil. Ich habe ihr von dem Kampfkoloss erzählt. Sie meinte, dass ich meine Fälle auch ohne dicke Muskeln lösen kann. ›Hirn bringt mehr als Fleisch‹, hat sie gesagt. Einzig ihren demonstrativen Blick auf meinen Bauch hätte sie sich sparen können.«

Wobei Vincenzo auch bei di Cesare durchaus Hirn vermutete, eine ganze Menge sogar. Zudem hatte er einen überdurchschnittlich guten Instinkt und war empathischer, als er nach außen wirkte. Doch diese Einschätzung behielt er lieber für sich. »Sie sagen es, Ispettore. Kommen Sie, nehmen wir uns die Hotelierin noch einmal gemeinsam zur Brust.«

Christine Alber stand wie immer am Empfangstresen. Ihre Begrüßung verlief unterkühlt. »Sie haben Luigi verhaftet?«

»Ja, auf frischer Tat ertappt, sozusagen.«

»Wovon reden Sie, Commissario?«

Marzoli nahm den nachgemachten Burgschlüssel aus seiner Jackentasche und legte ihn vor Alber auf die Theke. »Ich denke, das wissen Sie sehr genau. Ebenso, wofür dieser Schlüssel ist.«

Mit provokanter Lässigkeit nahm Alber den Schlüssel, betrachtete ihn von allen Seiten. Wahrscheinlich überlegte sie, was ihr Koch ausgesagt haben könnte. Sie kannte ihn, hatte ihn sich schließlich hörig gemacht. »Das ist der Hauptschlüssel der Burg Reifenstein, den Luigi und ich dupliziert haben, um uns einen Spaß zu machen. Ich weiß, das ist nicht erlaubt.« Sie streckte beide Hände aus. »Wollen Sie mir jetzt Handschellen anlegen? Verhaften Sie mich? Besuchen Sie mich dann auch gelegentlich in meiner Zelle und verhören mich? Ich würde zu gerne von Ihnen verhört. Gibt es dort ein richtiges Bett oder nur harten Stein?« Wie erwartet blieb die Hotelierin cool, egal was die Polizisten sagten oder fragten. Sie wies alle Anschuldigungen von sich, stellte im Gegenteil Luigi als Alleintäter dar.

Nur ein Mal konnte Vincenzo sie verunsichern. »Sie behaupten doch, Kofer hätte Ihr Geld gestohlen?«

Alber zog die Mundwinkel nach unten. »Dieser Schurke. Kein Ehrgefühl.«

»Ehrgefühl, das Sie aber bewiesen haben, als Sie ihm Gampers Anteil untergeschoben haben?«

»Commissario, ich sagte doch, das war Luigi!«

»Aha, und wo hatte er das Geld versteckt?«, setzte Marzoli nach, der sich in Gegenwart seines Kollegen bedeutend sicherer fühlte.

»Das weiß ich doch nicht.«

Ihr erster Widerspruch, auf den Vincenzo sofort einging. »Aber Sie haben behauptet, Kofer hätte Ihr Geld und das von Ferrari aus Ihrer Küche gestohlen. Also haben Sie es verwaltet. Wenn dem so war, war sehr wahrscheinlich auch Gampers Anteil in der Küche. Frau Alber, wo ist das Geld?«

Nur ein ganz schwaches Zucken der Augenlider verriet Albers Anspannung. Sie ließ sich Zeit mit ihrer Antwort, wusste, dass sie einen Fehler gemacht hatte. »Es stimmt, dass unsere beiden Anteile in meiner Küche waren. Aber nicht der von Heinrich. Luigi hat den Brand gelegt und das Geld gestohlen, nicht ich. Nur er weiß, wo er es gelagert hat.«

Jetzt hatten sie Alber. »Ferrari hat Gampers Geld gestohlen?«

Sie nickte.

»Das Sie aber zusammen mit Ferrari in Kofers Garage versteckt haben. Wie erklären Sie uns das, wenn Sie angeblich gar nichts davon wussten? Schließlich hat doch Luigi ohne Ihr Beisein das Geld gestohlen und den Brand gelegt.«

Alber presste die Lippen aufeinander. »Sie sind wirklich ein guter Polizist, Commissario. Ich kann Sie nicht täuschen. Armer Luigi. Aber gut, wenn es nicht anders geht.« Ohne den Anflug von Nervosität erklärte sie, dass Ferrari sie schon früh in seine Taten eingeweiht habe. Er habe das alles für sie getan, damit sie genug Geld für ihre Hotelpläne habe. »Da ist mir klar geworden, dass Luigi mich wirklich liebt. Wenn ich geahnt hätte, wozu er in der Lage ist, wäre ich ihm niemals so nahe gekommen. Ich dachte, er sucht nur Abwechslung, den guten Sex, den er zu Hause nicht hat. Als ich ihn auf Markus ansprach, hat er gestanden, ihn ebenso ermordet zu haben wie die anderen. Ich war entsetzt, habe ihn geschüttelt und geschrien: ›Luigi, was hast du getan?‹

Mein erster Impuls war, zur Polizei zu gehen. Doch dann bekam ich Mitleid mit ihm. Ich gebe zu, dass ich ihn bei seinen Plänen unterstützt habe, Sie auf Andreas anzusetzen. Gehe ich dafür lange ins Gefängnis?«

»Frau Alber, ich will ehrlich zu Ihnen sein. Ich glaube Ihnen kein Wort. Ihnen muss klar sein, dass Sie in einem Indizienprozess für schuldig befunden werden, wenn wir das Geld bei Ihnen finden. Ihres und Ferraris. Ich werde noch heute einen erweiterten Durchsuchungsbeschluss gegen Sie erwirken. Dann komme ich mit einer Hundertschaft zurück. Und diesmal werden wir tatsächlich Ihr gesamtes Grundstück umgraben, Meter für Meter. Und wenn es Wochen dauert.« Damit war das Verhör beendet. Für heute.

***

Inzwischen war es dunkel. Vincenzo und di Cesare hatten Mauracher und Marzoli um zwanzig Uhr abgelöst. Seitdem hockten die Commissari in ihrem Versteck in den Büschen des hoteleigenen Parkplatzes, von dem aus man sogar ohne Ferngläser erkennen konnte, was sich im Foyer abspielte. Vincenzo war hin- und hergerissen. Mal hielt er Alber für die Haupttäterin, die Ferrari angestiftet hatte. Im nächsten Moment erschienen ihm ihre Aussagen als zu glaubhaft. Auch seine Kollegen waren sich unsicher.

Nur Benvenuto di Cesare hatte eine eindeutige Meinung. »Ferrari ist ein Wicht, Albers Schoßhündchen, das nur auf Frauchens Kommando beißt. Ich gehe jede Wette ein, dass sie heute Nacht versuchen wird, das Geld woanders zu verstecken. Weit weg vom Hotel.«

Vincenzo betrachtete di Cesare von der Seite, der starr durch die breite Fensterfront ins Hotelinnere blickte. Natürlich trug er das obligatorische T-Shirt. Vincenzo hatte einen Pullover und eine Winterjacke an. Für die Nacht war in den Hochtälern Bodenfrost angesagt, schon jetzt konnte man seinen eigenen Atem sehen. Allein di Cesares Anblick ließ ihn frösteln. »Was macht Sie so sicher? Was sie ausgesagt hat, macht nicht weniger Sinn als Ferraris Behauptungen.«

»Weiber.«

»Wie meinen Sie das?«

Das Unglaubliche geschah. Di Cesare drehte den Kopf, deutete ein Lächeln an und erklärte in mehreren vollständigen Sätzen: »Machen wir uns nichts vor. Die meisten Männer sind schwanzgesteuert. Sie müssen sich diesen Ferrari doch nur mal ansehen. Der hechelt förmlich nach Anerkennung und Aufmerksamkeit. Er ist triebgesteuert, aber innen hohl. Alber ist eine Hexe. Weiß, dass sie ein attraktives Äußeres hat, ist berechnend, wusste genau, wie sie Ferrari gefügig machen konnte. Der Spinner hat alles getan, was sie wollte. Nur weil sie scharf aussieht.«

Vincenzo wunderte sich, dass sein Kollege plötzlich so redselig war. »Finden Sie das auch?«

»Was?«

»Dass Alber scharf aussieht?«

Er antwortete emotionslos. »Nicht die Bohne.« Das war jedenfalls nicht der Grund für seinen Redeschwall.

Vincenzo spürte ein zunehmendes Frösteln. Es hatte aufgeklart, die Temperaturen fielen mit der untergehenden Sonne rasant in den Keller. »Ich habe mir von unserer Pensionswirtin eine Kanne Tee geben lassen. Ich geh schnell zum Auto, um sie zu holen.«

Vincenzo war schon im Begriff aufzustehen, als ihn di Cesare am Ärmel zog. Mit dem Kopf wies er auf eine baumbestandene Wiese rechts vom Hotel. Vincenzo sah nichts. Fragend sah er di Cesare an.

»Kofer.«

»Was? Wo?«

»Mensch, haben Sie Tomaten auf den Augen? Da, bei den Bäumen.«

Endlich sah Vincenzo ihn. Er näherte sich dem Hotel, indem er von Baum zu Baum sprintete und sich hinter jedem einen Moment lang versteckte. Eine unerwartete Entwicklung.

»Wie gehen wir vor?«, fragte di Cesare.

Vincenzo ließ seinen Blick nicht von Kofer, der sich offensichtlich unbeobachtet fühlte. Kurz vor dem Hotel verbarg er sich hinter einer großen Tanne, von der aus er einen guten Blick

ins Hotelinnere haben musste. Wollte auch er Alber überwachen?
»Wir warten. Kofer weiß nicht, dass wir hier sind. Das könnte gleich spannend werden.« Er kramte sein Handy aus der Jackentasche, um Marzoli eine SMS zu schicken.

»Was machen Sie da?«, fragte di Cesare misstrauisch.

»Ich habe Marzoli und Mauracher herbestellt.«

Di Cesare hob die Augenbrauen. »Meinen Sie nicht, dass wir mit den beiden allein fertigwerden?«

»Je mehr wir sind, desto besser.« Vincenzo wollte dem Kollegen nicht sagen, dass sich Marzoli wegen di Cesares Verhalten ihm gegenüber vor den Kopf gestoßen fühlte, sogar eifersüchtig auf ihn war und Vincenzo dem Ispettore deswegen das Gefühl vermitteln wollte, unbedingt gebraucht zu werden. »Falls Alber vor Kofer ein Geständnis ablegt, können vier Ohrenpaare bezeugen, was sie gesagt hat.«

»Raffiniert.«

Mauracher und Marzoli trafen nur wenige Minuten später ein. »Gut, dass es losgeht, Commissario Bellini.« Marzoli würdigte di Cesare keines Blickes.

Aus dem Augenwinkel heraus konnte Vincenzo sehen, dass der Commissario grinste. Gemeinsam hockten sie schweigend hinter dem dichten Gestrüpp, durch das man an einigen Stellen gut hindurchschauen konnte.

Es dauerte fast zwei Stunden, bis etwas geschah. Inzwischen war die Nacht über das Pflerschtal hereingebrochen. Der Mond tauchte die Landschaft in ein diffuses, unheimliches Licht. Im Hotel war es ruhig, keine Anzeichen von Gästen. Nebensaison in einem abgelegenen Hotel. Alber hatte das Foyer zwischenzeitlich verlassen und war im Gebäudeinneren verschwunden. Auch Kofer verhielt sich ruhig. Vincenzo freute sich innerlich über seine Weitsicht, den Museumsdirektor vorläufig auf freien Fuß gelassen zu haben. Mit den Morden hatte er nichts zu tun, und der Rest fiel nicht in seine Zuständigkeit.

Di Cesare schien noch immer nicht zu frösteln. Und das, obwohl der dünne Feuchtigkeitsfilm auf den Scheiben des Autos zu frieren begann. »Was machen eigentlich Ihre Halsschmerzen?«, versuchte Vincenzo, eine ungezwungene Konversation, um sich die Langeweile zu vertreiben.

Der Kraftprotz starrte auch weiterhin geradeaus, als er die Frage beantwortete. »Weg.«

Marzoli schüttelte den Kopf. Mauracher grinste über beide Ohren. »Und jetzt frieren Sie auch nicht?«, wollte Vincenzo wissen.

»Alber.«

»Bitte?«

Endlich sah di Cesare seine Kollegen an. »Ihr sollt nicht mich anglotzen, sondern das Gebäude im Auge behalten. Seht doch!« Er wies mit dem Zeigfinger zum Hotel.

Vier Köpfe drehten sich gleichzeitig. Alber war auf der Bildfläche erschienen. Sie trug eine Jacke und auf dem Kopf eine Stirnlampe. In der Hand hielt sie einen Spaten.

»Endlich«, entfuhr es Vincenzo.

Sie trat aus dem Hotel, blickte sich nach allen Richtungen um und marschierte dann los, genau auf Kofer zu. Ein kritischer Augenblick. Doch kurz bevor sie ihn erreicht hätte, drehte sie in Richtung Hang ab und steuerte auf eine dichtere Ansammlung von Tannen zu. Kofer verließ seine Deckung und folgte Alber in großem Abstand von Baum zu Baum.

Vincenzo ballte die Fäuste. »Das könnte eine glückliche Fügung des Schicksals sein. Hoffentlich lässt er sie erst das Geld ausgraben, bevor er sie zur Rede stellt. Wir schleichen uns jetzt an. Commissario, Sie gehen mit Mauracher um das Hotel herum und nähern sich von hinten. Wir zwei«, er klopfte Marzoli auf die Schulter, »folgen Kofer. Und kein Eingreifen, solange es nicht zu Gewalttätigkeiten kommt. Ich gebe das Zeichen.«

Mauracher hatte Zweifel. »Und was ist, wenn Kofer eine Waffe hat? Oder Alber? Sollten wir nicht besser sofort intervenieren? Stellen Sie sich vor, die schlagen sich gegenseitig die Köpfe ein.«

»Nicht nötig. Beide stehen nicht im Vorstrafenregister, und bei beiden Hausdurchsuchungen haben wir keine Waffen gefunden. Außerdem haben wir die Situation im Griff. Also, auf geht's! Und ab jetzt keinen Ton mehr. Schaltet die Handys ab.«

Kofer war keine fünfzig Meter mehr entfernt. Wie er bewegten sich auch Vincenzo und Marzoli im Schutz der Bäume, allerdings in deutlich schnellerem Tempo. Der Abstand zu Albers Verfolger verkürzte sich. Als Kofer in dem kleinen Tannenwald verschwand, betrug er nur noch zwanzig Meter. Vincenzo deutete auf eine große Tanne, die schräg rechts vor ihnen stand. In gebückter Haltung liefen sie zu ihrem nächsten Versteck. Keine zehn Meter vor ihnen sahen sie Kofer, der sich von hinten Alber näherte, die bereits mit dem Graben angefangen hatte. Sie hatten Glück. Es war gerade so dunkel, dass man sich gut im Schutz der Tannen verstecken, aber das Geschehen noch in Form von Hell-Dunkel-Kontrasten verfolgen konnte.

Kofer trat auf einen Zweig, der laut unter seiner Schuhsohle zerbarst. Erschrocken wirbelte Alber herum, entdeckte ihren Verfolger und begann augenblicklich, auf ihn einzureden. Was genau sie sagte, konnten die Polizisten nicht verstehen, dazu war die Entfernung noch zu groß.

Vincenzo zupfte Marzoli am Ärmel und wies auf eine Tannenreihe, hinter der sie sich unmittelbar an die beiden heranschleichen konnten. »Wir müssen hören, was sie sagen«, flüsterte er. »Achten Sie darauf, wie Sie Ihre Schritte setzen! Wenn sie uns hören, ist es vorbei.«

Den Blick auf den Untergrund gerichtet, huschten sie von Tanne zu Tanne. Zwischen Alber und Kofer war ein heftiger Disput entbrannt, sodass sie nichts in ihrer Umgebung bemerkten. Ein Vorteil für die Beamten. Vincenzo hoffte, dass sich Mauracher und di Cesare hinter einem der Bäume auf der anderen Seite der Streitenden befanden. Das wäre lehrbuchmäßig.

Als sie ihre Position erreicht hatten, gingen sie hinter einer Tanne in die Hocke und versuchten, dem Gespräch zu folgen.

»… nur dein Spielzeug«, sagte Kofer gerade.

Vincenzo schloss die Augen, um alle anderen Sinneseindrücke auszublenden. Die nächsten Minuten würden zeigen, ob sie Zeugen eines unfreiwilligen Geständnisses wurden.

»Was willst du, Andreas?« Albers Stimme war ruhig, beherrscht.

»Du durchtriebenes Miststück!« Kofer war bedeutend aufgeregter. »Ich kann immer noch nicht begreifen, dass ich dich mal anziehend fand. Aber grab schön weiter. Da unten ist doch das Geld, oder etwa nicht?«

»Ich muss es vor den Bullen in Sicherheit bringen. Diesem Bellini ist alles zuzutrauen. Das verstehst du doch, oder?«

Kofer wurde scheinbar ruhiger, dafür mischte sich ein drohender Unterton in seine Stimme. »Du wirst damit nicht durchkommen, Christine. Du bist diejenige, die hinter den Morden steckt. Du hast Luigi angestiftet, diese Marionette, die Wachs in deinen Händen ist. Spätestens, als ihr beide Heinrichs Geld und diesen komischen Schlüssel in meiner Garage versteckt habt, hast du dich verraten. Also, gibst du es zu?«

Einen Moment lang herrschte Schweigen. Vincenzo öffnete die Augen, beugte sich etwas zur Seite, um die Kontrahenten zu sehen. Sie standen sich direkt gegenüber. Alber hatte noch immer die Schaufel in der Hand, würde sie die kleinste Bewegung machen, mussten sie eingreifen. Hatte Alber Ferrari angestiftet, müsste sie sich wie ein in die Enge getriebenes, angeschossenes Tier fühlen. Das schien in dem Moment auch Kofer bewusst zu werden, denn er wich ein paar Schritte zurück.

Vincenzo presste sich die Faust vor den Mund. Wenn Alber jetzt nicht antwortete, war mit einem langwierigen Indizienprozess zu rechnen, dessen Ausgang, trotz des Geldes, das dort in der Erde liegen musste, ungewiss war.

Kofer wirkte sichtlich angespannt. Er war auf einen Angriff vorbereitet, wollte die Situation aber mit einer Frage entschärfen. »Willst du mich auch umbringen, Christine? Ganz allein? Ohne deinen Luigi?«

Alber lachte auf. »Du machst dich schon wieder lächerlich.«

Vincenzo blickte zu Marzoli und hob den Daumen.

Kofers Haltung entspannte sich. »Hat Luigi eigentlich damals wirklich meinen Porsche genommen, um den Anschlag auf dich vorzutäuschen?«

Alber schnaubte verächtlich durch die Nase. »Natürlich, aber das war keine große Leistung, wenn du deine Garage offen stehen und den Autoschlüssel stecken lässt. Wie dämlich kann man eigentlich sein?« Als der Hotelierin bewusst wurde, was sie da gerade gesagt hatte, entstand erneut ein Schweigen zwischen den beiden.

Wieder war es Kofer, der es durchbrach. »Jetzt kannst du mir auch den Rest erzählen.«

»Welchen Rest?«

Vincenzo hielt den Atem an.

»Hör auf mit dem Quatsch, Christine.«

»Und wenn du verkabelt bist?«

»Was?«

»Wenn hier irgendwo die Bullen sind? Wenn du ein Mikro hast und gemeinsame Sache mit ihnen machst?«

Was für eine skurrile Situation. Vincenzo war sich sicher, dass er irgendwann darüber lachen würde.

Kofer schüttelte den Kopf. »Was bist du nur für ein kaputter Mensch. So voller Misstrauen. Aber bitte«, er hob beide Arme in die Höhe, »wenn du dich dann besser fühlst, tu dir keinen Zwang an.«

Alber legte die Schaufel zur Seite, ging auf Kofer zu und tastete ihn tatsächlich von oben bis unten ab. Als sie nichts fand, war der Rest Formsache. Sie legte ein umfassendes Geständnis ab. Nicht weil sie ihr Gewissen erleichtern wollte, sondern aus einer merkwürdigen boshaften Eitelkeit heraus. Wiederholt garnierte sie ihren Monolog mit aufgesetzten Lachern. Vor allem, als sie voller Stolz in allen Einzelheiten schilderte, wie sie zusammen mit Luigi Markus Pircher betrunken gemacht und danach in die Burg gelockt hatte. Selbstverständlich war Luigi für das, was sie vorhatte, viel zu weich gewesen. Er hatte sich gesträubt, seinen alten Bergkameraden seinem Schicksal zu überlassen. Aber ein, wie sie es formulierte, schneller Burgfick hatte rasch die gewünschte Wirkung gezeigt.

»Was Sara angeht, musst du uns doch eigentlich dankbar sein, Andreas. Oder willst du leugnen, dass sie dir ein Dorn im Auge war? Nicht dass sie dir wie dieser Wachtler mit einem erfolgreichen Museum hätte Konkurrenz machen können, aber sie hatte im Vergleich zu dir den bei Weitem besseren Riecher. Hat sie nicht bedeutend mehr veröffentlicht, war präsenter in den Fachmedien? Sei ehrlich, du hast auf unserer kleinen Expedition in die Berge bestimmt Momente gehabt, in denen du dachtest: Nur ein kleiner Stoß, und ich wäre alle Sorgen los.«

Sie ließ Kofer nicht die Zeit für eine Erwiderung, sondern beendete ihren Monolog mit einem Vorschlag. »Jetzt weißt du alles, Andreas, und trotzdem wird es dir nichts nützen. Es steht Aussage gegen Aussage. Offiziell habe ich genau das gesagt, was Luigi den Bullen erzählt hat. Du warst bei seinem Geständnis dabei. In der Erde unter mir liegen drei Millionen Euro. Wir können uns streiten, uns gegenseitig bei den Bullen beschuldigen oder das Geld holen, es durch zwei teilen und unserer eigenen Wege gehen. Bellini hat mit Luigi seinen Schuldigen. Wenn er kein Geld bei mir findet, sind wir nur noch wegen Unterschlagung dran. Luigi hingegen ist für lange Zeit weg vom Fenster. Wobei mir soeben eine geniale Idee kommt. Wir könnten behaupten, auch eine Affäre zu haben. Immerhin bist du doch seit jeher scharf auf mich. Stimmt doch, oder? Für den Zeitpunkt des Brandes auf dem Gamperhof könnten wir uns damit gegenseitig ein Alibi geben. Ich war nach der Feier die ganze Nacht bei dir, und wir haben es stundenlang getrieben. Dann stehen sogar zwei Aussagen gegen die von Luigi. Was hältst du davon? Du entscheidest.«

Sie hatten genug gehört. Marzoli richtete sich auf, wollte Alber verhaften, doch Vincenzo hielt ihn zurück. Er wollte wissen, wie Kofer reagieren würde.

»Grundsätzlich eine gute Idee, aber ich fürchte, ich kann das nicht.«

»Wieso? Hast du Gewissensbisse?«

»Wegen deinem eitlen Schönling? Kaum. Aber ich kann mich nicht verstellen.«

»Wie meinst du das?«

Kofer druckste verlegen herum. »Wegen unserer angeblichen Affäre. Hast du eine Vorstellung, wie es für einen Mann ist, zu behaupten, er hätte eine Affäre mit dir, obwohl es nicht stimmt? Für einen Mann, der insgeheim schon immer davon geträumt hat? Das wäre einfach zu hart für mich.«

Den Polizisten bot sich in ihrem Versteck eine filmreife Szene. Menschliche Abgründe taten sich auf.

Alber ging auf Kofer zu. »Wenn der Wind daher weht, kann ich das gut verstehen. Aber ich denke, dagegen können wir etwas unternehmen.« Sie küsste ihn, während ihre Hand dort verschwand, wo sie sich auch bei Luigi gern und oft aufgehalten hatte. Als sie wieder ein Stück zurückwich, stöhnte Kofer auf. Sie trat wieder näher, griff wieder sanft zu. »Wir sollten jetzt zusammen das Geld ausgraben und danach unseren Reichtum feiern. Meine Suite kennst du ja schon, aber meine Fähigkeiten noch nicht. Das können wir ändern. Also, wofür entscheidest du dich? Gehst du zur Polizei oder mit mir ins Bett?«

Andreas Kofer hatte sich entschieden. »Einverstanden!«

Seine Menschenkenntnis hatte Vincenzo nicht im Stich gelassen. Er stieß Marzoli an, zog seine Waffe und sprang hinter dem Baum hervor. Alber und Kofer waren zu überrascht, um zu reagieren, zumal zeitgleich Mauracher und di Cesare aus ihrer Deckung hervorstürmten. Sie hatten sich sogar noch näher an die beiden angeschlichen. Di Cesare verstand sein Handwerk in Perfektion.

Kofer durfte bis auf Weiteres nach Hause fahren, Alber begleiteten sie ins Hotel, damit sie das Nötigste für die nächsten Tage einpacken konnte.

Im Aufbruch begriffen, zückte di Cesare seine Handschellen. »Auf die können wir diesmal leider nicht verzichten. Nehmen Sie die Hände auf den Rücken.« Er setzte das breiteste Grinsen auf, das Vincenzo bislang bei ihm gesehen hatte, und spannte den Bizeps seines rechten Oberarms an. »Oder wollen Sie vorher doch noch mal anfassen? Sie mögen doch starke Männer.« Ihre Bemerkungen mussten mehr in ihm gebrodelt haben, als seine Reaktionen hatten erahnen lassen. Diesen kleinen Seitenhieb musste er ihr einfach mitgeben. Sein Muskel sprang wie eine große Feder aus dem T-Shirt.

Marzoli fiel vor Entsetzen die Kinnlade herunter. So etwas hatte er noch nie gesehen. Doch Alber blieb ihrer Linie treu und quittierte seinen Spruch nur mit einem spöttischen Lachen.

Auf dem Weg zum Auto musterte Marzoli di Cesare von der Seite. Er zögerte einen Moment, weil er unsicher war, ob die Frage nicht zu persönlich war. Doch seine Neugier siegte. »Eine Frage bewegt mich seit dem ersten Moment unserer Begegnung,

Commissario. Wie hält Ihr T-Shirt das eigentlich aus? Bei Ihren Muskelpaketen müsste das doch eigentlich aus allen Nähten platzen, wenn Sie den Bizeps anspannen.«

Hatte der Ispettore eine ausführliche Erklärung, vielleicht sogar Stolz erwartet, so wurde er enttäuscht. »Stretch«, sagte di Cesare ohne jegliche Regung.

32

Bozen, Mittwoch, 9. Mai

»Respekt, Bellini, das war eine reife Leistung, auch wenn Sie letztlich etwas Glück hatten. Aber wie heißt es doch so treffend? Das Glück ist mit dem Tüchtigen.«

»Vielen Dank, Dottore Patricello, ich fühle mich durch Ihr Kompliment sehr geehrt.«

Nach Albers unfreiwilligem Geständnis, das sie in der Questura wiederholte, und der lückenlosen Aufklärung des Falles hatte der Capo della Polizia höchstpersönlich den leitenden Commissario zu sich bestellt. Es war das erste Mal, dass Vincenzo seinem obersten Vorgesetzten gegenübersaß. Er war exakt so, wie ihn jeder beschrieb, der ihn einmal kennengelernt hatte. Genauso klein wie breit, Haare und Augen pechschwarz und eine Stimme, die tiefer kaum sein konnte. Ein Patriarch, der keinen Widerspruch duldete und jedem Gesprächspartner Respekt einflößte. Auch Vincenzo, der selbst mit einem großen Selbstbewusstsein ausgestattet war, fühlte sich von ihm eingeschüchtert.

»Es ist ein gutes Gefühl, Gesetz und Gerechtigkeit zum Erfolg zu verhelfen. Allerdings will ich mich nicht mit fremden Lorbeeren schmücken. Ich habe phantastische Kollegen, und di Cesare und sein Team haben hervorragende Arbeit geleistet. Tja, und ohne den Vice-Questore wäre das alles gar nicht möglich gewesen. Unglaublich, wie schnell er die Durchsuchungsbeschlüsse besorgt hat. Es gibt keinen Besseren für diesen Posten. Er ist wie Sie, Dottore, ein Vorbild für uns alle.« Er wartete ab, wie das Lob für den Vice-Questore ankam.

Patricello trommelte sanft mit seinen von schwarzen Haaren übersäten Fingern auf das Nussbaumholz seines Schreibtischs. »Ja, ein fähiger Mann. Leider hat er bei Ihrem letzten Fall seine Kompetenzen überschritten. Blöde Sache das. So etwas kann ich als Polizeichef nicht durchgehen lassen. Das verstehen Sie doch?«

Vincenzo hob abwehrend die Hände. »Selbstverständlich, Dottore! Wo kämen wir hin, wenn sich jeder alles erlauben würde?«

Patricello nickte wohlwollend. »Sie sagen es.«

Vincenzo nickte heftig. »Jeder muss sich an die Vorschriften halten, unabhängig von seiner Position. Ansonsten herrscht hier bald Chaos. Deshalb haben Sie entsprechend der Vorschriften ja auch die interne Untersuchungskommission eingerichtet, die sich um den Fall Baroncini kümmern wird. Ich muss einfach noch einmal sagen, dass Sie in Ihrer Position ein Vorbild für alle niederen Dienstgrade sind.«

»Das haben Sie genau richtig erkannt. Bravo, Commissario.«

»Dann kümmere ich mich jetzt am besten um das Protokoll.«

»Das ist eine ausgezeichnete Idee, Bellini. Sie sind mein bester Commissario. Ihre Aufklärungsquote ist wirklich beachtlich. Weiter so!«

Vincenzo stützte sich mit den Armen auf den Lehnen des ledernen Besuchersessels ab, um aufzustehen, ließ sich dann aber wieder in das überdimensionierte Sitzmöbel zurückfallen.

Patricello, der sich schon wieder dem Dokument auf seinem Schreibtisch gewidmet hatte, hob den Kopf. »Ist noch was, Commissario?«

»Aber ich will Ihre Zeit nicht über Gebühr strapazieren, Dottore.«

Patricello lächelte jovial. »Ich bitte Sie. Was haben Sie auf dem Herzen?«

»Es würde mich interessieren, was aus Salvatore geworden ist?«

Patricello war überrascht. »Salvatore? Wen meinen Sie?«

»Salvatore Borgogno, der Carabiniere, der das Praktikum bei uns macht. Er hat Marzoli bei einer Befragung im Pflerschtal begleitet. Erinnern Sie sich? Sie haben ihn meinem Kollegen persönlich zugeteilt.«

Das Thema schien dem Capo della Polizia unangenehm zu sein. »Ja, sicherlich, sicherlich. Was ist mit Salvatore? Hat er sich … danebenbenommen?«

»Ganz im Gegenteil, Marzoli war hellauf begeistert. ›So ein sympathischer und kluger Junge‹, hat mein Kollege gesagt. Aus dem wird bestimmt mal was werden.«

Entspannt atmete Patricello aus. »Das freut mich zu hören.«

»Stimmt es eigentlich, dass Sie mit seinem Vater befreundet sind? Ist der nicht Chef der hiesigen Carabinieri? Ich kenne mich mit denen ja nicht so gut aus, aber er soll ein fähiger Mann sein, nicht wahr?«

Patricello räusperte sich. »Ja, wir kennen uns. Warum wollen Sie das wissen, Commissario?«

Vincenzo winkte ab. »Nur so, ich wünsche dem Jungen wirklich von Herzen allen erdenklichen Erfolg, allerdings war ich etwas überrascht, dass Salvatore als Carabiniere ein Praktikum bei der Polizia di Stato machen kann. Wegen der unterschiedlichen Ministerien. Ich wusste gar nicht, dass so etwas rechtlich möglich ist. Aber als einfacher Commissario kenne ich die Vorschriften, durch die solche Praktika geregelt werden, natürlich nicht. So, und jetzt mache ich mich an das Protokoll. Und grüßen Sie Salvatore ganz herzlich von mir, wenn Sie ihn sehen. Sollte er Fragen haben, Hilfe brauchen, egal wobei, kann er jederzeit zu mir kommen. Ich habe stets ein offenes Ohr für ihn.«

33

Vernazza, Sonntag, 13. Mai

Eng aneinandergeschmiegt lagen sie am Strand, redeten nicht, lauschten nur dem leisen Rauschen der Wellen.

Noch bevor Vincenzo das Protokoll geschrieben hatte, hatte er Gianna angerufen, um sie an die ligurische Küste einzuladen. Sie hatte zugestimmt, ohne zu zögern. Er hatte sich Donnerstag und Freitag freigenommen, war so glücklich wie seit langer Zeit nicht mehr. Mit dem beruhigenden Gefühl, einen vertrackten Mordfall abgeschlossen zu haben, fuhr er am frühen Donnerstagmorgen nach Süden, um Gianna abzuholen. Die Sonne schien, es war warm, selbst auf Höhe des Gardasees schon fünfundzwanzig Grad am frühen Vormittag. All seine Gedanken kreisten um Gianna. Wie aufgeregt er war! So als würden sie zum ersten Mal zusammen ausgehen. Vielleicht hätten sie nach diesem langen Wochenende ihre Krise und die Geister der Vergangenheit endgültig überwunden.

Kurz vor Mailand erreichte ihn zudem ein Anruf aus der Questura. Er hatte Marzoli gebeten, ihn zu informieren, falls es Neuigkeiten in Sachen Baroncini gab. Und tatsächlich, Patricello hatte die interne Untersuchung gegen den Vice-Questore eingestellt, womit diesem ein hässlicher Fleck auf seiner blütenweißen Weste erspart blieb. Noch ein Grund für gute Stimmung.

Doch als er Gianna abholte, begrüßte sie ihn unterkühlt. Nicht mehr als der obligatorische freundschaftliche Kuss auf die Wange. Auf der Fahrt nach Vernazza hatten sie kaum geredet. Die Stimmung änderte sich erst, als sie abends bei ihrem Lieblingsitaliener saßen und die zweite Flasche Amarone bestellten. Der Alkohol löste Giannas Anspannung, von der Vincenzo nicht wusste, ob sie ihre Ursache in ihren Erlebnissen oder in ihrer Rolle ihm gegenüber hatte, in die sie sich selbst hineinmanövriert hatte. Jedenfalls hatte er sich vorgenommen, sie nicht von sich aus darauf anzusprechen. Er musste ihr zuhören, ihr die Zeit geben, die sie benötigte. Und er hielt sich an seinen Vorsatz.

Sein Plan ging auf. Nachdem sie zunächst über Belanglosigkeiten geredet hatten, fing Gianna an zu schildern, wie der Mann sie damals entführt hatte, was für ein Gefühl es gewesen war, allein in einer Eishölle aufzuwachen, wie sich ihre Angst vor dem Kidnapper in den vielen Begegnungen zu einem Gefühl von Vertrauen, Geborgenheit, ja sogar Zuneigung gewandelt hatte. Und wie parallel dazu eine magische Macht ihre Gefühle für Vincenzo abkühlen ließ.

Obwohl sie bei ihren Erzählungen darauf achtete, eher neutrale Worte zu wählen, war Vincenzo verletzt, als sie offen eingestand, dass ihre Gefühle für ihn phasenweise völlig verschwunden waren. Jeder seiner Versuche, sich ihr zu nähern, hatte diesen Zustand noch verschlimmert. Erst sein verändertes Verhalten nach seiner Begegnung mit Lorenzo di Angelo in Giannas Wohnung hatte bei ihr einen gegenläufigen Prozess in Gang gesetzt.

»Als du mir die kalte Schulter gezeigt hast, nicht auf meine Nachrichten reagiert hast, ist mir bewusst geworden, dass du nicht immer da bist, sondern plötzlich aus meinem Leben verschwinden könntest. Ich habe dich wie eine Selbstverständlichkeit hingenommen. Ich kann es mir zwar nicht erklären, aber dein einfühlsames Verhalten hat mich rasend gemacht, obwohl ich dich doch eigentlich genau dafür liebe. Der Therapeut hatte eine ziemlich komplizierte Erklärung für dieses Phänomen. Er meinte, dass ich deine Einfühlsamkeit unbewusst als schlechtes Gewissen gedeutet habe. So als wärest du schuld an meinen Erlebnissen und wüsstest das genau. Verrückt, oder?«

Das war in der Tat verrückt, erklärte aber viel. Danach genossen sie das Essen und den Wein, der Giannas Stimmung weiter lockerte, sodass sie im Hotelzimmer das erste Mal seit dem vergangenen Oktober miteinander schliefen. Vorsichtig und schüchtern waren sie sich nähergekommen. Keiner wusste vom anderen, ja nicht einmal von sich selbst, wie er sich verhalten würde. Es hatte mit einer zarten Umarmung begonnen. Gianna hatte Tränen in den Augen, als sie Vincenzos Kopf in beide Hände nahm, ihm in die Augen blickte und zu ihm sagte: »Mein schöner Kommissar.« Sie hatten sich lange und intensiv geküsst, ehe sie zusammen ins Bett gingen. Es war, als lernten sie sich neu kennen. Für die

Leidenschaft, das heftige Verlangen, das sie früher wie Magnete angezogen hatte, war es noch zu früh. An diesem Wochenende blieb es bei dem einen Mal, doch der erste, entscheidende Schritt war getan.

An den folgenden Tagen unternahmen sie lange Spaziergänge am Strand, gingen in Bars, tranken Weißwein und versuchten, unbekümmert zu sein, was ihnen phasenweise sogar gelang. Doch manchmal entstand wie aus dem Nichts eine Mauer zwischen ihnen, sie kam von selbst, fiel aber auch von selbst in sich zusammen. Dann küssten sie sich wieder und gingen Hand in Hand. Aber Vincenzo wusste, dass es noch etwas anderes gab, das zwischen ihnen stand, etwas, das von außen kam, worauf sie keinen Einfluss hatten.

Es war Gianna, die es am Samstag aussprach, als Vincenzo ihr von der Akte Goldrausch erzählte. »Und diesmal hast du den Richtigen erwischt? Keinerlei Zweifel?«, fragte sie. Erst als sie es ausgesprochen hatte, realisierte sie, was sie gesagt hatte.

Ein betretenes Schweigen entstand zwischen ihnen. In diesem Augenblick fühlten beide wieder jene unerklärliche, nicht zu greifende und dadurch umso bedrohlichere Angst. Eine Angst, die sie monatelang nicht hatte zur Ruhe kommen lassen.

Vincenzo versuchte, gegen dieses Gefühl anzukämpfen. »Wir haben auch damals den Richtigen erwischt, Gianna. Hast du eine Vorstellung, wie viele Straftäter bei ihrer Verhaftung Rache schwören? Wir haben lange genug unter dieser Vorstellung gelitten. Wir müssen uns endgültig frei davon machen.«

Gianna hatte Vincenzo besorgt angesehen. »Ich wünschte, Marzoli hätte ihn damals erledigt.«

»Dann wäre dir das trotzdem passiert.«

»Vielleicht.«

»Nein, sicher!«

Wieder Schweigen. Wie bleischwerer Nebel hing das Gespenst der Angst seit Giannas Frage zwischen ihnen, doch es änderte nichts mehr daran, dass sie auf dem besten Weg waren, ihre Beziehungskrise zu überwinden. Das Wochenende erfüllte beide mit Hoffnung, doch Vincenzos erste eigenverantwortliche Mordfälle waren für ihre Liebe zu einer Hypothek geworden, die sie ewig begleiten konnte.

Auch am Sonntag ließ sie das bedrückende Gefühl nicht los. Stumm lagen sie am Strand nebeneinander. Irgendwann sagte Gianna: »Lass uns losfahren. Ich will nicht so spät zu Hause sein. Ich glaube, wir sollten das Thema zukünftig meiden, du weißt, wovon ich rede. Wir können nichts ändern, aber jeder Gedanke daran macht uns fertig. Vielleicht heilt die Zeit sogar diese Wunde.«

»Ja, vielleicht.«

***

Sarnthein

In Mailand hatte Vincenzo Gianna vorgeschlagen, die Nacht über bei ihr zu bleiben. Er hatte Sehnsucht nach ihrer Nähe, wollte sich nicht schon wieder von ihr trennen, wollte nicht mit der Mischung aus Glück über das hoffnungsvolle Wochenende und dem wiedererwachten Gespenst der Angst allein sein.

»Lieber nicht. Ich muss das alles erst mal in Ruhe verdauen, Vincenzo.« Gianna schien eine andere Bewältigungsstrategie zu haben. »Aber nächstes Wochenende komme ich nach Sarnthein. Versprochen. Kannst du mich verstehen?«

Natürlich verstand er sie, aber seine Stimmung auf der Fahrt nach Hause war von Minute zu Minute düsterer geworden. Das Schlimme daran war, dass er sich den Stimmungsumschwung selbst nicht erklären konnte. Es war doch alles gut! Nie hätte er vorher damit gerechnet, dass sie sogar miteinander schlafen würden, dass Gianna sich wieder so intensiv auf ihn einlassen würde. Er wäre mit bei Weitem weniger zufrieden gewesen. Trotzdem grub sich eine Art Dunkelheit tief in seine Seele. Wie eine böse Vorahnung, ein Omen des Grauens.

Als er am frühen Abend das Sarntal erreichte, war es selbst in dieser Höhe noch über zwanzig Grad warm. Er zog sich sofort Sportsachen an und lief eine Stunde. Nicht seine Runde zum Auener Joch, das wäre zu weit gewesen, sondern durch die Wiesen und Felder im Tal.

Nachdem er sich geduscht hatte, nahm er sich ein Bier, etwas Brot und Schinken und setzte sich auf den Balkon. Doch seine

Hoffnung, dass der Sport und ein wenig Alkohol seine Stimmung aufhellen würden, erfüllte sich nicht. Körperlich ging es ihm gut, aber seelisch war er in einer desolaten Verfassung, er fühlte sich ausgelaugt und bedrückt. Die Wärme und die fast vollkommene Windstille kamen ihm vor wie die sprichwörtliche Ruhe vor dem Sturm. Aber was für ein Sturm? Ein gelöster Fall, ein zufriedener Capo della Polizia, ein rehabilitierter Vice-Questore und vor allem eine Gianna, die endlich wieder der Gianna ähnelte, die er von früher her kannte. Das alles war doch überaus positiv. Dennoch konnte er das stärker werdende Gefühl einer Bedrohung nicht abschütteln, das ihm trotz der lauen Abendsonne eine Gänsehaut bereitete. Er fröstelte, rieb sich mit den Händen die Arme.

Nachdem er ein wenig gegessen hatte, griff er zum Telefon. Er wollte Gianna anrufen, um zu erfahren, ob es ihr genauso ging. Doch sie kam ihm zuvor. Er erkannte ihre Nummer, als es klingelte. Schluss mit diesem Blödsinn, beschwor sich Vincenzo, ich liebe Gianna, Gianna liebt mich. Uns muss es einfach gut gehen. Er drückte die grüne Taste. »Hallo, meine Süße. Wie geht es –«

»Guckst du gerade Nachrichten?«, unterbrach ihn Gianna panisch.

»Nachrichten?«, fragte Vincenzo konsterniert. »Nein, warum sollte ich?«

Giannas Atem ging schwer. Sie schien zu weinen. »Ich halte das nicht mehr aus. Ich kann nicht mehr! Mach den Fernseher an. Sie bringen gerade einen Sonderbericht in den ›Südtirol Nachrichten‹. Ruf mich danach zurück.«

Bevor Vincenzo fragen konnte, was geschehen war, hatte sie schon aufgelegt. Er rannte in die Wohnung und schaltete die »Südtirol Nachrichten« ein. Was er sah, paralysierte ihn. Mit offenem Mund starrte er auf den Bildschirm, auf dem oben rechts zwei Bilder eingeblendet waren. Das eine zeigte Dottore Crescente Albertazzi, auf dem anderen lächelte ihm ein alter Bekannter entgegen. Das Monster von Bozen. Wie in Trance stellte Vincenzo die Lautstärke höher.

»Heute Mittag ist ein als ›Das Monster von Bozen‹ bekannt gewordener Serienmörder aus der Psychiatrie entkommen. Er hat Bozen vor knapp zwei Jahren in Angst und Schrecken versetzt.

Für seine spektakuläre Flucht hat er die tägliche Visite seines behandelnden Arztes, Dottore Crescente Albertazzi, zugleich Leiter der Klinik, genutzt. Wie es ihm gelang, den mehrfach gesicherten Trakt seiner Hochsicherheitszelle zu überwinden, ist noch unbekannt. Als sicher gilt hingegen, dass er Albertazzi angegriffen und ihm das Genick gebrochen hat. Der Psychiater verstarb an Ort und Stelle. Mehrere Mitarbeiter versuchten vergeblich, den Mann aufzuhalten. Zwei von ihnen wurden dabei verletzt, einer schwer. Augenzeugen berichten, dass der Killer über das Dach des viergeschossigen Gebäudes entkommen ist. Wie es ihm gelungen ist, zuerst auf das Dach und schließlich in den Wald zu fliehen, ist ebenfalls noch ungeklärt. Ich spreche jetzt mit dem Vice-Questore der Questura Bozen, Dottore Allessandro Baroncini.«

Für die beiden Bilder erschien jetzt Baroncinis Konterfei auf dem Bildschirm.

»Guten Abend, Frau Thoma.« Seine Stimme klang dumpf, er sprach wohl durch ein Telefon.

»Guten Abend, Herr Baroncini. Gibt es nach diesem spektakulären Ausbruch schon Neuigkeiten? Konnten Sie den Flüchtenden fassen?«

»Nein, leider fehlt jegliche Spur von ihm. Wir haben sofort eine weitreichende Fahndung eingeleitet, aber bislang ohne Erfolg.«

»Wie gefährlich ist dieser Mann Ihrer Einschätzung nach?«

»Sehr gefährlich. Wie Sie wissen, hat er mehrere Morde begangen. Er gilt als skrupellos. Ich bitte die Südtiroler Bevölkerung um äußerste Achtsamkeit. Wenn Sie von jemandem angesprochen werden, den Sie nicht kennen, verhalten Sie sich ruhig und verständigen dann sofort die Polizei. Versuchen Sie sich möglichst stets unter Leuten aufzuhalten. Wir setzen alle zur Verfügung stehenden Einheiten ein, um den Mörder so schnell wie möglich zu fassen. Spezialeinheiten und Hubschrauberstaffeln sind bereits angefordert.«

»Haben Sie eine Erklärung dafür, wie es zu dem Ausbruch kommen konnte? Immerhin gilt das Sicherheitssystem unserer Psychiatrie als das beste Italiens.«

»Nein, leider nicht. Momentan ist die Spurensicherung vor Ort. Morgen werde ich Ihnen vermutlich mehr sagen können.«

»Rechnen Sie mit weiteren Straftaten des Mannes? Halten Sie es für möglich, dass Commissario Bellini, der seinerzeit für seine Verhaftung verantwortlich war, in sein Visier rückt?«

»Er ist unberechenbar. Allerdings vermuten wir eher, dass er versuchen wird unterzutauchen, vielleicht sogar das Land zu verlassen. Wir haben bereits sämtliche Flughäfen, Bahnhöfe et cetera informiert. Es ist wahrscheinlich nicht damit zu rechnen, dass er weitere Straftaten in Südtirol begehen wird. Mein Appell an die Bevölkerung ist eine reine Vorsichtsmaßnahme.«

»Vielen Dank, Herr Baroncini.«

Die Moderatorin schaute wieder direkt in die laufende Kamera. Ein neues Bild erschien am Bildrand. Es zeigte einen Mann, den Vincenzo nicht kannte.

»Auch in den letzten Monaten wurde Südtirol gleich mehrfach zum Schauplatz spektakulärer Verbrechen. In unserer morgigen Sondersendung berichten wir über mehrere zusammenhängende Todesfälle im Zusammenhang mit dem Goldfund, über den unser Sender bereits berichtet hat. Und noch eine letzte Information: Die Leitung der Bozner Psychiatrie übernimmt indes Dottore Adriano Galante, der die neue Psychiatrie vor Albertazzi bereits kommissarisch geleitet hat. Zuletzt war er Leiter der Psychiatrie in Verona. Wir werden unsere Zuschauer über jede Entwicklung in diesem Fall auf dem Laufenden halten.«

Vincenzo schaltete den Fernseher aus, dann fiel ihm die Fernbedienung aus der kraftlosen Hand. Er fühlte sich vollkommen leer. Warum hatte ihn Baroncini nicht sofort informiert? Doch dann fiel ihm ein, dass er sein Handy das Wochenende über ausgeschaltet und außer Marzoli niemandem erzählt hatte, wo er war. Durch die offene Balkontür sah er den Telefonhörer auf dem Balkontisch liegen. Er musste Gianna anrufen. Gianna, um Himmels willen, sie musste sich in Sicherheit bringen. Er stand auf, wollte auf den Balkon, zum Telefon, doch dann wurde ihm schwarz vor Augen. Commissario Vincenzo Bellini fiel zum ersten Mal in seinem Leben in Ohnmacht.

Danksagung

Ich bedanke mich bei all den Freunden und Bekannten, die mein Manuskript vorab gelesen und mir mit vielen guten und interessanten Anregungen geholfen haben. Diese Unterstützung ist sehr wichtig, weil sie ein direktes Feedback seitens der Leserschaft darstellt. Eine bessere Kritik gibt es nicht.

Mein besonderer Dank gilt denjenigen, die mit ihrem Fachwissen einen wichtigen Beitrag zur Realitätsnähe meines Romans geleistet haben:

Michael Wachtler aus Innichen, Naturdenker, Schriftsteller, Filmemacher, Entdecker. Michael und seine Geschichte stehen Pate für meinen Goldrausch. Seine Geschichte vom größten Goldfund der Neuzeit in den Alpen und sein Lebensweg sind so spannend, dass eine Fiktion nicht besser sein könnte. Sein spektakulärer Goldfund am Monte Rosa und sein bekanntes Museum in Innichen, das DoloMythos, bilden somit die Grundlagen meiner Geschichte. Ich habe Michael und sein Museum persönlich kennenlernen dürfen. Während des gesamten Entstehungsprozesses des Buches hat er mich fachlich beraten und unterstützt. Nur dank seines Wissens ist die Geschichte über den sensationellen Goldfund in Südtirol, Commissario Vincenzo Bellinis dritter Fall, so realitätsnah geworden. Zudem ist er zu einem wichtigen Protagonisten meines Buches geworden, der Commissario Vincenzo Bellini einige entscheidende Hinweise gibt.

Dr. med. Benedikt Vennemann, Oberarzt in der Außenstelle Oldenburg des Instituts für Rechtsmedizin an der medizinischen Hochschule Hannover. Wie schon bei meinen beiden ersten Buchprojekten hat er die Todesfälle in meinem Roman ausführlich unter dem Aspekt der Realitätsnähe beurteilt. Es hat wieder viel Spaß gemacht, gemeinsam mit ihm die Taten in meinem Buch glaubwürdig zu gestalten. Ich hoffe, Dr. Vennemann unterstützt mich auch zukünftig.

Angela Steiner, Fremdenführerin auf Burg Reifenstein. Frau Steiner hat mich mit allen wichtigen Informationen zur Geschichte und zum Aufbau der Burg versorgt. An einer ihrer spannenden Führungen durfte ich selbst im Jahr 2012 teilnehmen.

Professor Dr. Ernst Pernicka, Institut für Ur- und Frühgeschichte und Archäologie des Mittelalters, Universität Tübingen, Schloss Hohentübingen. Professor Pernicka hat mir umfassende Informationen zu Methoden der Goldbestimmung nach Art und Herkunft geliefert.

Susanne Bartel, meine Lektorin. Mit ihrer Erfahrung und Sprachkompetenz hat sie einen wichtigen Beitrag zu meinem Buch geleistet.